歷史想像和離散經驗
百年加拿大華裔文學

Historical Imagination and Diaspora Experience
A Century of Chinese-Canadian Literature

徐學清 著

推薦序

陳思和

上海復旦大學文科資深教授

　　徐學清是我在復旦大學的同班同學，那是1977年中國恢復高考後的第一屆，江湖上各路落魄英雄都匯集高校，真是一時多少豪傑。而學清卻是少數應屆考上的女生，不僅年輕，而且清純稚嫩，除了埋頭用功，廣泛涉獵中外圖書，不怎麼參與學校裡的公眾性活動，也沒有什麼一鳴驚人的舉動（那時我班級裡才子才女多多，經常有一鳴驚人之舉）。我之所以留下了她「廣泛涉獵」的印象，是那時候我經常在圖書館裡遇到她，當她看到我正在借閱或者準備閱讀某本書，她會主動告訴我，這本書她已經讀過，好看，或者不好看，給予我指導性意見。她確實讀了很多書。後來，她考上了潘旭瀾教授的研究生，開始發表當代文學研究文章，再後來，她到北京工作，又出國深造。等我再遇到她的時候，她已經是加拿大約克大學的文學教授，帶領一批洋學生到復旦大學來訪學。那時我正擔任中文系系主任的職務，接待時發現來客竟是舊時同窗，意外之喜不勝形容。

　　但是我了解到徐學清研究加拿大華裔文學還是後來的事情。大約是在2016年，或者還更早些。瘂弦先生主編的加拿大《世界日報》副刊《華章》特設「名家談──華人文學之我見」專欄，徐學清代瘂公約稿，囑我寫一篇短文。我把文章寄去後很快就登了出來，但學清給我來信說，她看了我的文章，不同意我把北美華文文學看作中國當代文學一部分的觀點，我就鼓勵她把商榷意見寫出來，這樣我們可以進一步深入討論下去。她很快就寫好了，而我的回應文章卻拖了很久，後來在編輯的催促下也匆匆寫出，一起發表在《中國比較文學》2016年的第3期。我們都很重視這次論爭，相約把對方文章收入自己的論文

集。我在新一本編年體文集《未完稿》裡收了她的文章，這次學清的論文集裡也收錄了我的文章。其實學術觀點無所謂對錯，我更珍惜的是同窗同行能夠在學術層面各抒己見，通過討論與爭鳴來釐清一些學術觀點。但是我們的文章都寫得不夠充分，對對方學術觀點缺乏透徹理解，因此，也不能真正說服對方。

直到我最近系統地閱讀了徐學清的論文集，終於比較清楚了她在學術上的真正追求和目標，才了解到她所堅持的學術觀點是有充分理由的。我意識到我們畢竟是生活在兩個不同的國家，分別是兩個國家的公民。之前我一直沒有用這樣的角度來看海外華文作家。我考察華文文學的維度是寫作語言、文本以及出版地與讀者，所以把海外華文文學看作是中國當代文學的旅外部分。但徐學清的論述讓我明白了另外一個維度，作為從中國到海外深造、並留在海外高校工作的學者，她不可能像我這樣持單一的視角，僅僅看到中國當代作家對海外的輸出、以及他們重新面對國內寫作的事實。徐學清研究華文文學的背後，還有另一個更大背景存在，這正是我所欠缺、疏忽的領域——華裔文學。這是一個長期生活在海外，用在地國語言進行創作的族群，他們應該算作在地國的少數民族作家，他們可能是第二代、第三代的移民。徐學清在討論加拿大華裔文學中的歷史書寫時，把李群英的《殘月樓》，崔維新的《玉牡丹》和張翎的《金山》併置於同一個層面上進行分析。李群英和崔維新兩位作家對我來說是陌生的，我討論中國文學不可能把他們在加拿大出版的英語作品羅列進來。而徐學清站在研究加拿大文學的立場上，她研究新移民張翎的作品時，很自然就把這兩位前輩華裔作家的作品作為張翎的「背景」來進行比較研究。為此我特意上百度搜索兩位作家的信息，他們都屬於第二代移民，李群英的代表作《殘月樓》獲加拿大總督文學獎提名，被列為加拿大華裔文學的經典作品之一；崔維新也被譽為「加拿大最有講故事天賦的人」，晚年還獲得國家最高榮譽加拿大勳章。這兩位華裔作家都以非凡的英語寫作能力被融入加拿大國家主流文化，他們的文學創作理所當然成為加拿大多元文化的一部分。又如在〈母親手中的生殺大權：比較加拿大華裔女作家的三部小說〉一文中，徐學清在李群英與張翎的創作外，又加入了伊迪思·伊騰斯（Edith Maud Eaton）寫於上個世紀

初的作品。伊迪思有華人血統，但出生於英國，父親也是英國人。她的小說描寫了華人的文化背景，與李群英、張翎可以說是三個時代的作家，她們所反映的中國文化也有不同時代的背景。這就構成了可比較性，也是徐學清研究的著眼點。我們從徐學清所構置的伊迪思、李群英、崔維新、張翎的華人作家譜系裡能夠看到以下幾個特點：一，他們都是加入了加拿大國籍的華人（伊迪思‧伊騰斯只有1/2的華人血統），除了張翎外，他們都是第二代移民；二，除了張翎，他們都用英語寫作（張翎最近也開始用英語寫作），並且在在地國獲得成功，融入了主流文化；三，他們雖有不同的移民背景，但都屬於加拿大的少數民族文學的作家。張翎與她們的不同之處，是張翎在中國擁有大量的讀者，而且至今為止她的主要讀者還都是來自中國。應該說，張翎的這些特點，在當下第一代移民作家中是很有代表性的。

　　徐學清作為一個加拿大籍的華人學者，她的研究對象是加拿大華人文學（或者說華裔文學），華人文學在加拿大源遠流長，已經有了立足的地位。徐學清的研究目的，正在致力於推動加拿大多元文化發展，希望在多元文化格局裡，彼此平等交流、融匯，華人文學及其文化能夠發揮出積極的作用。在這個意義上，她把張翎、陳河這樣一批優秀作家列入加拿大華人文學的行列，當然無可厚非。邏輯上來說，少數民族作家應該是雙語作家，正如中國的蒙古族、藏族、維吾爾族作家，他們當然可以自由選擇用漢語寫作還是用他們本民族的語言來寫作。但困境也同樣存在，正如中國的主流文化很難接受用少數民族語言寫作的文學作品一樣，在加拿大的主流文化中，究竟有多少可能性接受用漢語寫作的文學作品？華文文學、華人文學、華裔文學，畢竟是三個不一樣的學科概念。我與徐學清的爭論，到現在才算是可以分清楚了，我是站在華文文學的研究立場上，以中國當代文學為背景來討論問題，徐學清是站在加拿大華人文學的研究立場上，以加拿大的華裔文學為背景來討論問題，學術觀點的分歧是由不同學術分野而形成的。

　　我讀學清的書也是一個學習的過程。她對加拿大華人文學有精湛的研究，對伊迪思‧伊騰斯這樣老一輩的混血移民二代作家，對文森特‧林、李群英、

崔維新等當代的移民二代作家以及當下移民作家如張翎、陳河等都有深入的研究，由此編織了一份豐富清晰的加華文學譜系圖。徐學清的研究成果對於我有關世界華文文學的概念思考也幫助多多，讓我越來越認識到世界華文文學、國別＋華人文學、國別＋華裔文學是三個必須有所區別的學科概念。通常我們研究的世界華文文學，主要是指第一代移民中與母國還存在著密切關聯的作家的華語創作，海外華文作家的主要特徵是以華語從事創作，其創作內容、語言以及文學的流通和傳播，仍然與母國密切相關。我之所以認為他們的創作是中國當代文學的旅外部分，也就是要見證這一特徵。但是這是一個註定會消失的特徵，隨著海外華文作家與在地國文化越來越密切的相融，或者他們中有的一開始就從事在地國語言寫作，那麼，他們將會朝著華人文學的方向轉換。國別＋華人文學是一個特別寬泛的概念，它包括在地國所有華人血統的作家創作，不管用什麼樣的語言從事寫作，也不管屬於第幾代移民的作品。第三個概念是國別＋華裔文學，華裔文學是指已經融入在地國主流文化的族裔文學，一般來說，第一代移民作家的創作很難稱作為華裔文學，「裔」本來就是指血統上的「後人」，不是第一代。因此，張翎、陳河的創作不能歸入加拿大華裔文學範疇，但他們的創作可能會給族裔文學帶來新鮮血液。第一代移民作家的創作屬於世界華文文學，也屬於國別＋華人文學；然而李群英、崔維新等二代移民作家的創作不能屬於世界華文文學，但屬於國別＋華人文學，或者屬於國別＋華裔文學。像伊迪思・伊騰斯的創作，可以歸為國別＋華裔文學的範疇，但不屬於華文文學，也不屬於華人文學。

　　我拉拉扯扯地寫下這些文字，談不上對徐學清著述的評價，只是談我自己的一點學習體會。我想說的是，徐學清從加拿大華裔文學、加拿大華人文學的角度來研究具有當下性的加拿大華文文學，是對華文文學研究的一種擴充。華裔文學是中國學界幾乎不關注的領域。記得十多年前，我曾經為復旦大學中文系引進一位美籍華人學者，是研究美國華裔文學的專家。她來到復旦工作以後，舉辦大型的美國華裔文學國際研討會，邀請湯亭亭等著名作家來復旦講座，**轟轟**烈烈，一時傳為佳話。可惜當時學術界對這個領域非常陌生，這位學

者後來也因為各種原因離開復旦回國去了。但我一直覺得，對於世界各國華裔文學的深入研究，是中國比較文學特別需要加強的領域，因為它是連接中國文學與世界各國文學的紐帶，可以由此引申出許多值得研究的課題。徐學清關於加拿大華裔文學及其與第一代移民華文作家關係的研究，是一個有活力，具有廣闊前景的學科，我期望她的學術事業由此得到更大的發展。

2024年3月12日於復旦大學圖書館

目次 | CONTENTS

推薦序／陳思和　　　　　　　　　　　　　　　　　　　　　　　　3

第一輯　加華文學中的歷史敘述

加拿大華人歷史的重新書寫：華裔小說中的歷史性和文學想像　　14

加拿大華文文學的史詩敘事　　　　　　　　　　　　　　　　　28

金山的夢幻和淘金的現實：論張翎的長篇小說《金山》　　　　　32
  史海中命運的浮沉　　　　　　　　　　　　　　　　　　　32
  離散中身分的確認　　　　　　　　　　　　　　　　　　　35

人性、獸性和族性的戰爭：讀陳河的《沙撈越戰事》　　　　　　39

《大漢公報》敘述中的孫中山：跨地方的觀點　　　　　　　　　45

華英日報和馮德文牧師　　　　　　　　　　　　　　　　　　　62

第二輯　故園，離散和文化身分

文化身分的重新定位：解讀笑言的《香火》和文森特・林的
《放血和奇療》　　　　　　　　　　　　　　　　　　　　　　68

從客居到永居：《大漢公報》詩歌中「家」的觀念的變化
（1914-1960）　　　　　　　　　　　　　　　　　　　　　　80
  1914-1923：客居者的鄉愁／思　　　　　　　　　　　　　84
  1923-1947：忍辱抗爭　　　　　　　　　　　　　　　　　87
  1947-1960：落地生根　　　　　　　　　　　　　　　　　94

何處是家園：談加拿大華文長篇小說　　　　　　　　　　　　　99
  新移民與母語文化　　　　　　　　　　　　　　　　　　100

邊緣與主流	102
文化記憶與身分的多質性	102
衝突中的調和：現實和想像中的家園	104
《楓情萬種》前言	111

第三輯　作家、作品論

瘂弦與世界華文文學	118
具有光線，音響和色彩的文字 ——讀張翎授權華語文學網發表的十部中篇小說	132
文化的翻譯和對話：張翎近期小說論	136
敘事結構	137
它–敘述（it – narratives）	139
張翎小說的世界性	141
論張翎小說	145
陳河小說中的異國文化書寫	155
評《蘇格蘭短裙和三葉草》	168
孫博小說論	171
尋找過程中文化身分的定位	173
天堂與地獄	176
海歸和出洋：洋博士與小留學生的逆向潮動	177
同性和異性的愛	181

第四輯　性別與女性敘述

《漂鳥——加拿大華文女作家選集》前言　　184

母親手中的生殺大權：比較加拿大華裔女作家的三部小說　　189
- 《新的智慧》：文化衝突中的暴力母親　　191
- 《殘月樓》：男權家長制對母性的摧殘　　194
- 《餘震》：跨越男尊女卑的「牆」　　195
- 母親形象的解構：從聖母到惡母　　197

貞節觀和性強暴：論《努燕》　　203
- 以男權為中心的性暴力征服的文化　　204
- 從貞貞到阿燕：對傳統貞潔／貞節觀念的反叛　　206
- 解構歧視女性的貞潔／貞節文化觀　　210

曾曉文小說中的女性形象和女性表述　　214
- 女性在移民生涯中的雙重困境　　215
- 女性身分危機　　217
- 女性意識的覺醒，走向獨立和自立　　219

艾莉絲・孟若　　224
- 生平與創作　　224
- 《你以為你是誰》（Who Do You Think You Are?）　　230

創傷記憶和戰爭的孩子：論《歸海》　　236

第五輯　華文文學與理論探討

多元文化語境中的華文文學的雜糅——與陳思和商榷　　248
- 世界華文文學和中國文學　　248
- 一元、三元和多元的關係　　251
- 落葉歸根、落地生根及靈根自植　　254

附錄

旅外華語文學之我見――兼答徐學清的商榷／陳思和　　258
　　〈旅外華語文學之我見〉　　259
　　我對於徐學清教授商榷的回應　　261
文學創作中的抄襲與互文性　　269

第一輯

加華文學中的歷史敘述

加拿大華人歷史的重新書寫：
華裔小說中的歷史性和文學想像

在多元文化成為一個國家的國策的時代，民族意識很快地就會從後臺轉移到前方。正如第一部加拿大華裔文學作品集的書名「多嘴鳥」所建議，許許多多被歧視的，跟主流意識型態不同的另類的聲音正在主流社會中發出各種各樣的聲音。這種大聲造勢和要引起關注的努力正是要打破沉默，尋找自己的聲音，尋找長期以來被壓抑或不受重視的族裔群體的聲音。過去的幾十年目睹了鐫刻著鮮明的族裔印記的加拿大華裔文學的突發崛起，這裡我想借用周蕾的話，華裔文學就是「把我們民族的以前不被曝光的那些部分生動地復原，重新發現，轉化成文學的形式」。[1]其中，三部關於華裔家族史的長篇小說，李群英的《殘月樓》，崔維新的《玉牡丹》和最近出版的張翎的《金山》是其中的代表作。這三位作家通過重新發現和重新書寫加拿大華裔的歷史，在他們的作品中逐層地披露被遮掩著的歷史真實以及華裔家族史的祕密，進而復原之前被扭曲了的加拿大華裔歷史，由此在形成加拿大華裔群體意識和文化身分的體認的進程中確立了他們的位置。

本章將通過對三部小說的分析比較，討論這些作品中族裔聲音的文學表達，它們考察家族的承傳歷史切入點和角度，以及三位作家在重新書寫加拿大華人歷史時各自個性鮮明、迥然不同的敘述方式。

為了使這一主題浪漫化和歷史化，這三部小說的作者分別以各自對歷史的洞觀力和詩意的創造力圖繪了文化的多元景觀，李群英的《殘月樓》把她對性別，階級，和種族的認知編織進錯綜複雜的家庭祕密之中；崔維新在《玉牡丹》則集中描寫三個天真無邪的兄弟姐妹的童年、少年敘述；與上述二者不

---

[1] Rey Chow, *Ethics after Idealism: Theory-Culture-Ethnicity-Reading* (Bloomington & Indianapolis: Indiana UP, 1998), 101.

同，張翎的《金山》以史詩般的筆觸和氣勢以五代家族的家族史繪制太平洋兩邊的編年史，並以此來框架構制她的長篇小說。

雖然三部小說在語言、人物性格塑造以及風格上完全不同，但是它們都不可避免地直接或間接地涉及到加拿大太平洋鐵路修建的這一歷史事件。修建這一鐵路，是大批華人群體背井離鄉來加拿大的主要原因，但是，加拿大的以白人為主的文化卻選擇遺忘華人對此所作出的巨大貢獻和犧牲，或者對此保持沉默。早在1880年代早期大約15,000名華人合同工被引進加拿大不列顛哥倫比亞（British Columbia，臺譯英屬哥倫比亞）參與鐵路的鋪設建造。這一橫跨廣袤國土的太平洋鐵路打開了一條對加拿大經濟發展極其關鍵的交通運輸要道，從而促進並保證了加拿大聯邦的得以成型。[2]但是，正如安東尼陳所描述的，極其危險的工作環境和條件，惡劣的氣候，以及苛刻的待遇「讓加拿大的唐人街盛傳著這一說法，『沿著整個菲沙河峽谷，鐵路每建一英尺，就有一個華工為之喪命』。至少有六百名華工獻出了他們的生命」。[3]然而華工們對鐵路建造所做的艱辛勞動以至生命的付出卻在很長一段時間在加拿大的集體記憶中被抹去了。僅僅舉一個事例，加拿大著名的詩人E. J. Pratt（多倫多大學的維多利亞大學學院的圖書館便以E. J. Pratt的名字命名）因為不知道、沒有聽說過華工對鐵路建造的貢獻，所以在他著名的關於建造跨國鐵路的英雄史詩《朝向最後一根道釘》中只字不提華工的貢獻，只用一行詩句提到「兩百個華工拉動著河岸的繩索」。[4]

那麼，三位作家在他們的小說中是如何來反映這一歷史事件的呢？

小說《殘月樓》採用的是間接描寫的手法，它開卷伊始是以鐵路建造完成後的大約七年左右的1892年、沿著加拿大太平洋鐵路線荒無人煙的野山荊棘林

---

[2] *Royal Commission on Chinese Immigration*, 1885, vol. 5.

[3] Anthony B. Chan, *Gold Mountain: The Chinese in the New World* (Vancouver: New Star Books, 1983), 66f.

[4] Susanne Hilf, *Writing the Hyphen: The Articulation of Interculturalism in Contemporary Chinese-Canadian Literature* (Frankfurt: Peter Lang, 2000), 69; E. J. Pratt, *Towards the Last Spike* (Toronto: Macmillan, 1952), 37.

為背景。小說開始的時間和地點直接把讀者帶到具有歷史性的場所,那裡掩埋著華工的白骨,遊蕩著他們的孤魂。小說主人公黃貴昌後來常常回憶起當年沿著鐵路線尋找華工的屍骨時常常困擾著他的無法擺脫的噩夢,他感到有種抑制不住的衝動要告訴別人這些夢。在夢中,他看到「華工的鬼魂坐在鐵軌上,有的則用一條腿站在系在閃亮鐵軌上的絲帶上,非常委屈地等待著,訴說著什麼。自從白人慶祝鐵路接軌的剪彩儀式他們等待了將近半個世紀,卻被完全遺忘,就如所有的中國人不被重視一樣」。[5]1885年11月7日,加拿大太平洋鐵路接軌處在位於卑詩省的小鎮克萊拉奇(Craigellachie)區內打下最後一根道釘,盛況空前的「Last Spike」(最後一根鐵軌道釘)典禮儀式同時舉行,慶祝加拿大太平洋鐵路工程竣工,當時氣氛熱烈喜慶,著名的照片《太平洋鐵路的最後一根道釘:克萊拉奇》就是在典禮上拍攝的,但是,照片裡面沒有一位為建造鐵路作出巨大貢獻的華工。[6]

小說《殘月樓》的開篇集中在刻畫一位受中華會館派遣專程去荒山野林收集華工屍骨的青年黃貴昌。小說的篇首楔子和終局尾聲兩個部分集中在黃貴昌的敘述,逐漸地展開他作為華工屍骨收集者的歷險和個人經歷。作品一前一後兩個對應的部分是對為鐵路而失去生命的華工和他們的靈魂悲涼的祭奠。從某種意義上說,作者是用藝術形式把華工為加拿大所做的貢獻雋刻在洛磯山脈上。

這一收集華工屍骨的母題同樣反映在崔維新的《玉牡丹》裡。小說在第一部分通過一個小女孩祝亮(Jook Liang)的敘述視角描寫一位唐人街年老的單身漢、當年參與修建鐵路的華工黃金年,以及女孩和他之間逐漸發展起來的忘年之交。因為臉上與生俱來的胎記,這位老單身漢在小女孩的眼裡和豐富的想像中變成了傳說中的孫悟空。雖然他在小說中的出場很短暫,他形象的象徵意義更大於現實意義。隨著參與體現強烈社會和民族意識的運送兩千磅華工的屍

---

[5] SKY Lee, *Disappearing Moon Café* (Vancouver/Toronto: Douglas & McIntyre, 1990), 5-6.
[6] 著名的《太平洋鐵路的最後一根鐵軌道釘:克萊拉奇》照片拍攝於1885年11月7日卑詩省的小鎮克萊拉奇。這張照片裡面沒有一位華工,裡面有驗船師,承包商,CPR經理,一個十幾歲的年青人,工程師,總警司,西北騎警,和西部牛仔等等。該照片保存在加拿大國家檔案館。顯然,慶祝鐵路建成的盛大典禮中,只有白人被拍入照片。

骨回中國，他也就從小說中退場了，不再出現。小說並沒有對他在參與建造鐵路過程做任何細節描寫，但是這一經歷卻在他之後的人生道路中留下了永久的記號：那就是他那張布滿歲月傷痕、艱辛勞作印記的臉相，那粗糙的稜角、堅硬分明的線條使他的臉看上去就好像是用木頭雕刻出來的。[7]唯一與鐵路有關的細節是在一個偶然的機會，他意外地發現已經暈過去的工頭約翰遜（Johnson），醉後被毆打、搶劫後被放在鐵軌上，等著被火車碾壓過去。於是他把他拖出鐵軌，約翰遜逃過了生命中致命的一劫。

《金山》在另一方面則運用大量的筆墨、生動的細節具體描述建造某一段鐵路的過程。作者張翎在再現建造鐵路的艱難困苦中，逐步發展著小說中剛毅、執著的男主人公方得法這一華人勞工人物的性格形象。從一張歷史悠久的舊照片上，一個年輕的帶著近視眼鏡的鐵路勞工給了張翎豐富的創作靈感和啟發，於是她把這位在照片上的年青人復活為受過私塾教育，有一定文化修養的、有著無數勞工共有的在加拿大辛酸人生經驗的《金山》的主人公方得法。在大量收集資料，閱讀史料，和採訪的基礎上，作家致力於創造這一人物形象旨在復原加拿大太平洋鐵路相冊中的中國華工應有的歷史位置。處在一個跨國家和跨文化的場景中，方得法在小說中成為了一個文化衝突中的調停者，更是加拿大和中國近代政治、歷史的見證人。

方得法在中國接受的教育，他的參與太平洋鐵路建造，他為爭取勞工的權利與白人工頭的爭鬥，他對清末憲政改革的熱情支持，他與加拿大白人的互動關係，和他那永久性地屬於在卑詩省的華裔草根一族的社會地位使他這一人物形象遠比其他兩部小說的人物複雜和豐富。黃貴昌在《殘月樓》裡後來成為一個成功的生意人，和黃家家族的男權代表性人物。而黃金年在《玉牡丹》裡是一個占居篇幅很少、在敘述者之一的純真小女孩的想像中神話化了的角色。相比之下，方得法的形象從多方面挑戰了種族和階級歧視的意識型態，而這種歧視華裔則不得不忍受了很長、很長的時間。

---

[7] Wayson Choy, *The Jade Peony* (Vancouver/Toronto: Douglas & McIntyre, 1995), 17.

雖然小說《殘月樓》的結構框架是由黃貴昌在楔子和尾聲中的傳統的敘述方式所組成，但是小說的中間部分基本上是由他的曾孫女凱英‧伍（Kae Yong Woo）為敘述者，同時夾雜進家族中其他成員的敘述，講述全家三代人的故事。這部分的敘事的順序不斷地被時間的跳越、過去和現在的穿插往來所打碎，甚至超越了楔子和尾聲所設定的小說總體的時間範圍。[8]這一以客觀的歷史敘述為框架、主觀的自我觀照的敘述為主體的敘述方式使小說的整體非常的後現代化。[9]小說的框架和主體之間還有一個因果關係，小說主要軀體中騷動不安的、充滿著悲劇性的故事情節正是楔子和尾聲中黃貴昌和土著女孩子卡蘿拉（Kelora）浪漫愛情故事所導致的後果。

與此不同，《金山》的敘事模式是典型的全知全覺的、客觀的歷史敘述。由方家第五代重孫孫女艾米訪問祖輩老家開平村為調停線索，小說逐步揭開被太平洋隔開了的方家兩個部分的、跟兩個國家的近代史緊密相連的家族史。而統一的全知全覺的敘述模式則進一步強化了敘述歷史的客觀性。歷史在《金山》裡面就好像小說的整體結構，它並不僅僅是一個附加在小說之上的歷史背景，而是制約每一個人物命運的最終的決定因素。很明顯，作家力圖囊括重大歷史事件，把人物性格、命運的每一個轉折點都跟歷史上發生的事件掛起鈎來。

相比之下，對歷史的敘述並不是小說《玉牡丹》的主要任務，雖然制度化了的種族歧視和歷史人物在小說中也有涉及。整部小說是通過三雙年幼、年輕的眼睛的稜鏡來折射出1930年代到1940年代唐人街裡華人的家庭和日常生活，第一人稱的敘述模式因其童趣和孩提語氣，有效地縮短了讀者與人物之間的閱讀距離，幫助形成一種親密關係，彷彿親臨實景般地聆聽孩子們的傾訴，而三位年幼孩子的分別敘述構成了小說的三角鼎力的獨立部分，雖因敘述者們為同一個家庭成員、因敘述家事而連接起來，但也可以獨立成章，因為各自敘述的

---

[8] 小說的楔子裡的時間是1892年，尾聲是1939年。而在小說的主體部分女主角寫給女伴的一封信的落款時間則是1978年。

[9] 這裡我借用琳達‧哈琴的用語「歷史敘述」和「自我觀照」，並運用她的標準來衡量《殘月樓》的後現代性。Linda Hutcheon, *The Canadian Postmodern: A Study of Contemporary English-Canadian Fiction* (Toronto, New York, Oxford: Oxford University Press, 1988), 93.

重點沒有直接關聯。與其他兩部小說不同，《玉牡丹》裡的歷史事件是在暗示的或間接的形式下表現出來的，是被密針細縫在作者的個人生活經歷和回憶中的。因為集中在少女、少男對家人和鄰居的敘述，小說呈現出的藝術形態宛如一副表現華人社區的風俗畫，而第一人稱的敘述模式進一步渲染了家庭和社區裡人與人之間的和睦親近的關係。

討論了三部小說各自不同的歷史景觀和敘述策略後，我現在要轉向查究三部小說的敘述結構的意義，在這樣的結構中人物是如何在歷史舞臺上活動，以及作家們描述他們時各自的處理方式。周蕾在她分析精神分析家和哲學家範農的關於群社形成的觀念時指出，「詞源學裡跟『群社』這個詞有關的含義表明，群社是跟群社的聲音和公眾意識連接在一起的；一個群社總是建立在被集體接受的基礎上……然而，與此同時沒有一個群社的形成不包括對接受誰排斥誰的雖不成文但約定俗成的理解。作為制約群社形成的原則，接受這一原則在群社的公眾意識中起著至關重要的作用」。[10]是否被一個群社所接受，不僅僅由主流文化機構來操縱，還有各群社自己的機構操縱著。《殘月樓》、《玉牡丹》和《金山》這三部小說都展示了「接受」這一原則是如何操作的，但是三位作家的處理方式卻非常不同，在後兩部小說裡，這一原則的操作並不是作品的主要支柱，而是附屬的情節。

在《殘月樓》裡，群社的排斥和接受的原則扮演著很重要的角色，它決定著小說中每一個主要人物的命運。黃家家族裡面錯綜複雜的人物關係和悲劇性的後果追蹤其終極的原因，源自於群社不成文的排外性的法規，它表現在黃貴昌對印地安土著姑娘卡蘿拉的拋棄，也表現在不承認他和卡蘿拉的兒子的父子關係。小說的楔子和尾聲是一段黃貴昌和卡蘿拉動人的富有異國情調的浪漫故事，當黃貴昌在荒山野地裡尋找、收集華工屍骨時，因迷失了方向而飢寒交迫，卻被卡蘿拉無意中發現，就把他帶到自己的家。之後，兩個年青人很快地陷入了愛河。在李群英詩情畫意地描寫中，荒山，河流，森林都成了兩人相愛

---

[10] Rey Chow, *Ethics after Idealism: Theory-Culture-Ethnicity-Reading* (Bloomington and Indianapolis: Indiana University Press, 1998), 56.

的牧歌般一樣令人神往的場景，他們在那裡度過了三年無比美好的時光。然而，這一段激情盎然的婚姻卻突然地中斷了，黃貴昌突然拋棄了卡蘿拉，痴情的卡蘿拉傷心欲絕，生了黃貴昌的兒子後不久憂鬱而死。

那麼是什麼原因突然使黃貴昌決定拋棄卡蘿拉呢？作者把這一懸念一直按下不表，拖至尾聲，直到那時我們才從已經垂垂老矣的黃貴昌的懺悔中得知，因為父母為他安排了一門婚事，他回中國娶了一位中國姑娘。儘管他是多麼地深愛卡蘿拉，但他還是聽從父母的指令。一個非漢族的女人是不會被傳統的中國家庭所接受的，跟異族通婚是不會被允許的，門當戶對仍然是婚姻組合的一個原則。黃貴昌自己很清楚這一祖訓，與他的這一行為相符合，後來當他和卡蘿拉生的兒子庭安（Ting An）通知他將和一位法裔姑娘結婚時，黃貴昌極力阻擾，說：「我會幫你在中國找一個真正的妻子。跟這個黃頭髮的女人結婚是絕對不允許的。」[11]也只有在這一時刻，黃貴昌才告訴庭安他隱藏了近二十年的兩人之間父子關係的祕密。

然而，具有諷刺意味的是，黃貴昌所操作的群社接受和排斥這一原則卻走向了完全相反的方向。在小說的主體部分，他對自己和卡蘿拉真實的夫妻關係、以及他和庭安父子關係的藏匿，導致了家族中的混血婚姻，背叛，納妾，亂倫，自殺等一系列壓迫性的事件，企圖要保持血統、種族純正的黃家，其實早已經雜糅了。因為黃貴昌對家裡人隱瞞了他跟卡蘿拉的婚姻關係，甚至把已經成為流浪兒的、與卡蘿拉生的兒子庭安帶回家後不告訴他他們的父子關係，以至庭安和黃貴昌的兒媳婦發生戀情後生下兩女一男。黃貴昌與正妻李木蘭生的兒子存福（Choy Fuk）結婚多年後一直未有子女，李木蘭便認為是兒媳婦鳳梅（Fong Mei）沒有生育能力，要把她休掉，並為兒子找了個妾為黃家延續香火。因為不知道庭安也是黃貴昌的兒子，鳳梅在孤苦無望中與庭安發生了愛情。全家也都以為她和庭安生的三個孩子是黃貴昌的兒子存福的。多年後便發生了庭安跟洋人妻子生的兒子摩根（Morgan）與庭安跟鳳梅生的小女兒蘇珊的

---

[11] SKY Lee, *Disappearing Moon Café*, 233.

戀情，最終導致蘇珊的自殺。

在黃家家族史上為群社排斥和接受所造成的種種悲劇中，性別和種族成為了人物各自對身分尋求的戰場。黃家世代相傳的男權文化中心的堅固總是以女性的犧牲為代價，這裡的女性既包括家庭內的成員，也包括家庭外的成員，比如卡蘿拉。這些女性的不幸命運首先是以卡蘿拉的被拒絕為起點，然後是以女性們各自為自己的權利進行反抗的各種形式及其反抗所引起的相應後果，她們的努力最終打破了社會／家庭規範的界限。最後是小說的主要敘述者凱（Kae），經過一番調查和挖掘最終發現家族史裡的隱藏很深的祕密以後，決定衝破社會運作的規範，重新確立她作為一個獨立的個體的文化身分，去實現她那未被家族接受的曾祖母卡蘿拉為之而死去的夢想和現實。

很顯然，小說悲劇性的主體部分顛覆和解構了浪漫化、詩情化的楔子和尾聲，把小說最終轉化為後現代主義的反諷，這一特徵非常符合琳達‧哈琴（Linda Hutcheon）對「歷史敘述式的元小說」（Historiographic metafiction）的界定。哈琴在她的《後現代主義詩學：歷史，理論，小說》一書中對「歷史敘述式的元小說」作了深刻的闡述，指出它是後現代小說中的一個主要特徵之一，主要表現為「為了解構傳統而使用傳統的形式」。[12]

與家族浪漫史不同，《金山》是以紀念碑式的結構呈現方家的歷史，它把方家的家族史置放在國家民族的大歷史裡面，在跨文化和跨國家的大場景中覆蓋了大量的歷史材料，把方家從1872年至2004年之間一百多年的五代家族史編織進許多重大歷史事件和場面。《金山》裡的人物之間的關係並沒有像《殘月樓》裡的因果聯繫，相反，歷史在小說裡成為支配每個人物命運的決定因素。與李群英和崔維新不同，他們是早期華裔的後代，對華裔的身世有著第一手的體驗；而張翎則是第一代的新移民，很自然地，因為自己家族裡沒有祖先參與鐵路的建造和種族歧視的親身經歷，所以她的敘述主要由客觀性來調節，很少有主觀情緒的傾瀉。然而，她敏銳的觀察力把一個嶄新的領域帶進了加拿大華

---

[12] Linda Hutcheon, *A Poetics of Postmodernism: History, Theory, Fiction* (New York & London: Routledge, 1988), 5.

裔歷史文學，那就是早期華工家庭的另一半，他們由生活在太平洋另一邊的華工的妻子，年邁的老父母，和年幼的子女所組成。華工家庭這一半的缺席，意味著加拿大華裔歷史的不完整，因此張翎《金山》的貢獻極大地拓寬了華裔歷史文學的疆域，填補了這一空白。

《金山》對方家家族在中國一邊的描寫跟對在加拿大一邊的描寫一樣重要，均不可或缺。它連接起了因太平洋的隔閡而造成的巨大斷壑。小說由兩條並行的敘述結構組成，它們互相對應，互相補充，從而把一個家族兩個遙遠的部分組合在政治和文化的地理圖冊上。很難想像，如果沒有他們在國內的另外一半的存在，早期華工們能夠在險惡的、甚至敵對的社會環境中生存下去。他們堅韌的忍耐力的源泉是對另一半強烈的的責任感和親情的愛，以及另一半對他們的殷切期待。雖然《金山》不是第一部描寫華工另一半的文學作品，比如鄭藹玲的自傳體小說《妾的兒女》，但是因為是紀實，鄭藹玲如實地記錄了另一半的生活狀態，並沒有進行藝術的再想像和再創造。[13]而《金山》則花費了幾乎一半以上的筆墨精心描繪華工另一半的苦苦留守，和無望的等待。尤其迴腸蕩氣的是方得法的妻子、女主人公六指的人物形象，她既具有普遍性，更具有獨特性。作為華工的妻子，六指和其他無數的妻子們一樣一輩子就留在老家照顧上老下幼，她那到「金山」去和丈夫團聚的夢想被加拿大種族歧視的、制度化了的排華法案砸得粉碎，而她的生命的終結則因為政治原因，因為她是加拿大華工的妻子而悲劇性地結束在土地改革的運動中。六指的一生鑲嵌在中國現代史的大事記上，記錄了中國歷史上一個特殊時期的集體記憶。

由於她那固實的歷史批評的方法，張翎的《金山》抓住了中國華工家庭史的精髓，即傳統文化意識在精神上連接起被地理空間分裂開來的家庭物質形式上的兩個部分，這兩個部分都因為其「他者」的特性而深陷於太平洋兩邊或種族或政治歧視的困境中。

---

[13] 鄭藹玲（Denise Chong）的《妾的兒女》（*Concubine's Children*）也記錄了主人公留守在廣東的家屬的一些生活情況，但是因為該作品是部人物傳記，所以是事實的紀錄，沒有經過作者的想像和再創造。

值得注意的是這兩位女作家在處理華裔青年和印地安土著女孩的愛情關係時的不同的藝術方式。根據2008年出版的《土著居民的教育：亞裔／太平洋地區》中由Lily Chow所撰寫的一篇研究文章〈土著女性和早期加拿大華人之間的通婚：1880-1950卑詩省的實例研究〉，在修建太平洋鐵路時，孤獨的華工跟當地印地安姑娘戀愛同居甚至結婚的事例不少。印地安姑娘往往富於同情心並熱情大方，她們對華工的關照給這些單身漢們一種溫暖的家的感覺。但是作者在採訪中發現有一些年老的婦女不願意談過去她們和華工曾有過的戀愛關係，因為關係的破裂，被拋棄是非常痛苦的經歷，所以她們寧願不提往事。她們只能自己撫養大與華工的子女。可見她們對拋棄她們的華工丈夫或情人是很有怨氣的。

　　印地安土著居民尊重他們女兒的選擇，接受華工作為他們家庭的成員，這樣的關係也提供了華工和印地安土著居民互相分享他們的生活經驗，包括打獵，捕魚，使用中草藥等生存方法。Lily Chow在文章的最後寫到：「早期印地安土著居民的憐愛關照，對不少流離失所和孤獨的華工幫助很多，使他們能夠生存下去。她們的善良，照顧和友情應該受到應有的感謝和讚揚。」[14]作者的這一呼籲分別在《殘月樓》和《金山》兩部作品裡得到了呼應，但是以不同的方式。顯然，在反映華工與印地安的關係上，兩部作品都取材於同一的歷史事實，但是，《殘月樓》把印地安女孩卡蘿拉描寫成一位視愛情高於生命的痴情浪漫的姑娘，一旦丈夫黃貴昌離她而去，她生命的源泉也就隨之枯竭而終止。作者的這一藝術處理跟小說的楔子裡把黃貴昌彌留之際在夢囈幻景中與卡蘿拉做愛的場景詩情畫意化很契合。相比之下，《金山》中的印地安姑娘桑丹絲的人物形象就跟歷史事實非常一致，作家是按照生活的原來樣式來塑造桑丹絲的，所以，錦山離開她後她並沒有傷心致死，而是頑強地獨自撫養大跟錦山的兒子，同時重新建立了自己的家庭，最後子孫滿堂，生活也很美滿，最後在晚

---

[14] Lily Chow, "Intermarriage between First Nations Women and the Early Chinese Immigrants to Canada: Case Studies in British Columbia 1880-1950" *Indigenous Education: Asian/Pacific,* ed. Robert Wesley Herb (Regina: Indigenous Studies Research Center, First Nations University of Canada,2008), 354.

年造訪錦山時，也是怨氣滿腹，以至錦山非常後悔這次會面。由此也反映出兩位作家在以文學形態書寫歷史時的不同的表現方式，對歷史的個人闡釋，以及在調停歷史和文學想像關係時的各自的側重點。

與前面兩部小說不同，《玉牡丹》所描寫的人物比較單純，既沒有《殘月樓》曲折複雜、盤根錯節的人物關係、也沒有《金山》大起大落，波瀾雲詭的故事情節，它是用三位在加拿大出生的天真無邪的少年孩子眼光和充滿詩意和鄉愁的筆觸來折射歷史、用娓娓細膩的敘述表現唐人街的華人的生活常態，由此來表現華人在融入和反融入加拿大文化之間的掙扎，游移和徬徨。特別值得注意的是，這些敘述反映了這些華裔後代在文化交錯的環境中逐漸形成自己的文化混合的身分特徵的過程，它們是在華人祖母──婆婆的每天言傳身教和加拿大白人文化之間的夾縫裡完成的，是在制度化的種族歧視下和與鄰裡和學校裡的白人朋友和同學的友誼中發展起來的，具有著普遍意義和典型性。

小說第一部的敘述者是不滿10歲的小女孩祝亮（Jook Liang），她和已經年邁多病的老華工黃金年的忘年之交是小說這一部分的主要情節，在女孩子天真稚氣的想像力中她把黃金年幻想成從天上降落到人間的美猴王孫悟空，這一想像跟她從小在家裡耳濡目染祖母的中國傳統文化的傳授緊密相關；與此同時她也是當時兒童明星秀蘭・鄧波兒（Shirley Temple）、和其他好萊塢明星弗雷德・阿斯泰爾（Fred Astaire）和金吉・羅傑斯（Ginger Rogers）熱衷的粉絲，酷愛看泰山猿人和羅賓漢的電影。第二部的敘述者為老二勇森（Jung Sum），勇森是領養的兒子，領養的經過和他同性戀本性的喚醒是這部分小說的主要故事。雖然勇森也交往白人的朋友，崇拜美國拳擊手約瑟夫・路易斯・巴羅（Joseph Louis Barrow），痴迷拳擊，好聽美國著名演員奧森・威爾斯（Orson Welles）播音的《影子》，但是13歲的他內心深處還是感到：「我仍然屬於婆婆，屬於她的故事和她故事裡的鬼們，就跟祝亮和石龍（Sek-Lung）一樣。」第三部敘述者是家裡最小的男孩子石龍，出生後因為體弱多病就一直在祖母婆婆的疼愛呵護、以及傳說故事中長大。他和婆婆的感情以及華裔少女梅英的自殺是這部分小說的主要情節。石龍雖然年幼，雖然婆婆總是灌輸他「中國人」

的概念,但他卻總是被自己的身分所屬(belonging)而困惑,總要問:「我是中國人還是加拿大人?」[15]

因此,雖然所述的故事不同,但對自己文化身分所屬、對華人社區意識的認知,卻是小說貫穿於三個孩子敘述的母題。孩子們眼裡婆婆的形象象徵性地代表了中國傳統文化的傳授者,她不僅要孩子們牢記他們是中國人,而且指導他們作為中國人的行為方式。而加拿大的文化環境尤其是學校裡的教育,則強化了他們跨文化的生活閱歷,尤其是語言的運用,當使用另外一種語言時,人們不自覺地會使用起這種語言的思維方式,雙重身分的意識也由此逐漸培養和定形。當長子謙(Kiam)表示要參軍為加拿大而戰、並給自己起了個英語名字Ken時,小妹祝亮馬上給於肯定,並說:「當我們出了唐人街,我們應該努力不那麼地與眾不同。」[16]意識到有不同,但又努力要表現出沒有那麼不同,這就是離散人群所具有的雙重性。正如維傑‧阿格紐(Vijay Agnew)所分析的:「雙重的、或者似是而非的離散意識的本性就是在『這兒』和『那兒』的夾縫裡,或者是在享有同一族裔根的人群之間的夾縫裡,它是由多元地域文化所決定的。離散個人的意識和身分可能集中在他們對族裔性的象徵物的感情,他們可能繼續對『故鄉』做感情上的投資。但是這樣的依戀和感情體驗同時發生在他們體驗介入和參與現居住地社會的、經濟的、文化的和政治的忠誠過程中……因此,離散產生多元的意識、多元的歷史和多元的身分,這樣的身分會生成不同,並挑戰同質化。」[17]所以一方面在婆婆的不斷地文化提示和教育下石龍感到自己應該是中國人,另一方面卻要宣布「我打算只說、只寫英語」,[18]對接受和容納加拿大文化打開大門,於是又覺得自己是加拿大人。

下一代對文化和族裔身分意識模糊的現象自然引起上一輩的警覺,「唐人街所有的成年人都對這些近些年出生在加拿大的我們非常擔憂,生來就

---

[15] Wayson Choy, *Jade Peony*, 149.
[16] Wayson Choy, *Jade Peony*, 140.
[17] Vijay Agnew, ed. *Diaspora, Memory, and Identity: A search for Home* (Toronto, Buffalo, London: University of Toronto Press, 2005), 14.
[18] Wayson Choy, *Jade Peony*, 154.

『既不是這，也不是那』，既不是中國人也不是加拿大人，生來就不懂得疆界……」[19]石龍的這一番道白，這番對自己一代人狀態的描述，恰恰印證了維傑・阿格紐對於「離散」這一概念的解釋，「離散從而就意味著一個跨越國家的自我和社區的意識，並建立起對種族的和民族紐帶的理解，這種理解是超越民族和國家的邊界和界限的」。[20]石龍他們其實就是一個新的群體，一個根在祖先的家鄉，卻在加拿大建立起新家和新的身分特徵的群體。在他們尚未涉世的眼中，生活的艱難轉化成了歷險，傳統被神化，社區被理想化。就如瑪麗・維泰耶（Marie Vautier）所評論的那樣，小說強調「唐人街強烈的社區意識，在那裡儘管面臨著生存的很多困難，但是社區裡的和睦相處到處可見」。[21]

充滿著激情，渴望和悲劇色彩，《殘月樓》鳴奏著不諧調的旋律，表現在女性為了她們的愛和作為人類一員的權利而作的掙扎和鬥爭。交雜著回憶和想像，《玉牡丹》承載著濃郁的懷舊情，它調停著小說中人物的過去和現在、年幼和老年的代溝的關係。《金山》則用細節交織歷史和文學，為讀者提供了歷史敘述和文學敘述的有機結合。因了反映早期華裔移民生活的共同題材，這三部小說對再現加拿大華裔歷史作出了巨大貢獻，而三位作家各自獨特的藝術表現和對歷史的闡釋是對加拿大歷史的主流文化敘述的有力挑戰。

參考書目

Agnew, Vijay, ed. *Diaspora, Memory, and Identity: A search for Home*. Toronto, Buffalo, London: University of Toronto Press, 2005.
Chan, Anthony B. *Gold Mountain: The Chinese in the New World*. Vancouver: New Star Books, 1983.
Chow, Lily. "Intermarriage between First Nations Women and the Early Chinese Immigrants to Canada: Case Studies in British Columbia 1880-1950." *Indigenous Education: Asian/Pacific*. Ed. Robert Wesley Herb. Regina: Indigenous Studies Research Center, First Nations University of Canada, 2008: 345-358.
Chow, Rey. *Ethics after Idealism: Theory-Culture-Ethnicity-Reading*. Bloomington & Indianapolis: Indiana UP, 1998.

---

[19] Wayson Choy, *Jade Peony*, 152.
[20] Vijay Agnew, *Diaspora, Memory, and Identity: A search for Home*, 4.
[21] Marie Vautier, "Canadian Fiction Meets History and Historiography: Jacques Poulin, Daphne Marlatt, and Wayson Choy," *Colby Quarterly*, vol. 35, no. 1 (Mar, 1999): 29.

Choy, Wayson. *The Jade Peony*. Vancouver/Toronto: Douglas & McIntyre, 1995.
Hilf, Susanne. *Writing the Hyphen*. Frankfurt am Main: Peter Lang GmbH, 2000.
Hutcheon, Linda. *The Canadian Postmodern: A Study of Contemporary English-Canadian Fiction*. Toronto, New York, Oxford: Oxford University Press, 1988.
—— *A Poetics of Postmodernism: History, Theory, Fiction*. New York & London: Routledge, 1988.
Lee, Bennett & Jim Wong-Chu, eds. *Many-Mouthed Bird: Contemporary Writing by Chinese Canadian*. Vancouver/Toronto: Douglas & McIntyre, 1991.
Lee, SKY. *Disappearing Moon Café*. Vancouver/Toronto: Douglas & McIntyre, 1990.
Vautier, Marie. "Canadian Fiction Meets History and Historiography: Jacques Poulin, Daphne Marlatt, and Wayson Choy." *Colby Quarterly*, 35.1 (Jan. 1999): 18-34.
Zhang, Ling. *Gold Mountain Blues*. Toronto, New York: Penguin Group, 2011.

【此文發表在《生命旅程和歷史敘述》一書，
廣州：暨南大學出版社，2014年】

加拿大華文文學的史詩敘事[1]

在「史詩敘事」主題上，加拿大新移民文學也取得了長足的進步。2009年是豐美收穫的一年，這一年裡，兩部標誌加華文學令人矚目的制高點的小說《金山》和《沙撈越戰事》先後問世，[2]在國內和海外華文文壇上都引起巨大的反響。它們分別以歷史的深度、厚度和歷史的多稜角度，以作者自己對歷史的感悟和認知，用文學藝術的形式重現二十世紀上半葉華人在加拿大和在第二次世界大戰中的命運，舒展開令人回腸蕩氣的歷史畫卷。

兩部小說是作家創作道路中的重大突破，也是對加拿大華裔文學中早先出現的史詩敘事文學的豐富和發展。[3]與先前的史詩敘事文學不同的是，前者植根於自傳史實的沃土；後者則基於作者大量的案頭研究、實地採訪和考證，在史料的基礎上融入想像而創作出來，其中沒有作家自己個人生活的體驗和感受。由此而表明兩位作家已進入自由自如的創作狀態之中，不必依賴於自己的人生經歷或家族史。在題材上，兩位作家均從歷史的積澱中鉤沉素材；主題上，他們跳越出常見的新移民在它鄉別國的生存困境和奮鬥的堅韌，重在描繪早期華人對加國的貢獻，在拂去厚重的時間塵埃，演繹事往日遷的過去的時

---

[1] 本文為吳華、徐學清合作的〈地平線的拓展——以「多倫多小說家群」為例看加拿大新移民文學〉一文中「史詩敘事」一章，該章由徐學清執筆。本文寫作參考了徐學清的〈金山的夢幻和淘金的現實——論張翎的長篇小說《金山》〉，《中國女性文化》，第11期，2009年，第220-226頁；《香港文學》，第12期，2009年，第18-21頁。〈人性，獸性和族性的戰爭：讀陳河的《沙撈越戰事》〉，《華文文學》，第5期，2010年，第97-99頁。

[2] 張翎，〈金山〉，《人民文學》，第4期，第5期連載，2009年；陳河，〈沙撈越戰事〉，《人民文學》，第12期，2009年，第81-131頁。

[3] 加拿大華裔文學中的史詩敘述長篇小說有李群英（SKY Lee）的《殘月樓》*Disappearing Moon Cafe*（Vancouver: Douglas & McIntyre, 1990）；鄭靄齡（Denise Chong）的《妾的兒女》*The Concubine's Children*（Toronto: Penguin Books, 1994）；崔維新（Wayson Choy）的《玉牡丹》*The Jade Peony*（Vancouver: Douglas & McIntyre, 1995）；葛逸凡的《金山華工滄桑錄》（溫哥華：加拿大華裔作家協會，2007年）。

候，融入自己對歷史的闡釋；人物上，兩位作家各自以個性獨特的處理方式，使華人在上個世紀變幻莫測的世界舞臺的底版上鮮活飽滿地活動起來，油畫般地立體多彩。而兩部小說的藝術手法上也鑴刻著作家自己的風格印記。

　　如何走進華埠的過去，追蹤華人的歷史足跡，兩位作家的方式方法迥然不同。張翎寫《金山》採用的是傳統的現實主義、現代主義的手法，以歷史縱深的垂直空間穿梭為主，莊重經典，全景式地、史詩般地描述方家五代近一個半世紀的家族史，包括方得法和早期華人在加拿大淘金和修築太平洋鐵路的艱辛，他們「金山夢」的幻滅，他們隔絕在太平洋對岸的家鄉的老母妻兒在多災多難歲月裡堅韌的等待，以及他們在加拿大從被排斥的「另類」到逐漸融入主流社會的漫長複雜的過程，在作者如歌如泣的敘述中，主人公們一個個從史海裡浮雕般地向我們走來。男女主人公方得法和六指半個多世紀的生死之戀是小說的核心，兩人在太平洋兩岸隔海相望，各自一方地互相等待了五十多年，卻陰差陽錯終究不能團聚，不是因為政治事件，就是性格所然。六指率領著婦孺老幼在開平老家的守望，是方得法在加拿大「淘金」的精神和文化的支柱，是小說不可或缺的重要部分，它使先僑們被時空分割了的身心還原成一個整體。沒有對留守在故鄉的親人這一部分的敘述，加拿大華工的歷史就是不完全的。《金山》濃筆重彩地描寫華工在故鄉的另一半，使其在史詩敘述文學中卓然而立：之前的作品對留國守望的描寫或者處理簡單，[4]或者根本就沒有涉及。在描寫方家人物命運時，《金山》作者把家族史跟歷史網絡密織在一起，強調人物所受的歷史的制約。作者刻意地穿插著加中兩國各自的社會重大事件，包括兩次世界大戰，排華排日，人頭稅，百日維新，辛亥革命，包括歷史人物李鴻章、梁啟超、孫中山訪問加拿大等歷史事件，中日之戰，解放戰爭，以及土改，直到二十一世紀的經濟全球化，以此為人物活動的舞臺大背景，突出人物命運與歷史的關係。人物的悲歡離合，生離死別並不是偶然的、孤立的，它們

---

[4] 鄭藹玲的自傳體小說《妾的兒女》雖然也有描寫留在廣東的髮妻和兩個女兒的篇章，但是重在男主角Chan Sam回家探親和蓋樓，他從來沒有接髮妻去加拿大的打算，卻在溫哥華聘娶了一位從故鄉來的女性為妾。

的背後，有著人為操縱的歷史事件的支配，有著歷史的必然性，因此人物的命運也可以用歷史來闡釋。

顯然，陳河受後現代、後殖民主義文學的影響較深，他在《沙撈越戰事》裡以跨洲際的地平線橫向空間穿梭為主，表現的是被地理分割的歷史。周天化在加拿大華文文學中是一個非常獨特的形象，這一在加拿大土生土長的華裔後代參戰於第二次世界大戰中的經歷極富傳奇性。作者通過對他的地理跨越的行為描寫：在馬背上翻山越嶺長途跋涉入伍加拿大軍隊，成為反法西斯戰場上特種部隊的技術員，被派遣到馬來西亞沙撈越叢林，來突現他在文明與野蠻，東方與西方，現代科技和原始文化，歷史與當下之間的穿梭往來。周天化連接起正在做生死較量中的盟軍加、英方，當地土著班依武裝和馬來西亞華裔的「紅色游擊隊」，以及日軍等的多方政治軍事力量，並在實施由英國皇家陸軍精心策劃多年的Z計劃中起著關鍵性的樞紐作用。這場戰鬥取勝的必然性被分解為很多臨時性，不定性和偶然性，而周天化這一人物在文化意識型態上既是分裂的，又是多質的，雜糅的，無鮮明身分特徵的，具有很典型的後殖民文學支離破碎（fragmentation）的特質。他的英語，中文和日語的能力使他在三種文化中不斷地被衝突、碰撞，小說中他不停地追問自己：「我要去哪裡？我為什麼要去？」周天化自己身上文化所屬層次的復式性使他內心常常處於不確定和游離的狀態，所以他很明白「這個問題是他無法想得清楚的」。[5]在人物的身分認證上，陳河的解釋是非常獨特的，借用賽伊德的話來說，他沒有簡單地「把身分的不同性納入更大的框架裡的身分認同」，[6]而是讓它保持開放式的不確定。這樣，他的《沙撈越戰事》和張翎的《金山》就在處理方式上形成了鮮明的對比：同樣是歷史的悲宏壯烈，張翎注重於對歷史大廈的「堅實磚石構造」，[7]陳河則致力於對這一大廈的解構。雖然是不同的表現方式，但是兩位作家都成功

---

[5] 陳河，《沙撈越戰事》，第130頁。

[6] Edward W. Said, "History, Literature, and Geography," *Reflections on Exile and Other Essays* (Cambridge, Massachusetts: Harvard University Press, 2002), 467.

[7] 李敬澤，〈莫言，馮小剛，李敬澤聯袂推薦〉，《金山》書腰，北京：北京十月文藝出版社，2009年。

地「把歷史的真實轉化成有高度特徵的、不能再縮減的句子、章節、並列句的堅實結構」。[8]

在這文字組成的結構中，是兩位作家的語言定下其風格的基調。張翎的語言很講究，古典的含蓄溫婉中沉潛剛克；陳河的語言非常簡潔，乾淨，敏捷，沒有很多形容詞，但富有動感，動作性很強。張翎的語言從容不迫，寫景，敘事，鋪墊，烘托曲盡其態；陳河的語言很富於視覺效果，不少場景描寫，能激發讀者強烈的色彩感和視像想像。張翎擅長用細密的筆觸，委婉曲致地描畫出人物內心世界的層次和心靈軌跡，陳河則明快詼諧地在系列行動中讓人物的性格撞出火花，尤其是在反諷中表現人物與環境衝突的尷尬和無奈。如果說《金山》中的人物如精雕細刻的工筆畫，那麼《沙撈越戰事》裡的人物就如多質拼貼的後現代藝術畫像。張翎把「淘金」華人家族史鐫刻在蒼涼凝重的「金山」上，進而使小說具有了史詩般的氣勢和恢宏，立意深邃悠遠；陳河則把反法西斯戰爭中的某一歷史片段很富動感地活躍在地理的分割和跨越中，繪摹成一幅世界性的文學地圖，因其戰爭的硝煙，地圖上所展現的人性與人性中獸性以及族性之間的生死較量和相互關係，瀰漫著孤寂的憂傷，種族之間隔閡的悲涼，戰爭死神般的陰影。兩位作家的語言是他們對歷史再思和重述的具體載體，也是他們各自風格的體現。他們對華人移民歷史這一豐富礦藏的開掘，以及他們在藝術創作上的突破為加拿大華文文學更上一個新臺階有著舉足輕重的貢獻。

---

[8] Edward W. Said, *History, Literature, and Geography*, 456.

金山的夢幻和淘金的現實：
論張翎的長篇小說《金山》

　　加拿大華人文學中，以家族史為經，以幾代人的生活為緯的長篇小說之前只有兩部：問世於1990年李群英（SKY Lee）的英語作品《殘月樓》（Disappearing Moon Café），[1]和出版於2007年的《金山華工滄桑錄》，[2]作者葛逸凡。鄭靄齡的《妾的兒女》因屬於傳記文學，故不包括在內。而崔維新（Wayson Choy）的長篇小說《玉牡丹》（The Jade Peony）雖也涉及家族三代人，但它集中描寫家庭四個孩子在成長中的故事。這些篳路藍縷之作為加拿大華裔文學開拓了題材的廣度和深度，然而，早期華人在加拿大的淘金淚，築路血，他們背後在家鄉的老母妻兒的苦苦廝等，華人在加拿大社會從被排斥的「另類」到逐漸融入主流社會的漫長複雜的過程，此岸與彼岸歷史演進中的互相關係等歷史的彎彎曲曲，似無比豐富的礦藏還有待開發挖掘。今年《人民文學》第四，五期系列推出的加拿大華裔作家張翎的長篇小說《金山》正是在這片原始的礦野裡提煉出來的金礦，它對人性和社會描寫的深度和廣度使加拿大以及北美華人文學的優質達到了空前的高度。

史海中命運的浮沉

　　《金山》取材於十九世紀下半葉廣東開平村民跨洋過海去加拿大追尋黃金夢的史實，整部小說，以等待為軸，展開的是尋夢，追求夢，實現夢，最終夢被現實無情地粉碎的漫長的歷史過程。主人公方得法一家五代人的家族史縱深

---

[1]　SKY Lee, *Disappearing Moon Cafe* (Vancouver, Douglas and McIntyre, 1990). 該小說被提名為Ethel Wilson小說獎和總督獎，獲溫哥華書獎。
[2]　葛逸凡，《金山華工滄桑錄》，溫哥華：加拿大華裔作家協會，2007年。

近一個世紀半，橫越太平洋兩岸，人物波譎雲詭的命運中暗伏著歷史沉重的轍印，小說傳奇般的故事穿插著加中兩國各自的社會重大事件，包括兩次世界大戰，排華排日，人頭稅，百日維新，辛亥革命，中日之戰，解放戰爭，以及土改，直到二十一世紀的經濟全球化。小說令人信服地揭示出人物命運與歷史的關係，人物的悲歡離合，生離死別的背後，有著人為操縱的歷史事件的支配，它與歷史密不可分，亦是對歷史的形象化的演繹。歷史的恢宏使小說格外地凝重，深厚，充滿張力，也使小說具有了史詩般震撼性的力度。

然而，《金山》是小說，不是歷史。歷史在《金山》裡是紋理，是礦脈，是背景，雖然制約著人物的命運，但它以潛伏在人物命運的背後的形式出現的。人物是小說裡的靈魂和生命。《金山》所塑造的人物形象，不僅豐富了加拿大華人文學的人物畫廊，也豐富了中國文學的人物畫廊。男主人公方得法和六指的生死之戀半個多世紀，最終卻未能實現他許下的把六指接到加拿大跟他團聚的諾言。六指等了五十多年，竟陰差陽錯終究不能與方得法生活在一起，不是因為政治事件，就是性格所然。這之間漫長的等待，飽含著多少迴腸蕩氣的曲折，揪人心肺的場景，它們生動展現出人物性格的內在邏輯和性格的多層次、多方面性。

在每一次的為團圓作努力和渴望團圓的等待中，男女主人公都付出了巨大的代價和犧牲。久藏在心底的可以說是青梅竹馬的戀情，讓這對都具有很強個性的愛侶置錢財、生命不顧也要走到一起。然而，他們性格的閃光，是在團圓機會到來時各自的選擇。在理智與感情，國家與個人，孩子與父母之間，方得法和六指的每次選擇，都從不同的側面展現了他們性格的層面。作者是把他們放在血與火裡進行測試，磨練，讓他們在複雜的場景中來表現自己的性格的矛盾，在性格與命運的衝突中來體現人性的內容。命運往往是受歷史的制約，團圓的最終不能實現，是歷史對他們的磨難。

《金山》涉及到的社會文化層面之多在加拿大華文文學中是前所未有的。它的深度還在於它對各族人之間的關係，不同文化之間內容和表現形式上的對立和互相作用的描寫，文化關係中所表現出來的還有加拿大和中國兩國關係的

歷史皺摺，從而使小說具有著文化的深度和廣度。在文化的大框架中的每一個人物都從不同的文化中來，都鐫刻著自己族裔文化的印記。小說中的主角們與加拿大原土著人，與英國來的移民，與最早來北美大陸的英格蘭後裔，與加拿大最大的哈德遜河灣百貨公司的高級職員，與生活在社會最底層方方面面的人系之間的恩怨糾葛，極生動地展現了加拿大二十世紀上半葉以歐洲移民為主的社會狀況，社會的不公正，種族歧視，貧富之間的嚴重差距，執政族與各少數民族之間的等級關係，以及中國勞工和華人在當時社會中的地位。

方得法跟鐵路工程工頭瑞克・亨德森的一生從互相鬥爭開始的友情，是從一開始的對立到彼此互相欣賞，互相幫助的過程，比較典型地展現了加拿大白人與有色人種之間的關係。而方得法的大兒子錦山與原土著姑娘桑丹絲瞬即一閃的愛情，則反映了各少數民族之間的文化差異。原土著人的樸實，自然，野性與漢民族的忠孝，謹慎，傳統形成了鮮明的對照，甚至不和諧。方得法的二兒子方錦河跟亨德森太太的從僕人到情人的關係，則從人性的深層方面揭示情與慾，同性與異性愛的理性與非理性的互相對應。錦山的女兒延齡與白人青年流浪歌手莊尼各為了個性的自由離家出走而走到一起，但在傳統的銅牆鐵壁前頭破血流後必然分手的一段情分，形象地反映了那個時代的偏見，守舊，隔閡和歧視。延齡的女兒艾米與馬克可說是當代北美多元文化的表徵，一位是社會學教授，一位則是哲學教授，兩個職業均處於當代思想領域的前沿。

這張錯綜複雜的關係網並沒有包括方得法在故鄉廣東開平村的家庭的另一半，假如沒有這家庭的另一半，作品的深刻性就會受到很大影響。方姓家族以六指為中心留守在家鄉的老弱婦孺包括下人，在長期的等待中經歷了這一邊的歷史滄桑。與此前描寫家族史的小說不同，張翎對另一半在多災多難歲月裡堅韌的等待和她／他們對地球另一邊親人的依賴作了精細的描繪，刻畫出大洋的那一邊親人們生存的力量和動力，他們能在艱難中堅持下去，因為負有全家十幾口人衣食住行的重任，因為掙扎中有企盼。六指可以說是整部小說中塑造得最成功的人物形象。作為留守在家的頂樑柱，作家刻畫她的性格從1、2歲伊始，逐漸鋪墊，層層遞進，每一個細節都增添了她的性格內容，每一段情節都

豐富了她的形象內涵，直到六指生命的最後時刻，一個普普通通但是很不尋常的富有個性色彩不落於俗套的母親呼之欲出。這一形象的成功塑造，體現了作家精湛的構思技巧和藝術功力。無論是桑丹絲，貓眼，還是延齡，女性形象在小說裡都非常成功，個個鮮活突出，有著性格的生命力。相對來說，男性形象除了墨斗在總體上稍遜一籌。

張翎的小說很耐讀，因為她含蓄蘊籍的語言，因為其豐富的文化和歷史涵蓄。那對19世紀末維多利亞唐人街的再現，對無數個木匣子裡等著被運送回家鄉的骨殖的神祕面紗的揭開，對開平雕樓這一已經列為聯合國世界遺產的刻畫，對加拿大土著人的風俗描繪，包括對人物心理細微變化的捕捉，歷史的筋骨和文化的血肉絲絲縷縷地滲透在精雕細鏤的細節中，使它們深沉而飽滿，鮮活而靈動。恰與一覽無餘相反，張翎的語言充滿了獨特的意象，好似藝術家的大手筆，以非尋常的顏色，光線，細節來表現和突出人物的感覺和內心動態，常提供給讀者嶄新的審美體驗；更似淳厚濃郁釀製了幾十年的醇酒，讓人越品味越感覺餘味雋永，後勁綿綿。

離散中身分的確認

《金山》的出現給當前在文學、社會學、文化學、人類學、哲學等盛行的離散理論的發展和深入提供了豐富的原始資料，它的跨國性、跨文化性、跨民族性，對很多觀念，比如身分的確認，家、國、民族、故鄉與居住國之間的關係，種族、性別、階級、以及文化之間的對抗和互相作用，多元文化主義，少數民族在居住國裡的同化，反同化或被融合等，提供了極有價值的研究材料。原因在於《金山》不是作者憑空想像構造出來的烏虛有，為了創作這部巨製，作者在書山史海裡花的時間和精力比作一篇博士論文還要多，她耐得住寂寞地查閱了無數資料，閱讀了大量史書，翻閱了加拿大聯邦和省市檔案館的存檔文獻，多次去維多利亞、溫哥華市、廣東開平等實地採訪考察，醞釀了二十年、熟稔了一段歷史之後才動手下筆。更可貴的，是作家沒有簡單化地把複雜的歷

史社會現象概念化抽象化，而是還原於它的客觀平實和生活豐富的真實。

正是這一歷史性和生活的真實性使《金山》在離散理論中的核心問題——身分的確認和認同上有著獨特的貢獻。張翎在她的序言中以「憂鬱症」為例批評了簡單化、籠統化的做法，「正如西方現代醫學愛把許多找不到答案的症狀籠統簡單地歸類為憂鬱症一樣」，身分的認同和確認在學術界內外也已經常常被用來可以涵蓋一切解釋一切的抽象的概念，以至使它在實際運用時反而顯得模糊，使複雜的現象簡單化，深層的原因表面化。雖然早在十九世紀社會學家就已經提出了身分的確認和認同這一概念，但是它成為非常流行並具有支配地位是在二十世紀末葉，因為它能彌補其他三個主要社會學概念——種族，國家性格和社會意識——所留下的空缺。Sinisa Malesevic（瑟尼薩‧馬雷塞維克）認為「身分認同與確認是產生於傳統的團體的維繫開始微弱，舊的等級開始崩潰，個性的感覺重新被發現為是有價值的，也是充滿活力的、流動的，和創造性的」。[3]在《金山》中，人物身分認同和確認的意識並不是從一開始就有的。方得法背井離鄉跨洋過海是為了要改變當時的生活狀態，追尋所謂的「淘金」夢。只有當他的兩個兒子先後分別抵達加拿大和他一起開始新的生活後，以及在加拿大出身的下一代成長後，身分的歸屬才成為一個問題。

一個典型的事例是方得法的二兒子方錦河。在如何使用他所繼承的亨德森太太的一大筆遺產上，錦河的很多打算中，包括「給阿哥買一座帶後院的洋房」、「給阿爸買舟回鄉」、「給阿媽買望也望不到頭的田產」。可當他讀到當地華人報紙，鼓勵華人參軍入伍到歐洲前線參戰時，他卻加入了加拿大軍隊，把錢全部捐給反法西斯的戰爭，最後陣亡在法國。這時的錦河，一方面與自己的祖國親人有著千絲萬縷的聯繫，一方面已把加拿大國民職責作為自己的職責。另一個事例是錦山的女兒延齡。這位出身在加拿大的方家第三代女性，有著鮮明的反叛個性，她無視傳統與習俗，我行我素，用錦河的話就是「延齡是在金山的泥土裡栽下的種籽，就著金山的日頭和風水長大，若把延齡拔起來

---

[3] Sinisa Malesevic, *Identity as Ideology* (Chippenham and Eastbourne: Antony Rowe Ltd, 2006), 23.

種到開平鄉下，怕是死也不肯的」。延齡完全按照加拿大的習俗來培養女兒艾米，目的是要她完全成為這個社會的一部分。

第三、四代人對自己的文化身分的認同有著各自的看法，方得法從來就沒有把自己看作加拿大的一部分，對他來說，加拿大只是一個使他能夠養家糊口的地方。在錦河的意識中，雙重身分的認同感卻已經非常明顯。出身於加拿大的延齡則努力要做一個加拿大人，儘管那時的加拿大人並不完全接受她。艾米則已具有了多元文化的意識，而她自己本身也是跨民族結合的果實。

這條關於身分認同和確認的發展線條，跟Wing Chung Ng在他的《溫哥華的中國人，1945-80：身分和權利的追求》[4]中的分析非常相似，Wing把溫哥華的華人劃分為三個部分，最早的勞工，新到達的移民，和在加拿大出生的華人後裔，三個群體之間關於文化身分認同的爭論不僅反映在他們各自所辦的報紙上，而且反映在他們各自的團體組織的宗旨和目的。而此中的區別和差異產生不僅是因為代溝，更重要的是中華傳統文化和加拿大文化之間持續的互相對抗，排斥，分解，影響，滲透，融合的結果，其中居住國政策的變化具有著舉足輕重的的作用。

《金山》形象而細膩地傳達出了文化之間的複雜關係以及它對人物身分認同的影響，也傳達出了人物在身分認同過程中複雜的心理，和幾代人心理的發展變化。Jenkins（詹金斯）在他的《社會身分的認同》一書中指出：「身分認同和確認建立在比較人和事物之間的兩種可能的同時發生的關係上：一種是相似性，另一種是不同性。」[5]《金山》中的幾代人的身分認同的過程首先認證了相似性，即他們集體的身分和特徵的相同，它源於共同的文化密碼。然而，文化身分及其特徵經歷著不斷的變化，它是歷史，文化，權力操作的結果。所以文化身分和特徵在《金山》的人物中又是不穩定的，變化的，甚至是矛盾對立的，鐫刻著一個集體的多種相同點和許多不同點。變化的一面表現了人物在其

---

[4] Wing Chung Ng, *The Chinese in Vancouver, 1945-80 – The Pursuit of Identity and Power* (Vancouver: UBC Press, 1999).

[5] R Jenkins, *Social Identity* (London: Routledge, 1996), 3-4.

他文化環境中對各種文化之間互動關係的一種本能的和自覺的反應，也反映了在政治和經濟的調解下各種文化互相運作的過程。這也是為何只認同中華子民的方得法最終卻沒有「落葉歸根」，而「落地開花」的延齡在其生命的最後一刻大鬧養老院直到女兒艾米答應替她回鄉才罷。

小結

《金山》是一部內容深沉涵意豐富的「淘金」華人家族史，它的堅實和厚重基於作家對歷史的考據鉤沉，從而使小說具有堅固的地基和骨骼；它的縱橫捭闔，運掉自如，顯示了作家長篇巨製的駕馭能力，使小說具有史詩般的氣勢和恢宏；它的千迴百轉，波駭雲屬，源於作家的豐富的藝術想像力和創作力，使小說枝葉豐滿，搖曳多姿；它的蒼涼悲愴，是因為凝聚了作家對歷史和人性的思考，使小說立意深邃，神而明之。《金山》的成功，不是靠獵奇，詭異，驚險，性刺激，而是作家扎實的現實主義的功力和真才實學，小說的藝術魅力和藝術生命力將隨著時間的推移越來越被讀者所認識。

【此文發表在《中國女性文化》2006年11期，總75期】

人性、獸性和族性的戰爭：
讀陳河的《沙撈越戰事》

　　加拿大華裔作家陳河在他發表在2009年《人民文學》第12期的長篇小說〈沙撈越戰事〉[1]中把人性、獸性和族性放在不可調和的年代裡使勁拷打，血淋淋地鞭笞，使小說於驚心動魄、波瀾起伏中，直逼人類社會學的一個根本性的問題：人類所歸屬的族性在人性與人性中的獸性之間的關係中起著什麼樣的作用。小說的震撼人心之處不僅僅在於它再現戰爭殘酷的程度，人性泯滅的可怕，更重要的是，它把族性放在人性與獸性中來考察，把不同民族之間的關係，仇敵、親情、情愛、朋友、合作夥伴、同盟者等等放在國際舞臺上的多種政治力量的互相利用，較量，制衡，和格鬥中來探究。

　　《沙撈越戰事》在加拿大華裔文學中是第一部濃彩重墨地具體描寫華裔後代在第二次世界大戰中如何參加加拿大軍隊奔赴反法西斯戰場，以及他們的戰爭生活經歷的小說。雖然其他小說中有提到華裔後代參軍，比如李群英的《殘月樓》和崔維新的《玉牡丹》，但卻沒有戰場描寫。《沙撈越戰事》這一描寫戰爭的作品不僅在題材上具有開創拓廣性，更重要的是它所塑造的人物形象所具有的複雜性和多重性。主人公周天化的文化族裔身分非常複雜，他本身就是一個國際小舞臺，在加拿大出生，即是華裔也是日裔的後代，入伍後被編入英軍，代表英國部隊在馬來西亞沙撈越叢林一帶擔任當地依班人和由中國人組成的紅色游擊隊的通訊聯絡技術指導和聯絡員。最後又跟馬來西亞土著依班姑娘孕育了後代。

　　這一複雜性顯示了作品典型的後現代、後殖民文學的多質並存的特性。作家所運用的是地球村的視眼，小說中文明與野蠻同驅，東方與西方比肩，現代

---

[1] 陳河，〈沙撈越戰事〉，《人民文學》，第12期，2009年，第83-131頁。

科技和原始文化並存，歷史與當下共時，結構成一個立體的時空相對的層次豐富的平臺，給讀者提供了多種角度去感受，思考小說中所描寫的人物，事件和發人深省的母題。

和陳河的其他作品一樣，《沙撈越戰事》情節緊湊複雜，充滿懸念，故事的發展絲絲入扣，充滿張力，很抓讀者的眼球，讓人欲罷不能，顯示了作家高超的敘述故事能力和技巧。陳河的小說基本不是完全的杜撰，也許是受以擅長於把歷史人物融入其小說著稱的著名俄裔美國作家勞倫斯‧多克托羅（E. Lawrence Doctorow）的影響，陳河的小說大多都有作家自己的體驗或者有跡可查的真實人物和事件。作家的才華在於他能有聲有色地把發生過的事件用想像的羽毛重新編織成一個個驚心奪目、波譎雲詭的故事，把生活中的真實人物因了時間的距離和過濾，用現今的角度重新闡釋其命運和性格的歷史和生活邏輯，以及人性的複雜層次。

同樣《沙撈越戰事》中的人物和情節不是烏虛有的編造，作家為此作品做了大量的資料收集和研究工作，重要部分均有史料為堅實的地基。當初被派到沙撈越的周天化的原形其實還活得好好的，常在電視上亮相，尤其在一年一度的紀念在戰爭和維和行動中捐軀的將士的加拿大「國殤日」。作者創作的靈感多從觀看電視新聞時所激發。二戰爆發後，加拿大政府對日本移民的敵視性政策也在小說中有著具體的、栩栩如生的描寫，從被驅趕出大城市到山區裡的集中營地，被迫過著另類人式的被監視的集體生活，小說描繪了旅加日本人作為群體如何在作為加拿大居住者和日本人之間的徬徨和困惑，以及他們對自己文化身分的具有日本特色的思考。[2]

小說對馬來西亞沙撈越叢林中當地的依班人神祕的風情民俗的描寫極其生動，作家把對依班人的文化傳統的敘述放在慘烈的抵抗日軍的二戰時期，那原

---

[2] 下面的書籍是陳河關於日裔在二戰時期在加拿大被政治歧視的描寫的資料來源：Ken Adachi, *The Enemy that Never Was* (McClelland and Steward, Toronto, 1976); Takeo Nakano, *Within the Barbed Wire Fence* (Toronto: University of Toronto Press, 1980); Roy Ito, *We Went to War* (Ottawa: Wings Canada, 1984).

始圖騰般的蠻橫對付入侵者非常有效;而撲朔迷離的「阿娃孫谷」雖然讓主人公逃脫了依班人的追殺,卻在日寇的暴力下成為依班少女的煉獄。在共同對敵的大方向下,依班人保持著自己的相對獨立性,以自己的利益為原則與英國皇家陸軍斡旋,既合作又自幹自。被殖民地區與殖民主義之間文化和權力的抗衡即使是在同仇敵愾時,也沒有絲毫的鬆懈。

小說中的「紅色游擊隊」是沙撈越叢林中另外一支抵抗日本侵略者的力量,以華裔馬來西亞人為主。游擊隊隊長神鷹身上有不少馬來西亞共產黨總書記陳平的影子,陳平崇拜「持久戰」的細節都在小說中的神鷹身上生動地體現出來。而原總書記萊特則以原名進入小說,這一神祕的、在共產國際接受嚴格訓練的、有著多重身分的馬共領導人既是英國政府的間諜,後又成為日本的間諜。馬共的「肅反」擴大化和游擊隊內部的政治迫害,極大地削弱了游擊隊的戰鬥力,讓讀者有著似曾相識的感覺,恰是因為它有本有源,歷歷載入陳平的《我方的歷史》。[3]

作為英國皇家陸軍的聯絡員和電訊技術員,小說的主人公周天化把各種政治力量串連在一起,不僅在盟軍方面,還在日軍方面,包括遙遠的日軍的英國間諜,從而使小說的地理空間的跨度從加拿大的西海岸到洛磯山脈,穿越太平洋落腳在南亞叢林中後又跳躍到新西蘭(紐西蘭),之後在英國和南亞新加坡和印度之間穿梭往返。小說中對日本的英國間諜的描寫看似有些游離整部小說渾然一體的結構框架,但是它卻是一個非常重要的伏筆。雖然周天化與間諜漢南‧帕屈克各自生命的軌道線從來沒有相交或碰撞過,可是他卻是導致周天化被神鷹槍殺的根本原因。

相比較而言,交代漢南‧帕屈克的歷史背景看似長篇累牘,層層鋪墊,從他的出生到成為英軍野戰機場的飛行聯絡員。漢南‧帕屈克的間諜操作讓英國空軍損失慘重,短短的「一年裡使英國空軍喪失了三百多架飛機和四個野戰機場」,[4]英軍在沙撈越部署的Z計劃,旨在定位、並挖掘出這一危險的致命隱

---

[3] Chin Peng, *My Side of History* (Singapore: Media Masters, 2003).

[4] 陳河,《沙撈越戰事》,第130頁。

患，而整部小說的關鍵部分亦是圍繞著這一目的而展開，周天化則是命中注定的唯一一個使這一計劃能夠實現的人。然而周天化艱難而重要的使命一旦完成，作家便戛然而止，他被神鷹槍殺的描寫點到為止，沒有場景描寫，沒有任何細節。可是此時無聲卻勝有聲，漢南‧帕屈克的危險性越大，周天化的犧牲越顯現出其壯烈和他生命價值的貴重。強烈反差卻達到令人震撼的藝術效果，寥寥數筆的白描，烘托著讓人難以承受之重。

周天化這一人物形象是華文文學中非常獨特的形象，他的複雜性源於他的文化族裔身分。他知道他父母來自於太平洋對岸的廣東台山，為了表明自己還是加拿大人，他固執地要加入加拿大軍隊；因為其華裔後代的身分被部隊拒絕三次後，他單身騎馬，千裡迢迢地翻山越嶺跑到人口稀少的卡爾加里（卡加利）終於被接受入伍。選擇長途跋涉、騎馬而不是坐火車或汽車去卡爾加里的主要原因是去看望他的加拿大的日本朋友，這一不尋常的舉動表明了他與這些加拿大日本人的感情上也許是血緣上難以分割的維繫。錯綜複雜的文化歸屬問題使周天化自己也困惑不已，以至不停地追問自己，「我要去哪裡？我為什麼要去？」[5]

這是一種很典型的地球村居民的困惑，因為多種屬性使他們無法只認同一種文化，一種族性，或者他們被多種屬性所分裂，從而成為每種屬性的「他者」，用薩爾曼‧魯西迪（Salman Rushdie）的話來說，就是「移動，變化，分解，被疆域隔開，分裂，再分裂，成為不同的」。[6]

《沙撈越戰事》具有濃厚的世界文學品質，根據慕斯塔法‧馬路西的分析：「世界文學的存在是最近發生的事情，它出生於現代主義，在後現代主義的年代繁榮起來。當作家們被流放或者移民到另外一個國家，當他們開始用第二種語言或者第三種語言來寫作時，然而最重要的是，當這種地理上的錯位成為他們作品的主題時，世界文學就產生了，不管它是一件好事還是壞事。」[7]

---

[5] 同上，第130頁。

[6] Salman Rushdie, *The Ground Beneath Her Feet* (Henry Holt & Company, 1999), 322.

[7] Mustapha Marrouchi, *Signifying with a Vengeance* (Albany: State University of New York Press, 2002), 1.

跟以往的經典文學不同，恰如霍米巴巴所說，這樣一種世界文學不僅描寫一種膚色的人物，它讓黑、黃、白、棕、紅色人種「都活躍在一個複式多重的文本」，「把語言帶到一個群體裡，在那裡對話所運用的絕對不是簡單的白人或僅僅是黑人的語言」。[8]《沙撈越戰事》裡人物跨洲際的多種族裔性使得小說文本複式多重，它不僅表現在反法西斯聯盟中的各種政治軍事力量的複雜層次，還表現在種族文化所形成的多重性。當周天化使用中文、日語、英語時，很自然地，他會分別用那些語言的形式來思想。而由不同的語言形成的不同的思維方式必然地會導向多種觀點的互相矛盾、衝撞、協調、磨合，新的觀點和新的視角和觀察方法往往由此而產生，它們的基礎則是那些由語言所代表的文化的共享的或都能接受的方面。所以，周天化的形象，具有很典型的後殖民文學特質：即多質（heredity）、不同（difference）和支離破碎（fragmentation），說他是中國人也好，加拿大人也好，日本人也好，都像，又都不很像，由此決定了他的性格特徵和思想方法跟別人的全然不同。

這些不同也決定了周天化必然會在僑居加拿大的日裔被加拿大政府趕出大城市去山區集中營時專門去跟他們告別；決定了周天化在神鷹下令處決日本俘虜時提出反對意見；決定了周天化在游擊隊的肅反運動中與眾不同地指定發起領導肅反的萊特是叛徒，因為他有另外一種認識和判斷事物的視角。與此同時，周天化又是不同族裔社團中的一員，也必然地與它們共有的人類的人性經驗互相溝通。

在人性中的獸性大發作、大爆炸的戰爭歲月裡，人性往往會受到壓抑。周天化對還是少年的日本戰俘的人道憐憫，導致了一名游擊隊隊員的犧牲。而周天化親手擊斃日本俘虜這一舉動，和加拿大日裔後代應徵入伍，參加反抗日本法西斯的戰爭，昭示著族性在正義和非正義的對抗中不是鐵板一塊，它的凝聚力還會受到正與邪之爭的削弱和分裂。在殘忍的獸性和人性的抗爭中，族性受到了新的闡述，呈現出了它的複雜兩面性：包容和排斥，開放和封閉性，人類不能簡單地以類劃分。

---

[8] Homi Bhabha, "The White Stuff," *Artforum*, vol. 36, no. 9 (May 1998): 24.

小結

　　陳河在《沙撈越戰事》中從容不迫地把第二次世界大戰的某一片段藝術化地繪摹在一幅世界性的文學地圖上，雖然瀰漫著孤寂的憂傷，種族之間隔閡的悲涼，戰爭死神般的硝煙，小說演繹著人性與人性中獸性以及族性之間的生死較量和相互關係，從而使它超越了一般的戰爭題材作品，也使它具有著一種撼動心靈的人性力量。

　　陳河的語言非常簡潔、乾淨，沒有很多形容詞，但很富有動感，動作性很強，很富於視覺效果，《沙撈越戰事》中不少場景描寫，能激發讀者強烈的色彩感和視覺想像，與同樣來自溫州，同樣在多倫多生活的加拿大著名華裔女作家張翎恰恰相反。張翎以擅長用綿綿細針，委婉曲致地描畫出人物內心世界的豐富，陳河則簡潔、明快、幽默地在系列行動中讓人物的性格撞出火花，尤其是在反諷中表現人物與環境衝突的尷尬和無奈。

【此文發表在《華文文學》2010第5期】

《大漢公報》敘述中的孫中山：
跨地方的觀點

　　本章通過對加拿大華文報紙《大漢公報》（1910-1992年，溫哥華）在1914至1915年中發表的一系列論述孫中山的文章的分析，研究報紙的舉辦者、加拿大致公堂（亦名為洪門）與孫中山的關係，考察離散媒體在政治爭端中的導向作用。

　　上個世紀初出版於溫哥華的《大漢公報》是在加拿大出版最早、出版時間最長、在離散傳媒體中最有活力的中文報紙之一。在其八十多年為華人社區服務的歷史中該報為團結華僑，促進華僑團體之間的交流，建立華僑社區團體和學校，弘揚中華文化，維護華僑自身利益所起的作用至關重要。自創刊以後，《大漢公報》在關注當地華人社區日常生活和福利的同時，非常關注故鄉中國的國家事務，對社會政治事件及時作出具有社區意識的應對，表達自己的政治觀點和對時局的見解和分析，引導加拿大華人的政治傾向。作為致公堂的機關報紙，《大漢公報》（初名為《大漢日報》）一經出版，便鐫刻著民族主義的胎記，尤其是在早期的兩位主編馮自由（1910-1911）和崔通約（1912-1915）的任期期間，該報為宣傳推翻清朝帝制、宣傳孫中山的共和革命不餘遺力，名副其實地成為致公堂的宣傳喉舌。

背景

　　在籌劃以武裝起義來推翻滿清政府、建立中華民國的進程中，孫中山在國外四處奔走，尋求不可或缺的財金資助，在亞洲和美洲成功地尋找到海外僑胞的支持，在華人社區招募到大量財金援助。正如孫中山的得力助手、1910-1911年度《大漢日報》主編馮自由所說的那樣，華僑華人的貢獻對於孫中山的革命

至關重要：「沒有華僑就沒有革命」。[1]

受孫中山革命思想和共和國目標的啟發，加拿大各華人社區相信一個強大的現代化的中國，將使華人在居住國受到保護，將會提高華人的社會地位，免於遭受極端的種族歧視的迫害。因此加拿大的致公堂以捐款的行動來支持孫中山的革命，他們慷慨解囊、傾其所有，甚至不惜傾家蕩產。在世界眾多的華人社區中，為孫中山貢獻最大的是加拿大的致公堂，該堂最初的政治目標與孫中山的完全一致，即推翻滿清的統治，因而孫中山的革命理想對致公堂有著極大的吸引力。1911年辛亥革命前後，加拿大致公堂和孫中山有著一段非常密切的同盟關係。

孫中山自1897年首次訪問溫哥華以來，與加拿大致公堂發展了友好關係，欲聯合該組織共舉大事。[2]但是他之後幾次訪問北美並不富有成效。那時華僑主要受由康有為主導的政治力量保皇會的影響，他們的政治目的是建立君主立憲制。康有為於1899年第一次訪問加拿大，並在維多利亞建立了在北美的第一個保皇會分會。之後他又分別於1902年和1904年兩次訪問加拿大，其時保皇會分會已經擴展到十二個分會，會員人數占加拿大華人的35%，其中包括致公堂的支持。[3]不少致公堂會員也加入了保皇會，而保皇會成員也加入致公堂。[4]

致公堂最初是一個祕密社團，於清初1664年成立，原名為洪門，源自於明太祖朱元璋的洪武年號，該組織的宗旨和最終目的是推翻滿人的清朝統治，恢復明朝的漢人朝廷的「反清復明」。[5]經過無數次抵抗清廷運動的失敗後，很多倖存的成員為逃避鎮壓而離開了故國，其中有不少人逃往北美。加拿大第一個洪門分支於1863年在不列顛哥倫比亞省淘金熱鎮巴克維爾建立。[6]該組織後來逐漸擴展到加拿大其他地區，到了二十世紀之交，它已經發展為加拿大最有影響

---

[1] 馮自由，《華僑革命開國史》，上海：商務印書館，1947年版，第1頁。
[2] 李東海，《加納達華僑史》，溫哥華、臺北：加拿大自由出版社，1967年版，第301頁。
[3] 見Eve Armentrout-Ma. "A Chinese Association in North America: The Pao-Huang Hui from 1899 to 1904," *Ching-shih wen-t'i*, vol. 4, no. 9 (Nov. 1978): 91; and Edgar Wickberg, ed., *From China to Canada: A History of the Chinese Communities in Canada* (Toronto: McClelland and Stewart, 1982), 74-75.
[4] 馮自由，《馮自由回憶錄》，北京：東方出版社，2011年版，上卷，第148頁。
[5] 黎全恩，《洪門及加拿大洪門史論》，香港：商務印書館，2015年，第2頁。
[6] 同上，第82頁。Also Edgar Wickberg, *From China to Canada*, 30.

力的華人社團。而在整個北美，「凡有華僑駐在之地皆設有分堂，占全美華僑總數十分之八」。[7]此時，致公堂的主要目標已經由「反清復明」轉變為對成員在居住國的生活狀態以及福利待遇的關注，「維護我們的同胞之間的友好關係，為了所有成員的利益，通過適當的商業方式積累財富」。[8]

意識到致公堂在海外華僑的廣泛影響之後，孫中山於1903年冬季加入了夏威夷的洪門（即致公堂），這一策略非常有效，幫助他獲得了北美致公堂領導人的信任。孫中山以革命先驅的敏銳和審判力，立即觀察到致公堂這一組織機構的渙散，它的章程的過時，以及目標的不明確。於是，他親自幫助致公堂制定新章程，將「『反清復明』的宗旨，改變為『驅除韃虜，恢復中華，創立民國，（平均地權）』」，這一宗旨後來也成為1905年孫中山在日本建立的同盟會的宗旨。[9]在1911年孫中山第三次訪問溫哥華時，致公堂已經成為孫中山在北美最強大的支持者。

聯盟

在孫中山主導的推翻滿清政府運動期間，《大漢公報》在馮自由和崔通約早期兩位編輯的引領下承全力傳播共和革命思想，有效地激發了加拿大華人對共和中國的全新想像和期待。

崔通約（1864-1936），廣東人，記者，編輯，教育家，基督徒。他那多元化的教育背景典型地反映了中國從傳統走向現代、正在經歷政治，經濟和社會變革的過渡時期。崔通約曾經是康有為的學生，師從他研究儒家思想和立憲改革思想。[10]在30歲時崔通約皈依了基督教衛理公會。[11]在各個院校任職教書的

---

[7] 鄭炯光，〈加國洪門與辛亥革命〉，載《大漢公報》1981年10月8日，第16版。

[8] Stanford Lyman, W.E. Willmott, and Berching Ho, "Rules of a Chinese Society in British Columbia," *Bulletin of the School of Oriental and African Studies*, vol. 27, no. 3 (1964): 534ff.

[9] 黎全恩，《洪門及加拿大洪門史論》，第110-112頁；Jonathan D. Spence claims that Sun joined it in 1904, see his *The Search for Modern China* (New York, London: W.W. Norton & Company, Inc., 1990), 257.

[10] 崔通約，《滄海生平》，上海：上海滄海出版社，1935年版，第6頁。

[11] 同上，第59-60頁。

同時，他還積極參與辦報，並加入了孫中山開創的革命組織興中會和同盟會。1906年年底崔通約應溫哥華《華英日報》創立者華人衛理公會美以美牧師的邀請來到溫哥華，擔任與之後的《大漢日報》有密切關係的《華英日報》主筆，主持該報的筆政。[12]

《華英日報》的始創理念旨在幫助華人抗拒、力戒當時盛行的賭博、抽吸鴉片以及類似的不良嗜習，因為崔通約的革命傾向，以及當時旅居海外華人對晚清政府衰落、腐朽的極端不滿，加之康有為和梁啟超在北美宣傳改革與憲政的積極效果，《華英日報》在崔通約出任主編第一日就「大聲疾呼排滿革命」，[13]使《華英日報》成為了宣傳革命和排滿倒清的輿論機構，但卻由此引起加拿大保皇會的不滿，由梁啟超1903年在加拿大開辦的保皇會機關報《日新報》與《華英日報》「屢起筆戰，屢鬧訴訟」，[14]以至報紙「訟案牽纏，力將不支，幸籍致公黨陳文錫大佬仗義扶助，喚起全坎洪門人為後援，最後即由致公黨全盤接受」。[15]《華英日報》雖然勝訴但因訴訟累年而財力耗盡於1909年停刊。[16]

1910年致公堂集資接管了由溫哥華華人基督教牧師創辦的《華英日報》，更名報紙為《大漢日報》。為使日報更好地實行致公堂宣傳機關的職能，溫哥華致公堂分大佬（即主盟人之稱）陳文錫、書記黃璧峯、司庫岑發琛寫信給當時在香港的《中國時報》總編馮自由，請他為《大漢日報》推薦有實力、經驗豐富的主筆。見信後，馮自由「認此為極好機會」，[17]「一份報紙抵過十萬士

---

[12] 根據Jiwu Wang, *"His Dominion" and the "Yellow Peril": Protestant Missions to Chinese Immigrants in Canada, 1859-1967* (Wilfrid Laurier University Press, 2006), 38, Osterhout, *Orientals in Canada*, (Missionary Education, 1929), 87-88, 以及Edgar Wickberg, *From China to Canada*, 123,《華英日報》由美以美牧師馮德文（Dickman Fong），陳耀壇（Chan Yu Tan）及其兄陳興楷（Chan Sing Kai）等合資創辦。
[13] 崔通約,《滄海生平》, 第73頁。
[14] 曹建武,〈洪門參加辛亥革命史實〉,《大漢公報》, 1978年10月26日, 第3頁。
[15] 同上, 第83頁。
[16] 根據崔通約的回憶錄,《華英日報》開辦三年後關閉, 為致公堂接盤, 故應在1909年。見《滄海生平》第74頁。但李東海則認為《華英日報》於光緒34年（1908）停版, 見《加拿大華僑史》第349頁。
[17] 馮自由,《馮自由回憶錄》, 第147頁。

兵」，這句普遍認為孫中山的名言，[18]使跟隨他的革命先驅們都充分意識到新聞媒體對宣傳革命的重要性，馮自由自然認為機不可失，立即辭退在香港所任的《中國時報》總編職務，毛遂自薦親赴溫哥華擔任《大漢日報》主筆，欲在北美華人媒體中開闢一片革命的宣傳領域。[19]

《大漢日報》與孫中山在反清運動中結成堅定聯盟與馮自由的努力分不開。馮自由於1882年生於日本橫濱，當孫中山在日本籌建中國同盟會時，他是孫中山的主要協助者，也是同盟會1905年首批成員之一。次年，馮自由被任命為同盟會香港分會主席和《中國時報》總編，在華南地區組織革命活動。

馮自由於1910年6月抵達溫哥華，其時《大漢日報》已出版半月，由張澤黎、黃希純等擔任編輯事務。[20]在他接任主編的一年多的時間裡，馮自由有效地動員起致公堂的全體成員，在一場激烈的新聞媒體政治辯論中，擊敗了當地一直與致公堂競爭華人支持的保皇會媒體《日新報》。《大漢日報》與《日新報》互相爭論了兩百多篇文章，內容涉及中國未來應該走什麼方向，改良立憲還是革命共和，應該採用什麼政治制度和形式，應該在哪一個政治力量的主導下進行等等。[21]雙方組織通過報紙之間的論爭創下了海外華人媒體爭論時間最長的紀錄。《大漢日報》在這次媒體辯論中大獲全勝，許多保皇黨的追隨者紛紛倒戈，在《大漢日報》上登出退出保皇黨加入致公黨的宣言。[22]令馮自由特別驕傲的是，他成功地說服了保皇黨的分會會長和《日新報》的記者脫離保皇黨而加入致公黨，[23]而「全加會員之思想一新，莫不渴望祖國革命軍之速舉。」[24]

加拿大華人對孫中山革命表現出來的熱情讓馮自由受到極大鼓舞，認為此

---

[18] Lyon Sharman, *Sun Yat-sen: His Life and Its Meaning - A Critical Biography* (Stanford: Stanford University Press, 1934), 116.

[19] 馮自由，《華僑革命開國史》，第105頁。

[20] 同上，第105頁。

[21] Edgar Wickberg, *From China to Canada*, 102；馮自由，《華僑革命開國史》，第105頁。

[22] 馮自由，《華僑革命開國史》，第105頁；《革命逸史》第一集，上海：商務印書館，1939年版，第330頁。

[23] 馮自由，《革命逸史》，第330頁。

[24] 馮自由，《華僑革命開國史》，第105頁。

时是為革命籌款的最佳時機,便致電正在馬來西亞檳榔嶼策劃下一次在廣州武裝起義的孫中山,請他速來加拿大進行籌款活動。在馮自由的安排下,孫中山先生於1911年1月31日經由美國抵達溫哥華,[25]在溫哥華車站上受到致公堂千餘人的熱烈歡迎,盛況為海外各埠所僅見。在溫哥華期間,孫中山在中國劇場演講四次,每次都吸引了數以千計的聽眾。為此孫中山深受感動,在寫給舊金山致公黨總部的信中,他描述了現場的盛景:

大埠致公總堂眾位義兄大鑒,
　……弟已於初八晚到雲埠,蒙各手足,非常歡迎,連日在致公堂及戲院演說,聽者二三千人,雖大雨淋灘,亦極踴躍,實為雲埠未有之盛會,人心如此,革命之成功,可必矣,現加拿大各埠公堂,紛紛電邀弟在此數日後,即當往各埠一游,復由滿地可出美境,周遊各埠,已冀振興我洪門黨勢,……

天運辛亥元月十二日
弟孫文謹啟[26]

抓住這一機遇,馮自由向孫中山提議設立革命救國籌餉局,開展募捐活動,此時正值在香港籌劃部署黃花岡武裝起義的組織人黃興、趙聲等屢次來電催款。意識到致公堂的大多數成員是經營小企業的勞動者和商人,所以個人積蓄、款項並不多,而少量的現金難以滿足迫在眉睫的巨大需求,馮自由便提出變產救國的建議,得到孫中山的讚許,倆人便在維多利亞洪門歡迎宴上提出致公堂在各個城市出售物業的動議。馮自由反清的民族主義宣傳對致公堂的會員非常有

---

[25] 馮自由在他的《革命逸史》中稱孫中山與辛亥正月初二(公曆1911年1月31日)抵達溫哥華,第333頁;但是李東海引孫中山致美國致公堂總堂的公函中稱他於初八抵達溫哥華。見《加拿大華僑史》243頁。

[26] 李東海,《加拿大華僑史》,第243頁。

吸引力，維多利亞致公堂總部的辦公大樓向銀行抵押匯充革命軍餉的建議在全體會員大會上一致通過。之後，溫哥華，蒙特利爾和多倫多的其他分支機構也積極響應抵押辦公樓。[27]此外，孫中山還去了新西敏（New Westminster）、錦碌（Kamloops，甘露）、埃市卡笠埠（Ashcroft）、企連打（Kelowna）、笠巴市篤（Revelstoke）、卡加利（Calgary）、溫尼僻（Winnipeg）、多倫多（Toronto）、滿地可（Montreal，蒙特婁）等地籌款，每到一處，都受到當地致公堂成員的熱烈歡迎。旅途中的所有費用，均為致公堂支付，包括雇人保護孫中山的安全。很多旅店，火車船費，飲食費用等發票至今仍然保存在致公黨檔案中。[28]

孫中山在加拿大的籌餉獲得了令人震驚的成就，總共達十萬港元，即35,000加元，這個數字讓孫中山「大出意外」，也使加拿大的致公黨成為孫中山在海外華人社區最大的財政支援者。[29]

當孫中山還在北美成功籌集資金的時候，辛亥革命於1911年10月在武昌爆發，由此而終結了滿清朝廷267年的統治。中華民國的成立極大鼓舞了海外華僑，不幸的是，他們對共和國的很多期待和希望沒有多久就幻滅了。而致公黨跟孫中山之間的蜜月關係也宣告結束。

衝突

中華民國是建立在弱勢的權力基礎上的。孫中山自己沒有強有力的軍事力量，也沒有足夠的資金來支持他籠罩著理想主義色彩的共和國，就如《大漢公報》所描述，孫中山從海外返回中國時，「一肩行李，僅帶革命之精神」。[30]臨時大總統任期不到三個月，孫中山就把權力拱手交給野心勃勃、掌控軍隊的北洋軍司令袁世凱。然而次年，因國民黨主要籌建人、民國初期政治家宋教仁被

---

[27] 具體細節見馮自由《革命逸史》，第334-335頁；李東海《加拿大華僑史》，第340-343頁。
[28] 曹建武，〈洪門參加辛亥革命史實〉，《大漢公報》，1978年10月30日，第3頁。
[29] 馮自由，《華僑革命開國史》，第107頁。
[30] 夏卿，〈民國四年之孫文〉，《大漢日報》，1915年5月12日，第1頁。

刺身亡，孫中山和他的支持者組織了反袁的不成功的「二次革命」。為逃避袁世凱的追捕孫中山再次流亡日本，尋求日本政府的幫助來推翻袁世凱的統治。

在這一政治多變的時期，加拿大的致公堂採取了與孫中山完全不同的政治立場。在1914-1915年間《大漢公報》編輯欄目發表了大量文章，批評孫中山的親日政策以及向日本政府求助的努力，公開了他們與孫中山之間的矛盾分歧。從這些文章的內容來看，致公黨與孫中山的矛盾衝突主要源自以下三個事件。

1、致公堂立案之糾葛

致公堂是洪門的別名，洪門最初是一個反清的祕密幫會，被清政府定為非法組織。北美的洪門建立致公堂是為避免當時清政府在北美公使的抗議。致公堂跟其他華人團體相比，它在加拿大的歷史最悠久，比中華會館（CCBC，1884）早建立二十一年，和中華會館同樣在華人社區享有著巨大的影響力。孫中山在北美依靠洪門籌款時，多次保證一旦革命成功就將致公堂正式立案，批准它註冊登記為合法社團。然而，中華民國建立以後，致公堂卻未得孫中山領導的國民政府批准立案。當北美致公堂大佬黃三德去廣州詢問孫中山為何還不得立案時，孫中山推諉與當時的立法院院長、廣東都督胡漢明，胡則歸罪與副都督陳炯明，以洪門為不法組織為由。[31]孫中山的這一行為，極大地激怒了北美致公堂，《大漢公報》的一位記者在他的代論〈批孫賊與黃三德往復書〉一文中寫道：「真正洪門，除主張排滿外，無第二宗旨。滿洲即去，民國成立，無論何人為總統，皆贊成之。」作者憤怒地詢問，孫與胡，「均同一鼻孔出氣，至是為美洲洪門所痛罵，乃一舉而歸至陳炯明，誰會相信他們？」[32]

致公堂於1913年再次向政府申請合法立案，分別呈述於駐加拿大京總領事盧炳田，暨駐雲哥華正領事林錫垣，及北京大總統國務院，申請批准致公堂立案註冊為合法社團。同年10月15日，盧炳田總領事在致公堂申請書上批云：

---

[31] 黃三德於1936年述書《洪門革命史》，裡面有詳述回國見孫中山、胡漢民詢問致公堂立案過程卻遭他們互相推諉的細節。見黃三德，《洪門革命史》，http://bbs.tianya.cn/post-no01-14438-1.shtml。

[32] 記者，〈批孫賊與黃三德往復書〉，《大漢日報》，1915年5月4日，第2頁。

據稟稱加屬雲哥華，域多利，蘭娜，紐威士緬士打並各埠致公堂同人，前刱華英日報，大漢日報鼓吹革命，並捐革命費，前後逾數十萬，自民國成立以後，主張統一建設，改良會章，以聯絡華人團體，講求僑民自治，研究工商實業，贊助國家行政為宗旨，懇請立案作為正式社會等待，查核所稟會章與正式社會相符，應准如稟立案，以垂永久，仰該社員等自此聯絡華僑，融和黨見，實行自治，使我華人工商事業，彪炳寰球，裨益國家，本總領事有厚望焉。

林錫垣正領事也在申請書上寫上支持的意見。此次申請沒有遇到任何困難或阻礙，很順利地被批准，當年12月16日，致公堂接到國務院批示：

呈及簡章均悉，該華僑等傾心祖國，志存光復，實屬深明大義，效忠共和，自應准予立案，呈所請頒給鈐記，應自行查照本月十八日公報內務部訓令，按照樣式，自刊圖記，呈由該管領事報院及外交部備案可也，中華民國二年十二月二十六日，大總統印。」[33]

致公堂批准立案註冊，成為合法的社會組織，讓致公堂人員更增加對孫中山的不滿。《大漢日報》主筆崔通約在維多利亞致公堂總部的告別演說中說道：「……我坎（加拿大）洪人前日犧牲之大，公認我為正式社會。不於孫文時代立案，反於袁世凱時代立案，亦一奇事也。」[34]

2、功勳排名

與致公堂立案糾葛相伴隨的，是孫中山在中華民國建立後對致公堂的革命貢獻的低估。孫中山在他短暫的中華民國臨時大總統的任期中設立了一個稽勳

---

[33] 《大漢公報》1915年12月21日，第2頁。曹建武〈洪門參加辛亥革命史〉也全文引用兩位領事及國務院的批示，並詳述其過程，見《大漢公報》1978年12月5-6日，第3頁。

[34] 通約，〈記者在域埠致公堂之演詞〉，《大漢日報》，1915年7月27日，第3頁。

局，任命馮自由為該局局長，排名嘉獎為革命做出了重大貢獻的人物和社團。引起致公堂再一次盛怒的是，馮自由排名中華會館為第一位，保皇會次為第二位，致公堂下為第三。在致公堂成員的心目中，因為他們對孫中山的全力支持，傾囊相助，甚至抵押各地的致公堂辦公樓，加拿大致公堂所捐獻的款項占海外捐款總數的一半，理所當然地應該排名為第一，萬沒想到居然還排在保皇會之後，由此而認為孫中山和馮自由背信棄義，只是在需要的時候，僅僅利用致公堂而已。「洪門原不在矜功，民國稽勳太不公平」，[35]「無知無識不忠不孝之乳臭馮自由，籍孫豎子之成名，濫竊偽稽勳局長，忘恩負義，一手抹煞天下至有功之洪門」。[36]從這些極端激烈語言措辭中，可以看到致公堂人員內心不滿情緒激烈之程度。

　　1915年6月11日，北美致公堂宣布驅逐馮自由，《大漢公報》登出〈美洲洪門革出馮自由〉的宣告：

　　啟者，洪門創立二百餘年，向來固結團體，共守前賢遺訓，以救國為責任，乃有馮賊自由，立心奸險，違犯黨規，毀謗公堂，忘恩負義，謀陷手足，破壞洪門大局，種種罪證有據。總堂集眾決議，將馮賊自由革出……特此通告。民國四年六月十一日

　　　　　　　　　　　　　　　　　　　　　　　　金山大埠致公總堂啟[37]

　　多年後，馮自由在回憶這段歷史時，承認「致公堂中人未得南京臨時大總統府頒給旌義獎狀，早懷不滿」，並不無感慨地寫道：「溫高華致公堂於辛亥三月黃花崗一役變產助餉，厥功至偉，竟已獎狀積壓細故，改變初衷，一旦前功盡棄，殊屬憾事。」但是他解釋了其中原委，「其實美洲各地團體應給獎狀者，曾於南北將統一時，由余開列名單呈請孫大總統一一簽蓋發給，並交庶

---

[35] 崔通約，〈壽詩〉，《滄海生平》，上海：滄海出版社，1935年版，第29頁。
[36] 崔通約，〈馮賊自由之末運〉，《大漢日報》，1915年6月15日，第2頁。
[37] 〈美洲洪門革出馮自由〉，《大漢日報》，1915年6月14日，第3頁。

務科長朱卓民郵寄各地。聞朱於臨時大總統府解散時尚有旌義狀多紙未予付郵，其應給各地致公堂者諒亦在內，以是有數處致公堂藉口有功不賞，起而指責」。[38]

而加拿大致公堂對此事一直耿耿於懷，始終未能釋懷。洪門元老曹建武把致公堂對辛亥革命的貢獻一一記錄下來，於1930完成《致公堂復國運動史》，該書以大量史料，書信原文，歷數辛亥革命前致公堂在孫中山加國籌餉期間對他的全方位的輔助，詳實記載1911年武昌革命前後致公堂安排並陪伴孫中山游走加拿大各省市籌餉的細節，包括致公堂雇傭私人保鏢一路衛護孫中山的生命安全，以及之後「加美洪人奔走革命經過之事實，巨細無遺」。[39]1978年在總編輯林介山的主持下，《大漢公報》從9月25日到12月18日全文連載，書名改為《洪門參加辛亥革命史實》。作者在序中陳述著述之原因之一，便是「惜政府之稽勳不周，國人之效據未及，幽先潛德，久閟不彰，如建熙天耀日之功，而弓藏東市」，儘管「洪門會員，謙退恬淡，不自矜伐」，但是歷史真相理應告知天下，所以作者「敘經過之事實，非與爭功，將以明致公堂為民族主義而奮鬥，乃革命之實行家，是中華民國創造者之一，冀可存開國之信史耳」。[40]

1981年，前任全加洪門民治黨總部主委鄭今後在《大漢公報》發表〈加拿大洪門與辛亥革命〉一文，其中再次提及稽勳局對致公堂的不公道，文中回憶道，駐溫哥華領事張康仁於民國二年（1913年）特將加拿大洪門致公堂對辛亥革命所作的貢獻及功績詳情，呈報於當時的稽勳局局長馮自由，並引用該信全文，以下僅摘錄信件的節選。

> 馮自由先生鈞鑒：
> ……關於雲高華，域多利，二埠及其餘加屬洪門致公堂，所做出之宏大事業為何，即恢復中國人故有之政府，……鄙人今日特上此證書，

---

[38] 馮自由，《馮自由回憶錄》，第646頁。
[39] 林介山，〈洪門參加辛亥革命史・序〉，《大漢公報》，1978年9月25日，第3頁。
[40] 曹建武，〈洪門參加辛亥革命史・編者序〉，《大漢公報》，1978年10月3日，第3頁。

似屬多餘，實則對於海外居留人氏，覺得責任上敦促我，不得不以證書表彰之，然自我細思致公堂諸君亦值得此證書，雖欲已不能也，所惜者，民國政府成立以來，尚未有公道獎勵，表示此間致公堂應得之酬庸耳，就僕個人而論，深知致公堂應得合宜獎勵，實屬公義。

……且致公堂之犧牲志願已成，目的之希望已達，應由政府給以永久之印信，彰其盛德，表出其固有完備之組織，及保全其愛國黨派之真誠，如是則後世永遠引為紀念，皆知洪門致公堂為最高愛國之模範，如鈍冶金鑄，無絲毫離質於其間也。……在當日加屬致公堂之捐助革命財產，犧牲所有皆出於天性之自然，絕未有希冀國家酬庸之狹念。

鄙人更有一言，今日加拿大各埠致公堂，皆以贊助新政府為前提，其機關大漢報，亦以鼓吹溫和建設為目的，是政府應知而不可忘者，……

駐雲高華正領事張康仁謹上
中華民國二年一月十二日

鄭今後在文中還指出，溫哥華致公堂辦公樓至今仍然完善保留著當年孫中山感謝、頌揚致公堂的文墨手跡，黃興為致公堂的題詞等許多歷史文物，「洪門革命事跡，無載正史，實屬痛心疾首，對於民國肇造，革命功勳，貢獻之大者，則為我洪門人士，事實與證據俱全」，[41]這些珍貴的史料正是致公堂為辛亥革命所創功績的歷史明證。

3、政治分裂

中華民國建立後不久，孫中山讓位臨時大總統與袁世凱，不是因為袁是否是共和國的創建者，共和理想的實踐者，而是因為袁的軍事實力，是一種權力的妥協。袁世凱於1912年2月12日就任臨時大總統，很快就顯現出向專制集權

---

[41] 鄭今後，〈加拿大洪門與辛亥革命〉，《大漢日報》，1981年10月8-9日，第16頁。

發展的趨向，雖然袁世凱在滿清朝廷官至軍機大臣和內閣總理時崇尚改革，對終止滿清統治有著舉足輕重的作用，但是與孫中山不同，袁世凱並未接觸西方政治制度和文化，有的只是中央集權統治的經驗，所以他對於憲法、議會、內閣投票決定或否決各項提案等各種限制他的權力的政治制度非常不滿，與孫中山和宋教仁以及由同盟會改組後的國民黨的政治矛盾很快發展到激烈的對立，最後形成暴力衝突。

袁世凱就任臨時大總統後拒絕從北京遷都到南京，這一行動表明了他不願意受制於以孫中山為首的同盟會以及國民議會的約束；他反對各省行政首腦的選舉制，主張根據能力的任命制，這反映了他欲集中權力的意圖。1912年春的國民議會處於四分五裂的狀態，其他兩個重要政黨，共和黨和民主黨都很敵視革命的同盟會。於此同時，同盟會自身內部的分裂和不統一嚴重損害了它作為主要政黨的效用，袁世凱卻從中利用這種分裂來逐漸實行集權。在這種情形下，宋教仁全力以赴以同盟會為基地整合起各種分裂的派別，與孫中山一起籌建起統一的國民黨，取其「蓋共和之制，國民為主體」之意。[42]在國民黨1912年8月25日正式成立之後短短的幾個月中，宋教仁積極策劃、組織各種活動，宣傳孫中山的三民主義思想，提倡、推廣責任內閣，總統選舉制等共和主張，攻擊袁世凱的保守政策。他積極有效的宣傳和活動使國民黨在1913年初國會大選中獲得壓倒性的多數席位。然而正當宋教仁雄心勃勃地致力於共和國國體的建設時，卻於3月在上海的火車站被政敵暗殺，此一悲劇改變了當時中國政體的發展方向，終止了中國剛開始的走向共和民主的征程。

宋教仁的被刺，是孫中山與袁世凱決裂的決定因素，他認定是袁世凱背後操縱的黑手，於是發動「討袁」的「二次革命」，但因不敵於擁有強大軍事實力的袁世凱，只能再次流亡於日本，1914年在日本建立「中國革命黨」，同時繼續尋求日本政府的經濟援助，以冀利用日本的幫助來推翻袁世凱的統治。在這段政治動蕩、時局變換莫測的混亂時期，致公堂卻站在袁世凱一邊，對孫中

---

[42] 〈五大黨合併詳誌〉，《民立報》，1912年8月18日。

山「倒袁」的「二次」和「三次」革命非常不滿。他們認為當務之急，共和國需要的是建設，是現代化，是加強國力，而不是革命，特別是在列強虎視眈眈下，尤其是日本，對中國的資源垂涎已久，是當時損害中國主權最危險的敵人。致公堂因而對孫中山向日本求助繼續發動革命的舉動進行嚴厲批判，這些批判散見於1914-1915年間《大漢日報》長篇累牘的文章中。

致公堂的這一政治立場與當時國內許多政治活動家和政治團體的立場相仿，即便是孫中山的堅定的追隨者，比如黃興，汪精衛等，也認為此時再次革命不符合中國國情，雖然他們沒有明確反對孫中山的做法，但是分別去了美國和法國，不再參與組織第三次革命。[43]1914年10月26日，《大漢日報》第一版發表題為〈論平內亂以杜外來侮〉社論，強調消除政黨內部不同意見抵禦外侮的重要性，認為孫中山的革命製造了內亂。《大漢日報》還經常引用刊發國內新聞，諸如〈多數之同盟會人，皆主張拒日，而不主張倒袁〉的報導，來說明孫中山的一意孤行，[44]以及關於黃興與孫中山分道的新聞。[45]1915年6月在「緊要新聞」專欄裡的一篇新聞，詳述「二次革命」時上海「討袁」總司令的陳其美力勸黃興回國幫助孫、陳的革命，新聞稱黃興為「究竟真讀書人」，「不為所動，決計留美」，不支持孫中山的繼續革命。[46]和黃興對革命態度的相仿，致公堂認為革命只會削弱中國國力，給敵人製造機會。《大漢公報》發表於1915年1月9日和5月22日的社論文章題目分別為〈論我國今日之革命非革命也是叛亂也——本館論說〉和〈三次革命乎？——直自殺而已〉，爭議孫中山提出的第三次革命，認為「外患炎炎，更不容有革命二字以自促其亡也。」[47]

《大漢日報》每天從世界各國轉譯的世界新聞迅敏地捕捉到日本利用孫中山伺機侵犯中國主權而做的背後交易信息，該報不僅對此作轉載與報導，還發

---

[43] T'ang Leang-li, *The Inner History of the Chinese Revolution* (New York: G. Routledge & sons, ltd., 1930), 121-122.

[44] 〈孫文何尚未往檀耶〉，《大漢日報》，1915年4月16日，第3頁。

[45] 〈孫黃分黨之現狀〉，《大漢公報》，1915年2月27日，第3頁。

[46] 〈陳其美再說黃克強書〉，《大漢日報》，1915年6月7日，第3頁。

[47] 一孔，〈論我國今日之所謂革命非革命也是叛亂也本館論說〉，《大漢日報》，1915年1月9日，第1，2頁；約，〈三次革命乎？——直自殺而已〉，《大漢日報》，1915年5月22日，第1頁。

表評論文章，尤其是對孫中山為推翻袁世凱而目光短淺地向日本求助不遺餘力地進行批判分析，認為孫中山求助於日本則向日本提供了方便，為其逼迫中國政府接受日本無理要求創造了條件。這些文章表示堅決支持袁世凱抵抗日本的威脅，以及他強調全國統一的主張和一系列政策。果然，日本政府在1915年1月，向袁世凱提出了臭名昭著的《二十一條》的不平等條款。1915年4月16日《大漢公報》援引各國新聞，批露孫中山與日本之間的祕密合作，[48]這一觀點跟孫中山的連襟孔祥熙所持完全一致，他認為日本政府正是利用孫中山來「促進對中國的掌控」，[49]來對袁世凱施加壓力。日本政府威脅和強加於中國的《二十一條》其中一部分正是基於孫先生對日本的承諾，《大漢日報》連續發表文章披露孫中山與日本祕密交易，如〈孫文賣國之警告迭迭〉，[50]〈孫文賣國之信讖〉，[51]〈孫文賣國之祕密條款〉[52]等。2015年5月的一篇題為〈論民國四年之孫文〉連載社論的副標題為「孫文終為民國之罪人」，文章將孫中山描述為出賣國家利益的罪人。[53]

從1915年4月26日到30日，《大漢日報》連續五日在首頁重復發表了由加屬致公堂簽署的重要通告〈緊要布告〉，公開宣布致公堂與孫中山之間的決裂，由此正式結束了他們之間的聯盟：

> 啟者本公堂等除贊助辛亥第一次革命傾覆清祚建立民國外，凡第二第三次之亂黨妄稱革命均經本堂等機關大漢報痛斥，拒絕喪良無行之孫文尤為恥之故，此間洪門人士莫不恪守穩健主義，從無改組中華革命黨之糊說，且本堂等在坎屬向來抱定愛國宗旨，原名致公堂，海內外洪人均守黨章，……自彼等附亂後久矣，斷絕通信本堂等，於民國二年蒙國務院

---

[48] 《大漢日報》，1914年10月26日，第1頁；1915年4月16日，第3頁。
[49] Albert A., Altman, and Harold Z. Schiffrin, "Sun Yat-sen and the Japanese: 1914-16," *Modern Asian Studies*, vol. 6, no. 4, (1972): 388.
[50] 〈孫文賣國之警告疊疊〉，《大漢日報》，1915年4月2日，第3頁。
[51] 〈孫文賣國之信讖〉，《大漢日報》，1915年4月27日，第1-2頁。
[52] 《大漢日報》，1915年5月18-19日，第2頁。
[53] 《大漢日報》，1915年5月12-14日，第1頁。

公認為正式社會團體，刊刻鈐記在案，我坎屬洪人始終贊助政府慎毋為浮言所惑可也。

加屬致公堂全體謹啟

《大漢日報》所主張和倡導的與當時國內的反日愛國情緒完全一致，即以內部團結以抗拒日本在中國的擴張，支持袁世凱抵抗日本臭名昭著的《二十一條條款》。最後日本政府不得不作出讓步，撤銷了其中最為損害中國主權的主要條款，袁世凱於5月9日簽署條約，並宣布此日為「五九國恥」日。

然而在1915下半年至1916年初袁世凱企圖復帝登基的期間，致公堂立即從支持轉而反對袁世凱。這時的《大漢日報》文章都轉為抨擊袁世凱企圖恢復君主制的任何意圖。自1915年12月12日袁世凱宣布1916年為洪憲元年起至1916年3月他去世，《大漢日報》幾乎每隔一天發表社論，表達其反對帝制、擁護共和的主張以及他們對未來中國走向的觀點，並且積極捐款支持「討袁」的革命軍。當護國軍總司令唐繼堯來函請洪門致公堂籌款援助時，美洲洪門立即響應又建籌餉總局，動員華人踴躍捐款，支持阻止復辟帝制的護國革命，籌餉宣言及簡章寫道：「洪門圖謀革命，歷二百餘年，及辛亥起義，推倒滿清，建立民國，此洪門致公堂助餉與有大力也，何圖奸雄當軸，國事日非，復行帝制，廢滅共和，海內外人心共憤，同趨合力救國之途，本致公堂總辦，請即籌餉助力，輓救共和，……所望各埠致公堂會員熱心救國，踴躍助餉，復興共和，民國幸甚。」袁世凱取消帝制後，美洲各埠致公堂收到蔡鍔、唐繼堯頒給的護國徽章，紀念洪門致公堂「助款再造共和之偉績」。[54]致公堂從反對孫中山的再次革命，支持穩定的袁世凱的政府和統一的國家，到反對袁世凱稱帝，無不表明致公堂以國家利益為重、以現代化的共和中國為目標的原則和立場。

---

[54] 曹建武，〈洪門參加辛亥革命史〉，《大漢公報》，1978年6月9、11日，第3頁。

小結

　　這一段歷史糾結一直影響著致公堂與國民黨的關係，儘管如此，即使在對孫中山表示不滿，不贊成他的第二次、第三次革命，致公堂從未否認孫中山在建國過程中的領導作用，並予以大力支持，始終將他視為「共和國的國父」。曹建武在他的〈洪門參加辛亥革命史實〉中盛讚孫中山為英雄：「孫、黃兩位英雄，都是建立中華民國的偉人，也是我們洪門的猛將。」[55]現任加拿大致公堂主席陳德光在中華民國紀念辛亥革命110週年特刊中稱讚孫中山是「偉大的民族英雄、革命先驅、愛國者、中國民主革命的先行者」。[56]而致公堂繼續在華人社區中保持著獨立而有影響力的社團。1920年代以後《大漢公報》集中注意力抗議、抗爭加拿大在1923至1947年期間實施的種族歧視的排華移民法。與此同時，它也繼續跟進對中國國家事務的關注，特別是在第二次世界大戰中的抗日戰爭。如當初他們為孫中山籌款那樣，致公堂鼓勵華人認購加拿大債券，發起了許多募捐活動，支持國內抗日戰爭。儘管當時華人仍然承受著加拿大的種族歧視政策，但是他們深明大義，踴躍購買債券和捐款，為反法西斯戰爭作出了重大貢獻。《大漢公報》在利用媒體傳播功能聯絡、團結離散華人的同時，幫助各華人社區形成國家建設的地方觀念。作為致公堂的宣傳喉舌，《大漢公報》通過傳播文化價值觀和跨越疆域的地方政治觀念來影響和引導離散華人。

【此文收入在《回顧與展望：加拿大華人文學和華文傳媒研究論文集》，暨南大學出版社】

---

[55] 曹建武，〈洪門參加辛亥革命史實〉，《大漢公報》，1978年11月20日，第3頁。
[56] 陳德光，〈卷首語：弘揚辛亥革命精神實現中華民族復興〉，《辛亥革命110週年紀念特刊》，第1-2頁。

華英日報和馮德文牧師

　　發行於溫哥華的《華英日報》（1906-1909）是加拿大第一份基督教華人辦的華語報紙。僅有三年歷史的《華英日報》與致公堂創辦、加拿大歷史最長的華文報紙《大漢公報》（1910-1992）有著剪不斷、理還亂的聯系，以至不少歷史學者們視它為後者的前身，更有甚者，《大漢公報》乾脆把《華英日報》視為自己的第一階段。

　　比如《大漢公報》在1939年9月16日刊登明心的〈本報剙造與喬遷史略〉文章寫道：

　　　　加拿大之有華字報，當以本報為始，蓋本報之發軔，已自遜清末葉，即光緒三十二年（公元1906）。……始名華英日報。……後改名為大漢日報，先後任編輯者為崔通約，馮自由，張孺伯三君。……洎民國四年十一月六日乃改組為大漢公報。

　　這一論點被不少學者、歷史學家所接受，最有代表性的是不列顛哥倫比亞大學東亞圖書館所製微縮版《大漢公報》的前言，它介紹該報「於1907年在不列顛哥倫比亞省溫哥華市創刊，名稱為《華英日報》……1910年夏改組並改名為《大漢日報》……最後於1915年改為《大漢公報》」。

　　由於《華英日報》已經絕版，無法溯本求源，但是該報正式發行前兩週，溫哥華兩份英語報紙《溫哥華日報》（*Vancouver Daily World*）和*Ladysmith Daily Ledger*在1906年8月27日同時刊登新聞，報導以馮德文牧師為主編和經理的《華英日報》將於兩週後出版發行，並有對他的採訪。兩條新聞只字未提致公堂。

　　1884年，馮德文（Fong Tak Man, 1860-1946）告別父母和故鄉恩平，踏

洋過海來加拿大尋求更好的生活。他先落腳於新西敏（New Westminster），以駕駛驛馬車為生計，同時為了提高英語水平，晚上去衛理公會（Methodist denomination）傳教士Mrs. Monk開辦的夜校學習英語。在那裡馮德文首次接觸到了基督教，深為其吸引，很快成為了一名信徒。

馮德文來到加拿大時，正值教會開始向加拿大華人施行傳教。最早到加拿大的華人是五十名工匠，他們於1788年抵達溫哥華島，參與建築海獺皮毛貿易站。十九世紀中葉的淘金熱吸引了不少華人從美國來到加拿大，而1880年加拿大太平洋鐵路的建造帶來了更多的華工。一批批華工的到來很快引起了當地教會的關注。

與其他階層的白人不同，大多數傳教士似乎不懷疑文化同化的可能性，有些傳教士已經在中國傳教多年，理解華人的文化和心理，比如出生在中國、講一口流利廣東話的John Endicott Gardiner。教會為使華人皈依基督教做出了巨大努力，這也挑戰了大眾對華人的歧視，他們向華工伸出援助的雙手，以設立英語學校作為爭取華人皈依基督教的媒介，並設立幫助受害少女逃避性奴的住宿機構，為她們提供生活援助。

最早向華人傳教是在新威斯敏斯特的衛理公會教派，始於1859年。當Mrs. Monk在1888年在溫哥華向華人開設學校時，馮德文已是其得意門生，他在溫哥華衛理公會教堂接受了洗禮，改名為Fong Dickman。1898年馮德文受命成為一名傳教士，同年九月，衛理公會派遣他到納奈莫（Nanaimo）傳教部擔任牧師。

在納奈莫的華人大都信仰佛教，對於基督教有些與生俱來的排斥。但是馮德文耐心地向他們傳播教義，以自己信教的生活經歷感化和引導他們。不列顛哥倫比亞省傳教部總監Osterhout在他的《加拿大的東方人》一書中記載著以下一個故事：

> 作為虔誠的牧師，馮德文循循善誘地向華人灌輸信仰上帝的信念，在他的影響下，信徒們都會在迷惑的時候向上帝禱告，以期得到警示。一天早上，兩位礦工突然感到忐忑不安，似乎有什麼事情會發生。於是一

起向上帝祈禱，尋求啟示。禱告後，兩人內心感到慰籍，決定當天不下礦。但是其中一位很快改變了主意，還是下礦了。不料，這天礦區發生了爆炸，那位改變主意的礦工受了重傷，住院多月。馮德文常用這個事例向華人講解信仰上帝對人們生活各方面的影響。

在馮德文鍥而不捨的努力和影響下，很多華人被他所引導而改變信仰，成為基督教的忠實信徒。他自己也因此在華人中享有很高的聲譽。

1899年，馮德文與清政府派駐臺灣的一位高級官員的女兒Jane Chueng喜結良緣，Jane在香港的一所英語寄宿學校接受教育，講著流利的英語。夫婦倆很重視對孩子的教育，Jane經常從英國郵購閱讀書籍，豐富女兒們的知識和想像力。四個女兒皆喜愛藝術，熱情聰慧。老大Lavina是華人中第一位教師，老二Esther因優異成績榮獲UBC金戒指；老三Anna是第一位在不列顛哥倫比亞省獲得註冊護士資格的加拿大華裔，也是位才華橫溢的鋼琴家。

在納奈莫的華人礦工基本是年輕的單身漢，極少數已婚礦工也與家室相隔太平洋，於是賭博便成為打發工餘時間的一種消遣。馮德文目睹這一會上癮的嗜好在華工中流傳，並且在白人主流社會中形成了一種偏見，視唐人街為賭場的集中地，他立志要幫助礦工戒賭，在傳教中幫助華工形成健康的生活觀，以期改變主流社會對華人的歧視和偏見。1906年馮德文被轉派到溫哥華擔任牧師，負責創辦《華英日報》。這是一份以抵製賭博、吸鴉片等不良習慣為宗旨的教會報紙。報社同仁與當時的政府專員兼勞工部副部長Mackenzie King密切合作，促成了加拿大反鴉片運動，成為全球性打擊鴉片貿易的重要部分。

但是，因報紙與《日新報》保皇派的政見不同，兩報陷入一場曠日持久的政見筆戰和法律訴訟糾紛。雖然《華英日報》得到了致公堂的鼎力相助，終因耗資不菲而難以為繼。此時的致公堂正欲創辦自己的報紙來呼應孫中山推翻清朝、建立民國的革命思想，便於1910年接過《華英日報》，取名為《大漢日報》。

馮德文則在1913調回納奈莫，之後先後在新西敏，埃德蒙頓任職。經過二

十五年的傳教服務，於1923年成為全職牧師，1939年退休，1946年辭世，他的好友Osterhout在追思會上主持祈禱儀式。馮德文牧師展覽今秋將在溫哥華揭幕。

本文承蒙馮德文牧師孫女Dianna Lam 提供珍貴史料，在此感謝！

【此文發表在《世界日報》洛杉磯版，2021年8月27日F2】

第二輯

故園，離散和文化身分

文化身分的重新定位：解讀笑言的《香火》和文森特・林的《放血和奇療》

　　離散理論中的一個核心部分是離開故土以後的文化身分的追尋，重建，認同和確認。當一個漂泊者跨越國界在地理位置上重新定位後，她／他的單一的族性和文化性必然會受到新居住點的主流文化以及其他少數族各種文化的影響，包括排斥，滲透，分解，融合，會經歷從單一到雙重，甚至多重的變化，從而使漂泊者在故鄉和新家之間的文化衝突中不得不重新尋找，調准，追求，和構造新的文化身分。

　　那麼文化身分特徵對於第一代移民和他們的後代究竟意味著什麼？它的內涵和外延包括了什麼？它與移民的祖裔文化是什麼樣的關係，與居住國的主流文化又是什麼樣的關係？Amy Ling[1]在反思自己被主流社會同化的同時卻與自己的文化根的疏遠的困惑時，問道在哪一個點上一個中國移民變成了美國人？「中國人」對於第一代移民和第二代移民來說意味著什麼？在美國的中國人和在美國的日本人，韓國人又有什麼不同？[2]當美國華裔女作家湯婷婷（Maxine Hong Kingston）說她的小說屬於美國主流文化時，是否意味著她已經完全認同於美國文化？還是美國的主流文化包容了其他族裔文化？像湯婷婷這樣的華裔後代，她們的文化身分究竟是什麼？

　　關於文化身分的概念，英國著名的文化理論家Stuart Hall[3]給予了精闢的論述，他認為文化身分及其特徵有兩種理解的方法，一種認為文化身分體現了集體的身分和特徵，這個集體擁有一個共同的歷史，共同的祖先，和共同的文

---

[1] Amy Ling（1939-1999），美國威斯康欣大學麥迪遜校區教授，亞美研究的創始人之一。

[2] Amy Ling, "Maxine Hong Kinston and Dialogic Dilemma of Asian American Writers," *Ideas of Home: Literature of Asian Migration* (Michigan: Michigan State University Press, 1997), 146.

[3] Stuart Hall於1932年出身於牙買加，1951年移民英國。曾任伯明翰大學當代文化研究中心主任，後任奧本大學社會學教授，被認為是英國最傑出的文化理論家之一。

化，集體的個人是因為屬於同一民族而連在一起。在這個定義下，文化身分和特徵反映了共同的歷史經驗和文化密碼，它們使我們成為「一個整體」。這個集體的文化身分和特徵被認為是固定的，穩定的，和持久的。

另外一種對文化身分和特徵的理解強調「不同」的重要性，認為文化身分決定了「我們是什麼」；或者是「我們已經成為了什麼。」文化身分在這裡既是「是」也是「成為」，它既屬於過去，也同樣屬於未來。文化身分有它的歷史，但並不是既有的存在從而可以超越地方，時間，歷史和文化。和其他歷史性的事物一樣，文化身分及其特徵經歷著不斷的變化，它是歷史，文化，權力操作的主題。所以第二種理解認為文化身分和特徵是不穩定的，變化的，甚至是矛盾對立的，在它身上鐫刻著一個集體的多種相同點和許多不同點。[4]

Stuart Hall對兩種文化身分特徵的闡述其實是一個問題的兩個方面。文化身分特徵不變的一面揭示了漂泊者的文化的根系，變化的一面則表現了漂泊者在其他文化環境中對各種文化之間互動關係的一種本能的和自覺的反應，也反映了在政治和經濟的調解下各種文化互相運作的過程。

在這個過程中，落實到具體個人，文化身分認同和確認的變數很大。首先，原居住國的文化傳統制約著新移民的文化價值的基本取向，新移民承襲的傳統越沉重，她／他的文化身分確認的過程就緩慢。其次，新居住國的文化越多樣化，民族多種化，新移民的文化身分確認的過程相對來說就越順利，且可塑性越大；反之，則滯慢而複雜。然而，新居住國的政治經濟的狀態對新移民的身分確認同樣起著關鍵的作用，而新移民本身的經濟狀態也使他們有很大的自由來決定取捨。在這中間時間也是一個關鍵性的因素。當新移民還在為認同和確認文化身分而困惑，疑慮，掙扎時，他們的下一代卻表現出簡潔，明快的價值取向。因為跟他們的前輩比較起來，他們對祖裔文化的認識和感受是從父母，祖父母的故事教育中，和書本上得到的，並沒有自己的親身體驗，所以在確立自己的文化身分的過程中，沒有像他們父母輩所經歷過的那種激烈的痛苦

---

[4] Stuart Hall, "Cultural Identity and Diaspora," *Theorizing Diaspora*, eds., Jana Evans Braziel and Anita Mannur (Malden: Blackwell Publishing Ltd, 2003), 236-237.

的文化衝突。

本章旨在通過對加拿大兩位作家的小說的比較分析，探討他們在描寫新移民以及他們的後代在文化身分重新確認時的不同角度和不同的方法，以及不同的觀念，特別是華夏文化在加拿大的多元文化中的地位和影響，和它對移民的文化身分重新確定的作用。本文將要比較的是出身於中國的笑言的小說《香火》，[5]和出身於加拿大的文森特·林（Vincent Lam）的小說《放血和奇療》（獲加拿大2006年度吉勒獎）[6]。這兩部小說從相互對立的視角，揭示了不同文化在人們身上產生多岐的反應，而祖籍文化在這過程中宛如酵母，通過綜合作用，促進著新的呈現著多樣性的文化身分的產生。

《香火》以來自中國的一家新移民為主人公，而《放血和奇療》則是以幾位加拿大醫學院學生／醫生為主人公。主人公本身的不同文化背景已經表現出兩位作者各自的觀察角度。《香火》的男主人公丁信強有著源遠流長的家族史，祖父輩中有仕途官宦，鄉村財主，老革命和大學教授。可以說，他的家庭背景幾乎濃縮了中國近代至當代史。丁信強移民到加拿大時，還帶著妻子蕭月英及10來歲的女兒，蕭月英是他的老革命爺爺的戰友的孫女。《放血和奇療》的男主人公Fitzgerald在小說的一開始還是一位在考醫學院的白人學生，他的家庭背景幾乎沒有涉及，他的一度的女朋友Ming是華裔後代。他跟Ming的關係則反映了一個白人視眼中的華裔女性和華裔後代自身的文化確認之間的差異。

《香火》的一大特色是它脫離了過去幾年加拿大華文學中常見的留學生，陪讀，餐館打工等題材，塑造了一個起點便是中產階級一員的華人新移民形象。背負著沉重的歷史和文化包袱的丁信強，與很多加拿大華文小說的主人公不同，他沒有在社會的底層掙扎過，不是一個打工仔，也沒在餐館裡洗過盤子，做過廚師，也不是十年寒窗在加苦讀博士學位的學生，亦不是位陪讀丈

---

[5] 笑言，《香火》，渥太華：北方出版社，2008年。
[6] Vincent Lam, *Bloodletting & Miraculous Cures* (Toronto: Anchor Canada, 2006). 吉勒獎是加拿大一年一度的最佳小說獎，獎金為四萬加元。另外有一萬頒給四位未得獎但被提名者。這是一部短篇小說集，但是所有的小說中的人物和故事情節都有一定的聯繫，基本是關於四位醫學院學生／醫生，但是重點在於Fitzgerald。

夫，更不是在奮鬥中崛起的神奇的成功人士，而是個在電信公司做電腦軟件開發的普通白領。他的妻子也有一份穩定的白領工作。

由於經濟壓力的相對微小，丁信強不必日夜打工養家糊口，卻得以直接在主流社會不斷調整自己，在與加拿大同事，上司，下級的業務往來的過程中，丁自然而然地在工作，學習，接觸的過程中，逐漸習慣適應加拿大的制度，文化，習俗。因此由新居住國的文化與自己傳統相對立或抵觸的方面所引起的文化震驚（cultural shock）因為丁信強的深入其制度內部而很快得到緩衝，消解的過程也相對來說比在底層掙扎的新移民要迅速。但是，這並不意味著丁信強沒有經歷過激烈的文化衝突。丁信強的妻子蕭月英也是一位老革命的後代，不僅在家庭結構上，而且在思想意識上，她更是丁的另一半。小說中的她，代表了丁家家族文化，是丁家家族史承續，綿延的火炬手，典型地表現在她殫精竭慮，竭盡所能要為丁家承繼香火上。丁信強在重新確認自己的文化身分時，始終處在他的加拿大女朋友和妻子之間的無形然而激烈的拉鋸爭奪戰中。所以，小說筆墨的一半是用在追述丁家家族的一百來年的歷史，它與主人公在加拿大的現實生活交叉重疊式地進行，同時也象徵著主人公背後的強大，深厚的文化背景。很有意思的是，丁信強自己在國內的專業是歷史，而在加拿大，他的專業轉成了電腦軟件開發。專業的轉化，為他的文化身分的重塑也加上了意味深長的注腳。

與《香火》不同的是，男主人公Fitzgerald的文化背景在《放血和奇療》中幾乎不涉及，僅從名字上判斷，他是早期英國移民的後裔，因此在小說中，他的文化身分就是一個西方文化的符號。而女主人公Ming的身分背景則類似一個華裔的符號，小說從未進行具體描寫。作者顯然刻意地隱去，淡化人物文化歷史的背景的交代，描寫。這並不說明作者對歷史的不重視，而是因為作者的自己本身是華裔後代。跟新移民不同，華裔後代的觀察重點已從歷史轉到現實。小說中的男主人公愛上了正在考醫學院的Ming，正是多種文化相互滲透的一種反映，在這裡，則是Fitzgerald被中國文化的吸引，因為清秀，聰慧，勤奮，學習成績優秀的Ming，集中了華裔學生的特色，這一特色也被愛好學習的西方人

所欣賞。

唯一涉及到家族史的是「長久的遷徙」一章，它敘述小說中第三位人物陳醫生陪伴癌症晚期的祖父度過他最後的日子。祖父一生傳奇性的生活經歷陳醫生已經從各種角度聽過無數次了，在陪伴祖父的這些天裡，他極想把那些故事內容的真假，虛實弄清楚。在這一點上，陳醫生的態度和湯婷婷的不謀而合，《女勇士》中的敘述者也這樣說過，「我繼續要理清楚我真正的童年是什麼樣的，什麼只不過是我的想像，我的家究竟是什麼樣的，我的村莊是什麼樣的，什麼部分僅僅是電影上的，什麼是活生生的……，我很快要去中國去發現誰在說謊……」[7]兩位人物都要辨別歷史的真偽，不滿足於聽來的故事，因為對很多事件，每個人都有不同的說法，有的甚至互相相反。對家族過去的歷史真實的懷疑態度，反映了陳醫生和《女勇士》敘述者對過去因為沒有親身經歷而產生的距離，更因為他們「長大在不同的文化和語言的矛盾和混亂中」。[8]更耐人尋味的是，陳醫生強調自己的陳姓不是遺傳下來的祖宗的姓，因為他的祖父是個孤兒，陳是養父的姓。這恰與《香火》形成鮮明的對比，體現了小說與《香火》在對傳統承襲，傳宗接代觀念上的一種對立。

由此我們可見到，兩部小說呈現的是一幅逆向的文化衝突和交融的畫面：《香火》是從根深蒂固的中國文化傳統走向加拿大的多元文化，而《放血和奇療》是從西方的文化朝向中國文化，從而以互補的形式為讀者圖解了華裔文化傳統與加拿大主流社會文化之間的關係，它們之間的消長起伏。兩部作品在表現它們文化傾向時，均通過男主人公的女朋友來揭示文化的異同而產生的張力，因為婚姻家庭是中國傳統文化最具體的承載體。

《香火》中的丁信強因為工作的關係，與加拿大同事費爾結成了好朋友，又因為費爾的關係，到芝加哥的一家電腦公司工作。在那裡，他遇見了加拿大

---

[7] Maxine Hong Kingston, *The Woman Warrior: Memoirs of a Girlhood among Ghosts* (New York: Random House, 1975), 205.

[8] Yuan Yuan, "The Semiotics of 'China Narrative'," *Ideas of Home: Literature of Asian Migration*, ed., Geoffrey Kain (Michigan State University Press, 1997), 164.

姑娘黛安，與她一見鍾情。黛安是典型的加拿大女性，她的母親是加拿大土族後裔，父親則是白人。她父母的婚姻象徵著加拿大的種族歷史，而黛安自己的性格特徵亦極具代表性，有著鮮明的加拿大文化的特性。她在與人交往時注重獨立性，平等地待人和被待，尊重對方的感情，也要求對方尊重自己的感情。特別表現在與丁信強的關係上，她的處理方法與蕭月英完全相反。當她確定了自己對丁信強的感情後，就主動在雙方的感情上點燃火焰，否則的話，丁信強就會永遠患得患失地獨自暗戀。

當她最後得知丁信強已經有了家庭後，並沒有對丁的欺騙表示憤怒，而是想要知道丁對她究竟是什麼樣的感情。在瞭解了丁家的家族史以及蕭月英自嫁給他之後為延續香火鍥而不捨連身家性命都不顧時，黛安就默默地從丁信強的生活中悄然消失。此時她已經有了身孕。

黛安生下了蕭月英夢寐以求的兒子後，絲毫沒有去找丁信強的意思。她對丁家香火延續的傳統非常清楚，也正是因為這點，她離開了丁信強。對於她來說，生命的孕育和誕生比香火更重要，如果為了承續香火而生育，那就是把生命綁在家族和意識型態上，從而降低了生命的價值和意義。在這一點上，她看到了她與丁信強的根本不同處，也正是因為這，她離開了丁，更不會告訴他其實他的家族的香火並沒有斷滅。

《放血和奇療》中Fitzgerald則有著一段跟華裔女孩的失敗的戀愛經歷，他在大學求學期間，就被Ming的典型的華裔後代氣質所吸引。對於他來說，Ming是東方神祕的具體化，然而，Ming自己卻是一個已經高度加拿大化了的「香蕉」，外面黃裡面白。對祖裔傳統的認同僅表現在為考上醫學院的一切努力中，因為這是她父親及全家包括親友從小就灌輸給她的一種信念，她自己則自小就從不自覺到自覺地努力地向著醫學院大門邁進。在與Fitzgerald的交往中，我們可以看到Ming跟黛安同樣的積極主動，但是跟黛安相比，Ming會玩一些小計謀，比如欲擒故縱之類的。

Ming的離開Fitzgerald的背後，有著文化的注釋。Ming的父親堅決反對她跟白人戀愛，表現了文化民族之間的不信任和對立的一面，根源於西方文化和

中國傳統文化對於婚姻的觀念的不同認識。在加拿大出身，長大的Ming其實接受的教育完全是西方的，也正因為此她會被Fitzgerald所吸引，也會不顧父親的阻擾，暗自與Fitzgerald 同居。但是，她的遺傳基因中仍然侵染著華人的潛在的文化意識，這使她有了一個對照的座標，看到了與Fitzgerald相同和不同的地方。比如，在選擇從醫這個事業目標上，雖然兩人的共同點在於為了為他人服務，人道和給與的願望。[9]但是Ming的最終的動機還在於將來有個優裕的生活條件，對於她來說後者是非常重要的。而她的很多遠近親戚們也都在不同的大學裡為著共同的目標朝著醫學院的大門進軍著。她也很清楚，Fitzgerald的最終動機是只要有一個能讓他著魔般地投入的專業，他就能全身心地投入，並不一定是醫學。

另外一個不同是在學習方法上，Ming的方法是掌握如何應付考試的手段，抓住基本點和要點；而Fitzgerald則追求全面精通，這在戰略戰術上並不很明智。Ming應付考試的策略是由她的表哥教授的，這又標示著傳統代代相傳的中國文化。因此，當Ming遇到了華裔後代Chen後，便逐漸地疏遠Fitzgerald，最後嫁給了Chen。

兩位女性最終都離開了她們的男朋友，黛安離開了丁信強，Ming離開了Fitzgerald，但是為了不同的原因。黛安的離開是因為丁信強的過去太沉重，Ming的離開卻是因為Fitzgerald沒有過去。黛安和Ming在很多地方非常相似，但是又有很大的不同。她們都很獨立，在感情問題上，完全由自己做主，保持與男方平等的地位和權利。如果不考慮文森特・林是位華裔後代的作者，讀者很難識別這部小說作者的祖裔，它所描寫的人物形象和性格跟加拿大其他英語小說中的人物沒多大區別，換句話說，小說中的Ming的性格特徵並無鮮明的民族特色，跟大多數加拿大的女孩子沒有很大的區別。

頗具意味的是，Ming對終身伴侶最終的選擇卻是同族的Chen，她的醫學院的同學。這裡我們可以用拉達克裡希南（R. Radhakrishnan）的話來解釋Ming的

---

[9] Vincent Lam, *Bloodletting & Miraculous Cures*, 10.

選擇：「祖籍的國家並不是它本身意義上的『真實』，但是這個『真實』足以使移民美國化的過程受阻，而『現在的家』在物質上是真實的但是並不讓你感到是十足的自己的家。」[10]在Ming那一代的非常西化的年輕人心目中，祖籍文化傳統已經不很真實確切了，就如Stuart Hall所描寫的那樣，「過去繼續在跟我們說話。但是它已經不再是作為一個純然的，確實的『過去』，因為我們跟它的關係就如幼兒跟她／他的母親的關係，始終是在斷裂以後」。[11]然而，即使是如此，他們仍然會把自己看作是少數民族，不是原居住者，仍然會把同族人視為同類，母親跟孩子的關係仍然存在，儘管是在斷裂之後。這種心理狀態是他們永遠不會把自己看作完全的加拿大人或美國人的根本原因。

與Ming相比較，蕭月英的文化身分極其鮮明突出，她是一位典型的傳統的賢妻良母，在她身上幾乎集傳統女性之所有美德。一旦嫁給丁信強，她的一輩子的生活目標就成了為丁家承襲香火。雖然自己也有一份好工作，但是她的家庭地位卻是輔助性的，被動的，處在丁家傳統權威的陰影之中。

笑言是位中國新移民，文森特・林則是華裔後代，顯然兩位作家在觀察社會描寫生活時，處理方式是很不同的。《香火》是對移民在新居住國的現實的歷史化，《放血和奇療》是對華裔後代的歷史的現實化。笑言花了大量的筆墨對丁信強的家族史進行詳細的追敘，並通過蕭月英不遺餘力要生兒子的信念來強調突出香火延續在中國文化中的重要性。香火在小說中不僅具有傳宗接代的意義，更包涵著文化歷史代代相傳的寓意。對歷史的強調所帶來的的作用是對現實與主流文化同化過程的一種消解和抵抗。文森特・林卻省略對歷史，文化，家族的具體描寫，集中表現人物進入主流社會的過程。Ming這位所謂的在加拿大出身的「香蕉」，遵循著祖輩傳下來的訓導和方法，去追求西方社會的桂冠，並在盡快地順利地成為主流社會中的一員的過程中獲得成功。歷史在這裡是以缺席的形式存在著，它僅凝聚在人物的民族標記上，最後具像在Ming和

---

[10] R. Radhakrishnan, "Ethnicity in an Age of Diaspora," *Theorizing Diaspora*, ed., Jana Evans & Anita Mannur (Malden: Blackwell Publishing Ltd, 2003), 123.

[11] Stuart Hall, "Cultural Identity and Diaspora," *Theorizing Diaspora*, 237.

Chen的結合上。

如果說丁信強還只是在從新移民向加籍華人過渡中，那麼Ming就是典型的華人跟加拿大人中間加一道橫：Chinese-Canadian。這可能也是笑言和文森特‧林之間的區別。作為第一代移民，笑言通過空間的距離，以域外文化作對比，用小說作為手段重新認識著中國文化和歷史。然而，從丁信強的女兒娟娟身上，讀者能看到未來的Ming，移民的下一代身上已經不再背負著深沉的歷史文化的包袱，祖裔的歷史文化對於他們來說已經成為抽象了的圖騰，徽記，隔開了具體感受的一層。與此同時，對新居住國的文化接受和同化因為親身體驗而以相反的比例逐漸增長，因此加拿大的文化成為他們文化身分的主要成色。這就是為什麼在文森特‧林的小說中，讀者看不到作者祖裔文化歷史的具體描寫，它們在小說中只具有象徵意義，而沒有具體表現。值得令人深思的是，文森特‧林選擇了白人作為主人公，這就必然使他的觀察視角立足於加拿大白人的主流社會，暗示了他自己對主流社會的認同。

但是，這並不意味著移民的後代會完全以居住國的文化取代祖裔文化。正如R. Radhakrishnan所指出的，「離散的定位是中間隔橫（–）的空間，在一個人祖籍老家和現在的家之間的變化著的關係中間，它協調著身分確認的政治的手段」。[12]華裔–加拿大人或者加籍–華裔（Chinese-Canadian）中間的隔橫昭示了華裔或其他族裔在加拿大的重塑文化身分的運動空間，從這一頭到那一頭的長度或距離可以無限地伸延，亦可以縮短到零。丁信強的距離就比Ming長的多，其中還充滿著很多的變數。同樣，跟文森特‧林相比，笑言文化身分確認的路途還很長。兩部小說中意味深長的部分是，兩種文化在互相衝突中調和，滲透，融合，你中有我，我中有你。黛安離開了丁信強，卻生下了與丁信強的兒子；丁信強的香火似乎得到了延續，但是黛安卻離開了他，獨自一人承擔起養育兒子的責任。Fitzgerald失去了Ming，但是在Fitzgerald搶救薩斯（SARS）病人時也感染上薩斯後，Ming的丈夫Chen在治療他的過程中與他結成摯友。

---

[12] R. Radhakrishnan. *Diasporic Mediations: Between Home and Location* (Minneapolis: University of Minnesota Press, 1997), xiii.

那麼，作者文森特・林是否已經完成文化身分確認的路程？在一次加拿大廣播電臺的採訪中，當被問到醫生和加籍華裔這樣的一種身分對他的創作起著什麼樣的作用時，他說：「在加拿大有一個第二代-加拿大群體，他們有很多共同的東西。我屬於移民的第二代，我發現我跟印度，烏干達的第二代移民有更多的共同點，這些共同點在我的祖母身上是找不到的。當然有很多文化的聯繫，我只能在我的祖母身上找到。而這個第二代的現象屬於加拿大社會的主流文化。」[13]在這裡，文森特・林提出了一個更為開放的觀念，在認同於加籍華裔的同時，他又指出了他與其他族裔後代的文化共同性，因此跟《香火》的現實與歷史的對照和呼應的縱向結構相反，文森特・林的小說呈現的是橫向的開放的結構，他的四位人物各自為體，均朝著不同的方向發展。然而「所有的人物都有我的一部分」，[14]文森特的這句話，使我們想起Amy Ling在她的文章中引用的湯婷婷的話：「我學著使我的心變得更大，大到跟宇宙一樣，以至它能容納充滿矛盾的事和物。」[15]這種開放性的包容性的觀念，使第二代或者之後的華裔的文化身分的認同和確認充滿著變化的因素。變化的結果很可能會導致文化身分和特徵的多樣化，恰如伊・宕德斯（Yvonne M. Donders）在《通向文化身分特徵的權利？》一書中指出的那樣，個人的文化身分特徵是可以有多樣性的。[16]

小結

　　從上述的分析比較中，讀者可以看到，由於兩位作家身分的不同，他們為自己的小說所選擇的內容題材和表現方法也迥然不同。《香火》是縱向地歷史性的，《放血和奇療》是橫向地開放性的。但是，兩部作品卻在交叉的焦點上

---

[13] 加拿大CBC廣播電臺Michael Enright採訪文森特・林，2006年，2月6日。

[14] 加拿大CBC電視臺採訪文森特・林，2006年，2月4日。

[15] Amy Ling, 154.

[16] Yvonne M. Donders, *Towards a Right to Cultural Identity?* (Antwerpen-Oxford-New York: Intersentia, 2002), 33.

勾勒了一條連續的時間曲線：《放血和奇療》所表現的生活是《香火》裡的人物下一代比如娟娟和秀秀很可能會經歷的，可以視作是《香火》的續集。雖然，第一代和第二代移民對自己文化身分的確認存在著巨大的代溝，但是他們都擺脫不了民族的徽記，而在尋求加籍華人文化身分的過程，他們既受承傳下來的傳統的制約，也在多種文化中不斷調整，所以文化身分在某種意義上是製造出來的，不是給與的。正如Stuart Hall所分析的那樣：「文化身分是從一定的地方來的，有著它的歷史。但是，像其他有著歷史的事物那樣，在形與質上它們經歷著不斷的變化。文化身分遠遠不是在一些提煉出來的過去上內在地固定著的，它們受制於歷史，文化和權利的持久的『運作』。」[17]文化身分也不是單一的，純粹的，而是多種的，混雜的（Hybridity），不穩定的。[18]而加拿大華裔在文化身分的追尋和重塑的過程，創造出了在加拿大的華裔–加拿大文化（Chinese-Canadian Culture），這一文化在華人文化身分重塑的努力中不斷得到調整，修改，再造，與此同時它又決定著華人的文化身分。[19]

參考書目

Agnew, Vijay. Diaspora, Memory, and Identity: A Search for Home. Toronto: University of Toronto, 2005.
Braziel, Jana Evans & Anita Mannur eds. Theorizing Diaspora. Eds &. Malden: Blackwell Publishing Ltd, 2003.
Donders, Yvonne M. Towards a Right to Cultural Identity? Antwerpen-Oxford-New York: Intersentia, 2002.
Enright, Michael. 加拿大廣播電臺CBC採訪文森特・林，2006年，2月6日。
Kain, Geoffrey ed. Ideas of Home: Literature of Asian Migration. Michigan: Michigan State University Press, 1997.
Kingston, Maxine Hong. The Woman Warrior: Memoirs of a Girlhood among Ghosts. New York: Random House, 1975.

---

[17] Stuart Hall, "Cultural Identity and Diaspora," *Identity: Community, Culture, Difference*, ed. Jonathan Rutherford (London: Lawrence and Wishart, 1990), 225.
[18] Agnew在前言中對於身份的混雜和不穩定作了精闢的分析，見Vijay Agnew, *Diaspora, Memory, and Identity: A Search for Home* (Toronto: University of Toronto, 2005), 12.
[19] 關於在北美的華人文化創造的觀念，比如，Chinese-American culture 或者Chinese-Canadian culture，可見 Lisa Lowe 的文章，"Heterogeneity, Hybridity, Multiplicity," *Theorizing Diaspora: a Reader*, eds. Jana Evans Brazied & Anita Mannur (Malden: Blackwell Publishing Ltd, 2003), 136.

Lam, Vincent. Bloodletting & Miraculous Cures. Toronto: Anchor Canada, 2006.
Ling, Amy. "Maxine Hong Kinston and Dialogic Dilemma of Asian American Writers" in *Ideas of Home: Literature of Asian Migration*. Michigan: Michigan State University Press, 1997.
Lowe, Lisa. "Heterogeneity, Hybridity, Multiplicit" in *Theorizing Diaspora: a Reader*. Eds. Jana Evans Brazied & Anita Mannur. Malden: Blackwell Publishing Ltd, 2003.
Radhakrishnan, Rajagopalan. Diasporic Mediations: Between Home and Location. Minneapolis: University of Minnesota Press, 1997.
—— "Ethnicity in an Age of Diaspora." *Theorizing Diaspora*. Eds. Jana Evans Braziel and Anita Mannur. Malden: Blackwell Publishing, 2003: 119-131.
笑言，《香火》，渥太華：北方出版社，2008。
Yuan, Yuan. "The Semiotics of 'China Narrative'." *Ideas of Home: Literature of Asian Migration*. Ed. Geoffrey Kain. Michigan State University Press, 1997: 157-170.

【此文發表在《世界華文文學論壇》2009第1期，總66期】

從客居到永居:《大漢公報》詩歌中「家」的觀念的變化(1914-1960)

作為文化公共領域的一個部分,媒體不僅向讀者傳播每天的時事新聞,並且把當代社會的信息和意識型態編織在它自己的語境中。而作為媒體的一個重要媒介,離散群體的報紙則以此為平臺協商並調和著社會上不同的群體和個人的多種觀念,從而為形成和界定社區意識及其離散群體的文化身分起了至關重要的作用。本章通過對加拿大歷時最長的華文報紙《大漢公報》在1914-1960年之間發表的詩歌為例,探討和分析加拿大華人在上個世紀上半葉對「家」和「家國」的觀念和認識,考察《大漢公報》是如何來表現華人的「家」的觀念的發展變化的,並由此來考察報紙作為華人社區聯絡的媒介,它在感導、影響加拿大華人的離散意念和文化價值觀念的重要作用。

「家」這一概念,「最直接的意義包含家長秩序,性別的輩分,庇護所,養育和保護的私人的活動範圍」。[1]與旅行相對立,通常人們把「家」理解成穩定的、固定的、深深地扎根在某一個地區和國家的溫馨場所。但是在過去的一個世紀中,對於家和家鄉的觀念在移民文學中經歷了深刻的變化,無論是在英語文學還是在華文文學,還是在離散理論中,對「家」的描寫和闡述已經逐漸歷史化、民族化、政治化和多元化。它本身的內涵也早已跨越了傳統意義上的家了。在以大規模的移民、難民、旅行為特徵的經濟、科技、信息、資訊全球化的時代,家的意識已經雙重地或多元地在居住地和故鄉之間徘徊,原本「歸屬」的家已經可以離開具體的物質的形態,成為文化精神上的形而上的家,用南茜・阿姆思嬌(Nancy Armstrong)的話來說就是「最強有力的家是我們到任

---

[1] 本章中所有英語引句均為本書作者的翻譯。Rosemary Marangoly George, *The Politics of Home* (Berkeley and Los Angeles: University of California Press 1999), 1.

何地方都能帶在腦子裡的家」。[2]

在進入主題之前，先簡略介紹《大漢公報》的歷史文化背景。《大漢公報》是加拿大最早創立、且歷史最為悠久的華文報紙之一，[3]它與1906年底在溫哥華由華人衛理公會傳教士創辦的《華英日報》有著密切的關係。《華英日報》聘請辛亥革命時期著名的華僑革命報人崔通約（1864-1937）主持筆政。崔通約就任後在報紙上「鼓吹革命」，「以掃除專制實行民主為職志」。[4]因崔通約刊發一則報導「粵吏通緝保皇會員」的新聞，當地保皇會向法院控告《華英日報》毀壞名譽。[5]《華英日報》因此而捲入三年訟案，「虧折累萬」，雖得到加拿大洪門致公堂的仗義扶助，卻無力為繼，率由致公堂全盤接受，於1910年

---

[2] Nancy Armstrong, *Desire and Domestic Fiction* (Oxford University Press, 1987), 251.

[3] 《大漢公報》報紙的創刊時間向來有不同的看法。大不列顛哥倫比亞大學（UBC）亞洲研究圖書館製作的微型膠卷首頁的介紹寫道：「《華英日報》於1907年在大不列顛省溫哥華正式出版，該報由傳教士資助編輯出版，目的在於宣傳基督教並在華人社區傳播現代知識。1910年夏天因為財政原因該報重新改組，更名為《大漢日報》。1915年11月改為現在的標題：《大漢公報》。」然而，其他歷史資料與這個信息相矛盾。《華英日報》首任主編崔通約在他的回憶錄裡說報紙是在1906年年底出版的。見〈崔通約與孫中山斷絕關係之原因〉（《大漢公報》1915年7月29日，第2版）報紙改組後的首任總編輯馮自由（1910-11）的回憶與崔通約完全一致：「丙午年（清光緒三十二年）溫高華埠基督教徒周天霖等發刊《華英日報》延崔通約為記者」，見馮自由《革命逸史》，第1卷，第328頁。Jiwu Wang在他的 *"His Dominion" and the "Yellow Peril": Protestant Missions to Chinese Immigrants in Canada, 1859-1967*（《「他的統治」和「黃禍」：新教對加拿大華人移民的傳教，1859-1967年》）一書裡也指出報紙首發時間是1906年（第88頁）。Edgar Wickberg（埃德加·威奇伯格）在他的書中列出的加拿大華人報紙名單表裡也將《華英日報》的首刊日期列為「約1906年」（參見Edgar Wickberg, ed., *From China to Canada: A History of the Chinese Communities in Canada*《從中國到加拿大：加拿大華裔社會的歷史》（Toronto: McClelland and Stewart, 1982），278。黎全恩（David Chuenyan Lai）在他的《洪門及加拿大洪門史》中也認同1906年的首刊時間。很有意思的是，報紙自己對創刊時間的敘述也是不同的，報紙名為《大漢日報》時期，首頁註明創刊時間1906。在30年代早已更名為《大漢公報》發表的〈本報喬遷紀念特刊〉（1939年9月16日）一文中仍然稱創刊時間為1906年。但是到了40年代，報紙的文學專欄「漢聲」版上開始註明報紙首創時間為1907年。而李東海的《加拿大華僑史》一書則認為《大漢公報》（前身《大漢日報》）「成立於民國前三年。其時雲高華洪門致公黨大佬陳文錫等感於革命潮流澎湃，發起組織大漢日報於雲埠」（349頁）。李東海是唯一一位把《華英日報》與《大漢公報》分開的加拿大華人史家，從辦報的宗旨來看，兩報確實不同，況且辦報人也不同，前者是基督教傳教士，後者是洪門致公黨。兩報唯一的維繫是崔通約，他既首任《華英日報》創刊主編，後又任過《大漢日報》主編。

[4] 明心，〈本報創造與喬遷史略〉，《大漢公報》，1939年9月16日，第1頁。

[5] 馮自由，《華僑革命開國史》，上海：商務印書館，1946年，第104頁。

改名為《大漢日報》，正式成為致公堂的機關報紙，[6]直至1992年。

洪門是中國的祕密幫會之一，「洪」取自於明太祖朱元璋洪武年號的「洪」字，始祖洪英帶領五個弟子與清廷抗戰，洪英殉難後囑五個弟子投奔鄭成功，與其共同抗清。[7]洪門的最終目的是反清復明，特別強調會員對組織的效忠，尤以義氣為重。洪門主要在福建、廣東及長江流域一帶活動，隨著淘金熱，洪門會員逐漸蔓延至南洋及美洲各地。

加拿大的洪門致公堂創建於1863年，[8]該組織在孫中山領導的推翻清朝、建立中華民國的辛亥革命中做出了舉足輕重的貢獻，其中包括斥資賣樓，籌集巨款，宣傳革命，故孫中山有言：「華僑為革命之母。」國民政府主席林森曾說過，「若紀念孫中山，要先紀念洪門」，[9]其原因正在於加拿大和美國的洪門對孫中山及其所領導的革命的傾囊相助。

作為加拿大洪門的機關報，《大漢公報》始終以洪門的三大信條為旗幟，即「以義氣團結，以忠誠救國，以俠義除奸」。建報八十多年中，它切切實實地為團結華僑，促進華僑團體之間的交流，建立華僑社區團體和學校，弘揚中華文化，維護華僑自身利益而努力宣傳抗爭；同時，無論是和平還是戰爭年代，始終盡自己的力量來資助祖國，從來沒有中斷過。1929年開始命名文學專欄為「漢聲」充分顯示了《大漢公報》對其漢文化根的承傳性，而在70年代取消「漢聲」則反映了華人對家，家園，文化身分，和族裔之間複雜關係認識的漸進變化。在報紙出版後，特別是在20至40年代末間，《大漢公報》在當時加拿大種族歧視的惡劣環境中，宛如歷史的見證人，忠實地記錄下了加拿大華人在二十世紀上半個世紀風雨飄搖、飽經滄桑的艱難歷程，以及二十世紀北美和東亞風雲詭譎的時代車輪的軌跡。毫無疑問，它在華人社團中的凝聚力和它的經久性使它成為加拿大最有影響力和代表性的華文報紙。

---

[6] 崔通約，《滄海生平》，上海：上海滄海出版社，1935年，第82-83頁。
[7] 華采，〈談洪門〉，《大漢公報》，1941年5月6日，第1頁。
[8] 顏誌炎，〈黨史：駐加拿大洪門史略〉，《大漢公報》，1947年3月31日，第2頁。
[9] 洪公，〈旅加洪人革命運動光榮史中黃花節之回溯——五〉，《大漢公報》，1941年4月4日，第4頁。

本文選擇《大漢公報》的文學專欄上發表的詩為例，分析加拿大華人對家和家園觀念演變的歷史進程。作為人類心靈鏡子的詩，是以藝術的形式來展現人類內心深廣的精神世界，恰如諾斯羅普・弗萊（Northrop Frye）所說「詩是表達人類情感和思想的最基本的方式。[10]華夏民族有著悠久豐厚的詩的傳統，幾千年的古典詩詞滋潤著漢語表達並使其富有民族精神，以寫詩賦詞來作為訴諸情緒和內心感受的方式早已成為華夏民族各個階層、各種職業的文化傳統。這一傳統在《大漢公報》的文學專欄裡得到了充分的體現，報紙每天一版的文學專欄，分別設有「詩界」，「歌謠」，「粵謳」，「吟壇」，「浩歌」，「詩論」等專題，使詩歌成為《大漢公報》不可或缺的重要組成部分，它包括有古典和現代詩，民歌，民謠等多種形式，顯然作者來自社會的不同職業和階層，他們的作品吸引著不同教育背景的讀者。

　　與報紙的其他部分不同，比如每天新聞日記般地記錄華人社區的日常生活，為華人瞭解各地新聞提供一個瞭望平臺，「本社論說」以報紙的發言人身分對時事發表評論，引導讀者的閱讀傾向，詩歌欄目則從各種角度傳達華人內心的聲音，傳達華人對在異鄉所遭受的種種苦難情緒化的反應和反思。《大漢公報》所發表的詩歌中，一個反覆出現、不斷被吟誦的主題便是「思鄉懷舊」，而不同的年代，則賦予了思鄉懷舊詩歌不同的時代內涵。從現存的最早的《大漢公報》1914年起到1923年，主導性的詩歌主題是「鄉愁／思」，從1923年到1947年，詩歌的內容則集中在對加拿大種族歧視的排華法案的抗議和聲討上，在這一時期，詩歌對在加華人被歧視和抵抗歧視的現狀進行了細緻的描寫。在強調華人對加拿大聯邦建立和國家建設的貢獻同時，詩歌開始表述華人成為加拿大社會一部分的權利，顯然這時華人開始對自己暫時的過客、臨時的勞力的身分認識轉變成為對永久居民的認同。在1947-1960期間，《大漢公報》中的詩歌呈現出對生活，對家園和家國的一種嶄新的觀念和展望。本章將重點討論在1914年至1960年代之間加拿大華人對於家的觀念從傷感的鄉愁／思逐漸轉

---

[10] Northrop Frye, Sheridan Baker, and George Perkins. *The Harper Handbook to Literature* (New York, Cambridge: Harper &Row Publishers, 1985), 356.

化到擁抱新的家園的變化發展過程，探討和尋求決定這些變化的社會和政治的原因，尤其是在極端種族歧視和剝削廉價勞動力的社會環境下，華人如何在加拿大發展和培育他們「家」的觀念，如何在離散和多元文化觀點之間調解，斡旋他們「家」的觀念，辨析這些觀念如何從文化的排斥轉化到跨國界的多元文化整合的過程。本章將從鄉愁／思，忍辱抗爭和重新定位三個部分來分析、論述加拿大華人關於家園和家國觀念。

1914-1923：客居者的鄉愁／思

「鄉愁／思或懷舊」（nostalgia）這一詞彙最早由瑞士學生約翰內斯・霍費爾所創，在寫於1688年的醫學論文裡，他指出鄉思／懷舊一詞最初指的是一種由鄉愁（homesickness）引起的疾病，但逐漸發展成為一種憂傷的心理疾病。[11]這一詞彙後來進入了文學，尤其是從十八世紀後期浪漫主義時代的詩歌起，浪漫主義和思鄉、懷舊被「經常聯繫在一起，它們幾乎成了同義詞」。[12]中國古典詩詞中的鄉愁懷舊吟誦，則可從十八世紀往前追溯上千年，它們本質上也是為浪漫和感傷所統攝。在當代文化中，懷舊在後現代主義的解釋中被反諷化了，在當代社會中，懷舊情緒中所渴望的不僅僅是一個地方，而是如琳達・哈琴（Linda Hutcheon）所描述的那樣是一種無法回歸的、被理想化了的、想像出來的過去：「事實上，思鄉／懷舊因其感情的衝擊和誘惑力，可能恰恰依賴於過去的無可輓回的性質」，因此，思鄉／懷舊的對象便從地方／故鄉轉移到時間：一個不能返回的過去，從而形成「一個從空間向時間的轉變」。[13]《大漢公報》裡思鄉／懷舊詩則呈現出思鄉／懷舊的傳統和現代意義

---

[11] Johannes Hofer, Medical Dissertation on Nostalgia by Johannes Hofer, 1688. *Bulletin of the History of Medicine*, vol. 2, no. 6 (Aug. 1934): 376-391. Translated by Carolyn Kiser Anspach, University of Basel. 該論文被翻譯成英文後發表在巴爾的摩1934年第二期的《醫學史》學報上。

[12] Kevis Goodman, "Romantic Poetry and the Science of Nostalgia," *The Cambridge Companion to British Romantic Poetry*, eds., James Chandler and Maureen N. Mclane (Cambridge, New York: Cambridge University Press, 2008), 195.

[13] Linda Hutcheon, "Irony, Nostalgia, and the Postmodern," *Methods for the study of Literature as*

的結合：渴望回到故鄉和失去了的過去。

　　早期的加拿大華人有很強烈的客居心態。華人到加拿大可以追溯到十八世紀後葉，在1858年的淘金熱時期達到一個高潮，華人大多是在十九世紀中葉的北美淘金中尋找機會的工人。到了1880年加拿大太平洋鐵路開始建造之時，加拿大西部的英屬哥倫比亞省的華人人口已超過一萬人。當橫貫全加拿大的鐵路線建完後，所有的華工突然變成失業大軍，一些人選擇回到中國，另外一些人離開加拿大去美國，更多的則流散在加拿大各地自己尋找工作和出路。[14]

　　由於當時加拿大白人種族歧視的心態和政府排華的政策（包括「人頭稅」），華人在這一時期的生活極其艱難，所能找到的是處於社會的最底層而且是白人不願意做的工作，因此暫時逗留的意念十分強烈。這一時期華人在加拿大的主要目的就是賺錢養活國內的親人，唯一支撐他們的精神支柱，是在家鄉苦苦等待著的老母親、妻子和幼兒，與家的維繫在這段時期也最為強固，留居國加拿大在他們的觀念中只是臨時的住所，暫時住在這裡只是實現目標的手段，一旦目標達到，便要衣錦歸鄉，葉落歸根，並沒有打算要落地生根，在加拿大重新建立一個家並融入這個社會。[15]

　　「鄉愁／懷鄉」可以說是《大漢公報》自創刊以後一個經久不衰的主題，但是在1914-1923年期間，報紙的文學專欄的「詩界」幾乎每一期都充斥著懷鄉、思鄉詩。與親人們遠隔重洋，經年累月不能相見的憂愁和鄉情，以及未能在經濟上資助養家的沮喪，在「詩界」裡觸目皆是。這些詩大多以五言、七言古典詩歌的形式，其中包括大量文學歷史典故，閱讀這些詩歌，需要有一定的文學和歷史知識，這也表明作者在國內都受過一定的教育。

Cultural Memory, eds. Raymond Vervliet and Annemarie Estor (Atlanta: Rodopi, 2000), 189-207.

[14] Anthony B. Chan, *Gold Mountain: the Chinese in the New World* (Vancouver: New Star Books, 1983), 68.

[15] 柯京清心在〈對滿地可埠致公堂與國民黨打架之獻議〉一文中寫道：「回思吾人出門之初，用盡巨資，割開親愛家庭，遠涉重洋，遍嘗辛苦。稅關苛驗，忍受種種恥辱，而意旨何在？曰：謀生計也。為工為商各擅所長，本其來時之初意而行。三年兩載，積錢回家，上慰高堂，下慰妻子。家庭團敘，其樂何如？」見《大漢公報》1934年2月15日，第1頁。

例一：「詩界」：俠娛〈感懷〉（1914年9月9日《大漢日報》第9版）

風霜彈指又深秋，可惜年華付水流。落魄馬周悲入世，思鄉王粲苦登樓。依人自古非長策，似我何時始倦遊。回首家山今萬裡，茫茫身世不勝愁。

例二：「詩界」：林筱唐〈客中春詠〉（1917年1月12日《大漢公報》第9版）

中原回首路漫漫，羈旅人邦萬慮難。日作東歸成幻想，更深擾入夢中嘆。

例三：「詩界」：劉希楷〈客旅書懷〉二首（1917年5月19日《大漢公報》第9版）

作客離鄉幾歲年，點金無術更悽然。落花盡把愁心惹，芳草徒將歸思牽。遠望神州雲匝地，遙觀歐海霧迷天。何方樂土成乾淨，家園傷懷夜不眠。

上面所例舉的三首詩都貫穿著兩個互相交織的旋律：懷鄉之愁和客居的悲傷。很有意思的是它們都用相似的語言表達對太平洋另一邊的家鄉的顧盼遙望：「遠望神州」，「中原回首」，「回首家山」，用以強化居住國和家鄉之間大洋之隔的難以企及的可望而不可及。作者在傾訴思鄉情的同時，還抒發了在異國他鄉所忍受的艱難生活和流離失所的悲傷。鄉愁／思鄉情是中國古典詩詞反覆詠嘆的常見主題之一，詩人在旅行，或任職於它鄉，或貶職流放時總是在詩裡反覆詠嘆其傷感的思鄉情，詩人在沉溺於懷鄉思緒時往往將此情緒浪漫化，以酒相伴或把具有象徵意義的自然景色諸如明月、鴻雁、花叢、柳枝、秋色等醞釀成思鄉情調。家鄉在鄉愁的詩詞裡通常是具體而實際的，它是詩人最終會回歸的地方。

早期的加拿大華人的懷舊詩歌秉承了中國詩詞傳統中的傷感情調，但是傳統中的浪漫情懷卻被痛苦的絕望感所取代。故鄉家園在這些詩歌裡被理想化而具有象徵意義，但失去了可觸摸可體驗的具體性，古典詩詞中最終故鄉的回歸也因此而被虛無飄渺的夢幻所替代。勞工到加拿大在遠離家鄉和親人的同時，更為體

力和心理上遭受的壓力所困擾，故他們詩歌中對承受的苦難的痛訴總是和鄉思懷舊連在一起，諸如〈不勝愁〉（例一），〈萬慮難〉（例二），〈愁心〉（例三），這些「愁」並不只指鄉愁，更是為生活艱難、點金無術而悲愁。加拿大的華人用懷念親人團聚、和睦融融的過去，來對比他們眼前的悲慘生活和對未來夢想的幻滅，懷舊成了他們抵禦當前種族歧視所造成的一切苦難的手段和武器。正如琳達·哈琴所指出的，「懷舊成為對不幸的現實的抵抗」。[16]

詩人還採用中國古典詩詞傳統的思鄉懷舊情調來指認他們在加拿大的客居身分，諸如「客旅書懷」，「客中春詠」，「羈旅人」等修辭短語不僅散見在大多數詩歌中，而且還被用作標題，如以上列舉的詩歌所示。華人對於最終返回家園的渴望流露出他們因地理位置上的錯位而導致社會地位邊緣化和非公民身分的悔恨。《大漢公報》中反覆出現的「客旅」主調有著深厚的文化根源，「葉落歸根」之典出於佛祖慧能，但已被廣泛應用於客居他鄉必返故裡，恰如飄零的樹葉最終都落在樹的根部。這種歸屬感的明指和暗喻揭櫫著作者心頭縈迴夢饒的家園和文化的歸宿。在分析華人客居／客旅的心態時，米莉安·俞（Miriam Yu）認為：「與家國而不是以居住國的強烈認同是一種機械性地防禦，一種被認為是對種族歧視後退性的反應。」[17]加拿大華人顯然傾向於從自己民族文化裡尋找抵抗的精神力量，並於心理上擴大與居住國文化的距離。正如法如薩·玖薩瓦拉（Feroza Jussawalla）所說，「當被驅使的時候，我們就向內轉向我們自己的本土性，試圖以『故鄉』為據地來抗爭」。[18]

1923-1947：忍辱抗爭

抗爭種族歧視是這一時期《大漢公報》詩歌的主題之一，它在某種程度上

---

[16] Linda Hutcheon, "Irony, Nostalgia, and the Postmodern," 189-207.
[17] Miriam Yu, "Human Rights, Discrimination, and Coping Behavior of the Chinese in Canada," *Canadian Ethnic Studies*, vol. 19, no. 3 (1987): 118.
[18] Feroza Jussawalla, "South Asian Diaspora Writers in Britain: 'Home' Versus 'Hybridity'," *Ideas of Home: Literature of Asian Migration*, ed., Geoffrey Kain (East Lansing: Michigan State University Press, 1997), 35.

取代了思鄉懷舊的詩歌。自從十九世紀以來，加拿大華人就已經被強加上一種只針對華人的昂貴的人頭稅。[19]然而，在1923年加拿大政府出臺了一項極端歧視的排華法案《華人移民條例》，頒布禁令共四十三條，禁止除外交官、商人、學生以外的華人攜家屬入境。華人稱之為「四三苛例」，維多利亞中華會館更是把加拿大的聯邦日7月1日定為「僑恥紀念日」。[20]對於華人來說，這是一個身心雙重忍辱負重的時期，他們不僅在加拿大飽受屈辱和歧視，而且與在大洋另一邊的家庭非人道地被硬性分隔，不能團聚長達二十三年。

排華法案制度化正是在加拿大充分享受加拿大太平洋鐵路（CPR）建成後帶來的巨大經濟和政治利益的時候。這條橫貫大陸的鐵路開闢了一條有效的運輸路線，對加拿大經濟發展至關重要，並確保了加拿大聯邦制的實現。[21]但是華人對加拿大的貢獻卻沒有換來對加拿大華人的感謝和讚賞，反而成為種族歧視的目標，華人基本的人權受到侵犯。加拿大試圖消除集體記憶中華人對建設鐵路的貢獻，幾乎成為當時社會的普遍實踐。一個很具有說服力的例子便是加拿大著名詩人E.J.普拉特因為不知華工的特殊貢獻，在他的整部英雄史詩《朝向最後一根道釘》[22]裡沒有讚頌一名華工，只是在一行詩句中提到「兩百個中國人在岸上拉縴拽繩」。[23]

在排華法通過之前後，《大漢公報》成為加拿大華人抗議和抵抗的前沿和表達華人的權利和感情的平臺。文學專欄（1929年命名為「漢聲」）頻繁地發表情緒激昂的詩歌，傾訴華人的惱怒和怨恨，尤其是在排華法實施之後的頭幾

---

[19] "The Chinese are the only ethnic group ever assessed a head tax for entering Canada." Anthony Chan, *Gold Mountain*, 12.

[20] Kay J. Anderson, *Vancouver's Chinatown: Racial Discourse in Canada, 1875-1980* (McGill-Queens University Press, 1991), 141; 李東海：《加拿大華僑史》，加拿大自由出版社，1967年，第361-364頁。

[21] 大不列顛哥倫比亞要求當時的聯邦政府承諾十年內建成連接大不列顛哥倫比亞和加拿大的鐵路系統，作為參加加拿大聯邦的條件。見British Columbia Terms of Union, para.11。加拿大太平洋鐵路（CPR）公司1880年初從中國雇傭的15,000合同工是鋪建加拿大西部地理位置最艱險的一段鐵路的關鍵勞工。見Royal Commission on Chinese Immigration, 1885: V。

[22] Susanne Hilf, *Writing the Hyphen: The Articulation of Interculturalism in Contemporary Chinese-Canadian Literature* (Frankfurt am Main, New York, Oxford, Wien: Peter Lang, 2000), 69.

[23] E. J. Pratt, *Towards the Last Spike* (Toronto: Macmillan, 1952), 37.

年。在漫長的二十四年間，《大漢公報》上的詩歌展示了在極端制度化的歧視下華人逐漸調整他們的文化身分觀、重建他們對家園和家國的概念的過程。

在導向和引領華人社區的情感趨向和理性思維的同時，《大漢公報》上的詩歌代表了華人集體的心聲，一個社會和歷史群體的聲音。它們以挑戰加拿大主流社會關於國家建設的敘述，時時提醒讀者華人對加拿大國家建設的參與，用以證明他們已經成為加拿大社會的一個組成部分，所以華人應該享受在加拿大工作、居住和與家人團聚的權利，應該享受其他居住在加拿大族裔的所有的平等權利。顯然這些呼聲已經開始偏離第一時期的「客居／旅居」的身分意識，以及對家園的認識。

例四：亞孔〈七一歌〉（1924年6月12日《大漢公報》第11版）

眾聯七壹會，我唱七壹歌。
七壹何取義？紀念加人待我苛。
壹九式叁年，彼族會議勤。
欺吾國勢弱，誅求乃勃然。
會議到移民，討論聲頻頻。
于時市卒氏，草案呈機陳。
四十三條例，專禁中華人。
觀其綱與目，殘酷至絕倫。
領事與交涉，掉舌如搏輪。
吾僑力抗爭，奔走拾餘旬。
加人終不卹，視若胡與秦。
三讀卒通過，此例成金科。
總監經批准，施行速於梭。
嗚呼七月壹，何來此惡魔？
嗚呼吾眾僑，奈此恥辱何？

願大眾，聽我歌。

七月一，痛苦窩。

如兔雉，懼於羅。此不念，講什麼？

臥薪嘗膽計，同心紀念莫蹉跎。

這首詩發表於華人極其痛恨的加拿大排華法案在議會正式通過的一年後，它以民謠的形式簡述了這一祇針對華人的歧視法案是如何制度化的，並詳細描述了華人所感受的屈辱，羞恥和憤慨。以其耐力而著稱的華工本來就承受著經濟剝削，現在更進一層被奪去公民的權利，被推向社會的最底層，很自然地，華人奮起反抗，尋找各種方法包括正式公開的、民間的以及各層路線的抗議，來抵制這一違反人權的法案。這首民謠的語言樸實簡單，直截了當，充滿活力，雖較少詩意，但內容卻十分豐富。

例五：「詩界」「粵謳」：少英〈七一紀念〉（1924年6月16日《大漢公報》第11版）

七壹紀念，講起就悲啼。

禁絕我哋華人，豈不慘悽。

我哭不成聲，就漣漣下涕。

重話商人妻子咯，亦不能同嚟（粵方言來也）。

苛待我哋僑胞，個個好似的奴隸。

想佢絕無人道，重要註冊個的東西。

例行四拾三條，咁就將我哋來泡製。

唉，真自鬎。你話如何打算唎？

祇望我同胞大眾心齊。

這是一首粵語民歌，它把同一天的兩個相對抗的意義並列起來：加拿大人紀念、歡度國慶；與此同時華人卻在悲泣所遭受的歧視恥辱。尤其是「家」作

為養兒育女的生活住所，已經失去其基本意義，因為丈夫與妻兒被無情分開，不能相聚，這種非人道的對待，使華人不得不感到自己像奴隸似的處於社會的最底層。譴責違背人性和邊緣化華人是這首民歌的基本主題，最後民歌呼籲華人團結起來，共同抵抗種族歧視。

例六：「詩界」：周開軾〈七一恥念有感〉（1924年6月20日《大漢公報》第11版）

> 客路勞勞歲月更，頻來苛例倍心驚。自愧國弱強難敵，目擊時艱劍欲鳴。徵我稅金成凰恨，怪他註冊又施行。男兒勿作溫柔度，迫滅夷人氣始平。

這首詩繼承了第一時期華人對他們身分的認識和當時的家國的觀念。具有象徵意義的「客路」指涉華人在異國它鄉的生命旅程，這裡作者是把居住國看作是臨時居住地，最終總是會返回出生地的故鄉。正如米莉安・俞在她的〈人權，歧視，和加拿大華人的應對行為〉一文中指出，「如果他們得到好的待遇，比如容忍和接受，他們就會積極地指認居住國為他們的新家，因為那裡的發展機會比故鄉更多更優越」。[24]這首詩所描寫的虐待性的種族歧視政策和對華人的經濟剝削，使華人不僅無法體會到家的感覺，更在心理、精神上產成敵意，因此詩的最後一部分作者號召華人堅決反擊，不能軟弱任受欺負。

十年以後，譴責排華法案的詩歌繼續出現在《大漢公報》上。

例七：「漢聲」：周玉生〈七一紀念感作〉（1933年6月30日《大漢公報》第7版）

> 每逢僑恥感難休，七一溯洄淚欲流。碧眼不良時記恨，不知何日報怨仇。

莉莎・柔思・馬（Lisa Rose Mar）在她的《經紀人：華人在加拿大的1885-

---

[24] Miriam Yu, "Human Rights," 118.

1945排華時代》一書裡指出，在大蕭條期間（1929-1939），雖然加拿大華人較之前已經較好地融入進加拿大社會，他們仍然認為這個時期是「大盎格魯白種人的歧視、華人抵抗的無效、和同化無法實現的時代」。[25]Anthony B. Chan在他的《金山：華人在新大陸》一書中也告訴我們，在1923年時，華人社區已經蔓延到整個加拿大，「到1947年時甚至更多」。[26]然而，儘管華人在地理上已分佈在加拿大各地，但是排華法律實質上極大地阻礙了華人融入加拿大社會的過程。

因此這一段時間這對於加拿大華人來說，也是在經濟和精神上的大蕭條、大沮喪的時期。種族歧視的政策在他們追求更美好的未來製造了許許多多的阻礙，使他們的生活毫無快樂幸福可言。正如Wing Chung Ng所指出的：「這些嚴厲的法例，以及大蕭條的毀滅性影響，導致華人從加拿大大批地外流回中國。」[27]《大漢公報》此時刊登的一些詩歌，也忠實地記錄了這一「外流」回中國，不少詩歌辛辣地描繪了那些不再感覺到加拿大成為他們第二個家的感覺。儘管如此，與此同時《大漢公報》並沒有停止表現不懈的抵抗。周開軾的〈七一恥念有感〉和周玉生的〈七一紀念〉便是典型的例子，它們告訴讀者華人沒有忘記排華法案給他們帶來的恥辱和痛苦，華人不會放棄戰鬥，哪怕他們的抗爭不會有實質性的成果。

自1930年代起日本蠶食並占領中國東北之後，《大漢公報》的詩歌充滿了民族主義情緒。詩人們把在加拿大的華人蒙受到的恥辱歸結為中國政府的國家實力的軟弱，呼籲參與國家的救亡運動。

例八：廖溥吾〈僑恥感詠〉（1938年7月4日《大漢公報》第9版）

> 苛例四三十四年，恰逢國難又當前。
> 吾僑共負興亡罪，出力出財志愈堅。

---

[25] Lisa Rose Mar, *Broking Belong: Chinese in Canada's Exclusion Era, 1885-1945* (Oxford, New York: Oxford University Press, 2010), 12.
[26] See Anthony B. Chan, *Gold Mountain*, 147.
[27] Wing Chung Ng, *The Chinese in Vancouver, 1945-80: The Pursuit of Identity and Power* (Vancouver: UBC Press, 1999), 16.

在抗日戰爭和第二次世界大戰期間，《大漢公報》的中心重點轉為對戰爭的跟蹤報道，密切關注戰事發展的每一步，表現了華僑對國難的深切關注。可能因為戰爭的原因，這段時間《大漢公報》譴責排華法案的詩歌暫時缺席。充斥其間的，是報導華人對反法西斯戰爭的巨大貢獻。《大漢公報》多次以社論形式論述購買公債的重要性和華僑介入反法西斯戰爭的責任，[28]並全面報導加拿大華人如何參與第二次世界大戰，入伍加拿大軍隊，幾乎每天都以非常醒目的大字體和誇張的畫面報道加拿大國債券銷售活動和為國內抗日戰爭的現金捐贈，突出華人參與反對納粹的正義戰爭。華人不僅出錢，更出力，《大漢公報》還詳細報導年輕的加拿大華人士兵在盟軍中的消息，報導他們在反法西斯戰場上直接參與的戰役。雖然有大約八千名加拿大華裔青年有資格服役，但只有大約「五百名華人在第二次世界大戰期間在加拿大軍隊服役」，[29]因為種族歧視的政策阻礙了他們服役，一些年輕的華人不得不長途跋涉去人煙稀少的卡爾加里參軍。大多數志願入伍的華裔青年希望通過在軍隊服役獲得加拿大公民身分以及一切公民權利，認為義務跟權利應該並行不悖。[30]而華裔青年在戰爭中表現出來對加拿大的忠誠極大提高了他們在當地的社會地位。「作為盟友，華人的一個新的積極正面的形象開始在加拿大生根開花，尤其是在珍珠港事件之後」。[31]在全力以赴支持居住國政府的反法西斯戰爭的同時，華僑還組織華僑救國勸募公債委員會，傾囊相捐援助國內的抗日戰爭，並發起救濟中國傷兵難民「一碗飯」籌賑運動。[32]難怪在排華法案被廢除的1947年，屈辱、憤慨的情緒沒有在《大漢公報》重現，詩人們唯一的關注則是剛剛在中國開始的內戰。這種將注意力從「排華法」轉移到中國國內政治情形的態度意味深長地解釋了加拿大華人對他們的文化身分和家庭觀念新的

---

[28] 見〈域埠勝利公債華人支會宣言〉，《大漢公報》，1941年6月3日，第1頁；洪公，〈為推銷勝利公債演講〉，《大漢公報》，1941年6月20日，第1頁。

[29] Wing Chung Ng, *The Chinese in Vancouver*, 144.

[30] 見〈華裔青年會昨致會館函〉，《大漢公報》，1944年8月24日，第1頁；簡建平，〈華裔軍人會的任務〉，《大漢公報》，1946年7月5日，第2頁。

[31] Anthony B. Chan, *Gold Mountain*, 145.

[32] 詳情見〈駐雲高華加拿大華僑勸募救國公債總分會賣物籌款救濟祖國傷兵難民舉行一碗飯大運動會〉，《大漢公報》，1939年9月6日，第8頁。

看法和態度。更為重要的是，在這一時期，華僑的公民權利的意識大為增強，他們開始把這塊已經拋灑了無數血汗的土地作為自己第二個家，並且不懈地為爭取自己的權利和尊嚴作持久的努力。1949年以後在《大漢公報》上發表的詩歌為我們提供了加拿大華人對身分和家園問題的新的看法。

1947-1960：落地生根

　　第二次世界大戰使加拿大政府和人民改變了對華人的態度，首先是因為中國和美國、英國、加拿大在戰爭中是反法西斯戰爭的盟國，抗日戰爭極大地提高了中國在國際上的地位；同時華裔對加拿大政府盡自己力量不計宿怨的全力支持，包括華裔後代自願加入加拿大遠徵軍赴太平洋各地戰場浴血奮戰，華裔居民踴躍購買國庫券，從事慈善工作。加之戰爭讓人們對人性進行深刻的反省，使加拿大人對華人好感急劇增加，開始檢查自己對華僑的排斥和歧視的態度和法律。加拿大政府中具有民主意識和同情心的議員們也積極促動政府重新考慮華僑對「四三苛例」的申訴和抗議，實施長達二十四年的排華法案終於於1947廢除。《大漢公報》對此過程作了追蹤報導，包括眾議院辯論中國移民例的報導，一方面著文歡迎加拿大政府邁出的這一回歸人性、尊重人權的重要一步，另一方面繼續要求政府進一步改進對華人的移民政策，將加拿大土生的華裔青年和入籍華裔所享有的一切公民權利擴大到所有旅加華人，讓所有在加拿大生活的華僑有在家的感覺。[33]這一時期《大漢公報》上發表的詩歌很多都反映了華人對家園觀念的變化和新的立場。

例九：「漢聲」：顏志炎〈漫興〉（1947年5月27日《大漢公報》第7版）

　　　　物候撩人旅恨牽，青山綠水繞城邊。

---

[33] 見洪公，〈社論：七一回憶感言〉，《大漢公報》，1947年6月30日，第1頁。

春風芳草吟詩地，晨雨疏窗睡覺天。

書劍飄零徒老大，雞蟲得失且隨緣。

平生四海為家樂，世事悠悠付逝川。

這首詩的作者顏志炎是《大漢公報》1910年至1947年中的主要編輯之一，也是該報社論說欄的重要撰稿人之一，同時還擔任致公黨舉辦的華人小學大公義學校的校長。[34]毫無疑問，顏志炎的職業性質使他的聲音具有著很大程度的說服力和代表性。在他的「漫興」這首詩裡，讀者可以看到，「客居」飄零的傷感主題已被樂觀、積極的四海為家的觀念所取代，它的內涵體現了現代性的全球公民意識。詩人所描述的樂觀積極的新人生態度源於詩人超越領土和地理界限、地球村公民的觀念。

1947年的最後一天，《大漢公報》文學專欄發表了幾首充滿喜慶和吉祥祝願的詩歌。在這些詩歌裡，自發的情感和濃烈的家庭氣氛流露著詩人對未來的信心和安身定居的安定感。每首詩都細節描述了色彩斑斕的宴會，歡樂的音樂表演，飲酒賦詩，辭舊迎新的爆竹，給孩子們的紅包作為新年禮物等等。其中一首詩的結尾是：「燈火輝煌城不禁，家家歡似樂堯天。」[35]

詩中引用「堯天」之典，指涉中國神話中上古時代堯帝仁治的黃金時期。很明顯，這些詩極大地減少了被種族歧視排斥的情緒，相反，充滿了前所未有的節日的喜慶心情，呈現出華人此時以加拿大為家和安家樂業的新的感覺。

以上所舉的詩歌例子是在排華法案被廢除的1947年發表的。一年以後，聯合國於1948年發布了《世界人權宣言》，加拿大在擬定這一宣言中發揮了重要作用。之後加拿大把多元文化主義作為法律和國策，加拿大華人擁護這一國策之後一直獲益於此。1947年最後一天發表在《大漢公報》上的詩可以闡釋為加

---

[34] 見顏誌炎，〈我來到溫哥華以後〉，《大漢公報》，1947年5月8日第2頁，23日第2頁。顏誌炎先於1910s期間從舊金山來到溫哥華，後來又於1945年重返溫哥華直至1947年。在溫哥華期間，他擔任過大公義學校校長，《大漢公報》主編，以及加拿大致公黨祕書長。

[35] 周寶山，〈新歲〉，《大漢公報》，1947年12月31日，第7頁。

拿大華人對身分和家的概念新的思考和修正。而以下詩歌選自1960年1月，即排華法案取消十三年後，它們則清楚地顯示了加拿大華人從「客居」到「定居」到加拿大「公民」意識的鮮明轉變。

例十：「漢聲」：馬非非〈新春我的有抱二詠〉（1960年1月4日《大漢公報》第5版）

其二
日暖風和庚子天，一年容易度新年。安鄉定國何人傑，把酒題詩有謫仙。燈火家家歡曷似，霓裳樂樂曲怡然。紅花綠綠叢林處，燕囀鶯啼勝管弦。

例十一：「漢聲」：薛子襄〈新年詠二首呈南北美洲諸吟友〉（1960年1月6日《大漢公報》第5版）

其二
元初揮筆祝平安，天地悠悠改舊觀。雨後江山春色好，花前觸詠客情歡。迢遙鄉國樓頭望，擾攘塵寰醉裡看，漫計年華駒隙逝，重張旗鼓賽詩壇。

　　上面引用的兩首詩歌展示了新年的歡慶主題，瀰漫著詳和親切的氣氛，快樂美滿的情調貫穿始終。顯然詩人已經把加拿大看作是他們的新家和居住國，有著安頓下來的滿足感。雖然詩裡仍然懷有懷舊的情思，它們總體的基調是樂觀和熱情洋溢。例十詩援引中國唐代宮廷歌舞經典之作〈霓裳羽衣曲〉之典，據說為唐玄宗創作，其中有明顯的西域音樂的影響。舉世聞名的唐朝不僅以其國力強大，更以其藝術和文化的黃金時代而聞名，在唐代，中國的詩歌、繪畫、雕塑、陶器、青銅以及歌舞都有登峰造極的成就。引用〈霓裳羽衣曲〉這一優秀的音樂作品，顯示了詩人對祖國文明歷史的自豪，然而，音樂本身是中國本土和中亞音樂的混合物這一事實說明瞭詩人對多元文化遺產交融的開放心態。

例十一詩則從另一角度擁抱中國詩歌傳統，詩人仿效中國文學歷史上最著名的詩人之一李白的〈月下獨酌〉作為其賽詩活動的靈感。〈月下獨酌〉開篇始於「花間一壺酒」，這首詩以詩人極富有想像力的孤獨表現而著名。李白生命中的大部分時間都花在旅行和漫遊上，他的詩歌充分體現了他獨特的個性和不受拘束的浪漫的個人主義，有著深厚的道教影響。然而，在例十一詩中，李白詩中的理想化的隱居式的孤獨被群體化的節日氣氛所取代，而旅行者的地理空間的錯位則被時間上的最終定居所取代。因此，與李白詩獨自一人飲酒取樂，沉醉於與月亮和身影恣肆狂舞不同，這首詩強調地方性和社團性的聯繫，擁抱新的雙重家國觀念。

　　雖然懷舊的靈感仍然揮之不去，例十和例十一兩首詩都描寫了歡慶佳節和繁榮，都注重現在和未來，而不是一個消失了的想像中的過去。例十一詩所述的「改舊觀」有著雙重含義，舊觀念的改變不僅涉及華裔移民對新家和國家的所屬觀念，而且指涉加拿大政府和社會如何改變他們對華人移民的政策和態度。

　　歧視華人的排華法案被廢除後，加拿大人的華人開始享有與其他民族一樣的各項權利，逐漸受到平等對待。因為很多華人的家庭成員和新移民在1947年至1960年間從中國來到加拿大，極度不平衡的華人性別比率得到顯著的改善。[36]不少在加拿大出生的中國下一代都進入大學接受高等教育，很快融入主流社會。

小結

　　《大漢公報》見證了加拿大華人從臨時的客居者逐漸轉變為永居者，進而成為加拿大社會的一個組成部分。華人的家國觀念在《大漢公報》的詩歌中的表達有著歷史的發展痕跡，在加拿大排華法案實施之前，懷舊的情感形成流行的主題，常常如柔茲麥麗・邁仁高利・喬治（Rosemary Marangoly George）在她關於家園政治論的討論中所展示的「心理的景觀」和「現實地理」之間搖

---

[36] The average number of Chinese immigrants entering Canada had been over 2000 annual since 1950. By 1961 the male pollution was 36,075 and female 22,122. See Edgar Wickberg, *From China to Canada*, 217.

擺。[37]基於華人豐富的文化歷史根源，詩人運用思鄉懷舊模式來定義他們加拿大的暫時逗留者的身分。對家庭的渴望和對地理錯位的悔恨透露了他們被邊緣化為非公民階層的悲哀。落地生根的詩歌呈現了華人從暫時的逗留者轉變為加拿大華人的變化。在這一過程中，用拉威（Smadar Lavie）和斯威登布格（Ted Swedenburg）的話來說，加拿大華裔身上體現出來的是一種「雙重關係或雙重忠誠」，「雙重忠誠」表現在「他們與目前所居留地的緊密關係和他們持續不斷地捲入『家鄉』的事務」。[38]從此，家園不再局限於中國／加拿大的二元對立，而是面向多元文化主義和跨國界跨文化的地球村。這一觀念的變化，與愛德華·薩伊德（Edward Said）在 The Nation 的《125週年紀念的專號：愛國主義》中表達的理念十分相似：「我還沒有感覺到絕對地只屬於一個國家。……充滿深情地想著老家是所有我能做到的。」[39]《大漢公報》所展現的「錯位的和拔根而起的個人是如何地把他們所隨身攜帶的文化和信仰移植到他們的新的家」，[40]為理論界對於離散理論的深化，更為群體越來越大的華人移民的研究提供了極有價值的第一手的原始資料。

【此文發表在《世界文學評論》2018年總第12輯】

---

[37] Rosemary Marangoly George, *The Politics of Home: Postcolonial Relocation and Twentieth-century Fiction* (Berkeley, Los Angeles, London: University of California Press, 1999), 11.

[38] Smadar Lavie and Ted Swedenburg, "Introduction," *Displacement, Diaspora, and Geographies of Identity*, eds., Smadar Lavie and Ted Swedenburg (Durham & London: Duke University Press, 1996), 14.

[39] Edward Said, "125th Anniversary Issue: Patriotism," *The Nation*, vol. 253, no.3 (July 15, 1991): 116.

[40] Vijay Agnew, "Community and Home," *Diaspora, Memory, and Identity*, ed., Vijay Agnew (Toronto: University of Toronto, 2005), 187.

何處是家園：談加拿大華文長篇小說

　　加拿大華文長篇小說的興起是在一個世界歷史上很特殊的時代。在這個時代，因為世界範圍的跨越國界的大量移民，高科技下的空間和時間距離的縮小，資本，金融和股市的全球化，電子網路和新媒體無孔不入的迅疾傳播，和官方主流意識以及反主流意識之間的衝突，[1]世界的文化和經濟正在和已經發生了改變全球面目的變化。這個變化伴隨著從經濟文化霸權的形成鞏固，到霸權的分解和多元化的進程。

　　地球村的文化經濟秩序和模式的多元化和重疊性形成的一個重要的因素就是全球性的跨國界的流動人口。在這人口的重新分布，多元民族的互相滲入，夾雜，混合的過程中，文化的一元化模式受到嚴重挑戰和衝擊，世界各族文化在一國中的同存並舉，互相影響，交流，滲透，抗爭，磨擦，消長起伏，不可避免地改變著居住國的主流文化意識型態，迫使它從封閉固定的單元的文化意識走向開放的，放射性的，兼容並包的富有彈性的文化意識型態。本章所討論的對象是加拿大華文長篇小說，因為它們是加拿大這一特定文化中的中文敘述，所以，加拿大的社會意識型態對這些小說有著舉足輕重的影響。在這裡，所謂的「中文敘述」[2]並不僅僅是語言上的，更是中國文化意義上的，它包括了中華文化的視覺，視角，和觀念，有著豐富的文化和歷史的積澱，同時又是處在加拿大多元文化的社會大環境裡。

　　我所要討論的是最近十年內加拿大華裔作家發表的多部華文長篇小說，

---

[1] 見Arjun Appadurai, "Disjuncture and Difference in the Global Cultural Economy," *Theorizing Diaspora*, eds., Jana Evans Braziel & Anita Mannur (Malden, MA: Blackwell Publishing, 2003), 25-48. 在這篇文章中，作者對當今世界全球化的五個方面作了深刻的分析。

[2] 在這裡，我借用了Yuan Yuan的術語：「China Narrative.」見Yuan Yuan, "The Semiotics of 'China Narrative'," *Ideas of Home: Literature of Asian Migration*, ed., Geoffrey Kain (East Lansing: Michigan State UP, 1997), 157-170.

從90年代末期開始,加拿大華文文學發展達到了一個新的高度,它的標誌就是長篇小說的湧現,其中有:常琳的《雪後多倫多》(1999),[3]孫博的《回流》(2002),[4]原志的《不一樣的天空:陪讀十年紀事》(2003),[5]陳浩泉的《尋找伊甸園》(2003),[6]張翎的《郵購新娘》(2004),[7]余曦的《安大略湖畔》(2005),[8]曾曉雯的《夢斷德克薩斯》(2005),[9]以及其他多部。這些題材不同,風格迥異的作品,從不同的側面給讀者描繪了一幅幅豐富多彩的華人移民在地球村裡的浮生世相,它帶著鮮明的文化,語言,民族的標記,每一部都是加籍華人為自己的文化身分的確認,為被融化和反融化而掙扎的紀錄。

雖然從題材和內容看,這些長篇小說並無直接的聯繫,但是它們之間的內在聯繫卻呈現出一個有機的立體的框架,在這個框架內,圖解著加拿大華文文學在多元文化系統中的位置,和一些關於移民文學的具有根本意義的問題。

新移民與母語文化

加拿大華文小說無一例外為二十世紀下半葉華人新移民所創作,小說作者基本上都在中國受過高等教育,出國或留學或陪讀,出國之前長期在中國文化中的浸淫,使他們在多種文化的融匯交流中,有著很頑強的抵抗力和慣性。因此,華文小說毋庸置疑地體現著新移民與母體文化濃烈的血脈相承的關係。大多數小說反映了作者著眼於中國文化的視角和觀點來對居住國的文化進行評判,觀照,較少地從多元文化的視點多方位地對少數民族互相影響和吸收作描述,多注重於排斥和對抗。所以,故鄉和新居之間的嚴密的張力在這些作品中

---

[3] 常琳,《雪後多倫多》,北京:中國華僑出版社,1999年。
[4] 孫博,《回流》,北京:中國青年出版社,2002年。
[5] 原誌,《不一樣的天空:陪讀十年紀事》,北京:群眾出版社,2003年。
[6] 陳浩泉,《尋找伊甸園》,Burnaby, B.C.:加拿大華裔作家協會,2003年。
[7] 張翎,《郵購新娘》,北京:作家出版社,2004年。
[8] 余曦,《安大略湖畔》,北京:作家出版社,2005年。
[9] 曾曉雯,〈夢斷德克薩斯〉,《小說月報長篇小說專號》,2005年增刊。

繃得很緊，主要表現在對新環境的不融洽，對生存艱難的感觸，對種族歧視的敏感，以及對難以介入主流社會的困惑和不滿。

然而，正是加拿大華文文學作者的堅固的文化抵抗力，使他們的作品表現著民族和群體的凝聚性。比如李彥的《嫁得西風》，一個民間的婦女會，把從兩岸三地因不同的目的移民到加拿大的女性匯集在一起，組成這個凝聚力的，並不僅僅是新家園的活力，生命力和新鮮感，更多的是新環境的壓力，挑戰，孤獨感，以及生存的艱難，把她們聚集在一起。這種帶有集體主義傾向的聚會，有著根深蒂固的民族特性，與西方文化中極端個人主義恰恰相反。其中，作為女性，小說中的主人公們無不帶著或重或輕的性別歧視的創傷，因此，在為生存爭鬥的同時，還與家庭內的，社會意識中的男權主義抗爭。中華婦女會的民間團體的形式給婦女提供了一個與命運抗爭的精神場所。

原志的《不一樣的天空》以紀實的手法描繪了女主人公在多倫多十年陪讀經歷。無論是男抑或女，陪讀者是以犧牲自己的事業來全力支持另一方。在這過程中，不少家庭因為雙方的社會地位出現了差異，也因為對新的挑戰準備不足，更因為環境對人的影響而發生裂變，然而小說的主人公始終以傳統的文化根基支撐自己的信念，並以此來維繫周圍留學生家庭的穩定。小說中一些極富文學情趣，詩意盎然的留學生聚會的描寫，昭示了老一代留學生與中華淵遠流長的古老文化之間的血緣關係，也正是這些飽學之士，將把中華文化的精華亦在楓葉之國得以保存和弘揚。

加拿大新移民華文長篇小說的獨特之處就在於它們鮮明的民族性，這一特徵的形成是因為第一代新移民還未真正融入新居住國的主流社會，傳統的觀念和意識尚未被居住國的主流意識所改變，所以這些作品有著強烈的「中文敘述」的色彩，反映了「中華民族的視眼」，而不是加拿大多元文化的「視眼」。後者，則會體現在第二代，第三代的加籍華裔的英語小說中。

邊緣與主流

移民文學中的一個重要主題是邊緣和中心的二元對立。經過半個世紀的反種族歧視，反制度中的不公正，反對被當作對立的「他者」的鬥爭，西方的少數民族在居住國已經爭取到很多以前根本不能想像的權利。然而，雖然在法律和制度上確認和保護少數民族的權益，但是在具體的實踐中，由於執行者的個別性和法律本身的機械性，不公平和歧視的現象經常發生。對於新移民來說，由於語言的障礙，對新社會的習俗和制度的不熟悉，於是對遭遇不公平的對待特別敏感，往往把它與種族歧視聯繫起來，產生作為邊緣人、不為主流社會所接納的憤慨。加拿大的華文長篇小說在這方面作了極有創意的探索，其中，曾曉雯的《夢斷德克薩斯》和余曦的《安大略湖畔》堪為代表之作。前者生動地記述了新來乍到北美的中國人對北美只有法例，法規，程序，沒有感情，緩衝，理解的國家機器的體驗和感受；後者則形象地描述了新移民如何學會掌握和運用法律的武器來保護自己的權益。

文化記憶與身分的多質性

在對故鄉與新居的文化關係的闡釋中，張翎在她的長篇小說中做出了極富歷史意味的探討。她的作品注重於混合交錯的文化視角，跨越家國、地域界限的空間變位，往返於現實和歷史，通過對歷史和現實的溝通、時間和空間的交錯，以文學的形式來表達自己對異域的新「家」和祖籍的老「家」之間承傳的聯繫，以及對自己文化身分的確認。比較典型的是她的兩部長篇小說《交錯的彼岸》（2001）和《郵購新娘》。前者的女主人公蕙寧到了加拿大後，不可避免地遭遇到文化衝撞後的震動，迷惘，甚至於迷失，以致開始了對自己精神家園的尋找。求學的艱難，生存的困苦，和愛與恨糾葛中的忠誠與背叛，使蕙寧在異國的土地上一時困惑了自己生活的目標，失卻了自己向來極端自信的自

我。因此她失蹤了，她的失蹤，是小說的起因，失蹤之謎解開的過程是敘述者馬姬調查的過程。其實，蕙寧不告而別是想在回歸於悠久深沉的文化傳統中重新結構自我，重新認證自我。這一舉動代表性地反映了生活在社會的邊緣地帶、文化的夾縫處的移民為求證自我身分的心態。正如法如薩・玖薩瓦拉（Feroza Jussawalla）所說：「當被驅使的時候，我們就向內轉向我們自己的本土性，試圖以『故鄉』為據地來抗爭。」[10]

小結

加拿大華文長篇小說深刻地反映了經濟全球化、文化多樣化的後現代社會中的特種文化–移民文化的特質。這一特質在作品中反映出來的是對故鄉和新居家園文化關係的重建。故鄉在新移民的心目中由於新的家園的環境而變得既真實又不真實，它的真實性足以使新移民在抵抗逐漸被西化的過程中不斷獲得精神的力量。而它的不真實性卻是反襯在新家園的物質的真實性裡。對於新移民來說，故鄉的文化傳統制約著他們在新家園裡的身分特徵，但是這一制約的功能能長久多久，卻是與新移民在新家園居住的時間成反比的。隨著時間的推移，對故鄉的文化記憶會抽象成為寓言性的象徵物，就如在湯亭亭小說中所描寫的那樣，這時的故鄉文化就會永恆在形而上的歷史圖騰。

【此文發表在《華文文學》2006年8月號，總75期；
選入《流散與回望：比較文學視野中的海外華人文學論文集》，
天津：南開大學出版社，2007年】

---

[10] Feroza Jussawalla, "South Asian Diaspora Writers in Britain: 'Home' Versus 'Hybridity'," *Ideas of Home: Literature of Asian Migration*, ed., Geoffrey Kain (East Lansing: Michigan State UP, 1997), 35.

衝突中的調和：現實和想像中的家園

    一朵直奔天涯的金色葵花　騎著從太陽那裡借來的一匹馬
    它回頭問我：你的家在哪裡？我默默地指向
    從風景明信片中飄出的那朵雲

──洛夫

　　家在文學作品裡，跟愛情一樣是一個詠嘆不盡的主題。無論在地理上還是文化意義上它總是被結構成固定的，有著盤根錯節的深根的，非常穩定的個人化的溫馨的場所。然而，在過去的半個世紀中，文學作品中反映出來的對於家和家鄉的概念發生了很大的變化。

　　就如阿裡莎・馬爾基（Aliisa Malkki）所說，「由於越來越多的人在非本土的家鄉，文化，和根源這些課題中作自我認證或自我歸類，使本地和本土的觀念因此而變得非常複雜」。[1] 隨著不同時期的移民潮，難民潮，留學潮，旅遊潮的波浪起伏，家對於離鄉背井後的各色人種來說已經不僅僅是一個早出晚歸後的棲息之窩，生兒育女享受天倫之樂的庇護所，遊子倦遊後的回歸處，衣錦還鄉榮宗耀祖之地。家，對於居住在地球村的人們來說，已經成為文化身分的符號，更具有物體的和精神的雙重或多重性。在建立它的同時，它意味著移植，排斥，分裂，它不再固定，不再根深蒂固，但是瀰漫著尋求認同的問號，它的位置已不僅僅是地圖上的一個標記，它跟國家保持著忽即忽離的距離。

　　從地理的角度看，家的移動性是變動的；然而從文化角度看，在文學作品中描寫出來的對「家」的感覺，是一種想像中的用文化的積澱建構起來的家，

---

[1] Aliisa Malkki, "National Geographic: The Rooting of Peoples and the Territorialization of National Identity among Scholars and Refuges," *Culture, Power, Place: Explorations in Critical Anthropology*, ed.， Akhil Gupta and James Ferguson (Durham, N.C.: Duke University Press. 1997), 52.

這種家因其攙雜著華裔作者的精神活動，從而具有形而上的超越性，超越具體的時間和空間，而呈現出固定和流動的雙重性格。

本章將以加拿大近幾年華文作品為例，對「家」這一已經成為後殖民主義時代社會學中的重要議題進行詮注和討論，本章所閱讀的作品包括小說，詩歌和散文，作者則來自香港，臺灣和中國的兩岸三地。

不少從中國來的華人作家往往把「家」與「家國」聯繫在一起，她／他們在描寫漂泊生涯中建立起來的新家時，同時編織著與故土的家國之間千絲萬縷的聯繫。建家立業越是艱難困苦，同家國故鄉的維繫就越密切。張翎的長篇小說《交錯的彼岸》，[2]中篇小說〈雁過藻溪〉[3]和原志的長篇《不一樣的天空：陪讀十年紀事》[4]是這一類小說的代表。這些小說注重現實和過去的血脈關係，移植和根的淵源關係。張翎作品中的女主人公都通過回故鄉老家尋找家族的根系來重新給自己漂泊的人生旅途定位。《交錯的彼岸》中的蕙寧和《雁過藻溪》中的末雁在愛情和婚姻的失敗後，在家破情毀的重擊下，感覺已難以在異域的現代化生活中重建自己的精神家園，於是她們都想再回到悠久深沉的文化傳統中重新結構自我，重新認證自我。而原志的《不一樣的天空》卻通過對一群中國來加的留學生眾生相的刻畫，描寫出漂泊中的中國人在適應西方文化和在為生存而掙扎過程中對華夏文化持久的依戀。主人公揮之不去的懷鄉情和回歸的決定，昭明著作者對故土的割不斷的血脈之情。

愛德華・薩伊德（Edward Said）在他的 *After the Last Sky* 中對漂泊者隨身所帶的行李進行了文化內涵的開掘，分析它的象徵意義。他認為行李箱暗喻著記憶和過去，裡面裝載的照片，小盒子，紀念品跟隨著主人也到處漂泊：「我們帶著它們，把它們掛在每一個落腳的新窩的牆上，對著它們沉醉地回憶著……最後，過去擁有了我們。」[5]這些從老家帶來的行李箱象徵著與過去的家和家鄉

---

[2]　張翎，《交錯的彼岸》，天津：百花文藝出版社，2001年。
[3]　張翎，〈雁過藻溪〉，《十月》第2期，2005年，第4-30頁。
[4]　原誌，《不一樣的天空：陪讀十年紀事》，北京：群眾出版社，2003年。
[5]　Edward Said, *After the Last Sky: Palestinian Lives* (New York: Pantheon Books, 1986), 174-175.

拴著的紐帶，蕙寧到加拿大時就帶著兩個大箱子，《不一樣的天空》中敘述者「我」下機後兩手載滿了箱子和行李袋。行李箱越重，所載的記憶也越重，因此對過去的承擔也越重。

然而，無論是蕙寧還是末雁，還是《不一樣的天空》中敘述者「我」，她們在對祖籍歷史文化根須進行梳理之後，最終的決定還是繼續她們漂泊的旅途，繼續營造在異國他鄉的新家。正如周蕾（Rey Chow）在她的《理想主義後的倫理觀》中所說，「假如與過去『相連』的浪漫史提供著一種身分想像的方式，這種方式恰與另外一種身分想像的方式對立：它的身後是理性主義的，消費主義的，高科技的世界，那麼懷鄉情仍然最深刻地被感覺到是一種臨時的錯位，而不是一種企圖回到過去的需要」。[6]

不少加拿大華文文學作品對這種錯位（dislocation）的感覺有著很具體的描寫，通常是很苦澀的，無可奈何的，因為它是在過去與現在，東方與西方，故土與新家的夾縫中的錯位。在這一系列的對立中，華人移民往往表現出無可適從的惘然和徬徨，朝每一個方向邁出一步，意味著對另一個方向的疏遠。兩種力量拉鋸式的衝撞，格鬥和爭奪，使移民們身心疲憊，精疲力竭。李彥的《嫁得西風》[7]描述了新移民，尤其是女性，在楓城裡兩種力量中的掙扎。小說中，幾乎每位女性都有著性別歧視的歷史和現在的經歷，因而她們的移民生涯與其說是對新生活的尋求，不如說是對過去的逃離。她們的漂泊生涯無異於是在舊家的幻滅與新家的虛幻之間游移，強加於這上面深重負擔的，正是兩性之間的嚴重不平等。

值得注意的是，作者李彥只字不提女主角夏楊的行李箱，也許夏楊的心情跟Gunny Sack[8]中的男主角Kala相似：「我們需要它嗎？」小說的結尾，Kala試圖把自己從行李箱解放出來，也就是把自己從他的過去解放出來。[9]當夏楊離開

---

[6] Rey Chow, *Ethics After Idealism* (Bloomington and Indianapolis: Indiana University Press, 1993), 147.

[7] 李彥，《嫁得西風》，北京：文化藝術出版社，2000年。

[8] M. G. Vassanji, *Gunny Sack* (London: Heinemann International, African Writers Series, 1989).

[9] Ibid., 268.

性歧視的婚姻家庭,隻身一人來到楓城時,就不再反顧。當她意識到家對於她只是一個修辭意義上的符號後,她反而能集自己所能,聚精會神地在新的國土調整錯過的位置,給自己重新定位。

當我們閱讀由港臺來的作家所著的文學作品,不難發現他們對家的概念有著另一個層面的理解。從殖民地的香港移民來的和本來從中國移民去臺灣的作家們,沒有像中國來的作家那麼沉重的滿載著歷史的行李箱,但是他們有著無形(invisible)的文化的行李箱。他們對新環境的適應性因其物質上的較為充分的準備,比從中國來的作家更強。比較典型的是陳浩泉的長篇小說《尋找伊甸園》。[10]

Rosemary Marangoly George在分析Salman Rushdie的關於「根是保守的神話」時指出:「如果『根』是一個保守的神話,那麼所有的思鄉病就是虛構的小說。我們是否應該尋找超越『家』、尋找抵抗、尋找忘卻快樂誘人的**屬於**(belonging)的方法?」[11]

對於主人公畫家余丹逸來說,他「世代在異國他鄉流浪,一家人分居四、五個國家地區」,[12]他對自己的根的理解就跟中國中原、北方來的移民很不同,「客家人簡稱為『客人』,『客』者,就等於沒有自己的家,只是以客為家,那並非真正屬於自己的、永久的家園,於是,他們終生,甚至世世代代永在客途旅次,如無根浮萍,如遊牧民族……而自己身為『客人』……也似是無法改變的宿命了」。[13]在余丹逸對家的理解和思考中,也許哪裡「不是我的家」比哪裡「是我的家」更具有現實和形而上的意義,他把家的建立跟自己的身分的確認聯繫在一起。

身為畫家的余丹逸,攜家從香港移民到了溫哥華後,經過努力,他經營著一個畫廊,並教授中國畫。儘管經營過程中,遇到種種磨難,尤其是在經濟蕭

---

[10] 陳浩泉,《尋找伊甸園》,Burnaby, B.C.: 加拿大華裔作家協會,2003年。
[11] Rosemary Marangoly George, *The Politics of Home: Postcolonial relocations and Twentieth-century fiction* (Cambridge: Cambridge University Press, 1996), 199. 重點黑體是我加的。
[12] 陳浩泉,《尋找伊甸園》,第9頁。
[13] 同上。

條期間，但是做自己喜歡做的事，專業擅長的事，使余丹逸覺得自我價值的被承認和被接受。正如作者陳浩泉在他的散文〈再沒有鄉愁〉中寫道：「哪裡可以讓你安安樂樂地生活，那裡就是你的家鄉。」[14]在中國人的文化觀念中，安居樂業向來占據著重要的位置。然而，居能否安，業能否樂，往往是決定背井離鄉的漂泊生涯和扎根落戶後面的深層原因。

在哪裡扎下根對於余丹逸來說，在具體形態上已不是一個問題，問題在於所尋找的家，必能在精神上給自己的心靈提供一個場所。余丹逸的畫家身分在小說中具有著暗示性。繪畫在民族個性的基礎上還具有跨越國界的世界性和人類的普遍性，超時間的永恆性。對藝術的感覺，捕捉，感受，表現，以及欣賞和鑒賞越是個性化，越能與世界性相通。余丹逸的藝術家的氣質以及對藝術的鍾愛，使他的「文化行李箱」的份量遠遠超越他的物體的行李箱，使他更在乎精神的家園，心靈的家園的建樹。所以他就有這樣的指導思想：「在地球的每一個角落，我們擁有一樣的天空，一樣的土地，同時，那又是不一樣的天空，不一樣的土地；就在這天與地的空間，我們思索回顧，尋尋覓覓，選擇真正屬於自己的樂土。」[15]這個家不必是在祖先住過的地方，但是尋找的標準，卻仍然是祖裔文化鐫刻出來的尺度，這個家的身分特徵，亦烙印著民族文化的徽記。

這種注重精神家園的觀念，在著名詩人洛夫的作品中有著精闢的描繪。在〈獨立蒼茫〉中，洛夫開篇第一句，就點出了他對家的超越空間地域的感覺：「我一直有這麼個感覺：由臺北移居溫哥華，只不過是換了一間書房，每天照樣讀書寫作，間或揮毫書寫擘巢大字，可說是樂在其中，活得瀟灑。」雖然，詩人常常被「自我存在」的強烈意識和「自我定位」的虛浮之間的不協調而困擾，常有「去國的淒惶」，但是卻無「失國的悲哀」。因為他的文化行李箱裝載著「龐大而深厚的文化」財富，使他「書房的天地愈來愈大」，[16]使詩人

---

[14] 陳浩泉，〈再沒有鄉愁〉，《紫荊‧楓葉》，香港：華漢文化事業公司，1997年，第177頁。
[15] 陳浩泉，《尋找伊甸園》，第167頁。
[16] 洛夫，〈獨立蒼茫〉，《楓華文集——加華作家作品集》，香港：加拿大華裔作家協會，1999年，第50頁。

「能百分之百地掌控著一個自由的心靈空間,而充實這心靈空間的,正是那在我血脈中流轉的中國文化」。[17]

帶著這樣的文化的行李箱,無論走到哪,無論是天涯還是海角,詩人都能建立起屬於自己的精神家園。「天涯美學」便是詩人晚年漂泊生涯中對悲劇意識和生命意義的感悟後用悟性,靈性和理性創造出來的審美觀念,它強調漢文化原生力為感召的個人內心體驗,崇尚莊子的無遠毋界的逍遙精神,追求「天人合一」的境界,充分體現了詩人獨特的個性和宇宙情懷。而詩人的長篇詩作《漂木》正是這一美學思想的生動體現。當人們試圖和自然和諧地融洽在一起的時候,家也就是追求這一境界過程中的一個又一個的旅站吧。

Rosemary Marangoly George在分析移民小說中反映出來的家的觀念時指出:「移民以及由此產生出來的小說講授著對『家』的一定程度上的超越。在這些作品中,身分僅僅是(通過連接符號)臆想地跟在地圖上的一個特定的地理上的位置聯繫起來。然而,在另外一個文化的邊緣漂泊,並不意味著就是邊緣人。家在移民文學中是創作出來的小說,在那裡人們不僅可以超越它,還可以根據願望重新建立……作為後現代和後殖民主義的主體,我們非常地驚訝於我們在游離那些我們一直被教導的應該附屬於的東西『家,家國』。」[18]本章上面所討論的,基本是文學作品中所描寫的游離於物體上原本屬於的祖籍的家鄉和家國,然而在精神上,漂泊者仍然認同於博大精深的華夏文化。因為他們的文化行李箱的內容是比較純粹的。當他們把行李箱傳給後代時,文化行李箱的內涵就會逐漸多樣化起來,第二、第三代移民對家和家鄉的游離就不僅僅在物體上,而且在文化觀念上。

葛逸凡的長篇小說《金山華工滄桑錄》[19]除了形象地描繪十九世紀末中國經濟難民離井背鄉到加拿大西部為修建橫貫東西的鐵路而餐風茹雪,卻飽嘗歧

---

[17] 同上,第51頁。
[18] Rosemary Marangoly George, *The Politics of Home*, 200.
[19] 葛逸凡,〈金山華工滄桑錄〉,《加拿大的花果山》,高雄:金蘋企業有限公司,1991年,第16-249頁。

視的辛酸歷史，還展示了老華僑對「家」和「家鄉」的感受，更揭示了他們下一代的對家的不同觀念。跟1970至90年代到楓葉國來的移民不同，主人公李志誠和跟他一起懷著到加拿大西部「淘金」夢想的中國勞工，幾乎是赤手空拳沒有一件行李來到加拿大的。「家」對於他們來說，是責任，是經濟，是純粹的血脈紐帶的關節，養家糊口的責任是支撐著勞工們的精神力量的源泉。然而，勞工的後代，就如李志誠的妻子一再所感嘆的，「真是一塊土地跟一塊土地不一樣，在這兒出生長大的孩子，就跟國內的不一樣」。[20]他們這一代對於「家」和「家鄉」的理解呈多重多向狀，地理位置已很難起到限制作用，爭取對自己身分的確認和社會權利，是建立新家的決心和信心。越是致力於社會地位的確立和身分的確認，對祖籍老家的依戀和聯繫就越薄弱。在他們自己的現代化的文化行李箱裡，文化的內容已不是區域性，而是多元化，全球性的了。

在地球村的文化經濟秩序和模式的多元化和重疊化的後殖民時代，任何文化的形式和內容必然會與其他文化互相影響，交流，滲透，以及排斥，尤其是在多元文化的移民國家。在這樣一種環境下長大的移民的後代，隨著行李箱的文化內容越來越多樣化，對故鄉的文化認知和記憶會抽象成為寓言性的象徵物，即使是尋根的文化活動，也會轉化為文化圖騰膜拜的典禮儀式。對於他們來說，正像林婷婷所預言的：「在未來的地球村世紀，一飛行一按鍵即可穿越時空打破國界的『世界人』，對鄉愁又將有何種詮釋呢？」[21]

【此文發表在《華文文學》2007第五期】

---

[20] 同上，第235頁。
[21] 林婷婷，〈雪樓話鄉愁〉，《漫步楓林椰園》，香港：加拿大華裔走家協會，2006年，第13頁。

《楓情萬種》前言[1]

繼短篇小說集《西方月亮》和中篇小說集《叛逆玫瑰》，加拿大華人散文集《楓情萬種》的結集出版又一次向讀者呈現了加拿大華人文學創作的實績。

散文這一抒發性靈，形態多樣的文學樣式有史以來一直深得讀者喜愛。尤其是在過去十多年世紀更替之際，散文在兩峽三地：中國，香港和臺灣，形成了一道獨特的文化風景，它以輕便，靈活，不拘一格的形式，迅疾地反映出人們對時代的感受，對社會世相的思考，對文化的感懷，對人生意義的咀嚼，和對人生價值的尋求。也在藝術表現形式和手法上進行著有聲有色的創新和變革。中華民族源遠流長的散文傳統在後現代、後殖民、全球化的年代裡，於承傳延續中得到了弘揚光大。

加拿大華人的散文創作，自覺或不自覺地，也融入到這一散文復興大潮，並以其清新和峻拔的格調，為這文化風景塗抹上楓葉般的斑斕。這本散文集所選雖可謂滄海一粟，有掛一漏萬之嫌，但也能基本反映加拿大華人散文創作的現狀以及其獨特的風格。正如題目所示，本書的內容涵蓋眾生萬象，但是主旨卻歸攏在「楓情」上。

散文貴在有情，情如散文的血脈，是散文生命和活力的源泉。情動於衷而形於文，才能感染讀者，激起共鳴。否則，就會失於詞藻堆砌，矯揉造作，或無病呻吟。固然，集子中有些散文的文筆略嫌粗糙，結構布局還需鍛練，無論是寫景，寫意，還是紀實，遊記，抑或抒情，思辨，本集散文都是作者感情的自然流露，性靈的真誠展現。它們真實記錄了華夏後裔落戶到楓葉之國加拿大之後生活經歷中的方方面面。創業的艱難，漂泊的失落，成功的喜悅，鄉情的纏綿，對多元文化的感受，對自己角色的定位，諸多的體驗，敷演成閱閱心

---

[1] 徐學清，孫博主編，《楓情萬種：加拿大華人作家散文精選集》，臺北：水牛出版社，2005年；北京：作家出版社，2006年。

曲,便是擺在讀者面前的《楓情萬種》。

很自然地,這部散文集中的不少作品描寫了新移民初來乍到時掙扎與奮鬥中的酸甜苦辣。原志的〈『披薩哈』打工記〉,張春麗的〈一步之遙──從義工到正式工〉,陳雲飛的〈艾倫的聖誕樹〉,雪犁的〈保姆〉,和漢思的〈博士老闆〉等從不同層面記敘了新移民身懷高等學位,卻不得不暫時淪為打工妹或打工仔的無奈,以及在適應新環境中的堅韌。大學畢業生做保姆,工程師當電工,博士任推銷員,心理的不平衡是在尚未適應新土壤時的必然產物。其中〈『披薩哈』打工記〉一文最具戲劇性,作者從普通的披薩廚師,升到換班經理,在與不公平的抗爭中,學會了如何用法律來維護自己的權益和尊嚴,最後在法庭上打敗總部的總管。

懂得如何保護自己的權利是植根於他鄉異土的必要條件。恰如新樹苗逐漸適應新的環境氣候,並能利用它來調整生存的能力,從而在新的土地上健康地成長。我們在曹小莉的〈欠債樂趣〉,李彤的〈反客為主〉,和張金川的〈明月裝飾了那扇窗──房東見聞22年〉中看到新移民經過一段時間的調整以後,已經不甘心只做社會的邊緣人。李彤以「怎麼樣在加拿大活得──或者至少自我感覺像個主人?」這一問題開卷,反映了加拿大華人也要登堂入室,從邊緣走向中心的心態。三位房東在楓葉國「反客為主」的生活經驗,以家家房客的窗戶為背景,經作者娓娓敘談,宛如一幕幕生活小話劇。如何扮演好主角,竟取決於能否按照法律程序來為房客服務,同時也來保護自己的權益不被房客所侵犯。

一旦適應了新的生存環境,生活的壓力減輕以後,新移民很自然地把注意力轉向加拿大的人文和自然環境上。這本集子收有的多篇散文反映了移民作家對加拿大本土文化歷史的思考,對當地習俗的觀察,對自然景觀的審美體驗。丁果的〈活的廢墟〉是一篇對印第安族群文化的憑弔,悲哀西方文明對古老文化的侵蝕以及對它的廢墟化。生活在印地安保護區裡的印第安人以及他們所創造的文化財富,就像一座座活的廢墟,是雕刻在現代文明上的一句句驚嘆號。馬紹嫻的〈難忘的楓糖節〉有聲有色地記錄了一個小鎮上加拿大一年一度的傳

統楓糖節，而她的〈難得純樸顯真情〉則情趣盎然地渲染了加拿大作為經濟大國的純樸，於是我們看到了在首飾店，在超級市場，裝飾物往往是串串玉米棒槌，稻草人，一束束漂亮的插花中有蘆葦花、蒲公英、狗尾巴花，麥穗以及各種野花兒。這種純樸體現了加拿大人對自然的熱愛，和與自然的和諧。曾曉文的〈你的鞋會講述你的故事嗎？〉介紹了作者在訪問位於多倫多的北美第一家亦是最大一家的Bata鞋博物館而生發的種種感想，從鞋的世界史到人的足跡，由此而聯想到人生的道路。作品有史的縱深感，也有地域的涵蓋面。柳青的〈殘紅無處〉細針密縷地描述了她與她富裕的加拿大丈夫築房，種果園的農家樂，戛然而止在對這一在大自然中體力勞動的傳統正慢慢地被享受現代化生活而取代的感嘆。

　　集中還有不少人物描寫的篇章，從不同的角度反映了加拿大人的行為準則，思維方式，生活態度，以及對中國文化的愛慕。其中李彥的〈毛太和她的同學們〉極具風趣，無論毛太的中文演講，堅毅的對《瑩瑩傳》的分析是荒誕不經還是洞幽燭微，它們生動地表現了兩位加拿大女士特立獨行，不隨波逐流的思想方式。本集中最年輕的作者於欣本的〈我的第一個鋼琴老師〉，素描般地勾勒了她的第一個鋼琴老師丹尼爾・默格勒先生的肖象。而姚船的〈洋媳婦的中國情〉，朱小燕的〈哭泣的帕梅拉〉，李靜明的〈柳芭和阿爾塔〉，〈與歐珈共舞〉等，均能抓住人物性格的突出方面。而作者們與他們的加拿大朋友的友情，親情，是加拿大各民族文化之間潛移默化地互相影響、交融的形象再現。

　　對加拿大自然環境的審美觀照占據了這本散文集的較大篇幅，這不僅是因為楓葉國壯美的自然風景本身即是激發創作靈感的動力，加拿大華人也在這北美的獨特景觀中找到了表達自己的方式。諸多詠景作品中，洛夫的〈雪樓小記〉是一篇韻致高遠的美文。詩人以詩寫文，以溫哥華的一場五十年未見的大雪為由，來抒發其詩情畫意。洸洋恣肆的〈雪落無聲〉與紙上走筆的漱漱有聲；鋪天蓋地的冷雪，與心潮激湧的熱情；雪樓與鬧市，一組組對比鮮明，虛實相間的意象，寫意般地傳達了詩人內心視象和感覺，並激發讀者的審美再創

第二輯　故園，離散和文化身分　　113

造。盧因的〈聽雪〉別具一格，雪落無聲，從何聽起。然則，聽音實聽心，無意便無音。這篇充滿禪味的散文，其實敘述的是內情向外物轉化，物我交融乃至物我合一的境界。趙慶慶的《茫茫的大草原》寫出了加拿大西部，中部大草原的廣袤，深邃，肥沃，以及人與自然，與動物之間的和諧關係。此外，如孫白梅的〈東方班芙〉，劉慧琴的〈溫哥華的春天〉，原志的〈千山紅葉映詩心〉，陳浩泉的〈妙在近黃昏〉，慧泉的〈心中的秋天〉，阿濃的〈小品三題〉等等，或以遊記，或以隨筆，或以雜談的形式，描繪了作者如何在加拿大瀟灑和峻美大自然中縱情山水，體會古人山水之樂的情趣。

　　當新移民在加拿大比較堅實地扎下根，並適應了周圍各種環境以後，思鄉情便剪不斷，理還亂，常常縈繞在遊子的心頭。因此對故鄉的懷念也是加拿大華人作家詠嘆不已的話題。思鄉情濃到極點，便成了愁，這是會使人傷痛的愁，那傷痛竟然使遊子「近鄉情怯」，擔心珍藏在心中對故鄉理想化了的記憶會被與現實距離的差異而粉碎（〈鄉愁是一盞燈〉，蘇賡哲）。張翎的〈雜憶洗澡〉則以洗澡方式在過去三十年間的變化為縱線，以自己的探親為橫線，傾吐對老家單純而淳樸的生活方式的懷念，和對在飛速的現代化過程中逐漸陌生了的鄉情所感到的失落。馮湘湘的〈淡淡的鄉愁〉試圖談化鄉愁，在陌生的異國中暈染出一種故土的氛圍，這也許是慰藉鄉愁的一種方法，但鄉愁仍然是如影隨形。孫博對蘭州拉麵的情之所種，其實並不在於拉麵，而在於原汁原味的鄉土味。因此，在多倫多吃拉麵，想吃的乃是一種鄉情（〈不一樣的蘭州拉麵〉）。作者另一篇散文〈剪不斷的風箏〉雖是講述祖孫兩代參加多倫多國際風箏節的故事，然而風箏所指卻極富象徵意義，漂泊四方的遊子飛得再遠，鄉情永遠維繫在故土的那一端上。梅娘的思鄉情繾綣而蘊籍，在她的〈在溫哥華的沃土〉中，老作家把一份綿綿的情懷一唱三嘆地娓娓道來。因了這情愫，文章看似無定質，卻文理自然，姿態橫生，非筆力深厚，是難以達到如此境界的。

　　所有的感情糾纏中，使加拿大華人最揪心的恐怕是自己的文化認同感以及身分的確定性。移植到一個陌生的國土，重新建立一個精神和物質的家園，首

先是以割斷「血緣母體和文化母體的臍帶」[2]為代價的。面對多民族的同處共存，多種文化傳統的衝撞和融匯，失落，迷茫，困惑，以及與此相關的寂寥的孤獨感，是移民們在異國他鄉難以避免的人生經驗。卻是充沛的文化底氣，使他們最終能在多元文化的交錯中，尋找到適合於自己的global village（地球村），尋找到屬於自己的坐標點。洛夫的散文〈獨立蒼茫〉便是對流放和移民生活與文化母體的關係的深刻的哲學思考。作品以德國作家托瑪士曼在二次世界大戰期間流亡美國的經歷為例，引用托瑪士曼的話：「我托瑪士曼在哪裡，德國便在那裡！」並給與了自己的詮釋，那就是，把對母體文化的認識超越國界，超越時空，來建立和發展自己自由的心靈空間。所以洛夫就有「由臺北移居溫哥華，只不過是換了一間書房」的感觸。王潔心的〈室雅何須大〉與洛夫之文亦有異曲同工之妙。作者是以古代詩作中的意象為準來營造自己的雅室，來完成與古代詩人的精神交流。誠如洛夫所示，「而充實這心靈空間的，正是那在我血脈中流轉的中國文化，這就是為什麼我有去國的淒惶，而無失國的悲哀。」（〈獨立蒼茫〉）有了這樣一種以世界為空間，以母體文化為支柱的心態，加拿大華人文學正在豐富地「體現中國意識的民族性、逾越地域時空的世界性，以及表達個人品位的獨特性」，[3]在楓葉國的多元文化之中獨樹一幟。

---

[2] 洛夫，〈推薦序〉，《西方月亮》，臺北：水牛出版社，2004年，第6頁。
[3] 吳華，〈前言〉，《西方月亮》，臺北：水牛出版社，2004年，第19頁。

第三輯

――

作家、作品論

瘂弦與世界華文文學

前言

　　被譽為「詩儒」[1]的詩人瘂弦不僅是臺灣現代詩的奠基人之一，而且是當代臺灣文學百花園的編輯大師。早在50年代中期，瘂弦和著名詩人洛夫以及張默以青年詩人的銳氣和創造力，以詩刊《創世紀》為陣地，開創了臺灣一代生氣勃勃的世紀詩風，在中華詩史上譜寫了燦爛的一章。自60年代下旬起瘂弦投身於媒體和編輯生涯，成為對臺灣文藝復興至關重要的眾神花園園丁和文學傳播的守門人，[2]尤其是掌門《聯合副刊》（1977-1998）二十餘年間，瘂弦以其詩人的氣質，編輯家的敏銳和細緻，納百川合萬匯的胸懷，為臺灣文苑百花齊放、百家爭鳴的盛景殫誠畢慮，功高望重。關於瘂弦「以一本詩集傳青史」[3]的現代詩創作的藝術成就，關於他作為「一代名編」的勳業，[4]已經有很多專論和專著的研究成果，和大量訪談的生動介紹，本文則將從世界華文文學這一角度切入，探討瘂弦的世界華文文學理念以及他對這一文學的理論建樹所作的重要貢獻。

---

[1] 見蕭蕭《詩儒的創造——瘂弦詩作評論集》，臺北：文史哲出版社，1994年。

[2] 如「臺灣作家王鼎鈞認為瘂弦是『臺灣五十年代以來的文藝復興』的關鍵人物」，引自龍彼得《瘂弦評傳》，臺北：三民書局，2006年，第67頁；瘂弦自喻為文學「眾神花園」的「園丁」，見瘂弦〈跋：神的解讀——園丁小記〉，收入瘂弦主編《眾神的花園——聯副的歷史記憶》，臺北：聯經出版事業公司，1997年；姜明翰在〈從傳播學角度探討瘂弦〉一文中對瘂弦作為傳播者的「守門人」作用做了詳盡的分析。他認為「守門人」（gatekeeper），是文化傳播中的靈魂人物。該文收入在陳啟佑，陳敬介主編的《瘂弦學術研討會論文集》，新北市：讀冊文化事業有限公司，2011年，第225-293頁。

[3] 「無名氏（蔔乃夫）認為：在臺灣文壇，瘂弦……一本詩集傳青史；不只是一流詩人，還是一流甚至超一流的副刊主編、雜誌主編，他辦的副刊堪稱有史以來最佳」，轉引自龍彼得《瘂弦評傳》，臺北：三民書局，2006年，第318頁；「自五四以來，在詩壇上，能以一本詩集而享大名，且影響深入廣泛，盛譽持久不衰，除了瘂弦的《深淵》外，一時似乎無他例。」見羅青〈理論與態度〉，《書評書目》，1975年6月1日第26期，第25頁。

[4] 見李瑞騰、盧柏儒文〈一代名編王慶麟〉，收入在陳啟佑，陳敬介主編的《瘂弦學術研討會論文集》，第295-320頁。

世界華文文學一盤棋

近二十年來,「世界華文文學」這一學術名詞越來越引人注目而成為一項熱門的課題。從字面上看,「世界華文文學」理應涵蓋一切用華語書寫、創作的文學作品,不僅包括創作於兩岸三地,還包括創作於東南亞,美洲,歐洲等地的華語作品。正如英語中的World Literature in English一詞,它包容了所有用英語創作的文學,無論是英聯邦還是非英聯邦國家的文學。劉登翰教授的見解在中國學者中頗具代表性,「作為世界性語種的華文文學,毫無疑問應當包括使用華語人口最多、作家隊伍最為龐大、讀者市場最為廣闊、歷史也最為悠久的中國內地地區文學」。[5]這是一種對世界華文文學廣義的理解。但是在具體實踐運用中,世界華文文學涉指的是居住在中國大陸以外的移民或外籍華文作家,包括港臺作家用華語創作出來的文學,它的前身是海外華文文學或華僑文學,這一理解似乎是約定俗成的共識,也是對世界華文文學的狹義理解,也有學者稱之為華語語系文學(Sinophone Literature),[6]或華人文學,或海外華文文學等。然而在對狹義意義上的世界華文文學作出定位時,它又往往被認為是中國文學的一個部分,是中國文學向外的輻射延伸。王德威教授在分析這一現象時指出,「以往的海外文學、華僑文學往往被視為祖國文學的延伸或附庸。時至今日,有心人代之以世界華文文學的名稱,以示尊重個別地區的創作自主性。但在羅列各地樣板人物作品之際,收編的意圖似乎大於其他」。[7]

---

[5] 劉登翰,〈華文文學的大同世界〉,《世界華文文學研究:理論與實踐——國際學術研討會論文集》,香港:中國文化出版社,2007年,第8頁。

[6] 加利福尼亞大學洛杉磯分校教授,香港大學中文學院陳漢賢伉儷基金講座教授史書美(Shu-mei Shih)是這一觀點的領軍人物,見她的文章 "Introduction: What Is Sinophone Studies?" *Sinophone studies: a critical reader*, eds., Shu-mei Shih, Chien-hsin Tsai, and Brian Bernards (New York: Columbia University Press, 2013), 1-16.

[7] 王德威,〈文學行旅與世界想像:華文作家在哈佛大學〉,《聯合報・聯合副刊》E7版,2006年7月8日。

瘂弦的世界華文文學觀的內涵屬於廣義性的，它立足於源遠流長的中華文化豐富的傳統和庫藏，與杜維明著名的「文化中國」理論根出一源。杜維明認為是「文化的中國」「成為從海外華人社會的一個最大公約數」，「而不是政治的中國，不是主權的中國，甚至不是（大）歷史的中國」，「推而廣之，更涵蓋所有心向中華文化的中國人、外國人」。[8]瘂弦同樣以華夏文化作為世界華文文學的公約數，因此它囊括所有用華語寫作的文學作品，但是拒絕任何從屬關係以及中心和邊緣的等級關係，世界各政治地理區域、地球村各個角落裡創作出來的華文文學作品都或多或少具有其各自在地國的文化印記，它們與中國、港臺等地的文學都是世界華文文學平等的有機組成部分。可以說瘂弦是最早開始關注「世界華文文學」這一廣義文學現象的學者和作家之一，早在這一概念出現在媒體和學術界之前，瘂弦已經在從事推廣和宣傳「世界」華文文學。自執掌《聯合報副刊》後他便以編輯家的敏銳嗅覺，意識到用漢語寫作的世界性範圍和國際舞臺。在70年代從事編輯《六十年代詩選》[9]和《當代中國新文學大系》時，[10]他已經具有了打破國家地理疆域的世界性視野，有了世界華文文學一盤棋的統籌理念，特選入海外華裔詩人的作品，「包括了新加坡、馬來西亞、菲律賓、越南、香港及美國等地區」。[11]當人們普遍認為海外華文文學始於5、60年代臺灣留美學生的文學作品時，豈不知瘂弦收入的作品已包括3、40年代以來散居在英美以及東南亞華裔的文學作品，在時間上更往前推了二、三十年。在他為《漂鳥──加拿大華文女作家選集》[12]撰寫的〈序〉裡，瘂弦進一步把二十世紀初中國在海外的留學生的文學作品看作是世界華文文學的濫觴，把在第二次世界大戰前後，在東南亞各國產生的華文文學作品視為世

---

[8] 轉引自王德威，〈文學地理與國族想像：臺灣的魯迅，南洋的張愛玲〉，《中國現代文學》第22期，2012年12月，第18-19頁。

[9] 瘂弦、張默主編，《六十年代詩選》，高雄：大業書局出版，1961年。

[10] 瘂弦編選；當代中國新文學大系編輯委員會主編《當代中國新文學大系‧詩》第8卷，臺北：天視出版事業公司，1980年。

[11] 瘂弦編選，〈《當代中國新文學大系》詩選導言〉，《當代中國新文學大系》第8卷，臺北：天視出版事業公司，1980年。

[12] 劉慧琴、林婷婷編，《漂鳥：加拿大華文女作家選集》，臺北：商務印書館，2009年。

界華文文學奠基式的實績。[13]瘂弦在時間和空間上世界性的視野和跨越,使他所編輯的書籍和刊物具有了超前的國際性,使聯合副刊成為世界華文文學風起雲湧的最初舞臺,它展示了當時華文作品產源分布的世界文學地圖。

瘂弦的世界華文文學理念中的最重要的支柱是「世界華文文學一盤棋」,這一觀點首次提出是瘂弦在1999年10月20日的溫哥華《明報》以〈世界華文文學一盤棋〉為題的文章(錄音撮要)上,之後多次出現在他的演講和發表的文章中。2010年在回國訪問中,他在鄭州大學演講的題目是〈大融合——華文文壇成為世界最大文壇之可能性〉,[14]2012年瘂弦在溫哥華的華文文學論壇上的發言中說:「文學無所謂中土或邊陲、主流或支流,在兩岸多地華人文學一盤棋的架構下,華人文壇將成為世界最大的文壇。」[15]基於這一理念,瘂弦在80高齡時,親自策劃,主持了溫哥華《世界日報》《華章》專欄,為世界各地用華文創作的作家提供一個展示他們文學實績的平臺,同時,每期還刊發一篇由文學研究學者撰寫的〈名家談——華文文學之我見〉,這些學者、研究員的文章從多樣的角度,以各種觀點闡發各自對華文文學的看法,從理論探討的角度為華文文學理論的建樹提供了很有價值的參考系統。在《華章》的發刊詞上,瘂弦又一次提出「世界華文文學一盤棋」的觀念,「如果把全球各地的華文文壇加在一起,在一家親、一盤棋的理念下,我們就有足夠的條件為世界華文文學描繪一個新的藍圖,集納百川,融合萬匯。把華文文壇建設成世界最大的文壇,誰曰不宜?」[16]這段時期瘂弦另外一項重要工程是策劃了三部由劉慧琴、林婷婷具體編輯出版的世界華文女作家文學作品選集:《漂鳥:加拿大華文女作家選集》(2009),《歸雁:東南亞華文女作家選集》(2012)和《翔鷺:歐洲暨紐澳華文女作家文集》(2015)。[17]三部選集從性別的角度在華文文學

---

[13] 瘂弦,〈從歷史發展條件看華文文壇成為世界最大文壇可能性——寫在《漂鳥:加拿大華文女作家選集》卷前〉,《漂鳥》,第vi-vii頁。

[14] 參見姚嘉為〈望鄉的牧神——文學傳道人瘂弦〉,《中華副刊》,2014年10月16日。

[15] 同上。此文發表於《中國藝術報》,2011年3月3日。

[16] 見溫哥華《世界日報》《華章》,2013年1月4日,A22頁。

[17] 劉慧琴,林婷婷編,《漂鳥:加拿大華文女作家選集》,臺北:商務印書館,2009年;《歸雁:東南亞華文女作家選集》,臺北:商務印書館,2012年;《翔鷺:歐洲暨紐澳華文女作家

的版圖上樹立了世界性的標誌。

　　瘂弦對世界華文文學藍圖的設想，不僅源自於他作為編輯家的敏銳和睿智，還源自於他作為詩人對華夏文字語言的認知，鍾情和摯愛。與世界上其他的字母文字不同，漢字與發音沒有直接的聯繫，就如杜維明所分析的，漢語的「文字與發音是分開的，它不受發音變化的影響」，[18]漢字的這一獨立於發音的內質特徵，使生活在不同政治地理區域、不同歷史年代、講不同華語方言的人能通過文字交流溝通。正是這一不受發音影響的特質，使漢語文字承載、積累了幾千年的華夏文化和文明，使今天的讀者能夠不受時間和發音變化的限制閱讀、欣賞《論語》，《史記》，杜甫，蘇軾等偉大詩人的詩。作為詩人，瘂弦對漢語的深邃、博大感同身受，他認為，「中文與世界其他語文最大的不同點，是中文是帶思想的文字，帶感情的文字，……任何人只要熟稔了它，進入它的世界，就不可能僅僅將之視作純粹的工具來使用，一定會同時感染到語字背後的歷史、哲學、倫理、文學意向等等的象徵，在潛移默化中，自然而然地，涵泳在中國文化宏大的氛圍中」。[19]在詩人瘂弦的眼裡，作為世界最古老的文字之一，漢語文字本身就是一首詩，一幅畫，它流動著豐富的文化韻律，根植在悠久的歷史沃土上，凝聚著中華民族的智慧。瘂弦對華文文字之美的體驗和感受充分表現在他的現代詩的創作實踐中，在不斷地美的發現中他用語言文字建構了他個性鮮明、風格獨具的詩的藝術殿堂。他對語言魅力的捕捉和開發，他的審美表達，即通過語言文字來營造音樂，節奏，色彩，戲劇氣氛的能力，他把具象和抽象自然轉化的技巧，把印象和意象物體化的手法，常常能震撼和激發讀者的想像力和思考力，在在體現他在漢語領域中的美的創造，和精湛嫻熟的語言駕馭能力。所以他會多次情不自禁地歡呼「美哉！華文」。[20]

文集》，臺北：商務印書館，2015年。

[18] Wei-ming Tu, "Cultural China: The Periphery as the Center," *Sinophone Studies: A Critical Reader*, eds., Shu-mei Shih, Chien-hsin Tsai and Brian Bernards (New York: Columbia University. 2013), 146.

[19] 瘂弦，〈從歷史發展條件看華文文壇成為世界最大文壇之可能性〉，《漂鳥》，第iii頁。

[20] 2000年6月10日在美國中西區的一次學術研討會的午餐聚會上，瘂弦作了題為〈華文之美〉的演講，以「美哉！華文」為結束語。見龍彼得的《瘂弦評傳》，臺北：三民書局，2006年，第349頁。

華夏的幾千年歷史已經創造出了無數百世流芳的、不朽的華文文學巨作，未來的歷史還將繼續用華文在世界文學舞臺上不斷地構造文學里程碑。瘂弦的世界華文文學一盤棋的理念，就是基於他對華文的深刻理解和體驗，基於華文這一世界優秀語言之一的自然本質。華文那迷人的永久魅力，豐富的表現力和歷史庫藏，它所體現的華夏文化的博大精深，以及它具有的再創、推陳出新的內在機制，是世界華文文學藝術殿堂的雄厚的物質基礎，也是瘂弦對世界華文文學藍圖設想的根基。

世界華文文學的多元化

　　瘂弦的「一盤棋」理念強調華文的淵源流長的歷史和文化的凝聚力，這一華人的共同本源維繫著世界各地使用華文的群體，是華文這一語言文字和華夏文化把散居在世界各地，包括在兩岸三地的華人作品整合和融合起來，它與政治觀念，各種主義，國家疆域，政治地理位置，種族，階級，主流與支流和中土或邊緣之間的關係無關。因此，瘂弦強調「我們團結的方式是文化」，[21]而非政治制度和意識型態，是華夏文化統籌協調著這盤棋，在華夏文化這一棋盤上活動著的，是世界華文文學多元化、地區化的華語表現。

　　在表述「一盤棋」理念的同時，瘂弦認為應該區分它與意識型態的一家言和大一統的不同，「老子所說的『一』與西方哲學家說的『大意志』同理，但並非一般所說的定於一尊，對文學來說，定於一尊是危險的」。「定於一尊」必然會破壞一盤棋。[22]「文學貴在聯合，聯合不是無意見的凝結，而是眾聲喧譁；不是文學思想或創作路線一致化，更不是強調群性，壓抑個性」，[23]後者必將會形成文化民族主義、中心主義、和語言的霸權主義，導致百花凋零。因

---

[21] 瘂弦，〈世界華文文學一盤棋〉，溫哥華《明報》，1999年10月20日，（錄音摘要），見龍彼得的《瘂弦評傳》，臺北：三民書局，2006年，第74頁。

[22] 瘂弦，〈為世界華文文壇添磚加瓦：掀起《華章》的蓋頭〉，溫哥華《世界日報》《華章》2013年1月4日，A22頁。

[23] 瘂弦，〈大融合——我看華文文壇〉，《中國藝術報》，2011年3月3日。

為世界各地的「華人作家生活在不同的政治制度下」，培養和發展起了不同的生活觀和哲學觀，因此唯有「文學（文化）是我們共同的標準，也是唯一的標準」，它是維繫全球華人的最大的公約數。[24]只有華語文化和中華文化，能融合起宏大的世界華文文壇，而意識型態和政權，或是地理疆域的劃分，只會製造割裂、排除、等級和對立。但是如果用「定於一尊」來舉措世界華文文學一盤棋，那麼，結果就會遏制文學風格的多樣化、個性化和思想內容的多元化，乃至創作的生機，甚至「會造成文學的死亡」。[25]

瘂弦非常贊同李歐梵的「華人的世界主義」這一觀念，特在演講和文章中介紹並予以闡釋，稱此觀念「既以中國文化為思想上的根，但也接納多元文化的互惠關係，跨越了國家的疆界」。[26]在與季進的對話錄〈全球化語境中的當代寫作〉中，李歐梵對「華人世界主義」作了精闢的闡述：「華人世界的世界主義應該是一種或多種開放型的文化心態，它立足於『大中華』而接受世界各種不同文化的衝擊，取長補短，並加以融會貫通，從而組成華人世界本身的多元文化。」正如季進在對話中指出，李歐梵的「華人世界主義」與傅偉勳、杜維明等人提出的「文化中國」有些相似。傅偉勳有《「文化中國」與中國文化》一書，[27]杜維明則於1990年在夏威夷東西文化中心舉辦的國際學術會議上論證了他的「文化中國」的概念和理論，次年發表專文〈文化中國：邊緣作為中心〉，[28]系統地闡發他的文化中國的觀念。他們的共同要點是強調在全球化的歷史背景下存在於世界各地、不同區域的享有共同文化之根的華人文化應該是世界性的，開放的，多元化的，「是一個以儒家道統為主軸的文化，而在每一個地區都有不同表述」，[29]「裡面沒有任何中心，只有不同的地域」，且並

---

[24] 瘂弦，〈從歷史發展條件看華文文壇成為世界最大文壇之可能性〉，《漂鳥》，2009年，第v頁。
[25] 見瘂弦〈為世界華文文壇添磚加瓦：掀起《華章》的蓋頭〉，溫哥華《世界日報》《華章》，2013年1月4日，A22頁。
[26] 見瘂弦〈世界華人文學一盤棋〉（錄音撮要）載《明報》1999年10月20日。
[27] 傅偉勳，《「文化中國」與中國文化》，臺北：東大圖書公司，1988年。
[28] Tu Wei-ming, "Cultural China: The Periphery as the Center," *Daedalus*, vol. 120, no. 2 (Spring, 1991): 1-32.
[29] 王德威，〈文學地理與國族想像：臺灣的魯迅，南洋的張愛玲〉，《中國現代文學》，第22

「不排除這種多元華人文化中的分歧和緊張狀態」。[30]

雖然經濟、資本、科技、資訊、大眾傳媒、互聯網路的全球化和大規模移民、離散是當今世界後殖民時代的基本特徵,然而文化的多元化卻與這些特徵緊密相伴,不可分割,並沒有因為這些全球化而形成文化的一統化。在全球性的大規模流動遷徙過程中,移民在新的居住國必然地經歷著與當地政治、文化、經濟的融合和反融合或半融合的過程,經歷有色弱勢少數民族為爭取自己權利的種種艱難抗爭,多種族多文化之間的交流,摩擦,對抗,互動,交叉或多向流動等自然過程,又必然會產生各種各樣的「混血」雜糅的文化。因此對多文化、多族群之間的分歧,衝突,抵觸,對話,磨合,相容的描寫,以及文學內容和形態的多姿多態是世界華文文學的基本特徵。對此,瘂弦的觀點是「不同文學觀點的彼此尊重,不同文學作品的兼容並包,不同文學理想的異中求同,不同文學道路的並行不悖;在和諧的氣氛下,以相敬重來替代孤芳自賞、唯我獨尊」,這樣才會有百家爭鳴,萬紫千紅,才會有文學的繁榮和昌盛。「彼此尊重」即任何創作個體或群體互相尊重,包括對各自思想理念、宗教信仰的尊重,承認各自的風格和創作對整個世界華文文學的貢獻,無論是大還是小,任何一朵小花都是世界華文文學殿堂的一道風景。

針對於五花八門的意識型態、文化觀念、和創作風格,瘂弦認為沒有必要去擔心會「亂」,「真正的『文學大家族』不怕『五胡亂華』。亂,常常是繁榮昌盛的另一表象,是新事物、新生命孕育的必然過程,所謂亂中有序,那個序,歷史老人自然會為吾人爬梳整理出來,一部文學史就是這麼寫成的」。[31]中國文學史上思想控制最鬆,最輕的時候,往往就是文學觀念眾聲喧嘩、文學創作最活躍的時候,典型的例子是春秋戰國和魏晉南北朝。因為沒有「定一尊」的意識型態的束縛,詩人、散文家、哲學家、史家得以暢抒己見,從而形成了中國文學史上群星璀璨的最繁榮的時期之一。

期,2012年12月,第19頁。
[30] 李歐梵,季進,〈全球化語境中的當代寫作〉,http://www.zwwhgx.com/content.asp?id=2525。
[31] 瘂弦,〈大融合──我看華文文壇〉,《中國藝術報》,2011年3月3日。

世界華文文學與華語語系文學

　　作為為世界華文文壇添磚加瓦的具體實踐之一，瘂弦於2013年為溫哥華《世界日報》創立了每月一期的《華章》文學專欄，專欄由瘂弦主編，受到溫哥華《世界日報》鼎力支持，由加拿大華人文學學會具體操作，自創刊以來，已經發表近三十篇名家談華人文學的文章，和世界各地許多華裔作家的華文作品。由瘂弦嚴格把關的《華章》因其質高文佳而在世界華文文壇眾所矚目，名聞遐邇。遺憾的是，由於互聯網路對實體報刊媒體的致命性衝擊，《世界日報》在加拿大境內全部關閉，《華章》也暫時休刊。但是，《華章》短暫的三年精彩履歷，卻彰示著瘂弦對世界華文文學藍圖由展望到實施的貢獻。

　　除了展示世界華文文學最新創作成果之外，《華章》令人矚目的內容是「名家談：華人文學之我見」，這是世界華文文學理論探討的一個開放的、各抒己見的、建樹性的平臺。為呼應近二十年來學術界展開的對世界華文文學和華語語系文學概念的爭論，《華章》發表了一系列文章，這些文章對這一學術界至今尚未取得共識的概念、定義和內涵，從各種角度提供了多種思路。

　　華語語系文學研究的開拓者之一美國華裔學者史書美的「華語語系文化是因地制宜（place-based）的文化，它屬於產生它的所在地的文化」的觀點引起學術界很大反響，根據她的理論，「美國華語文化中的鄉愁／思鄉情產生於在美國的生活經驗，所以它是美國鄉愁／思鄉情的一種表現形式」。[32]因為史書美更關注的是「境外多元的環境與作品之間的相互界定」，[33]而不是作品語言的母語國家歸屬。她把思鄉情裡想像中的原鄉文化「包括在外」，[34]因此她強調原鄉文化和異鄉文化

---

[32] Shu-mei Shih, "Introduction: What Is Sinophone Studies?" *Sinophone studies: a critical reader*, eds., Shu-mei Shih, Chien-hsin Tsai, and Brian Bernards (New York: Columbia University Press, 2013), 7. 我的翻譯。

[33] 蔡建鑫，高嘉謙，〈多元面向的華語語系文學觀察——關於『華語語系文學與文化』專輯〉，《中國現代文學》，第22期，2012年12月，第5頁。

[34] 這裡是借用王德威的著名引句，從張愛玲的「把我包括在外」引發到將中國「包括在外」。見王德威，〈文學行旅與世界想像〉，《聯合報》，2006年7月8-9日，E7頁。

碰撞中產生的特殊經驗,這種經驗只能在特殊的環境中產生,可以是在美國,也可以是在加拿大,也可以是在澳大利亞,這也就形成了海外華文文學難以取代的個案特殊性。蔡建鑫,高家謙在分析華語語系文學時則指出,華語語系「關懷在於突出各地區之間、各個文化、各種政治政策之間的互動與對話。華語語系試圖在花果飄零與落地生根之間,展開多從線索,亦不盡然是政治正確的對話」。[35]

雖然很多學者認為華語語系文學和世界華文文學是兩種概念,前者泛指中國以外的華裔以及以內的少數民族華文文學作品,[36]後者則有中心主義和大一統的內涵,但是瘂弦的世界華文文學的理念擯除了中心主義的內涵,雖然也包括中國文學,但它強調「華人作家生活在不同的政治制度下」創作出的文學作品的多元,無中心,和在地性的特點,從而否定了中心主義。[37]而他對海外華文文學的敘述,卻十分接近華語語系文學的觀念。還在1990年代中期「因地制宜」的在地性觀念就體現在瘂弦的編輯實踐中。身為《聯合報》副刊總編的瘂弦先生熱情鼓勵已經是著名美籍華人英語作家的黎錦揚用華語創作,邀請他為《聯合報》撰寫中文小說,這些小說最後結集為《旗袍姑娘》。黎錦揚在1940年代中期在美國就學戲劇和文學創作,後以其英語創作飲譽於美國。瘂弦建議黎錦揚用中文寫作之初衷,是希望作家的作品能進入華語讀者的視野,因為它題材和內容的獨特性和區域性。在為黎錦揚小說集所寫的序言裡,瘂弦指出小說集裡的一個共同主題是美國華人在各種社會情形下如何在各種文化互動和對話中逐漸融入在地國的主流社會,並強調作家的靈感及其源泉,來自於對唐人街華人生活的在地性的觀察和體驗。[38]

瘂弦關注的是黎錦揚的作品與中國文學不同的特殊性,該特殊性表現在作

---

[35] 蔡建鑫,高家謙,〈多元面向的華語語系文學觀察〉,第5頁。
[36] 「華語語系文學泛指中國大陸以外,以及中國大陸之中,少數族群(如藏人)的文學創作」,見蔡建鑫,高家謙文,同上。
[37] 瘂弦,〈大融合——我看華文文壇〉,《中國藝術報》,2011年3月3日。
[38] 見單德興文 "Redefining Chinese American Literature from a LOWINUS Perspective – Two Recent Examples," *Transnationalism, Ethnicity, And the Languages of American Literature*, ed., Werner Sollors (New York: New York University Press. 1998), 115-116. 單德興在文章中詳細介紹了瘂弦先生邀請黎錦揚用中文為《聯合報》副刊寫小說的經過。

者以特殊的角度、在特殊的地點、特殊的時間描寫特殊的人物的特殊人生經歷。這種「特殊」性就源於體驗疆域跨越、文化交叉和政治碰撞時所激發出來的創作靈感。這種靈感的發生條件和場景決定了作者所描寫的角度、知覺、和闡釋的個體性。海外華人作家在這一點上有著共同性，他們共享有離散、客居、移民的經歷，經驗著在多種文化衝突的夾縫裡的徬徨和徘徊，在邊緣與中心之間游移、轉換的努力，在性別、種族、和階級關係之間的抗爭和斡旋，以及在抵制和被同化之間的掙扎。這種移民的心態和創作來源，國內作家並不具有，差異是很明顯的。加之，這樣的生活經歷必然給作家帶來方法論和認識論上的變化，和從單一到多向的視角的變位。

　　瘂弦主持下的「名家談：華人文學之我見」對世界華文文學和華語語系文學屬性的討論很激烈，也很有建設性的意義。陳思和認為：「文學本質是由語言構成的美學文本，與作家的國籍有何干系？」是作家的文化語言的根決定了作家及其作品的基本屬性。比如，「當蒲寧獲得諾貝爾文學獎，有人會不承認他是優秀的俄羅斯流亡作家嗎？辛格終生用意第緒語寫作，他獲獎了難道不是猶太人的榮譽嗎？」顯然，陳思和的討論準星是追蹤溯源的「文化中國」和「中國性」。[39]

　　與陳思和不同，黃萬華則提出「第三元」的觀念，他認為「『第三元』是百年海外文學經典性所在」。[40]從旅法學者、作家程抱一對道家傳統的「三元論」的分析、闡述得到啟發，黃萬華把此觀念引用到對華人文學研究中。「三元論」從《道德經》中的「道生一，一生二，二生三，三生萬物」的思想提煉出「第三元」，「從一元跳到三元」，[41]既是對一成不變的顛覆，也是對文化原鄉／異鄉二元對立的解構。「第三元」論強調華人作家的文化根源和在地國文化現狀之間的既對立又互相調和的關係，它是「二元」之間的衝突、對話、互動以後的嬗變物或者是「超出物」，[42]因其是二元結合的衍生物，它便不再是二元的各自再

---

[39] 見陳思和〈旅外華語文學之我見〉，《世界日報》《華章》，第25期，2014年12月26日，A22。
[40] 黃萬華，〈百年海外文學經典化之我見〉，《世界日報》《華章》，第12期，2013年11月22日，A22。
[41] 同上。
[42] 同上。

現，而是超越於二元之外的有其獨特稟性的第三元。而不同地理區域的華文文學因其在地國政治、文學、歷史的特殊性，和離散移居者在當地社會的個體經驗都是個性化的第三元，從而形成「三生萬物」的眾聲喧嘩、多元多姿的世界華文文學的景觀。「第三元」的論點與王靈智教授的「雙重統合結構」（the structure of dual domination）論不謀而合，王教授「一方面關注離散景況裡華人應該保有中國性，一方面又強烈地意識華人必須融入新環境，並由此建立其（少數族裔）代表性。」[43]因「第三元」理論高度注重在地性，它與華語語系文學論異曲同工。

趙稀方則試圖構建華語語系文學和世界華文文學的橋梁，他觀察到並承認海外華文文學與中國文學的不同，認為「海外文學雖然是中文寫作，然而已經過不同時空，不同文化的交融，產生了中國文學所不具備的自主性。在語言、文本讀者層面，銘刻著政治、歷史、種族、地理等不同層面的印記，疏離著中國大陸。針對於中國民族國家（政治意識型態，文化制度）文學，不同時空的海外文學與中國文學可以構成一種異質關係，並在一定程度上起到打破中心主義大一統的作用」。但是，因為使用同一種語言，往往使作者在運用語言時產生「民族歸屬感」，許多海外華文文學作品流露出的「思鄉情、流離的孤獨、母國文化的歷史想像和認同，遊子回鄉」等，都屬於歸屬感的原型主題。因此，他認為，世界華文文學和華語語系文學論者的各自思考點「是對於中文文學建構的兩種相反的方式」，「華文文學強調海外文學與中國文學乃至中國文化的認同性」，而「華語語系文學強調海外文學與中國文學及至中國文化的異質性」，兩者的關係應該是「異質互補」。[44]

瘂弦主持下的華文文學的討論還包括其他不少觀點。不同的看法和觀念能激發各方補充，修改和完善自己的理論思考，理論建樹是在論爭中發展、成熟起來。瘂弦為華文文學添磚加瓦的苦心孤詣，耕耘出一片鬱鬱蔥蔥的華文文學學術研究的園地，難能可貴的是在報紙很有限的版面上。

---

[43] 見王德威文〈文學地理與國族想像：臺灣的魯迅，南洋的張愛玲〉，《中國現代文學》，第22期，2012年12月，第19頁。

[44] 趙稀方，〈華人文學之我見〉，《世界日報》《華章》，第36期，2015年11月23日，A22頁。

小結：大塊假我以華章

　　少年時就開始經歷漂泊生涯的瘂弦，退休後定居於加拿大溫哥華，從此成為地球村的公民，對離散、對海外華人身分認同也有了更具體和深刻的思考。在第二次經歷故鄉變成異鄉，主人變成過客人的時候，瘂弦對何處是家園這一幾乎在所有離散華人心頭揮之不去的問題，有著他自己的認識。瘂弦的「帶著故鄉去旅行，帶著自己的文化去碰撞別人的文化」，[45]與李歐梵的「游走的中國」和洛夫的「我洛夫在哪裡，中國文化便在哪裡」[46]十分相似，在這樣的理念中，故鄉和中國文化便不是凝固在地理位置上或某個歷史時期中，它們在時間和空間上是游動的，跨／穿越的，「作為一個二十世紀末的中國人，哪怕是在天涯海角，只要覺得『我』是一個能夠傳承、辯證、甚至發明『中國』理念的主體」，[47]華夏文化就永遠相伴隨。因其與在地國文化的密切聯繫，旅行者也獲取了多種文化的參照系統，和比較、反觀的多向審視角度，更具有了世界性的視野。當游走的中國文化在地球各處因地制宜，與在地國的文化「碰撞」出來的，一定會是璀璨宏偉的大華章。

參考書目

中文

蔡建鑫，高家謙，〈多元面向的華語語系文學觀察─關於「華語語系文學與文化」專輯〉，《中國現代文學》，第22期，2012年12月，第1-10頁。
陳啟佑，陳敬介，《瘂弦學術研討會論文集》，新北市：讀冊文化事業有限公司，2011年。
陳思和，〈旅外華語文學之我見〉，《世界日報》《華章》，第25期，2014年12月26日，A22。
黃萬華，〈百年海外文學經典化之我見〉，《世界日報》《華章》，第12期，2013年11月22日，A22。
李瑞騰、盧柏儒，〈一代名編王慶麟〉，《瘂弦學術研討會論文集》，新北市：讀冊文化事業有

---

[45] 王偉明，〈詩成笑傲凌神州─瘂弦筆訪錄〉，《詩雙月刊》，1998年；轉引自龍彼得的《瘂弦評傳》，臺北：三民書局，2006年，第130頁。
[46] 洛夫，〈在北美的天空下丟了魂〉，《世界日報》《華章》，第2期，2013年1月24日，A22頁。
[47] 見王德威文對李歐梵「遊走的中國」的分析介紹，〈文學地理與國族想像〉，第19頁。

限公司,2011年,第295-321頁。
李歐梵、季進,〈全球化語境中的當代寫作〉,http://www.zwwhgx.com/content.asp?id=2525。
劉登翰,〈華文文學的大同世界〉,《世界華文文學研究:理論與實踐——國際學術研討會論文集》,香港:中國文化出版社,2007年。
劉慧琴,林婷婷編,《漂鳥:加拿大華文女作家選集》,臺北:商務印書館,2009年。
──,《歸雁:東南亞華文女作家選集》,臺北:商務印書館,2012年。
──,《翔鷺:歐洲暨紐澳華文女作家文集》,臺北:商務印書館,2015年。
龍彼得,《瘂弦評傳》,臺北:三民書局,2006年。
羅青,〈理論與態度〉,《瘂弦自選集》,臺北:黎明文化公司,1977年,第227-48頁。
王德威,〈文學行旅與世界想像〉,《聯合報》,2006年7月8-9日,E7。
──,〈文學地理與國族想像:臺灣的魯迅,南洋的張愛玲〉,《中國現代文學》,第22期,2012年,第11-38頁。
王偉明,〈詩成笑傲凌神州——瘂弦筆訪錄〉,《詩雙月刊》,第43期,1998年,第159-66頁。
蕭蕭,《詩儒的創造—瘂弦詩作評論集》,臺北:文史哲出版社,1994年。
瘂弦,〈跋:神的解讀——園丁小記〉,《眾神的花園——聯副的歷史記憶》,臺北:聯經出版事業公司,1997年。
瘂弦,〈世界華人文學一盤棋〉(錄音撮要),《明報》,1999年10月20日。
──,〈從歷史發展條件看華文文壇成為世界最大文壇之可能性——寫在《漂鳥:加拿大文女作家選集》卷前〉,《漂鳥:加拿大華文女作家選集》,臺北:臺灣商務印書館,2009年,第i-ix頁。
──,〈大融合-我看華文文壇〉,《中國藝術報》,2011年3月3日。
──,〈為世界華文文壇添磚加瓦:掀起《華章》的蓋頭〉,溫哥華《世界日報》《華章》,2013年1月4日,A22。
趙稀方,〈華人文學之我見〉,《世界日報》《華章》,第36期,2015年11月23日,A22。

外文

Shan, Te-hsing. "Redefining Chinese American Literature from a LOWINUS Perspective – Two Recent Examples." *Transnationalism, Ethnicity, and the Languages of American Literature*. Ed. Werner Sollors. New York: New York University Press. 1998:115-116.
Shih, Shu-mei. "Introduction: What Is Sinophone Studies?" *Sinophone Studies: A Critical Reader*. Ed. Shu-mei Shih, Chien-hsin Tsai, and Brian Bernards. New York: Columbia University Press, 2013:1-16.
Tu, Wei-ming. "Cultural China: The Periphery as the Center." *Sinophone Studies: A Critical Reader*. Ed. Shu-mei Shih, Chien-hsin Tsai and Brian Bernards. New York: Columbia University, 2013:145-157.

【此文發表於《中國現代文學》半年刊,2016年6月,總第29期】

具有光線，音響和色彩的文字
——讀張翎授權華語文學網發表的十部中篇小說

雖然同在復旦大學就讀本科，但因為不同的系和專業，我認識張翎卻不在復旦校園，而是在畢業、工作多年、張翎已經成為知名華裔作家、我們都在多倫多安家落戶後在多倫多大學東亞研究系的一次學術活動中認識的。

那時我正應加拿大西安大略休倫大學漢學教授吳華的邀請，在為她組稿的加拿大華裔作家研究專欄寫一篇張翎小說的評論文章，因此閱讀了不少她的作品，和一些記者的訪談。在一篇訪談中，張翎對她自己動漫似的描述給我留下了深刻的印象：如果在寫作中一時找不到敘述自己想法的渠道，就會憋得受不了，這時如果有人在多倫多地鐵裡看到一個人渾身冒煙，頭髮滋滋滋地根根直立，那就是她。

這次活動在與張翎的交談中，我很驚訝地發現，張翎的思維和觀點恰如她所述，常常冒出火花，尖利而獨特，和她溫婉娟秀靈動的外貌和氣質恰恰相反，表現在她的作品中則是特立獨行的文化審視。她的小說的文化性是融合在歷史裡的，她的文化視眼是跨國界、跨種族、跨文化、跨歷史的，她所描寫的大都是文化兩棲或多棲的人物形象，也大都具有中華文化的根基。這些人物多在多元文化的環境中，在邊緣和雜糅中尋找著自己的文化定位。他／她們既不屬於居住國裡的主流社會，也已經遠離了祖籍的家園，在文化身分的定位過程中，他／她們是變數最大的一群，然而在文化雜糅的過程中，他／她們又是最活躍的一群。

張翎的小說對處在經濟全球化的後現代、後殖民時代的多元文化的觀照和表現，常常觸及當今世界多變多岐的文化脈動，為離散文學、多元文化中的文化包容和排斥等現實問題提供了她獨到的思考和見解。她的小說風格鮮明，她語言想像力奇特豐富，她的作品以其淳厚的文化內涵和深沉的思考，在華文文學中獨樹一幟。

上海作家協會「華語文學網」上所載的張翎中篇小說，雖未全部包括她的最佳作品，比如《餘震》，〈阿喜上學〉，但是近兩年來的上乘之作卻皆在其中。十部作品中，除了《玉蓮》以外，均以跨越國界、洲界為緯、穿越歷史和交叉文化為經，以世界地圖為背景來展開故事情節和人物活動的場所，從中國的江南溫州地區到加拿大，從加拿大到東、西歐諸國，各色人物在地理範疇的「這裡」（居住國）和「那裡」（祖籍家園）、文化範疇的「東方」和「西方」之間來來往往，演繹出許許多多文化對話的故事。張翎的小說非常注重華裔與其他民族之間的關係，除了與加拿大、美國白人及英格蘭後裔（《羊》，《大洋彼岸》《雁過藻溪》），還有與加拿大原住民印地安土著（《向北方》）以及非裔（《雁過藻溪》，〈何處藏詩〉，《郵購新娘》）之間的關係，進而在世界的舞臺上來表現各種文化之間的不同、衝突、滲透、雜糅的複雜關係，尤其是表現來自中華文化的人物角色如何面對和處理其他文化的挑戰和影響。這些人物基本都保存著中華文化的美德，與異國文化的碰撞在他們身上往往表現出正能量的釋放，比如，對自己和過去的重新認識，對個性束縛的解脫，對人性的感悟，對道德的堅守，等等。這就使她的小說既有別於國內單一文化的漢語小說，也有別於土生於北美的華裔作家的英語小說。後者雖然在家族史的敘述中也引入對中國傳統文化的描述，但是因中華文化在他們生活經歷中的缺席，他們缺乏對中華文化的親身體驗，大多是基於西方的東方主義的想像和詮釋。

　　張翎小說的獨特性在於文化異質狀態中用歷史來闡釋現實，她的小說基本上都有以對往事的追憶來增加歷史的厚度，在歷史和空間的穿梭往返中通過對過去經驗的重新認識來理解當今世界的現實問題。在對過去和現在的關係的論述中，T.S.艾略特（Thomas Stearns Eliot）的觀點尤為引人注目，他認為，「歷史的感覺不僅僅包含著對過去性的認知，還包含著對現實性的認知」。[1]愛德華・賽義德（Edward Wadie Said）在他的《文化與帝國主義》一書中對艾略特

---

[1] T.S Eliot, *Critical Essays* (London: Faber & Faber, 1932), 14.

的這一論點作了進一步的發揮,他指出艾略特論點的精髓在於「我們如何臆造或表現過去規定著我們對現在的理解和看法」。[2]因此,能否直面歷史決定著能否把握現實,因為過去是形成我們現在的根本原因,對過去的參悟能指導對未來的展望。張翎的小說總是在現今的框架裡作史海鉤沉,其實也就是近百年來的中國的以及世界的現代史,進而紋理出現實中的人物性格的歷史成因,以及他們在多元文化的現實較量中的困境和對未來的新的構想。比如《花事了》中的吟雲,《戀曲三重奏》中的王曉楠,《雁過藻溪》裡的末雁,《生命中最黑暗的夜晚》中的各色人物,以及〈何處藏詩〉的何躍進等。

　　張翎對小說語言很有造詣,她的語言在中國古典意義上的蘊籍和典雅基礎上,體現著現代詩學上的意象性和現代性,常能使讀者在文字上感受到光線,音響和色彩的效果。比如,「他的心咚的一聲墜落到地上,把地砸了一個坑。他感覺滿眼都是飛塵,移民官的臉漸漸丟失了五官」,[3]「國慶的頭髮在梳齒的擠壓下發出哎喲哎喲的呻吟……那聲響在她的心尖子上咯吱咯吱地磨……」[4]和「母親的眼裡淌著月光,那光亮將妹妹從頭到腳地裹了進去,卻將世界擋在了外邊……有一次末雁突然萌生了想闖進這片光亮的意念……母親吃了一驚,眼神驟然亂了,月光碎碎地滾了一地」。[5]張翎的小說語言的經典之處在於抽象和具象的結合,她非常善於把抽象的事物具象化,比如,「導遊……頭髮被頭油或摩絲修理成一片狂野的叢林,微笑和世界上所有的導遊一樣職業而老到,讓人免不了要想起小費回扣這一類可以一下子把情緒殺毀得千瘡萬孔的字眼」。[6]她也擅長於將客觀物象主體化,讓自然物體在人的主觀感受中被賦予了生命而活動起來,並在人物的強烈的情緒中變化著它們的自然形態,形成「情緒的風景」(emotional landscape),比如她描繪巴黎的夜景,「……路易・威登大樓見過了太多的錢和太多的臉,蒙裹了太多的風塵,突然就老了,疲憊不堪地靠

---

[2]　Edward W. Said, Culture and Imperialism (Vintage Books: New York, 1994), 4.
[3]　〈何處藏詩〉,《一個夏天的故事》,廣州:花城出飯社,2013年,第168頁。
[4]　《一個夏天的故事》,廣州:花城出版社,2013年,第61頁。
[5]　〈雁過藻溪〉,《十月》,北京出版社出版集團,2005年第2期,第8-9頁。
[6]　〈生命中最黑暗的夜晚〉,《一個夏天的故事》,廣州:花城出飯社,2013年,第4頁。

在路邊。哈根達斯冰淇淋老店失卻了夜晚燈彩的遮蔽，像一個遲暮卻膽敢素顏的婦人，殘忍地顯露著白晝的褶皺和壽斑。這就是色彩和基調都遭遇了惡意顛覆的香榭麗捨」。[7]這種具象，印象和意象在作者的主觀情緒中的融合，使張翎的小說文體具有著詩的立意和境界，與此同時她的敘述常以非理性的詩話語言來解構小說敘述的傳統程序，使平面性的語言呈現出立體性，在宏觀的層面上讓自然景物富有情緒，在微觀的層面上讓抽象的意識和概念流動在可摸可觸的具體形象裡，有效地擴展了語言表達的範疇，從而激發、深化讀者的閱讀想像力。難怪著名華裔作家嚴歌苓讚她「語不驚人死不休」，我能想像，在寫作中每當她感覺「語不驚人」時，她的頭髮就會滋滋滋地一根根地直立起來。

【此文發表在上海作協《華語文學》網2014-07-01：http://www.myhuayu.com/newss/newsshow/594】

---

[7] 同上，第3頁。

文化的翻譯和對話：張翎近期小說論

在華文文學的世界版圖上，北美華文文學顯然有著天時地利人和之優勢。這裡所謂的天時，指北美華文文學繁榮在後現代、後殖民時代，在這個時代，多元文化、多民族共存成為北美國家的國策，種族、性別、和階級歧視雖然不可能完全消除，但是已經屬於違法；[1]所謂地利，北美國家為當代西方文化的大本營，各種先鋒潮流，哲學流派，思想主義，文化觀念等均可找到領軍人物，華人移民在此經歷跨文化、跨疆域、跨種族的各種經驗，體驗中、西等各種文化浪潮的衝擊，實為世界其他各地所難以相比；所謂人和，自中國國門開放後，奔赴北美洲移民的華人絡繹不絕，攜帶華夏文化旅行箱的華人，散居在北美各地，唐人街、中國城因此而如雨後春筍，層出不窮，微信則編織起北美洲華人的華語網絡地圖。恰如加拿大著名華人詩人洛夫所說，「由臺北移居加拿大溫哥華，只不過是換了一間書房」，因為文化中國維繫、親和著北美華人移民。

北美華文文學的一個重要組成部分是加拿大華文文學，如果沒有楓葉國的華人文學注入北方的深沉，蘊籍，壯闊，冷峻，宏大的氣勢，北美華文文學便會少了很多引人矚目的色彩和風骨。而在加拿大華文文學中，張翎的小說創作則是一道最璀璨的文學景象。自二十世紀末葉張翎發表第一部長篇小說以來，她已經出版了八部長篇小說，九部中、短篇小說集，她的創作實績，從質到量，從題材的多樣化到開掘的深度，從寫作手法的創新到語言磨煉的精湛，從敘述角度的變化多端到結構布局的縱橫開闔，在在體現她的匠心獨運、風格卓然，無愧為多種文學大獎的獲得者。

---

[1] 不過，自去年美國四年一度的總選大選後，美國出現了讓人擔憂的種族歧視傾向。美國的社會製度能否阻止種族歧視重占主導，讓人拭目以待。

自中篇小說《生命中最黑暗的夜晚》（2011）[2]以來，張翎的文學作品無論是在語言還是敘事結構上都發生了引人注目的變化，這個變化仍然在進行中，不時地讓讀者感受到新的驚喜，更為華文文學創作提供了新的思考和啟發。本文將重點討論張翎小說創作的新的發展趨向，並從下面三個方面來探究張翎最近五年文學創作的變化軌跡：敘事結構從時間的歷史縱深到空間的同時並存；敘述方式引入「它–敘述」（it-narratives）的視角；張翎小說的世界性。

敘事結構

張翎小說敘事結構的一個鮮明特徵是通過敘述的過去與現在的穿梭往返，以現在的敘述為緯，過去的倒敘為經來發展情節故事，逐漸推向歷史的縱深，最後收攏回到現在。從早期的長篇小說《交錯的彼岸》、[3]《郵購新娘》，[4]中篇小說《雁過藻溪》、[5]《餘震》，[6]到近期長篇小說《金山》、[7]《陣痛》、[8]《流年物語》[9]等，讀者都可以看到這一基本的敘述構架，這些作品大多通過對往事的插敘或倒敘，追溯家族史中兩代，三代甚至五代人在中國或加拿大歷史長河中的生活百相和家族祕密。張翎極擅長於在現今的框架裡作史海鉤沉，即近百年來中國的以及世界的現代史，從而紋理出現實中的人物性格的歷史成因，以及他們在多元文化的現實較量中的困境和對未來的新的構想與憧憬。

張翎的近期小說在藝術結構上有著新的發展和成功的嘗試，表現在從時間上的歷史縱深向轉為空間、地理上的同時並置。中篇小說《生命中最黑暗的夜

---

[2] 〈生命中最黑暗的夜晚〉，《一個夏天的故事》，廣州：花城出版社，2013年，第1-53頁。
[3] 《交錯的彼岸》，天津：百花文藝出版社，2001年。
[4] 《郵購新娘》，北京：作家出版社，2004年。
[5] 〈雁過藻溪〉，《十月》，2005年第2期，第4-30頁。
[6] 〈餘震〉，《人民文學》，2007年第2期，第29-60頁。
[7] 《金山》，十月文藝出版社，2009年。
[8] 《陣痛》，北京：作家出版社，2014年。
[9] 《流年物語》，北京：十月文藝出版社，2016年。

晚》便是一個典型的例子。小說的故事情節集中在一個旅遊團的東歐之行，情節內容的發展展現在旅遊東歐各國的過程中。雖然小說有一位女主角，但是突出主旨的故事卻是由一群人敘述的，即旅遊團的成員。每個成員的故事橫向組成整部作品馬賽克形式的結構。

另外一個經典例子是發表在2015年第7期《北京文學》的中篇小說〈死著〉，此部小說是張翎奉獻給讀者的又一藝術精品。它的精湛首先表現在藝術結構上，與《生命中最黑暗的夜晚》相仿，這篇小說也採用了空間的同時並置，但是比後者更為精緻，匠心更深。

小說整部結構以某茶葉公司經理路思銓為中心聚焦點，路思銓因意外車禍而正行走在通向死亡的路上，雖然他腦子已經死亡，已無任何生理功能，但心臟還在繼續跳動，在醫院的病床上依靠高科技的醫療設備勉強維持生命體徵。小說以此為基點，敘述向四面輻射開去，對與路思銓密切相關的人物分別作一一描述：交通大隊長，茶葉公司副經理，劉醫生，路思銓的妻子，以及盲人姑娘茶妹。全篇緊緊扣住多方人物的共同心願和努力，即一定要把路思銓的生命維持三天直到下一年的第一天，路思銓絕對不能在年前嚥氣，雖然他的生命已經沒有任何意義：交通大隊要避免當年交通事故的超標，茶葉公司是為了當年的經濟指標，醫院為了經濟利益願意做同謀，路思銓的妻子則是要丈夫活到自己的生日——元旦。

當代表各種利益的各方人物千方百計地要讓正在死去的路思銓延遲死亡，並且借助當代最先進的醫療科學技術，使用花費極為昂貴的葉克膜儀器——體外心肺支持系統，期待成功地讓路思銓在這一設計中毫無知覺地挨到新年再離世時，唯一一位和利益糾葛毫無關係的茶妹在當年最後一天的最後幾個小時裡關閉了葉克膜儀器。茶妹雖然看不見人世間的醜陋，但她能嗅覺，能聽覺。因為看不見，因而未被世俗所汙染，她心地仍然純潔如童心，她是通過心來感受來嗅覺來傾聽這個世界，因此她的思路和各方人物完全不同，只有她能感覺到自然的呼喚，能順從自然的規律。小說在巨大的諷刺氣場中不動聲色地悄然結尾。至於各方人物得知路思銓沒有活到新的一年時的各種反應，張翎並沒有告

訴讀者，她留給了讀者巨大的想像空間，此時無聲勝似有聲。

《死著》是張翎唯一一部直面中國當下社會怪相的小說，中國當今社會變炫無窮，千奇百怪，張翎掊取一斑，以微見著，發潛闡幽，沒有緊張、複雜、或充滿懸念、一波三折的故事情節，但其發蒙振聵的效果並不亞於大江大海般的重大題材。

它-敘述（it – narratives）

「它-敘述」指的是敘述者不是人類，而是動物或者物體。它與無所不在、無所不知的全知敘述者也不同，因為它有它的受限制的視角，這一視角局限於它所知，所觀察，並非無所不知。「它-敘述」最早出現在十八世紀的英國文學，一些作品的作者使用擬人化的手法，用物體或者動物作為敘事者，比如錢幣，背心，別針，或狗，貓，馬駒子等，通過物體或動物的對其旅行或冒險的經歷的敘述來展開故事情節。有的時候這些物體或動物只是作為敘述的一個視角，通過這一視角來窺視人物角色的故事和命運。這類小說在過去並沒引起特別的重視，但是在過去的三十年間，學者開始對它-敘事這一小說類型傾注了研究的熱情，探尋物體和動物在小說中體現出來的與人物主體之間的關係，並通過考察一系列問題來挖掘它們身上所體現出來的時代烙印和文化標記，比如它們的製造者是誰？它們從哪裡來？它們本身隨著時代的遞進發生了什麼變化？是什麼原因使它們最終變成對主角無用的物體？等等。這些新的研究提供了對人與物之間的關係、對十八世紀的商品消費文化、物質追求逐漸取代宗教信仰的社會現象、以及人類對物質態度的新的思考。

張翎的最新一部長篇小說《流年物語》（2015）正是採用了「它-敘述」的這一敘述模式，由十個章節組成的小說分別由十個物體和動物作為敘述者，河流，瓶子，麻雀，老鼠，錢包，手錶，蒼鷹，貓，戒指，和鉛筆盒。但是，張翎對「它-敘述」的運用不僅表現了她在藝術方法上多樣化的嘗試和實踐，更熔鑄了她對歷史和現在，對中西文化之間的關係，對二十世紀中國政治文化

與物體、以及與人之間的關係的深刻思考。因此，她的「它-敘述」在更新的層次上體現了藝術形式對內容表現的重要意義。

擬人化的物體和動物在「它-敘述」中都是有靈魂有思想的載體，它們在提供某一個特殊的視角來觀察人物和事件的同時，更提供了一種「它者」對事件和人物的評價，和對歷史的介入。《流年物語》的第一位敘事物體是穿越巴黎、孕育巴黎的塞納河，這位天荒地老的敘事者本身亦是滄海桑田，星移鬥轉的歷史見證者。而第二位敘事者則是一隻女主人隨身攜帶的玻璃藥瓶子，從代表著時移世異、興衰際遇的塞納河到不起眼的、生命時間稍縱即逝的小瓶子，作者設計了從宏觀到微觀、從外部到內部的轉化，在一個世界舞臺上以一個小瓶子的角色進入女主角的內心深處。當敘事者轉為一隻麻雀時，這一象徵著某一年代荒誕絕倫的普通鳥，立即喚起讀者對那一瘋狂年代的記憶，浮現出的聯想在潛意識中豐富著小說所描寫的歷史背景。敘事者無疑是時代的政治祭壇上的供品。

與塞納河相仿，義大利品牌沛納海手錶是異國文化的標誌。雖然它沒有塞納河那麼天長地久，但它的跨國、跨洲的世界性的旅行經歷，讓它飽嘗文明與野蠻，科技與愚昧之間互不相容的抵牾和衝突。在其陰差陽錯的畢生經歷中，它的位置始終被錯置，雖是為航海而問世，卻從來沒有碰過海水；雖是為潛水教練而跟隨斯蒂夫，卻在一場始料未及的戰爭中轉輾易主戴在對手的手腕上；它所具有的所有與海洋相關的特質和功能結果被無知和野蠻所毀滅。而小說中唯一一位慧眼識珠、認知沛納海的優秀功能的葉知秋，同樣為無知和野蠻所毀滅。

小說中其他的它-敘述者，蒼鷹，貓魂，戒指等，都包含著隱喻，象徵，諷刺，反諷等豐富的文化涵義，劉年的性格可以在蒼鷹身上得到印證；貓魂則是一支人性扭曲的喪歌，這種扭曲尤其表現在尚是少女的源源身上，原本應是童心純真的女孩，卻會不動聲色地用敵敵畏毒死流浪貓；卡迪亞三色戒指是對它本身所象徵的忠誠，愛情和友誼辛辣的諷刺。張翎小說中主體與物體之間的關係紋絲相扣，互為呼應，

當代文學中引入物體和動物作為敘事者，除了兒童文學，並不是常見的

敘事模式。2012年諾貝爾文學獎獲得者莫言的長篇小說《生死疲勞》也採用了它–敘述的視角，小說以主人公西門鬧多次轉世投胎為各種動物為線索，從驢，牛，豬，狗，猴的視角反映、折射中國當代歷史，敘述社會政治對普通百姓命運造成的深刻影響。與十八世紀「它–敘述」文學不同，莫言和張翎的「它–敘述」小說不是表現正在興起的商品消費文化對宗教信仰的衝擊，而是揭示當代政治對傳統道德和信仰的致命性的打擊。

莎士比亞的悲劇傳世之作《哈姆雷特》的主人公哈姆雷特對赫瑞修（Horatio）說，「天地之間的事物之多遠比你的哲學所能夢想得到的」。[10]當作家嘗試通過進入物件、動物的世界來開拓人類的哲學想像，文學所表現的人類的精神世界自然會越來越深邃、豐富。

張翎小說的世界性

德國詩人歌德在十九世紀上半葉就感受到世界文學的降臨，他在1827年對他的學生、詩人、作家約翰・彼得・埃克曼（Johann Peter Eckermann）說，「我越來越相信詩歌是人類普遍擁有的藝術，它無處不在」，所以「國家的文學現在已經是個頗無意義的詞彙；世界文學的時代正在到來，每個人都應該為此而努力」。[11]歌德的「世界文學」的提議很快得到馬克思和恩格斯的響應，在《共產黨宣言》中，他們寫道，「國家的片面性和狹隘性變得越來越不可能，世界文學正在從眾多國家的和地區的文學中出現」。[12]兩個世紀過去後的今天，全球化的現象和多元文化主義在很多方面並不和諧，甚至對立對抗，「世界文學」這一理念已經在學術界經歷了無數次的挑戰，包括是否有「世

---

[10] Hamlet 1.5.159-167.

[11] 引句是我的翻譯，引自David Damrosch, *What Is World Literature?* (Princeton and Oxford: Princeton University Press, 2003), 1.

[12] 引句是我的翻譯，引自Karl Marx and Friedrich Engels, *Manifesto of the Communist Party*, tr. Samuel Moore, in *Marx,* vol. 50 of *Great Books of the Western World* (Chicago: Encyclopaedia Britannica, 1952), 421.

界文學」這一存在的質疑，於是對世界文學的闡釋已經越來越開放和包容。雖然對人性、道德的描寫和解釋各民族各種文化有其各自的表現形式，但是其最終極的普世性能使各種文化在衝突中互相吸收和互補。按照大衛·達姆羅施（David Damrosch）的理論，當文學作品跨過地理位置，國家疆域，文化界限，和語言障礙後，為其他的文化社區和民族所閱讀時，它就成為世界文學中的一部分。[13]但是我認為，屬於世界文學的作品還需要有「世界性」這一特性，這裡的「世界性」不僅僅是通過翻譯而被其他語種的讀者所欣賞，更重要的是文學作品是否能體現出相對於語言翻譯的文化翻譯，體現出作者在作品中對多種文化的描繪和闡釋。

張翎的小說就具有這種「世界性」，她敘述的人物無論是生活在中國大陸，還是加拿大，發生的故事情節是在中國大陸還是在加拿大，或歐洲，張翎總是融入進她自己對各種文化的思考。從《生命中最黑暗的夜晚》描述東歐的文化旅遊，再現50年代後期東歐人民被強權壓控的歷史軌跡，到〈阿喜上學〉[14]中的加拿大華裔藝術家阿喜少年時代在加拿大上小學的經歷，到〈何處藏詩〉[15]中的新移民何躍進體驗被黑人移民官作移民面談的經過，到《流年物語》中的貫穿小說始終的「歐仁」旋律，這些文化跨越的描寫，展開了人物活動的世界舞臺，演繹出許多文化對話的故事。

比如《流年物語》中耐人尋味的歐仁·鮑狄埃（Eugène Edine Pottier），這位世界聞名的《國際歌》歌詞的作者並不是小說中的角色之一，但是他不僅決定了主人公劉年的一生，他的名字還在劉年的下一代身上繼續得到承傳，但是小說的主題和《國際歌》的主旨風馬牛不相及。劉年創業成功，不再一無所有，不再飢寒交迫，相反腰纏萬貫，甚至在巴黎包養二奶，生下一個富二代，後者將擁有他公司的全部股份。他給兒子起名為歐仁的細節，極富反諷意義，尖刻地顛覆了歐仁·鮑狄埃《國際歌》的主旨。而塞納河則見證了拉雪茲公墓

---

[13] David Damrosch, *What Is World Literature?* 6.
[14] 〈阿喜上學〉，《餘震》，臺北：時代文化出版社，2010年，第79-150頁。
[15] 〈何處藏詩〉，《一個夏天的故事》，廣州：花城出版社，2013年，第163-228頁。

裡歐仁·鮑狄埃墓地從車水馬龍到蕭條清冷，無人過問的歷史過程，似乎與此相照應。

張翎新近完成的、發表在《收穫》上的長篇小說〈勞燕〉[16]更生動地展示了現代歷史上的中西文化的對話。這部小說是張翎近年來小說創作的又一藝術美的豐收，它延續著作家近年來地理空間的同時並置的敘事結構的實踐。小說以抗日戰爭中溫州中美特種技術合作所訓練營為背景，描寫傳教士、訓練官、中國學官以及傳教士的助手阿燕之間錯綜複雜而又令人迴腸盪氣的相互關係。這一關係恰恰反映出當時社會對階級，性別，宗教，和種族的文化態度。在此之中，中西文化的對話圍繞著性別展開，性別的文化態度主導著整部小說的情節發展。而女性的性別則首當其衝地受到歷史的鞭撻，尤其是在性別歧視的年代。小說的深刻之處在於作者揭示了在民族戰爭的年代，中國女性承受著雙重的迫害，既是敵對民族、也是傳統文化中性別歧視的雙重犧牲品。女主角阿燕在這雙重侮辱中，從另外一種文化的對話和協調中尋找到了自己，因而能在性別歧視中涅槃再生，能勇敢地維護自己的女性尊嚴，成為一個自立的、不亞於男人的、有著獨立個性的女性。

讀者能經常在張翎小說中看到個性鮮明的獨立女性，她們往往是在傳統與現代的較量中脫穎而出，在她們性格發展的過程中，總是混合著中西文化的對話，她們總是不斷地在協調、調整文化的視角，比如，《雁過藻溪》中的末雁，《生命中最黑暗的夜晚》中的沁園，《唐山大地震》[17]中長大以後的王小燈，《陣痛》中的武生，等等。雖然這些女性的人生道路，命運遭際，性格特徵都迥然不同，但是卻具有著一個共同的特徵：思想行為上特立獨行，知識能力上遠在與她們有關的男性之上。雖然有時她們的性格過於張揚或偏執，那是因為在兩種或多種文化的對話中，她們正經歷著摩擦和抵觸，在尋找自己的過程中出現的暫時的迷茫和困惑，她們最後都勇敢地挑戰傳統文化中的性別歧視，拒絕命運被他人所主宰，最終總是成為自己的主人。

---

[16] 《勞燕》單行本2017年由人民文學出版社出版。
[17] 《唐山大地震》，廣州：花城出版社，2013年。

性別歧視具有歷史性和普世性，在現代社會，性別歧視的程度高低反映著文化和文明程度的高低，爭取女性解放、反對性別歧視的歷史道路艱巨而又漫長。因為民族解放不等同於女性的真正解放，只有消除了性別歧視，女性才能獲得真正意義上的解放，才能具有作為人類一員與男性一樣的平等權利。張翎在小說中以豐富的藝術形象來否定性別歧視，熱情讚美女性的桀驁不屈的獨立個性跟世界範圍的婦女抗爭性別歧視一脈相承，進而使她的小說具有著文化的世界性。

張翎非常欣賞2008年諾貝爾文學獎得主、法國作家勒克萊齊奧（Jean-Marie Gustave Le Clézio）的「離去和流浪，都是回家的一種方式」的觀點，她在創作訪談中多次引用。因為離去之後，作家不僅生活在一個多元文化的國家，還閱讀了「海量的外國文學」，在它種文化環境中逐漸發展了新的視角，反過來再重新審視故鄉和原鄉文化，便有了一種「塵埃落定後的清晰感」。[18]正如英國的移民作家奈保爾（V. S. Naipaul）在他的《世界上的路》中所說：「歷史是各種各樣的人之間的相互作用和相互影響，這種相互作用和影響是持續繼而永久的。」[19]歌德所稱的世界文學時代，就是文學和文化的相互作用和影響的產物。張翎正是得益於這一影響，在小說創作中傾入她對多種文化的思考，文化的翻譯和闡釋，尤其是用「第三隻眼睛」的角度描寫和「翻譯」故鄉文化。毫無疑問，因其多種文化的視角，張翎的文學創作將繼續給讀者帶來更多的驚喜。

【此文發表在《中國現代文學研究》2017年第5期，總第214期】

---

[18] 鄒瑞玥，〈華裔女作家張翎：離去也是回家的一種方式〉，http://www.chinanews.com/cul/2014/12-13/6874352.shtml。

[19] 引句是我的翻譯，引自V. S. Naipaul, *A Way in the World* (Oshawa: Knopf, 1994), 4.

論張翎小說

　　張翎的小說創作不僅在加拿大華文文學，而且在世界華文文學中品格自立，獨樹一幟。自1997年長篇處女作《望月》問世以來，張翎已經出版了《塵世》，《交錯的彼岸》，《郵購新娘》，《盲約》，四部長篇小說和中、短篇小說集，近兩年發表的中、短篇亦將於今夏結集出版。

　　從數量上看，張翎並不是多產戶，但從質量上看，她的每一部，尤其是近幾年的作品，都是意蘊深邃，語言雋美的佳制。她的小說深刻地反映了經濟全球化、文化多樣化的後現代社會中的特種文化－離散移民文化的特質。這一特質在文學作品中反映出來的是混合交錯的文化視角，跨越家國、地域界限的空間變位，往返於現實和歷史、以期在對過去的印證中求證目前文化身分的時間觀，以及濃厚的民族色彩。

　　張翎的小說有著一個反覆吟誦的連貫母題，即對故鄉往事的錯位的重新敘述。江南水鄉溫州一帶的風土人情，地方習俗，過去的和現在的，轉型期間人情的變化和民族心態的永恆經緯縱橫地編織在張翎的故事中，形成了具有張翎特色的「溫州風情系列」。

　　「回鄉」和「追憶」以及「尋根」在世界移民文學中是很普遍的母題。費解‧誒格紐（Vijay Agnew）在分析為什麼移民文學總是離不開描寫祖籍家史，國史，和民族史時指出，「過去總是和我們在一起，它是我們現在的特有因素；它在我們的聲音中回響，它在我們沉默的上空翱翔，闡明著為什麼我們成為我們自己，為什麼住在現在我們把它叫做『我們的家』的原因」。[1]無論是世界級大師薩爾曼‧魯西迪（Salman Rushdie），奈保爾（V. S. Naipaul），還是著名的華裔外籍作家湯亭亭，譚恩美，都經常在文學中展開祖裔文化歷史的

---

[1] Vijay Agnew, "Introduction to *Diaspora, Memory, and Identity*," *Diaspora, Memory, and Identity: A Search for Home* (Toronto: University of Toronto Press, 2005), 3.

旅途跋涉，用過去作為現實的參照，借助追溯歷史來充實眼前的想像力，以此來表達他們對居住國的民族，階級，身分特徵和性別的思考，以及對祖裔文化和居住國文化之間的關係的看法。

張翎的小說很自然地也脫離不了這一母題，她的小說過去與現在盤根錯節，互為闡注。之所以我在前面稱之為錯位，是因為張翎善於置故土的舊事新說於加拿大社會與文化的框架中。這一不同的社會背景，使作家在重新思考往事時，有了一定的文化距離感，有了一個反觀的對照。當故鄉作為地理上的一個定位闡釋到作家的作品中，它便是由語言創作出來的雋刻著歷史轍印的空間。而往事與現實的聯繫和對話，則是在文化的交叉和跨越中形成。

比較典型的是張翎的長篇小說《交錯的彼岸》（2001）。[2]在這部小說中，作者採用《多倫多星報》女記者馬姬的敘述角度，來展開大洋此岸與彼岸以及過去、現在的對話。差不多處於同一歷史時期的美國加州釀酒業大亨漢福雷家族和中國南方布莊大王金氏家族的滄桑變遷，以及變遷中發生的幾代人的愛情糾葛，顯然都是受著各自占主導地位的文化傳統和意識型態的制約，因而無論是家族命運，還是婚姻愛情，均朝著相反的方向發展。漢福雷家族史是典型的美國個人奮鬥致富的發家史；金氏家族的衰落卻是由戰爭和以後的政治運動所致，後者使其成為政治祭臺上無數犧牲品中的一個。兩種文化曾經有過相撞，強加也好，傳播也好，相互吸引也好，由於歷史的錯位，文化之間的調停總是陰差陽錯。出生在中國的牧師安德魯獲得神學學位後欲完成父母未竟之業赴中國傳教時，中國正對世界關上了國門。文化大革命後期，深愛彼得的小涓因公殉職，立志要全然漢化的彼得由此而失去了生命的激情和意義。小說便是在敘述者馬姬在調查女主人公蕙寧失蹤案的過程中，以採訪線條為焦距，重新調整歷史片斷，把空間的距離濃縮在歷史的焦點上，周旋於東西方兩大家族的歷史與現在中。

小說主人公蕙寧，是在中國的大門重新向世界開放以後隨著新留學潮出國留學的。留學潮本身對於各種文化的互相滲透和影響有著促進作用。誠然，趙

---

[2] 張翎，《交錯的彼岸》，天津：百花文藝出版社，2001年。

毅衡的概括自有他的道理,「二十世紀中西文化交流的基本勢態,是『雙單向道』——表面有來有往,實際是兩個單向:中國人去西方當學生,西方人到中國當老師」。[3]《交錯的彼岸》似乎也是講著這樣的故事,西方人到中國去當老師或傳教(哈裡・謝克頓,安德魯德父母),中國人去西方當學生(蕙寧和萱寧姐妹倆,大金)。然而,即使是做學生去,也是帶著一身的本土習俗和氣息,本身就是一種傳播。如果說,「1960年代起,中國臺灣地區人文社科留學生大量留居西方,造成西方『漢學』的巨大變化」。[4]那麼80年代以後大批中國留學生留居西方,加速了中國文化逐漸滲透到西方多元文化中的進程。

蕙寧一旦落腳到加拿大的國土,不可避免地會遭遇文化衝撞後的震動,迷惘,甚至於迷失,以及隨之而來的對自己精神家園的尋找。求學的艱難,生存的困苦,和愛與恨糾葛中的忠誠與背叛,使蕙寧在異國的土地上一時困惑了自己生活的目標,失卻了自己向來極端自信的自我。於是,她失蹤了。她的失蹤,是小說的起因,失蹤之謎解開的過程是敘述者馬姬調查的過程,小說結局於蕙寧失蹤的原因的剖開,但並非莫言所述,「但這個結果大出讀者之意外,有點令人啼笑皆非的意味」。[5]蕙寧不辭而別,獨自一人回到自己的家鄉,尋求過去,找回記憶,正是小說深沉內涵的提升。

在談到現在與過去的關係時,麥克德莫特(McDermott)指出,「『鄉愁』是回家的渴望,『記住』是『回憶』或者『重新思考』,『思索』和『回想』。『記住』和『回想』暗示聯繫,組合,把事情有機地組合起來。……記憶可能是向後看,但是是為了向前走……為了改變我們與過去和現在的關係」。[6]蕙寧的回鄉是為了理清自己的思路,為了把過去和現在有機地聯繫起來,為了調準自己未來的人生航向。這種調準,對於移民來說,往往是通過對

---

[3] 趙毅衡,〈跋:雙單向道:中國的西方熱與西方的中國熱〉,《對岸的誘惑》,北京:知識出版社,2003年,第304頁。不過趙教授沒有提到他本人在西方學成之後便在那裡當了老師。

[4] 同上。

[5] 莫言,〈寫作就是回故鄉〉,《中華讀書報》,2009年7月29日。

[6] Sinead McDermott, "Memory, Nostalgia, and Gender in *A Thousand Acres*," *Signs: Journal of Women in Cultural and Society*, vol. 28, no. 1 (2002): 389-407.

過去的重新把握中來完成。她無法做到移植在新的土地上後與自己過去的根完全斷裂。相反，她覺得只有在與過去的千絲萬縷的聯繫中，才能幫助她更理智地面對新的環境，新的挑戰，幫助她在陌生的異域中最終落地生根。

所以，在小說的結尾蕙寧的長篇獨白中，在企圖找回記憶中的過去的同時，蕙寧對歷史的目擊者飛雲江，對已成灰土的小外婆阿九說，「我只有來到這個世界，才能避開那個世界。我只有避開那個世界，才能展開對那個世界的思索——站在山中的人，是看不見山的」。[7]蕙寧欲在回歸於悠久深沉的文化傳統中重新結構自我，重新認證自我的舉動，代表性地反映了生活在社會的邊緣地帶、文化的夾縫處的移民為求證自我身分的心態。正如法如薩·玖薩瓦拉（Feroza Jussawalla）所說，「當被驅使的時候，我們就向內轉向我們自己的本土性，試圖以『故鄉』為據地來抗爭」。[8]

蕙寧在小說結尾的長篇獨白，也可以讀作是對小說開場時馬姬種種疑問的回答。頗有意思的是，馬姬的獨白是直接對著蕙寧而訴，用的第二人稱「你」；蕙寧則用第一人稱「我」來陳述自己不辭而別的原因。一問一答，前後呼應，在藝術結構上完成兩種文化的象徵性的對話。

不同文化之間的對話在張翎的另一部很有分量的長篇小說《郵購新娘》（2004）[9]中有著新的表現形式。這是一部內容更充實，人物更複雜的作品，語言的鍛造亦更上了新的高度。趙稀方先生對這部小說有精闢的分析，[10]本文僅就趙稀方所未論述到的方面進行補充。

趙稀方在他的文章中指出，「江涓涓在加拿大與牧師保羅的相遇，又引出了小說的另外一種重要背景，即兩代美國傳教士與中國、與溫州女子相遇的歷史。這些歷史不僅僅是人物活動背景，也是小說敘述的自身，它使人們通常津津樂道

---

[7] 張翎，《交錯的彼岸》，第334頁。
[8] Feroza Jussawalla, "South Asian Diaspora Writers in Britain: 'Home' Versus 'Hybridity'," *Ideas of Home: Literature of Asian Migration*, ed., Geoffrey Kain, (East Lansing: Michigan State UP, 1997), 35.
[9] 張翎，《郵購新娘》，北京：作家出版社，2004年。
[10] 見趙稀方，〈歷史，性別與海派美學——評張翎的《郵購新娘》〉，《中外論壇》，2004年第2期，第32頁。

的『文化衝突』有了更為縱深的根系，令小說有了通常留學生——移民文學所缺乏的空間感和厚重感」。[11]然而，他只道出了其一，卻忽略了其二。筆者認為，小說《郵購新娘》描寫得更多的乃是文化對話，雖然文化的衝突無所不在，但文化的對話占據著主導地位，並與衝突相輔相成。這一對話與衝突生動地表現在女主人公江涓涓與男主人公林頡明和薛東、以及林頡明與塔米的情感恩怨中。

江涓涓來到多倫多時負著一身個人與家族的沉重歷史，她被介紹給林頡明時，她的家族的祕密也同時袒露在她面前。她的矜持，自重，被動地等待，令人想起凌叔華〈繡枕〉[12]中的大小姐，把青春年華竟付在了等待中。如果時光倒回去十年，林頡明可能會十分欣賞江涓涓身上的中國傳統女性的美德，那種把愛情理想化的古典方式，小鳥依人般地等待著男人的呵護，寧願放棄，也不去追求的持重。但是，經過了十多年在加拿大的多元文化中的浸潤，林頡明在與江涓涓談戀愛時，可以說已經是一個具有雙重文化性格的人了。後現代社會的生活壓力，緊張的生活節奏，使林頡明更嚮往簡潔，直接，明確。在訪游江涓涓的老家時，他對涓涓的一番坦言正是他的心態的直露：

> 涓涓，我想盡快辦你出來——以未婚妻的身分。最快半年，最慢也就一年。出去你想幹什麼，我們再商量。看時機，也看我們的能力——我會盡力幫你的。我只有一個星期的假期，沒法向別人那樣慢悠悠地和你談一次戀愛。等你到了那邊，我再仔細聽你講你們家的故事。[13]

如此目的明確的戀愛風格與方式，與江涓涓峰迴路轉，迂迴反側，從水鄉的秀麗到家族史的悠遠，細細地營造愛的浪漫氣氛的方式形成鮮明的對比。從一開始他們倆的戀愛便潛伏著不和諧的變調。

處在江涓涓和混血兒塔米之間，林頡明顯然也深被塔米那進攻性的，創造

---

[11] 同上，第32頁。
[12] 凌叔華，〈繡枕〉，《凌叔華小說集》，臺灣：洪範書店，1955年，第154-160頁。
[13] 張翎，《郵購新娘》，第49頁。

性的,挑逗性的,又充滿性感的機智,幽默的個性所吸引。他和江涓涓之間的不能溝通,實際是文化意識之間的時間差,並非是性格的衝突。林頡明的形象,與以往掙扎在社會底層的新移民已有了很大的區別,作者自己在創作談中告訴我們,「人對生存環境的突變而產生的控訴情緒,在《望月》中是隨處可見,泛濫成災的,在《交錯的彼岸》中就已漸漸淡去,而在《郵購新娘》中,便薄近似無了。鄉愁的痕跡越來越少了——這在一定程度上反映了你漸漸遠離校園和留學生涯,丟失在主流社會的汪洋裡的生活軌跡」。[14]與塔米的最終結合,預示著林頡明未來性格發展將具有更深入的雙重或多重的文化特徵。

　　英國的移民作家奈保爾(V. S. Naipaul)在他的《世界上的路》中說:「歷史是各種各樣的人之間的相互作用和相互影響,這種相互作用和影響是持續繼而永久的。」[15]我認為《郵購新娘》含義深遠處在於江涓涓在人際關係影響下的變化。這一變化是文化衝突向對話的轉換在江涓涓身上的表現。儘管涓涓在多倫多只逗留了半年,這半年對涓涓性格及意識的影響卻大於涓涓過去所有人生遭際對她的塑造。被塔米打敗的經歷給了江涓涓沉痛的一課,與牧師保羅‧威爾遜的相識,使江涓涓學會了把對抗轉化為交流。江涓涓離開林頡明的心態和以前離開她初戀的情人畫家沈遠時相仿,寧願自己忍辱負重也不願讓男人共同承擔應負的責任。但是她去找薛東時的心情,已經於她投奔林頡明時完全不同了。從塔米身上,更從路得對保羅祖父的精神戀愛的故事中,她意識到了:「是我先丟了,塔米才撿過去的。」[16]於是,江涓涓在與薛東的交往時表現出了塔米的積極主動性,她出現在薛東面前是一個獨立的主動出擊,把握和創造時機的現代女性形象,不是薛東不明白,「那個林頡明也真是的,不知道自己丟掉的是樣什麼東西」,[17]而是江涓涓被塔米的推動下跨過了文化界限,理解了在變化中應該如何掌握自己命運這一移民所面對的普遍性的課題。小說的結

---

[14] 張翎,〈一個人的許多聲音——雜憶《郵購新娘》創作過程〉,發表在《江南》第3期。
[15] V. S. Naipaul. *A Way in the World* (Oshawa: Knopf, 1994), 4.
[16] 張翎,《郵購新娘》,第302頁。
[17] 同上,第374頁。

尾似乎與《交錯的彼岸》有異曲同工之處，與蕙寧不同的是江涓涓沒有自覺地不辭而別，而是不得不別，因為簽證已經到期。但是，江涓涓腦子裡關於「家」的概念已經有了全新的含義。

同樣是回鄉，也可說是尋根，中篇小說《雁過藻溪》[18]顯示了張翎卓越的敘述語言和結構藝術的才華。末雁回鄉的原因也許與蕙寧、江涓涓很相似，意欲通過回鄉，再一次投身於母親文化的懷抱來重新調整離婚所造成的紊亂的心理狀態，用以建立新的精神支柱。整個回鄉過程似乎一直朝著末雁所期待的方向發展，百川率直並帶有些許野性的混合著詩人氣質的個性，喚醒了末雁幾十年來一直處在冬眠狀態的激情和生命力。就在末雁為重新發現自己而震驚時，一樁五十年來不為人知的家族祕密，也是母親的祕密，更是末雁自己身世的祕密，環環相扣地驟然揭曉。末雁頓然明白了所有以前令她困惑的種種事情，包括母親對她的恨愛交雜的感情。而百川與她的真實關係是這連鎖性的爆炸所呈露的最後一個意想不到的鎖結。

趙稀方在評論張翎的《郵購新娘》時提到，「張翎有著充分的女性自覺，她在《望月》等小說中一直致力於書寫女性命運。歷史無常，戲弄人生，但在這其中，女性的犧牲卻尤為劇烈和悲慘」。[19]《雁過藻溪》描寫女性的被壓迫不動聲色卻觸目驚心。在階級歧視的年代裡，階級鬥爭的冷酷無情帶著鮮明的性別歧視的烙印，性別歧視注定了女性成為階級鬥爭的犧牲品。而張翎在處理這一題材時體現了她那獨到的女性意識，她對女性命運的關懷在《雁過藻溪》中滲透著宗教式的慈悲，末雁的母親信月並沒有以惡報惡地回報老家的鄉黨；當年對她的不軌的人都受到了自然和歲月的懲罰；一直想贖回自己的罪孽的財求亦以中風癱瘓而告終。女性的劇烈和悲慘的犧牲在那裡從某種程度上被對人性善與惡的真實描寫和因果報應而化解。張翎在創作談中寫道，「我曾經打算把生活撕他個鮮血淋淋，皮開肉綻。可是寫著寫著，筆下一軟，又回到了那個溫軟的老路」。[20]可

---

[18] 張翎，〈雁過藻溪〉，《十月》，2005年第2期，第4-30頁。
[19] 趙稀方，〈歷史，性別與海派美學——評張翎的《郵購新娘》〉，第32頁。
[20] 張翎，〈一些關於藻溪的聯想〉，《中篇小說月報》，2005年第4期，第27頁。

是，那溫軟的含蓄的、沒有劍拔弩張、沒有鮮血淋淋的敘述，也許給讀者的震撼更為強烈，更為集中。尤其是末雁，作為不自覺的歷史創傷的產物，她那突如而來的精神創傷，可能比鮮血淋淋更折磨人，疼痛的感受也許會更尖銳更持久。

張翎也發表過一些與尋根、返鄉不同的小說，這些作品描繪了華人移民初來乍到時為生存的掙扎（《女人四十》），文化意識觀念在異域中裂變而導致的婚姻愛情的變化（《塵世》，《團圓》），在文化撞擊中尋求屬於自己精神家園的努力（《戀愛三重曲》，《羊》），跨民族的婚姻（《警探理查遜》），融入主流社會以後對多元文化的介入和調停（《向北方》），等等。這些作品中間，《向北方》[21]堪稱一部精品，它反映了作家對加拿大印第安土著人的習俗，民風，民族性格和生活環境的深刻理解。作品一反作家以往溫婉的風格，細膩中有蒼勁，沉靜中有奔放，激情中有悲涼，與加拿大北方的自然氣質十分吻合。這部以加拿大北部烏吉布維族印第安人生活區為背景的中篇小說，描寫的是人性的相通與相悖。兒童聽力康復師陳中越和患有先天神經性耳聾的尼爾‧馬斯之間由敵對仇視轉化為互相信任的朋友，而裘伊，尼爾的父親，卻受制於人類難以超越的弱點——妒嫉——由陳中越的朋友變為你死我活的仇敵。小說在敘述中穿插著陳中越寫給他女兒的信，既作為每一章節的引言，又作為歷史背景的鋪墊，像是整個故事的復調。結尾處出乎人意料之外的大起大落，一如作家其他作品的精彩結尾，能讓讀者細細咀嚼而餘韻悠遠。

小結

張翎的小說洋溢著處在多種文化交界中的離散移民文學的氣息。在文化的夾縫中生存，有其無所是從的不利之處，但更有其兼而有之的無可取代的優越之處。正如Amy Ling所述：

---

[21] 張翎，〈向北方〉，《收獲》，2006年第1期，第4-31頁。

處在兩個世界之間的這種狀況帶有著負面的和正面的負荷。一方面，夾在兩個世界中間的意思可以解釋為占有著隔閡著兩岸的中間部位，即懸掛著的空間，不被任何一方所接受，所以沒有歸屬的地方……。另一方面，從不同的角度看，處於兩個世界的中間可以被看作立足在兩個岸上，所以同時屬於兩個世界。你擁有的並不比別人少，相反更多……處在兩個世界中的人占據著成為橋梁的必不可少的位置。[22]

張翎的小說同時反映著這種劣勢和優勢。但她近幾年的創作實踐表明瞭她已經能夠充分利用兼而有之的優勢，用多元文化的視角來觀察人生，通過對歷史和現實的溝通、時間和空間的交錯，以文學的形式來表達自己對異域的新「家」和祖籍的老「家」之間承傳的聯繫，以及對自己文化身分的確認。她的小說在加拿大華人中擁有著廣大的讀者，就如跨越不同文化和不同意識型態的橋梁，並以加拿大華人文學的特徵既對加拿大主流意識形成一定的挑戰，又對其作出補充和增加的貢獻。張翎對加拿大主流意識的貢獻在於她作品鮮明的民族特性，她是以「不同」的聲音和形式來加入加拿大的多元。

張翎在總結自己的創作手法時說，「你試圖用一種較為古舊的語言來敘述一些其實很現代的故事，用最地道的中國小說手法來描述一些非常西方的故事。你的陰謀是想用一張古色古香的中國彩紙，來包裝一瓶新釀的洋酒。你希望籍此營造一種距離感，不讓自己陷入時尚的爛泥淖中」。[23]但是她對於古，並不膠柱鼓瑟，古舊然而充滿性靈、意蘊深遠的語言，[24]地道卻常有翻新的中

---

[22] Amy Ling, *Between Worlds: Woman Writers of Chinese Ancestry* (New York: Pergamon Press, 1990), 177.
[23] 張翎，〈一個人的許多聲音──雜憶《郵購新娘》創作過程〉發表在《江南》第3期。
[24] 作家莫言，評論家陳公仲，趙稀方都已對張翎的語言藝術做出高度的評價。莫言認為論張翎的語言「大有張愛玲之風。當然，張翎不是張愛玲，張翎有自己的獨到之處」。見莫言，〈寫作就是回鄉（序）〉，《交錯的彼岸》，第4頁。陳公仲認為張翎的語言「是一種離開了母語境，吸取了他國語言新貲而又不露痕跡的獨特的新的華文語言」。見陳公仲，〈語言的回歸 歷史的沈重（代序）〉，《郵購新娘》，第1頁。趙稀方則認為張翎「有語言的天賦」，她的「精彩狀寫常常讓我駐足觀看，細細揣摩它們的異乎尋常的表現力」。見趙稀方，〈歷史，性別與海派美學──評張翎的《郵購新娘》〉，第33頁。

國小說手法，古色古香卻不落於俗套的中國彩紙，使張翎的小說在暈染著濃烈的民族和地方色彩的同時又富有現代精神，正因為此，她建立了自己的風格，而且越來越引人注目。在世界華文文學中張翎是以根植於中國悠久文化傳統的「古」而使她的作品富有著鮮明的「地方性」和「民族性」。韓素音在論述世界文化和本土文化兩者間的關係時指出，「Ramuz（瑞士詩人）說，如果一個人是徹底的『地方性的』，他／她就會變得更世界性，只有建立在一個人的自己的語言傳統，才會有能力傳達自己文化精髓的特性，並使它們能被『各種文化』接受，能讓人感到熟悉，親切……一個作家在他或她自己民族文化中的根越堅實，他／她對文學和真實生活的貢獻就越有創造性，越豐富，因為真實的生活也是亦總是文學」。[25]張翎在文學創作上走的正是這樣一條扎實的，前景燦爛的路。

【此文發表在《中外論壇》2006第三期；《華文文學》2006第4期】

---

[25] Han Suyin, "Foreword to *Mirror to the Sun*," *Mirror to the Sun*(Hussein, Aamer. London: Mantra, 1993), 11.

陳河小說中的異國文化書寫

　　加拿大華文作家陳河近年來厚積薄發，在國內一流文學刊物上連續發表多部優質的小說，這些小說從一位客居他鄉的移民角度，以濃郁的色彩，描摹出多副獨具一格的異國風土人情畫，因其融作家的記憶，歷史，文化為一體，加上作家的主觀觀照，這些他鄉風俗畫尤為引人入勝。

　　陳河的人生閱歷非常豐富，他的足跡所踏遍的地方，阿爾巴尼亞，義大利，法國，加拿大等都走進了他的小說，成為故事發生發展的背景場地。出身於江南溫州的陳河，去國前是溫州市作家協會副主席，因為一次商機，他毅然決然放棄已經建立起來的事業，辭別老家，遠走他鄉，去體驗另外一種生活，感受超越國界的不受地理疆域限制的域外文化的生活。在「重新出發」的創作談裡，陳河寫道：「我在阿爾巴尼亞呆了五年，經歷了多次的戰亂，最後自己家裡都放了衝鋒槍自衛。那段時間雖然凶險，現在想想又是那樣值得懷念……。我這十年沒寫作倒成了好事，給了我一些積累，有了一次噴發的機會。」[1] 顯然，陳河在域外的生活極大地豐富了他的閱歷和經歷，開闊了他的文化視眼，為他多年以後的創作激情的噴發儲存積累了渾厚的原始資料。

　　陳河的文學作品可以分成三個部分，第一部分的題材源於他在阿爾巴尼亞的生活經歷，以歐洲為背景；第二部分的題材源於他移民加拿大後的耳聞目染，以多倫多為背景；第三部分題材是史料與想像的結合，這部分作品藝術地再現加拿大的民族與文化的歷史，它們標誌著作家的創作進入了更高一層的創作境界。

　　第一部分作品包括長篇小說《致命的遠行》（《收穫》2007秋冬卷），中篇小說《被綁架者說》（《當代》168期，2006，2；163-189），《無花果

---

[1] 陳河，〈重新出發〉，《文學界》，2009年第6期，第57頁。

樹下的慾望》(《文學界》2009，6期)，《黑白電影裡的城市》(《人民文學》2009，5)，《去斯可比的路》(《十月》2010，2)。在這一部分作品裡，作家基本圍繞著他在阿爾巴尼亞的工作經歷和驚險奇遇，精彩地描繪了阿爾巴尼亞和其他歐洲國家的風俗和文化環境。其中，最富於人文內涵和歷史深度的是對阿爾巴尼亞的描寫。作家在展現阿爾巴尼亞的民俗時，沒有簡單地照搬現象，記錄實景，而是在描寫中交揉歷史和回憶的返照，用以前的生活經歷作為對照點，用回憶來闡釋情景，用過去來對比現在，用以往的某一段歷史時期為當今社會做注釋。由於歷史的變遷，時代的更迭，國情的變化，單純的場景變得多重，多向，通過「穿越時間的隧道」，[2] 人物、事件在歷史和現實之間穿梭往來，不再平面；物質的風景被賦予了精神的活力，介入於人物內心的精神的活動，不僅僅是簡單的外在的陪襯或氣氛的烘托。這些小說在對現實的重新闡釋中，解構了歷史，也解構了一段曾經為千千萬萬個像謝青（〈致命的遠行〉），陳（〈被綁架者說〉），李松（〈黑白電影裡的城市〉）那一代的青年所痴迷的神話。

　　與那些主人公的經歷相仿，陳河所度過的青年時代裡，阿爾巴尼亞在中國人民心中占據著重要的地位，不僅是其「山鷹之國」的形象，那時的「親如手足」的兩國關係，更重要的是多部阿爾巴尼亞的電影。在那個文化和精神生活極度匱乏的年代，地球上遙遠的另一部分的世界天地雖然很小，畢竟為當時封閉了的大門打開了一絲小縫。就這麼一個縫隙，吹進來一股帶著巴爾乾島亞得裡亞斯海味的新的氣息，拂動了些許凝固靜止的思維狀態，讓人們的精神為之一震，給中國人民枯燥的娛樂生活陡然增添了很多色彩，也給那一代人留下了不可磨滅的印象。尤其是青春期的青少年，在精神生活枯燥，性教育完全缺席、青春慾望被政治硬性壓抑的情況下，洋溢著異國文化情調的女性便成了他們崇拜的偶像，暗戀的對象，甚至是精神支柱。正是這些電影，讓那個時期整整一代的青年被人為壓抑的自然的人性慾望掙扎出了幼稚的萌芽，即使是很小

---

[2] 汪政，〈評《黑白電影裡的城市》〉，《小說選刊》，2009年第6期，第150頁。

的空間，卻激發，滋潤，發展了陳河那一代青年們的夢幻和想像。這些電影有《廣闊的地平線》，《地下游擊隊》，《海岸風雷》，《寧死不屈》，《第八個是銅像》等，它們給那時中國人民的深刻印象，已經形成了整整一代人的集體文化記憶。

這一青春期的經歷成了陳河以阿爾巴尼亞為題材的作品中縈迴盤厲揮之不去的母題，也是他感受，體驗，觀察，分析這一山鷹之國的基本出發點，它有懷舊的牽掛，夢幻的朦朧，「初戀」的神祕，更有在歷史和現實的對照中，展覽轉型中阿爾巴尼亞的政治和經濟的困境。這個母題有一個發生、發展的過程，那就是「米拉情結」。[3]陳河的多部小說都描述了米拉對主人公的影響。

「米拉情結」的產生，本身是對當時文化大革命單一的「革命」和「政治」的消解和顛覆。米拉是阿爾巴尼亞電影《寧死不屈》中的女主人公，少女游擊隊員，在第二次世界大戰德國占領阿爾巴尼亞期間，「這個少女地下游擊隊員是負責和地拉那方面聯繫的機要員。由於叛徒的出賣，她被德軍逮捕。德軍用盡所有的辦法審訊她，她始終沒有洩露一點機密。最後德軍就在那棵無花果樹上活活吊死了她。但是她才十八歲」。[4]米拉在酷刑和死刑面前寧死不屈，絕不背叛的精神，對自己信仰的鋼鐵般的忠誠，給觀眾留下了深刻難忘的印象，受到了人們的崇敬和熱讚，極大地提升了山鷹之國在中國人民心中的地位。米拉成為了阿爾巴尼亞的形象代表，不僅是因為她對反法西斯戰爭的忠貞和貢獻，也因為她個人的美貌和形象魅力。在政治高於一切的革命時代，電影的功能被縮減為革命理想主義的教育，可是，米拉不僅是以游擊隊女英雄的形象，更是以美麗動人的青春少女的性感形象占據了那一代的青年的心，成為他們心中的偶像。其中，小說主人公當年為了窺視米拉在給自己槍傷換藥時而裸露的半個上身去了很多次電影院，花盡了零用錢的細節，不動聲色地顛覆了傳統的政治與人性之間，崇高與平常之間的觀念。

---

[3] 「米拉情結」由陳河在他的〈米拉情結——中篇小說《黑白電影裡的城市》創作談〉一文中首先提出。
[4] 陳河，〈黑白電影裡的城市〉，《小說選刊》，2009年第6期，第133頁。

懷著一代人溫馨的集體文化意識，陳河的小說主人公們在阿爾巴尼亞目睹的卻是政治信仰空無之後的無序狀態，腐敗四起，人們似乎在長期慣性的推動中突然脫離了軌道，不知走向何方。在現實和理想化了的回憶之間巨大的落差中，主人公們仍然念念不忘少年時代的偶像，企圖尋找回當時的感覺。然而在尋找的過程中，那些已經進入中年的主人公們自己是否仍然保持著當年那般對理想的執著，是否仍然站在當年信仰的地平線上？在長篇小說《致命的遠行》裡，主人公謝青念念不忘想見少年時代暗戀的「米拉」——飾演米拉的演員。他們最終見面的時間和地點卻很具有諷刺意義：作為策劃人口偷渡的黑幫指揮者，謝青正在「計算著他的人馬」跟另一黑幫決戰的前夕「是不是進入崗位了」，米拉演員的到來，就在混戰即將開始的時刻。在一個原是國營雞場，現已私有化為「公雞」的餐館裡謝青跟米拉演員終於見面，這一見面引起了雙方記憶的浪潮般的巨大衝擊，它與當年純真的夢幻般的理想糾合在一起。然而在激情高昂的「趕快上山吧，勇士們」的歌聲中，謝青此時所想卻是「自己的人馬現在該是進入戰鬥崗位了」。「一邊興高采烈地談論著回憶裡美好的往事」與「一個新的戰鬥故事正在形成」交相輝映，過去電影裡的反法西斯的正義之戰跟眼前非法的「新的戰鬥」[5]形成鮮明的對比，與少年時代暗戀的「米拉」相見的夢想實現的興奮與此同時被正在進行著的人口偷渡黑幫之間的混戰互相銷蝕，這使整個見面的過程充滿了反諷的意味，它彷彿是無處不在的氣流，湧動在餐館的每一個角落。

進入90年代以後的阿爾巴尼亞，就如王安憶所評介的那樣，「在蘇東解體之後，一個東歐城市的命運，革命已成歷史，共產主義烏托邦早在全球資本主義覆蓋中銷聲匿跡。然而，這城市卻依然被激情充盈著，似乎表現在特別強烈的情慾、蓬勃的青春、渴望冒險的性格上。那傍晚時分出現在街上的年輕人，夜裡擎著火把的男女，冷戰時期遺留的彈藥庫，一觸即發的生死戀情，步步推進，終成戲劇」。[6]陳河小說中的主人公們，恰逢這一一切尚不確定的歷史時

---

[5] 陳河，〈致命的遠行〉，《收穫》，2007年，秋冬卷，第160-161頁。

[6] 王安憶，中國新聞網，2010年11月12日。

期，分享了這一過渡時期的動亂，不確定，以及旺盛的激情。中篇小說《黑白電影裡的城市》以黑色幽默的筆觸精彩地描寫了主人公李松在米拉的家鄉、美麗的山城吉諾卡斯特的遭遇，並把「米拉」的母題推到高峰。

這部獲得首屆「郁達夫小說獎」作品，匠心獨具地把電影裡的吉諾卡斯特，和該城的過去和現在重疊在一起，通過李松個人在過去和現在的穿越往返的調停，通過他在由聯合國主持的阿爾巴尼亞維和場景中用戰爭時代的英雄主義來體驗米拉寧死不屈的精神，把荒誕表現得既不動聲色，又非常徹底，並在時代的錯位中，反襯出崇高的無意義。在這演繹米拉母題的過程中，作者把阿爾巴尼亞當時的國情，人們的心態，及文化意識在過去與現在的對照中描摹得入木三分，彷彿地拉那街上到處可以聞見的醇厚濃郁的咖啡味，它流淌在小說的字裡行間，讓讀者在苦澀中品嘗到裡面難以抗拒的芬芳。

因為一個商機，李松來到這座「建築古老奇特」、[7]「童話一樣」[8]的城市，它的歷史可以追溯到東羅馬拜占庭帝國，而年青人對市中心廣場上的二戰時期反法西斯英雄的雕像是誰卻一無所知。小說在剝絲抽繭般地細摹李松對這座城市感覺的深化過程，從似曾相識到層層深入地逐漸意識到它跟主人公的「緣分」：它是米拉的故鄉，也是她被德國侵略軍殺害的地方。當李松正在實地尋找少年時代從電影裡形成的夢想，沉浸在溫馨的「米拉」家鄉的氛圍中時，一場在阿爾巴尼亞真實發生的全國性的集資騙局讓人們一夜之間傾家蕩產，一無所有，憤怒的市民開始騷亂，軍火倉庫被打開，李松也隨著民眾給自己配備了一挺輕機槍和一把手槍，有了游擊隊隊員的滿足感。因為非法持槍，李松被聯合國德國維和部隊逮捕，在想像和回憶的混合中，李松跟隨著米拉的足跡，從囚車到走進當年米拉被關押的城堡裡的監獄，坦然地品嘗著米拉的「苦悶的微笑，憂鬱的眼神」[9]所承載的心理經驗。當李松被兩個全副武裝的德國維和士兵押出監室，在米拉所走過的黑長的石頭通道走向藍天白雲時，一

---

[7]　陳河，〈米拉情結——中篇小說《黑白電影裡的城市》創作談〉。
[8]　陳河，〈黑白電影裡的城市〉，第136頁。
[9]　同上，第147頁。

種英雄主義的豪邁頓時從心底湧起，彷彿當年米拉的絞索在無花果樹下在等著他去就刑，踏著想像中的電影主題歌《趕快上山吧，勇士們》的旋律，他的腳步英雄般地堅定。在李松幻想中奔赴絞刑架的路途中米拉的母題達到了高潮，它是在的歷史與現實，正義與非法，想像與真實的顛覆錯位中完成的。

汪政對《黑白電影中的城市》的評論非常精闢，「小說的目的也絕非簡單化地在用歷史指喻今天，它畫出了今天的荒唐，同時也是用今天解構了昨天，給了人們重新讀解歷史，甚至重新閱讀老電影的一個新的視角」。[10]它可以借用來作為這一部分的小結。

陳河的第二部分作品包括中篇小說《三文魚和小女孩》，《西尼羅症》和《我是一隻小小鳥》，它們都以加拿大為生活背景，其中《西尼羅症》對加拿大的風土人情的描繪極有特色，猶如加拿大經典的風景油畫，厚質多色的層次中暈染著神祕，冷峻，靜謐的氛圍，充溢著自然原態的生氣。另外兩部作品描寫中國小留學生在多倫多的生活和遭遇，取材於真實發生的轟動加拿大的兩個案件，在心理追蹤和精神分析中，兩部作品發人深省地描繪了小留學生如何在加拿大異國環境中，在中西文化衝撞下失去自己人生的平衡，或者掉入犯罪的泥沼，或者陪上了性命。

《西尼羅症》表現了作家對加拿大文化新鮮的「帶有草汁清涼」[11]的直觀感受，但步步契入其精髓，顯示了作家敏銳、犀利的觀察能力。小說以對神祕的西尼羅症病人的間接描寫為中樞基點，舒展開了對加拿大都市文化風情的鋪敘陳述，涵蓋的方面雖大眾化但很典型，從都市的小區建設到鄰裡之間的關係，從萬聖節的習俗到加拿大著名的七人小組畫派的作品，從野外垂釣到湖邊森林的度假傳統，從花園種植到人與鳥，與動物之間的關係，以及對傳染病的預防和治療，把加拿大這一與大自然關係密切的國情和世態描畫得鬱鬱蔥蔥，綠意盎然。

小說以第一人稱為敘述角度，以「我」的視角作為觀察點，娓娓而談

---

[10] 汪政，〈評《黑白電影裡的城市》〉，《小說選刊》，2009年第6期，第150頁。
[11] 《西尼羅症》，第9頁。

「我」在進入加拿大社會的過程中日常生活的所聞所見，敘述語氣客觀，淡定，不帶有主觀色彩，與自然一樣的從容，也許是因為小說所展示的是人與自然之間關係的母題。

題目中的西尼羅症指的是一種在鳥類中傳染，由蚊子傳播的病毒而引發的疾病，它的發源地在熱帶和溫帶地區，最初流行在非洲，歐洲，中東，亞洲中部等。近二十年來病毒由候鳥帶入北美，大批的鳥類，比如烏鴉，藍背慳鳥死於這一突然的病毒侵入。而由於不具有對這一病毒的免疫力，一些被感染的病人也死於該病毒，它成了前幾年北美人談虎色變的話題，小說的題目指的即此病症。鳥在加拿大人的生活中占有很重要的地位，大部分家庭的後花園都懸掛有裝有各類瓜子、穀物的鳥食器皿，或者以鳥屋，或者以瓶狀為形，用以吸引各種鳥類，使他們的花園每天百鳥婉啼爭鳴，尤其是春秋遷徙兩季，熱鬧非凡。有鳥，便必有樹和林子，作者從鳥切入，介紹了加拿大都市小區的綠色環境。小說的卷首敘述「我」和妻子找房、看房的經歷，都是在「遮天蔽日」[12]的大樹下面進行，「果實累累的櫻桃和梨樹」讓主人公「心跳不已」，「後面的花園裡有奇花異草」，[13]「光線被茂密的樹冠都吸收了，……好像有一種山林的感覺」。搬入新房後，「我」對自家後園的描述更是意興沛然，人與鳥，動物，花卉等「都處於一種同等的生命狀態」，[14] 共同歡愉地分享著大自然的恩賜，並與大自然和諧共處。

加拿大壯美，偉岸的自然風景孕育了聞名世界的畫派「七人小組」，主人公「我」追尋著給於畫家靈感的森林湖泊，到著名的阿崗昆湖邊垂釣，就在這次垂釣中，「我」無意中從一位正在湖區別墅休養的中年白裔婦女病人那裡傳染上了西尼羅症。作者把「我」已是病毒攜帶者這一祕密暗暗地懸在湖光林色之上，把筆墨重點放在喜歡週末在後花園裡勞作的妻子身上，層層鋪敘其偶然與一隻死於西尼羅病毒的鳥有直接的接觸後，如何處於對傳染該病毒的恐懼狀

---

[12] 《西尼羅症》，第3頁。
[13] 同上，第2頁。
[14] 同上，第10頁。

態，這種心裡上的恐懼越演越烈，以至影響了他們正常的生活，直到小說的結尾，作家才戲劇性地披露誰才是真正的西尼羅症患者。

《西尼羅症》反映了加拿大人業餘生活情致之一斑，這裡沒有後現代工業和高科技的喧囂和浮躁，沒有通常被認為資本主義國家特徵的犯罪，謀殺，吸毒，搶劫的血腥，也忽略了某些種族歧視的現象；作家所展現的是一幅人類與自然的溝通和交流、宛如世外桃園般的畫面，流淌著田園牧歌的安詳和悠閒，跟我們古代有著道家風骨的文人的詩文裡所讚揚的那種與塵世隔絕的世界有著同工異曲之妙。難怪不少從中國來的留學生對在加拿大的生活做這樣的評價，「象在農村一樣，太安靜了」，因為它沒有後現代化生活的刺激，節奏慢得似乎沒有競爭的機制在裡面作用。《西尼羅症》為讀者提供的是後現代和前現代共存的加拿大社會的世俗像，它在某種程度上是在後現代的發展同時回歸於前工業時期的質樸和純靜，還夾雜著地球村的多民族的特性。

第三部分的作品主要是陳河的長篇小說《沙撈越戰事》，這是一部富於傳奇色彩，引人入勝的歷史小說，取材於在二十世紀上半葉真實發生的人與事，但是具體的故事情節和細節以及人物性格融入了作家自己的神奇想像和創造，在對史料的分析和研究的基礎上，作家還原了一段泣鬼神，動天地的歷史。在這一歷史舞臺，扮演主角的是一位在加拿大出生的華裔和日裔的後代。第二次世界大戰爆發後，主人公周天化參加了加拿大反法西斯軍隊，入伍後被編入英軍，派去馬來西亞沙撈越叢林，代表英國部隊擔任當地依班人和由中國人組成的紅色游擊隊的通訊聯絡技術指導和聯絡員。

這部小說藝術上的一個很大特點是時間和空間的整合。時間的跳躍、穿梭往來經現代主義的充分發展早已成為傳統的藝術形式，然而在人文地理的基礎上闡釋人類經驗與空間的關係，卻是後現代主義文學藝術的特徵。小說的地理空間涵蓋了加拿大，太平洋，馬來西亞，英國，澳大利亞，新西蘭，緬甸，印度，印度洋等，幾大洲的空間和時間的重疊，構成了一個立體的時空相對的層次豐富的平臺，上面演繹著的人物體現著多民族的文化特性，反映了它們之間的抗爭和融合，加拿大，馬來西亞，中國和日本的深入民族文化根蒂的某些特

質由此而得到生動的表現。

在這個立體的時空中,加拿大是空間母體,在時間的調停下連接起其他諸國。主人公周天化的族裔文化身分體現了加拿大移民國家的特性,他在加拿大的身世經歷則記錄了一段戰前種族歧視的歷史,和加拿大白人和在那裡生活的中國人、日本人之間的關係,以及多民族如何在加拿大互相排斥同時融合的漫長過程。在1971年加拿大的特魯多政府制定多元文化的國策之前,[15]多種少數民族尤其是非裔和亞裔對種族歧視的白人心態和政府的排擠政策進行了長時間的抗爭。儘管承受非加籍的不公平的待遇和歧視,少數族裔仍然在努力爭取成為加拿大公民中的一員,爭取獲得加拿大人所享有的各種權利。小說中的一個很動人的細節是周天化用參軍來改變自己的國籍身分。雖然出生在加拿大,周天化並未被視為加拿大人,所以二戰爆發後,幾次申請參軍,均因非加拿大籍而被拒絕。因為當時的政府有法規定,只要參軍,自然而然就成為加拿大公民。周天化為了能改變自己的不確定的身分狀態,立意要加入軍隊,從而獲得公民權。最後他策馬奔馳幾個月,到離他出生地一千公裡遠的卡爾加里終於如願以償加入了加拿大軍隊。作家的這一處理,表現了他自己對華裔文化身分認同的思考和解釋。因為周天化的參軍,不僅僅是由反法西斯的正義感所驅動,還由重建自己身分的願望所激勵。當時的很多華裔後代參軍,均出於同一目的。

陳河並沒有簡單化、概念化地處理周天化文化身分認同的複雜性,周天化作為個體的和作為集體的文化身分的內涵並非是單一的,它有著互相作用的多元和多岐性。在移民國家裡集體意識中的民族的隔閡和個體之間的超越民族的交流是一對既排斥又互動的矛盾體,當集體意識占據主導地位時,民族的歷史記憶和集體經驗就突顯出來,當個人意識起主導作用時,人性中共有和共享的成分與個體經驗相結合就會決定個體的行為。當年周天化不坐火車,卻長途跋涉,翻山越嶺,千裡迢迢騎馬到卡爾加里徵兵部,並不是為了省路費,而是為

---

[15] 見Wing Chung Ng, *The Chinese in Vancouver, 1945-80: the Pursuit of Identity and Power* (Vancouver: UBC Press, 1999), 106:「在1971年10月,特魯多的聯邦政府把多元文化主義作為政府的政策和國家的意識型態。」

了去探望他的日裔朋友們，他跟這些同是亞裔的異族有著說不清、道不明的親緣關係，多的是個人的感情和情緒，少有民族的集體意識。通過對周天化個人與日本僑民關係的描寫，作者如實地表達了他對在加拿大生活的日裔僑民的觀照，冷靜的描寫中包涵著歷史的審視，客觀的敘述中反射出這一亞裔少數民族在加拿大的地位和他們的民族特性。

最早的日本人抵達加拿大大約在1877年，比中國人來此晚了約二十年，捕魚以及跟魚有關的工作是他們在加拿大維持生活的主要職業。他們也同樣生活在加拿大種族歧視的陰影下。在二十世紀初溫哥華發生的暴亂中，唐人街和日本僑民的居住區皆因是黃色人種區而受到白人的暴力騷擾和侵犯。第二次世界大戰爆發後，日本國成為盟軍的敵方，珍珠港事件發生後，加拿大政府立即把日本僑民視為敵國僑民，並強制驅逐出他們的家園，賣掉他們所有的財產，把他們集中在洛基山脈中固定的小村子裡，強迫他們修建一條穿山公路。小說真實地描寫了日本僑民被迫離開他們在溫哥華生活了幾代的家，遷徙到山裡的集中營，而周天化是唯一個在他們離開時去向他們告別的其他族裔的人，也是唯一一個專程去大山裡面的集中營探望他們的其他族裔的人。讀者通過他的視角，可以觀察到日本僑民對此不公平的對待不卑不亢，平靜地接受，「頭髮還是梳得發亮，衣著整潔，神態自若」，[16]「桌上的茶壺也擦得很亮，那些菜都切得整整齊齊」。[17]從某種程度上說，他們認為這種懲罰是合理的，他們是在替他們的原居住國的政府承擔道義上懲罰。在周天化的眼裡，他看到了一些日本僑民令人印象深刻的文化素質，這些素質簡單地用「敵國僑民」來解釋就顯得很蒼白。尤其是他們對戰爭的看法和態度，即把忠誠於居住國視為民族的精神，反映了這些僑民內心對國家、民族概念的分裂性的意識，在忠於祖籍國和居住國之間，他們選擇了後者。這種選擇，不僅由民族文化的因素所決定，更有居住國文化對其的影響和滲透，正因為此，不少日裔青年在二戰中加入了加拿大軍隊，直接參與反法西斯的正義戰爭，包括周天化的少年朋友。

[16] 《沙撈越戰事》，第74頁。
[17] 同上，第189頁。

但是，這不意味著他們無條件地忍受居住國的種族歧視，相反，日本僑民反抗歧視的凌辱和侵犯比任何別的民族還要激烈。前面提到的在1907年發生的排華排日的騷亂中，日本僑民齊心協力，奮起反擊，以至白人以後再也不敢進入日僑區域鬧事。二戰結束後，在日本僑民執著持久的抗議下，加拿大政府於1988年對戰爭時期對日本僑民執行的極端的敵視和歧視政策和行為公開向日本僑民道歉。而加拿大政府向交付人頭稅和受到排華法案排擠的華工後代公開道歉則是在2006年，晚了幾乎二十年。

　　在刻畫日本僑民與眾不同的民族個性的同時，小說還描繪了日本侵略軍在馬來西亞殺人不眨眼的殘忍和獸性。他們顯然跟加拿大日裔僑民完全不同，他們的武力征服世界的野心和慘無人道的屠殺，使周天化對日本兵的認識從人道的角度很快轉化為你死我活的敵對的角度，也立即把他們與他所熟悉的加拿大日裔僑民區分開來。

　　作家刻意在周天化的族籍身分上籠罩一層神祕的色彩，他究竟是加拿大出生的中國人還是中日混血兒這一懸念始終遊蕩在空中，但同時也是解讀小說主題的關鍵點。周天化這一人物是加拿大特定歷史時期的產物，具有著文化的典型意義。他的複雜性源於他的文化族裔身分。他的父母來自於太平洋對岸的廣東台山，自己在加拿大和一群日裔兒童一起長大，一起讀書。跨越文化種族的生活經歷，以及使用漢，英，日三種語言的能力，使他會分別用那些語言的方式來思想。而不同的思維方式必然地會導向多種觀點的互相矛盾，衝撞，協調，磨合，新的觀點和新的視角和觀察方法往往由此而產生，它們的基礎則是那些文化共享的或都能接受的方面。所以，周天化的形象，具有很典型的後殖民文學的特質，即多質（heredity），不同（difference），和支離破碎（fragmentation），說他是中國人也好，加拿大人也好，日本人也好，都像，同時又都不很像，由此決定了他的思想方法跟別人有些不同。錯綜複雜的文化歸屬問題使周天化自己也困惑不已，以至不停地追問自己，「我要去哪裡？我為什麼要去？」[18]

---

[18] 同上，第130頁。

周天化的困惑是一種很典型的的地球村居民常常遇到的問題,因為多屬性使他們難以只認同一種文化,一種族性,或者他們被多種屬性所分裂,從而成為每種屬性的「他者」,用薩爾曼‧拉什迪(Salman Rushdie)的話來說,就是「移動,變化,分解,被疆域隔開,分裂,再分裂,成為不同的」。[19]這種具有多屬性的人物在加拿大的社會中隨著移民人口的不斷增長而越來越多,而加拿大的主流文化也必然地會因此而逐漸演變。

　　《沙撈越戰事》對馬來西亞沙撈越叢林中當地依班人神祕的風情民俗的描寫極其生動,作家把對依班部落的文化傳統的敘述放在慘烈的抵抗日軍的二戰時期,在盟軍和日寇的現代化裝備和精良武器的對比中,渲染他們原始圖騰般的蠻橫,獵頭技術的熟稔,飛箭毒鏃的神效。雖然依班族人的兵器和殺人方式還處在農耕狩獵的初始階段,但是因其傳統的悠久,以及行動的神出鬼沒,對付全副現代化武裝起來的入侵者還非常有效,盟軍精心安排的反擊日軍的戰役沒有衣班人的配合合作,是不可能取勝的;而撲朔迷離的「阿娃孫谷」習俗則是馬來西亞傳統文化對女性性別的歧視和女性身體的迫害,雖然在小說中這一習俗的存在偶然地讓主人公逃脫了依班人的追殺,它卻在日寇的暴力下成為依班少女的煉獄。小說在突出馬來西亞衣班族在第二次世界大戰對抗和反擊日軍侵略中的重要作用的同時,渲染了它的傳統文化中神祕的原始因素,在與現代化的對抗下,它是以原始的暴力與現代暴力對峙,但是在道德的地平線上,它是以正義取勝於非正義。同時,在共同對敵的大方向下,依班人始終保持著自己的相對獨立,以自己的的利益為原則與英國皇家陸軍斡旋,既合作又自幹自,被殖民地區與殖民主義之間文化和權力的抗衡即使是在同仇敵愾時,也沒有絲毫的鬆懈。

---

[19] Salman Rushdie, *The Ground Beneath Her Feet* (Henry Holt & Company, 1999), 322.

小結

　　陳河的小說有著世界性的色彩，他的人物活躍在地球村的舞臺上，在那裡，地理的疆域界線被跨越，文化的隔閡被削弱。他在描述異國文化風情時，使用的視角不是這些異國的旁觀者或者他者，也不是單純地的從一個固定的文化角度來觀察，而是生活在其中的人物的視角，那些自身在多種文化的衝撞中不斷尋找、調整自己身分角色的當事人的視角，所以有著直接的，經驗式的真實。然而，與遊記，散文，回憶不同，小說是作家創造性想像的成果，它不必拘泥於事實根據，不必事事有稽可查，所以小說中對異國風俗風情文化的描寫，經歷了作家的雜取，綜合，提煉，昇華等的反芻過程，交織著作家自己主觀的價值評判，審美理念。作為在中國出生成年的加籍華裔，陳河在西方社會生活十多年，他的文化價值評判的體系和座標基本是中西交融的，從他所創作出來的人物形象和故事情節中，讀者能看到多種文化的對照和對話，雖然融入了作家的主觀評判，但是他所表現出來的形態和內容是開放的，有很大的空間允許多種解釋。

【此文收在《想像異國：現代中國海外旅行與寫作研究》，
合肥：安徽人民出版社，2012年】

評《蘇格蘭短裙和三葉草》

《蘇格蘭短裙和三葉草》簡介

  在加拿大聖凱瑟琳市養老院打工的蕾通過義工安吉拉的介紹週末到她的表哥肖恩家再做一份打掃房子割草種花的工。水手肖恩雖然很喜歡蕾，但是他始終對她關閉著心底的最後一道門。安吉拉突然的失蹤和被謀殺，使蕾瞭解了肖恩過去的感情生活。破裂的婚姻對肖恩的影響之強使他無法面對現實，翻開生活的新的一頁。肖恩最終病逝於癌症，遺囑上留給蕾五萬加幣作為她讀大學的費用。蕾學成之後成為心理學家，專門醫治肖恩所患的「痴迷症」。

  榮入中國小說學會2009年度短篇小說前十名排行榜的曾曉文的《蘇格蘭短裙和三葉草》[1]是一部不可多得的短篇小說精品，作家所運用的藝術手法有很多可點可圈之處，足以使小說列入上乘之品。

  小說從移民到加拿大的女主角蕾的眼中折射出加拿大社會文化的某一層面，從她跟水手肖恩的交往中展現出不同文化的衝突與交融在個人身上的具體表現。情節雖然不很複雜，但深入到加拿大社會文化的本質的某些方面。

  迥然不同於已經概念化了的「奮鬥」型的移民角色，女主角蕾的形象生動而溫婉，這個看似尋常不會引人注目的女性，以人為本與人交往，以平等之心待人接物，在兩種不同文化之間試圖通過瞭解逐漸上升到理解。小說具體描寫蕾作為移民自己是如何觀察，體驗和認識新的居住國這一部分文化的生活片斷，這一切又是通過她與肖恩兩人感情之間的互動，以及對肖恩內心隱密的逐漸揭露而展開的。兩個來自不同文化背景的異性因各自寂寞的生活狀態而互相吸引，但又因文化心理的相異而最終不能溝通。

---

[1] 曾曉文，〈蘇格蘭短裙和三葉草〉，《文學界》總第50期，2009年第6期，第27-36頁。

最使蕾不能理解的是肖恩緊鎖自己的感情窗戶，她多次試圖敲破他的心殼，卻不得其開啟的紋路。肖恩的心病反映了西方文化中的一個病症，痴迷症，一旦陷入進去，便無法自拔。他對前妻的極其複雜的不能割捨的感情，使他無法面對新生活。肖恩同時也不能理解蕾的一些做法，比如犧牲自己的追求來滿足家人對錢的要求。倆人在對方的文化誤區裡都很清醒，然而在自己的誤區裡卻執迷而不知就裡。

　　耐人尋味的是，肖恩留給蕾的五萬塊加幣是有條件的：蕾必須被大學錄取，錢則由肖恩的律師保存，並由他來支付蕾的學費和房租。所有的錢必須花在蕾的讀書上，而不是在滿足於蕾的家屬無止境的索取上。顯然，這是出於他對蕾的性格特徵和她的文化背景身分的充分瞭解。至於蕾，則用這筆錢來攻讀心理學，專門研究肖恩所患的在西方常見的痴迷症，旨在找到有效的治療方法。當相隔在生死兩界時，蕾和肖恩終於達到了理解和溝通。

　　小說中所提到的安吉拉被謀殺的情節，取材於震撼全加拿大的一件發生在聖凱瑟琳市的由性變態發展到系列謀殺的真實案件，這樣的事件足可以使作品成為一部滿足於大眾獵奇心理，極富驚險刺激性的暢銷小說。但是作者卻從邊緣切入，繞開聳人聽聞的故事，只是把它作為背景，直接面對的是這一事件的發生給人物的心理和性格所帶來的深刻影響，以及由此而產生的變化。這一變化極大地深化了小說的主題，因為它達到了人性的深度，讓人思考，更給人以啟迪。

　　題目中的「蘇格蘭短裙」和「三葉草」是小說中以背景形式反覆詠嘆的母題，前者暗示著肖恩封閉的過去，維繫著使蕾感到神祕的肖的前妻；後者則與陽光相連，暗示著希望和執著。很有意思的是，小說描寫的不是普通的三葉草，而是非常稀有的四葉的三葉草，這第四片葉子象徵著幸運。四葉的三葉草嬌嫩，純真，充滿生機卻易被摧殘。也許它太執著，以至痴迷；也許它等待太多，從而與幸福失之交臂；也許它的希望依賴太多的幸運，結果缺乏堅實的地基。四葉的三葉草被人化和文化了的自身的資質與小說人物的性格不動聲色地互相印證著，並闡述著人物與過去和現在的關係，也開放性地預示著未來的發展。顯然，因了肖恩的影響，蕾由對四葉的三葉草的關注逐漸發展到對它的喜愛，與其說是愛屋及

烏不如說是因為它是蕾與肖恩一場短暫的感情糾葛的見證物。

四葉的三葉草在西方文化中有幸運草之稱，但當它第一次呈現在蕾面前時，她是用她的東方文化和局外人的蘊籍心態去面對它的：冷靜客觀地打量它的形狀，絲毫不為所動，[2]與肖恩的驚喜恰恰形成鮮明的對照；肖恩興沖沖拿給她的一首「四葉的三葉草」詩，也沒有在她心裡撥動些許漣漪。[3]只有在人事滄桑之後，蕾才會珍藏起罕見的四葉的三葉草；[4]當她把它鑲在鏡框裡掛在辦公室的牆上時，她已經似當初的肖恩，難以掩飾自己因與四葉的三葉草有關的人與事所激起的衝動了。[5]而象徵西方文化的四葉的三葉草此時也已經進入了蕾的內心深處，那是因為三葉草與她的人生體驗中也許是刻骨銘心的某一部分不能分離。

沒有那麼多沉重過去的蕾顯然更傾向於四葉的三葉草的陽光一面，所以她更多的是行動，而不是等待，她的幸運是因為她的努力而爭取來的，不是被動地等待著幸運從天上掉下來。四葉的三葉草的每一片葉子都指向著人們在人生旅途中所追求的某種目標，然而，如果僅希望於幸運僥倖降臨，四葉的三葉草的每一葉就會都跟你無緣。也許這正是蕾與肖恩性格和命運的不同之處吧。

小說的敘述結構極有特色，如綿綿密針，層層鋪墊，前呼後應，每一個細節的出現，在情節發展的過程中都有相應的對照或交代。作者彷彿撒一把彩絲，細細編織，最後輕輕一收，便是縝密而渾然一體的網絡，互相照應的細節織起了總體的框架，成為小說整體的豐富肢體。如生機盎然的三葉草，前後復調似的多次出現，象徵意義很濃，既代表著人物對美好未來的嚮往，又標示著與邪惡的鮮明對照，更象徵著蕾跟肖恩共享的文化。

小說的語言蘊籍含蓄，細膩婉約，娓娓敘述中流淌著略微傷感的抒情韻律，跳動著令人亮眼的靈動詞句，閃爍著智慧聰穎的哲思，讓讀者回味咀嚼。

【本文發表於《文綜》第12期，2010/6，夏季號】

---

[2] 同上，第29頁。
[3] 同上，第29-30頁。
[4] 同上，第35-36頁。
[5] 同上，第36頁。

孫博小說論

過去的半個世紀目睹著全球規模的經濟性、政治性和地理性的大規模移民，作為後現代、後殖民時代的重大特徵之一的大規模移民，引起了文學、社會學、政治學研究的極大興趣，由此而產生了表現離散移民生活的全球性的離散文學和研究，以及這一現象所帶來的對文化、經濟和政治各種影響的離散理論。

很自然地，移民國加拿大儘管人口稀少，但是離散文學在過去的半個世紀中的發展卻令人矚目，其中加拿大華人文學在過去的世紀交接的十年裡表現尤為突出，湧現出了一批實力頗為雄厚的華人作家，他們中的不少作者已經在加拿大、美國、中國、港、臺的各種文學獎中榜上有名。這些在80年代國門開放以後來到加拿大的中國移民，在品嘗了離鄉背井、飄泊四方、在異國他鄉重建家園的不凡經歷後，紛紛借助文字來咀嚼他們對漂泊的體驗，傾訴淤積在心頭的百感交集，梳理其在地球村裡對自己身分定位與確認的困惑和迷惘。

加拿大華人文學的崛起不僅是因為華人移民生活的豐富多彩、光斑駁璃，更因為作者自身文學素質的優良。接受完國內高等教育再出國的華人作家，經過在新的居住國裡的進一步深造，加拿大華人作家具有了兩種或兩種以上的文化參照系，所以對背井離鄉、艱苦創業、重建家園的酸甜苦辣有著更廣的文化思考。選擇文學的形式作為表述方式，則是他們文化思考的具體形象化的表現。而在描寫和表現移民的漂泊體驗，描寫在多種文化的夾縫與衝突中對自己身分定位與確認的困惑和迷惘時，加拿大華人作家有著各自不同的觀察角度和切入點，形成了多姿多態的不同風格。其中很有潛力的年輕作家孫博以其對時代的敏銳感受，對社會聚焦點的迅疾追蹤，以及對人們普遍關心問題的熱切關注和思考而獨樹一幟。

本章旨在對孫博的文學創作作一全面的論述，重點考察他的長篇小說，同時包括中短篇小說。孫博的創作似乎是從長篇小說開始，雖然之前已發表了幾

篇短篇小說，但是他是以長篇而嶄露頭角的。自新世紀起，短短的五年中孫博發表了四部長篇小說，它們分別是《男人三十》，《茶花淚》，《回流》和《小留學生淚灑異國》，近一百萬字。其中，《回流》已經被改變為廣播連續劇在上海廣播電臺播出，二十集同名電視連續劇亦在籌備中。這些小說從不同的角度緊扣著時代的鼓點，抓住新移民背井離鄉後在新居住國所面臨的困境，和楓葉國生活中所發生的最新、並為華人所急切關注的具有典型意義的問題，進行挖掘並作了創造性的描寫；而作者在描寫中對事件和人物的剖析為離散文學理論研究提供了很有建設意義的思考，表現出了作者長期從事新聞工作培養起來的敏銳、迅疾的時代觸覺，和觀察事物的尖銳目光。

畢業於上海師範大學中文系和心理學碩士班的孫博，自1990年移居加拿大以後，一直任職於加拿大華人日報並主理文化傳播公司。文學專業的背景，使從事新聞職業的孫博得以充分利用職業的便利來進行文學消化每天的政治，經濟，文化等新聞，而心理學的訓練使孫博很難停止在對新聞的報道上，他喜歡對活動在其中的人物進行心理探討，推測和想像，希冀整理出新聞事件發生和發展的內因以及產生內因的社會大背景。然而，使孫博在小說創作脫穎而出的不僅僅是他個人的教育背景。在很大程度上，孫博的移民經歷使他的文學作品具有著獨特的品格。

跨越大洋的移居，不僅意味著國界的跨越，更是文化和傳統的跨越。而文化傳統的跨越，並不像國界那樣此岸和彼岸分得一清二楚，卻是在互相影響和互相滲透的過程中變得你中有我，我中有你。尤其是在加拿大這一典型的多元文化的國家，各民族文化在互相衝突和交融過程中既發展了形而上的普遍性，又保持著各自形而下的鮮明的獨特個性。孫博的文學創作很得力於這一多元文化環境，它使作家的視野既著落於民族性，又超越民族性，從而使他的作品既具有強烈的新聞性，又包涵著豐富的社會的和跨地域，跨國界的內容。

新移民的文化身分歸屬和確認，海外華人回歸祖國，「小留學生」，以及對女性的種族的和階級的歧視等等問題，這些在世界性的大規模移民中普遍存在而同時帶有著民族特色的問題具有很強的新聞價值。然而新聞不是小說，有

限的篇幅和容量只能傳達事實，很難深入生動地表現事件、人物、歷史以及它們之間的有機的必然聯繫。也許正是因為這個原因，孫博選擇了以長篇小說為手段來表達他對移民最新問題的文化關注和探索。而作者自己在兩種甚至多種文化環境的生活經歷，培養著他的視野既著落於民族性，又超越民族性，使他的作品既具有強烈的新聞性，又包涵著豐富的社會性和跨地域、跨國界、跨文化的內容，具有著鮮明的時代性。

本文將重點討論孫博出版於二十一世紀初的四部長篇小說，雖然從題材角度看，它們之間沒有絲毫的聯繫，但是在深層的內容上它們卻有著一脈相承的關聯，即從社會的不同層面，不同角落，人物的不同身分，不同性別，多層次多方位地表現華人的跨國生活中極富時代性的課題。孫博的《男人三十》是關於男人的故事，《茶花淚》則描繪女性華人在異鄉的命運，《回流》是一代商場弄潮兒的亮相，而《小留學生淚灑異國》則是牽掛著天下父母心的下一代留學生涯的踟躕徬徨。四部小說題材各異，涵蓋了社會的多個層面，從多種角度揭示了時代給新移民提出的尖銳的課題，本文將從下面幾個方面對這些小說進行分析。

尋找過程中文化身分的定位

凱瑟琳・伍德沃德（Kathryn Woodward）在她主編的《身分與不同》一書中指出，「身分的危機『存在於』已有的確信已經不再擁有，社會的政治的和經濟的全球和地區的變化導致了先前穩固的群體會員的分解。身分問題在當前社會是從多種渠道發展而來：國家性，民族性，社會階級，社區團體，性別等等，這些渠道與身分位置的建設相衝突，並導致相互矛盾的，不完整的多種身分」。[1]孫博的長篇處女作《男人三十》的主人公，來自港、臺、中國的三位正值而立之年的新聞記者蘇文達、心理學博士史德元、畫家沈之鳴，正是在這種

---

[1] Kathryn Woodward, ed., *Identity and Difference* (London: SAGE Publications Ltd., 1997), 1.

全球性變化的衝動下從太平洋的這一邊來到另一邊的加拿大。

在這跨越國界、文化、民族的遷移中，三位主角首先面臨著的是如何適應新的社區團體和文化環境，以及如何在主觀的願望和社會文化的環境中重新確立自己的文化身分。而在這逐步適應的過程中，移民們的文化身分的確定和定位，往往是最令人困擾的命題。從哪裡來到哪裡去，似乎是一目瞭然的問題，但「我是誰」卻是一個剪不斷，理還亂的苦惱問題。小說通過對主人公在多倫多這一國際文化超級市場重建自己身分的艱難歷程的生動描述，展現了在多元文化的撞擊下三位男主角不得不一而再而三地在迷惑和困境中重新調整自己人生航向，以及愛情、婚姻、事業變幻莫測給他們所帶來的心靈創痛，進而揭示了身分確認的社會結構性和文化制約性。

小說始於新聞記者蘇文達，心理學博士史德元，畫家沈之鳴三位好友在多倫多的最後一次相聚，之後便各奔前程，另闢天地。隨即倒回到一年前他們的第一次相聚，然後追敘在這之間三位男性在融入加拿大的多元文化社會過程中在不同的行業裡的各自獨特的經歷。

對於來自香港的新聞記者蘇文達來說，文化身分的確認並非太複雜，因為妻子的堅持，蘇文達放棄了在香港已建立起來的事業、房產，來到多倫多重建家園。然而，正因為是出於對妻子的愛，而非立意要做地球村裡的公民的雄心，所以一旦妻子別有所愛，愛情再也無所可托時，蘇文達便再一次放棄已在加拿大所建立的一切，回歸故土，恢復自己華夏子民的身分。

來自臺灣的心理學博士史德元是隨父母移民來加拿大。由於有家庭的庇護和調和，東西文化的衝突在他身上表現得並不那麼激烈和極端，相反，呈現出相互融合的趨向。選擇心理學這一純西方人文科學為研究方向，表明了他向西方文明開放的心態。而他的博士論文的選題及研究方法也是這一傾向的體現：《兒童攻擊性發展及其跨文化研究》，以多倫多和臺灣兒童為研究對象，對比太平洋一邊和大西洋一邊兩地兒童攻擊性方面的異同及其發展走向。然而純學術性研究的職業出路非常狹窄，史德元發現他根本無法與哈佛等常青藤校園出來的博士在工作市場上競爭。但是，與蘇文達不同，史德元沒有選擇返回臺灣

圖發展。多年來的西方文化的浸淫，使他發現自己在文化觀念上既不完全屬於西方，又不完全屬於華夏，雖然他努力在雙方的重疊交叉處發展自己的理念，但他的最後去留，卻是離開北美到英國做博士後，在認識論和方法論上進一步接受西方文化的薰陶。

東西文化的相撞在沈之鳴身上卻產生了積極的效果。沈之鳴顯然是作者濃墨重彩刻意塑造並寄託著作者道德理想的人物。這位來自上海的畫家有著上海人的適應性，聰敏勁，實幹勁，以及對新鮮事物的敏感性。這些素質，使他能在多倫多的多元文化環境中游刃斡旋，兼收並取。沒有自己傳統的文化觀念與西方文化文化觀念之間的衝突。與程冬梅的感情糾葛，就是這一衝突的具體體現。

程冬梅是「航天員」香港富商在多倫多留守的妻子，沈之鳴在安省藝術學院讀書時，在「英雄救美女」的情景下與其相識並相愛。也許最初的互相吸引是因為孤獨的心靈都需要呵護和愛撫，但是很快地，程冬梅的成熟美和奔放熱情的性格，成了尚未在繪畫界打開局面的沈之鳴創作的靈感和激情之源。在程東梅的贊助下，沈之鳴借「之鳴畫廊」逐漸在多倫多打開局面，並引起了世界畫壇的注意。知名度提高以後，他常被富有青春活力且極有藝術才華的妙齡女郎所傾慕，程冬梅亦因妒嫉而常與沈之鳴爭吵。沈之鳴不是沒有與程冬梅分手的想法，但在激烈的思想矛盾中，尤其是得悉程冬梅懷孕後，強烈的責任感以及對程冬梅的感恩情，使他不僅沒有離開程冬梅，相反決定與她結婚。這一舉動，恰是沈之鳴內心深處傳統觀念主導的結果，在感情與理智與衝動的對立中，沈之鳴是以東方文化理念來處理感情上的矛盾衝突。

與傳統文化一脈相承的維繫，使沈之鳴能夠在異國他鄉沉浸在西方繪畫藝術的迷宮時，不斷地從故土中尋找創作的靈感。大型繪畫系列《上海尋夢》便是他返滬探親時噴發的創作激情所致。在隱約的外灘萬國建築背景的襯托下，畫面上的富有象徵意義的上海少女剛「睜開惺忪的雙眼，……似在回味甜美的夢境」。[2] 畫上的夢境寄寓著上海在新世紀躋身於世界一流大都市行列的雄心，

---

[2] 孫博，《男人三十》，北京：文化藝術出版社，2000年，第159頁。

而油畫在藝術效果上竟有水墨畫的效果。繪畫從形式到內容都體現了西洋畫的技巧和中國畫的意境、現代性和古典美、國際化和本土性的結合。

與蘇文達和史德元不同，他們倆在多元文化的衝突中，或著退回到本土文化尋求庇護所，或著完全投入異域文化以求生存，沈之鳴的文化價值取向是擁抱多元文化，不把自己限制在單一的文化範疇中，這使他在繪畫創作中獲得了多種視角：以中國文化為焦點來觀照加拿大的人文景觀，同時以加拿大的多元文化為透視點來反審本土的中國文化。而在文化身分的追求中，他的目標是多元性的，他的決定躋身於聚集著更高層次的藝術大師們的紐約以求進一步發展，正是他的全球視野的表現。

天堂與地獄

孫博的第二部長篇小說《茶花淚：一個跨國風塵女的心靈跋涉》把描寫的對象從男性轉向了女性，轉向了處於社會邊緣的另一類。小說觸目驚心地揭露了男人是如何利用性來作為男性權力的手段來控制女性的身體和快樂，從而剝奪了女性的獨立，侵蝕了她們的自然本性，使女性永遠處於「第二性」的被動和被奴役的社會地位。

小說的開卷，似乎是一部偵探破案推理小說，2001年的元旦，遊客在世界聞名的尼亞加拉瀑布下游發現一具亞裔女屍，隨著破案過程的進展，死者的身分很快明朗，但是究竟是他殺還是自殺，始終是一樁疑案。直到小說的結尾，上海姑娘章媛媛的一生遭遇經歷及心理變化逐漸抽繭拔絲，條分縷析地陳述完畢，她的死因才昭然若揭。

顯然，作者借用西方偵探推理小說的藝術技巧來結構這部小說。然而，小說的要旨並不在於對懸念的設置，對於案情的推理，而在於對女主角從一個純真、快樂、理想化的女性逐漸走向毀滅之路的心靈歷程和心理軌跡的跟蹤和剖析。章媛媛的性被剝削、被虐待的不幸遭遇始於純潔的初戀被一位有婦之夫的大學講師騙取之時，當她為之付出一切的戀人攜妻遠走美國後，媛媛才從騙局

中驚醒。兩性不平等的社會文化秩序使女性往往成為男女關係中的被動的犧牲品，主動權永遠是掌握在男性手中。正是這種社會歷史造成的不平等，決定了媛媛日後的悲劇命運。

被欺騙的致命創傷摧毀了媛媛對真誠和感情的信念，並且總是在她面對人生岐路處慘痛發作，使她不可逆轉地沉淪下去，以至被黑社會逼迫在多倫多以賣笑為生，成為男人性消費的工具，而自己人的自然本性和願望被完全否定和剝奪，直到從臺灣來的博士生賴文雄的出現。可是，確症已患上艾滋病的媛媛，決定絕世而去。

作者在小說中用多種角度來暗示小仲馬的《茶花女》對《茶花淚》的影響及後者對前者的承傳關係，以示其同樣的對被侮辱和被損害的妓女的深切同情，以及對造成這一畸形現象的社會原因的深惡痛絕。一個世紀以前，林紓的古文譯本《茶花女》在中國文壇上形成了一股強烈的衝擊波，《茶花女》的藝術手法、敘述技巧對當時中國小說敘述模式的變革有著直接的影響。一個世紀之後，孫博則借鑒《茶花女》的母題，重點刻畫以「茶花女」自比的媛媛怎樣從純真少女淪為妓女的歷程，於是，「新茶花女」的淒涼身世的展露與案件偵破過程形成了並行交錯的復式情節結構，使作品既不流於通俗的偵探推理小說，又使妓女這一古老的小說主題在新世紀裡的移民文學中得到了呼應和延伸。

海歸和出洋：洋博士與小留學生的逆向潮動

「海歸」這一詞彙早已被人耳熟能詳。然而表現「海歸派」學成回國創業發展的長篇小說，無論在移民文學還是國內文學中，孫博的《回流》是第一部。雖然「海歸」題材的文學作品可以追溯到40年代錢鐘書的《圍城》，但是錢鐘書的小說是對假冒學成回國學者的辛辣諷刺。

二十世紀上半葉和末葉，中國都經歷了大批出洋留學生學成回歸的高潮，兩批海歸派，都成為或正在成為中國各行各業現代化建設的科技領軍人物和棟梁人才。不同的是，二十世紀前上半葉中回歸的留學生還為我們留下了一筆豐

厚的新文化的遺產。而二十一世紀高科技時代的海歸派正值祖國改革開放的深化，計劃經濟向市場經濟轉化的特別時期，他們中的許多人成為在詭譎莫測的商海中的弄潮兒。一時，由海歸人士組成的一大批新時代的白領和工商精英，形成了中國在經濟上與國際接軌的生力軍。孫博以其對時代的敏銳感覺，捕捉到這一代海歸富有時代氣息的商業特徵，成功地塑造了留美博士高峰、留美工商管理碩士麥玲和留日工商管理碩士羅永康等「海歸」工商精英的人物形象。

小說以上海這一古老的申城，今日經濟神速發展、日新月異的國際大都市為人物活動的場所，以浦東開發區為商場基地，以中國加入WTO、申城主辦APEC高峰會議為時代背景，圍繞著剛上市的跨國「新世紀生化公司」在國際市場上沉浮起落，描述了在高峰、麥玲和羅永康之間展現的一場為公司的生存而生發的權力和計謀的驚險角逐，他們或同舟共濟或勾心鬥角。

三位主角都有著高學歷和國際化背景。他們不僅擁有者美、日、德金融集團大型企業的投資，各自的白人配偶也對「新世紀生化公司」的集資和融資有著重大貢獻。然而經濟的全球化不等於文化的全球化，在衝突和相融中多元文化的同時並存正是後現代和後殖民的時代特徵。《回流》的獨特之處，正在於它一方面展示海歸人士在中國迎接經濟全球化挑戰中的重要作用，一方面揭示了不同文化的衝突和對抗勢態。高峰和麥玲的「洋」婚姻的最終都不能長久，形象地表現了不同文化之間的不相融的衝突。

高峰的妻子芭芭拉有濃重的「東方情結」，他們的婚姻開始時一直很美滿，他們對各自愛情，婚姻，家庭的文化分歧都沒有充分的認識。他們的愛情和婚姻也是建立在文化的重疊處和相融處的。一旦不同處和對抗處出現在他們不得不面對的日常生活中後，兩人都沒有做好調節的思想準備。直到高峰決定回上海創業，倆人之間的文化觀念發生了強烈的衝突。表現形式上的個性的衝突，深刻地反映了東西文化的不協調，集中體現在以男權為中心的「男主外，女主內」的傳統觀念上。對於在男權主義傳統深厚的國度中成長的高峰來說，這是一個理想的家庭分工方式，所以他用「做闊太太」來企圖說服芭芭拉不要離婚。但在女權主義早已作為主流話語之一的國家長大的芭

芭拉看重的是男女精神和物質上的雙重平等，哪怕是收入菲薄，也寧願去工作，不願做家庭婦女。

對於芭芭拉來說，夫妻之間長時期分開「不可思議」，[3]時間一長，感情必然會受到影響，並導致分手。所以，對於高峰的航天員式的生活方式，長期駐守浦東，芭芭拉當然不能習慣。在於高峰，兩情若是長久時，又豈在朝朝暮暮。所以他錯誤地以為，「花點時間哄她，再到歐洲旅遊一次，她的火就全消了；……」[4]可惜，這一想法卻表明了高峰對芭芭拉的不瞭解。芭芭拉作為波士頓一家頗具聲譽的律師事務所的行政主任，歐洲當然是旅遊度假的常去之所，如果高峰能常陪伴她過正常的家庭生活，那麼就是到附近郊外去踏青，也會比去歐洲旅遊更能吸引。芭芭拉注重的是夫妻家庭生活的日常內容，而不是形式。

他們的最後分手，也是兩種文化不可調和的結果。在高峰的心目中，事業或者使命感恐怕高於愛情和家庭。雖然他很愛芭芭拉，但若要在芭芭拉和事業之間作出選擇，他會選後者。芭芭拉則認為不應因為事業而犧牲正常的個人生活和幸福。

麥鈴的丈夫盧森堡在9.11事件中不幸與其他數千人一起被害於世貿中心。她的婚姻悲劇更是世界文化，宗教，和意識型態對抗的例證。

讀者在歡迎孫博的《回流》給文壇帶來的「海歸」工商精英形象的同時，不應忽視小說同時揭示的世界文化對抗和衝突的一面，尤其是具有國際化背景的海歸人士複雜的文化意識，以及他們自己內心深處本土文化和多元文化觀念之間的衝撞。這一方面的描寫，極大地豐富了《回流》中的人物形象和性格層次，否則，人物很容易會淪為單一的經濟動物。

當學成回歸的莘莘學子自上個世紀末紛紛匯入到國內商品經濟大潮時，許許多多尚未畢業，或剛畢業的國內高中生不約而同地追隨起上一代人的出國時尚。這些尚未成年的小留學生滿載著父母及祖父母們的「望子成龍」的殷切期

---

[3] 孫博，《回流》，北京：中國青年，2022年，第134頁。

[4] 同上，第58頁。

望，和他們自己哈佛、耶魯的夢想踏上了出洋的遠途，對前程的多蹇、對現實的冷峻、對想像中與現實中的西方國家之間的差距，沒有絲毫的思想準備，也沒有充分的認識。因此，昔日集父母、祖父母們的千寵萬愛於一身的小留學生們，突然發現自己面對著的是一個完全不同的生活環境，語言不通，習俗迥異，一切全靠自己，不再是特別照顧的對象，沒有父母的事事安排，也沒有人告訴你誰是誰非，而心理承受能力，應變能力，和自制力都很脆弱的小留學生們，此時大都束手無策，無法獨自應對萬花筒般的世界。

　　長篇小說《小留學生淚灑異國》便是作者試圖以藝術形象來解答所謂的小留學生綜合症問題。作品以六位中國小留學生在加拿大楓城讀書為題材，生動地描寫了小留學生在異域文化和生活巨大落差中的掙扎和徬徨，奮起和墮落。六位不滿十八歲的少男少女最後各自的道路竟有天地之差，有的如願以償被哈佛錄取，有的忍受不了孤獨而輕生，有的因精神空虛無人引導而走上犯罪道路，有的因嗜賭而謀財害命；中介公司為賺錢而隱瞞入學要求，使小留學生初來乍到後束手無措；已經為子女幾乎傾家蕩產甚至負債累累的家長們，不得不再殫精極慮地集資籌錢，甚至不擇手段謀取金錢，以至成為階下囚。觸目驚心的故事情節不啻是振聾發聵的警鐘，敲向那些盲目地送子出國的父母。這一切，都濃縮在對生活在同一屋檐下的六位小留學生學習生活的描寫中。作品的結構緊湊，內容極富張力。

　　「小留學生」這一名詞早已在全球的華人中耳聞則誦，然而它的始作俑者，卻是孫博。早在創作《小留學生淚灑異國》之前，孫博採訪了許多在北美、歐洲、澳洲就讀的小留學生，出版了《小留學生闖世界》（少年兒童出版社，2001年）的訪談錄，積累了大量生動的第一手素材，小說中的很多細節和情節都有真實的原型，作者巧妙地把生活中的素材藝術性地演繹為文學形式，使作品警示、借鑒作用通過藝術的渠道形象地表現出來。

同性和異性的愛

孫博的中短篇小說加起來不超過十篇，五篇較有代表性，其中的兩篇卻提出了一個極有爭議的問題：同性戀。雖然現代同性戀研究表明同性戀也是人類的一種自然本性，它有著歷史的政治的和文化的意義，西方社會很大部分也已經認同這種觀念，很多地區已經合法化這一性別關係，藝術家們也在各種藝術形式上加以表現。但是中國的傳統文化對同性戀向來是否定的，雖然古典文學中有讚美同性戀的小說作品，華人作家也極少把同性戀納入自己的描寫對象。孫博卻在這一題材上不怕「觸電」，並作了積極的探討。

他的小說《叛逆玫瑰》和《生死之間》的主角都曾是同性戀者，而他／她們其實都是雙性戀者。雖然作者沒有直接把同性戀者作為第一主角，也沒有直接塑造同性戀者的人物性格，但作者對同性戀者執著不渝的愛情深表同情和讚揚。毫無疑問，在開拓、擴展華人文學題材的努力中，孫博的創作的開創性和進取性的貢獻不可低估。

小結

孫博的小說貴在其濃烈的時代氣息和對時代精神和敏感問題的捕捉，它們充滿著陽剛之氣。他所描寫的海外華裔或華人的性格衝突，都有著很深的文化和民族內涵的所指。而且，孫博從不重復自己，四部長篇小說從人物性格到結構布局，皆為新的藝術創造。《男人三十》以「三S沙龍」把來自兩岸三地的三位男性橫向地聚集在一起；《茶花淚》則集中縱向刻畫一位風塵女子；《回流》以三位高中好友為焦點，在創業的精誠合作的描寫中穿插友誼史的追述；《小留學生淚灑異國》則以一棟居民樓為據點來刻畫個性及背景完全不同的六位小留學生的形象。

藝術結構手法的多樣化，顯示了孫博對於長篇結構的駕輕就熟。通常，作

家是以短篇小說起家,然後過渡到長篇巨製的創作。孫博的起點較高,在寫了有限的幾篇短篇小說後就投入了長篇創作,這固然是他的實力所致。然而,長處往往與短處相伴,缺少短篇小說的錘鍊,使孫博的作品缺乏絲絲入扣的細膩和人物語言的性格化。但是,孫博已經顯示出來的創作潛力昭示著他的未來。

【此文為發表在《創作評譚》2005年6月號的〈經濟全球化、文化多樣化:評加拿大華裔作家孫博的長篇小說〉一文與發表在《文學界》2009年6月期〈孫博小說論〉一文的綜合】

第四輯

―

性別與女性敘述

《漂鳥——加拿大華文女作家選集》前言

　　呈現在讀者面前的是由劉慧琴和林婷婷主編的加拿大華文文學首部女作家作品選集（2011），全書選入當代加拿大華人女性作者，學者的小說，散文、隨筆，詩評共五十篇。本書作者遍布楓葉國東西諸省，及在中國和美國居住的加拿大華裔，其中有好幾位是英漢雙語作家，學者，她們都有多年豐富的寫作歷史，更有眾多作者榮獲加、中國家級和臺灣、香港各種文學大獎。

　　加拿大的華文女性作家比男性作家多，作品也比她們的異性多，藝術成就亦不讓鬚眉。雖然由於版權的原因，已經收入各種文集的女作家的代表作不能編入這本選集，這部選集仍然從廣角度真實地展現了她們十多年來的創作實績。除了個別散文遊記之外，作品大都以女性為主角，描繪她們作為女兒，妻子，母親，和獨立女性在不同的社會文化和家庭環境中的喜怒哀樂和生活感受。她們在異國他鄉的文化身分的定位在這部集子中形成了一個特殊的加拿大華人濃烈的女性話語，暈染著多元文化多色多歧和作者個性多姿多態的斑斕。

　　作為女作家作品集，很自然地，這部集子在很大篇幅上表達了女作家對女性問題，女性的獨立意識，女性與男人之間的關係的見識，尤其是那些對在楓葉國裡的婚姻，愛情，家庭生活的描寫的篇章，形象地反映了這些女作家的深沉思考。葛逸凡的小說〈醜女奔月〉是一篇對純情女性的禮讚，雖然主角「我」在婚姻上被丈夫利用後被迫離婚，但是主角的善良，寬厚，和母愛最終讓她得到了真正愛情。與此好人有好報的母題相反，曾曉雯的小說〈氣味〉是對女性反抗的欣賞。珉珉的婚姻插入了第三者，對於丈夫的背叛和欺騙，率真的珉珉並沒有像〈醜女奔月〉中的女主角那樣寬容，逆來順受，她運用智慧使前夫及其新妻用欺騙的手段占去的房子奇臭無比，且似咒語般始終伴隨著他們。涯方的〈瓶〉的敘述角度很特別，小說從一個細瓷花瓶的視角來觀察一個移民家庭的裂變，刻畫主婦從依附轉為自立的雖然痛苦然而最後解脫的過程。

女性一旦具有了獨立意識，就能坦然地面對丈夫有了外遇的現實。寄北的散文〈丈夫有了外遇以後〉顯示了女性與生俱來的寬容和超越男性的更高境界，從多方面討論了如何處理「有了外遇」以後出現的各種狀況，與上述小說所表現的女性觀不謀而合。

　　原志的〈與女權活躍分子們相處的日子〉生動描述了她所接觸的加拿大女權主義者的形象，她們激進的平等權益的觀點，她們為爭取女性權利的不懈努力的成果，已經成為當代加拿大文化不可或缺的一部分，也在潛移默化中影響著華裔女性，使她們在與以男性為中心的文化傳統的抗爭中尋找到了自己，同時也從男人的附庸中解放了自己。

　　不甘心附屬於男人的女性往往能充分發揮自己的才華和能力，從而在事業上有所成就。那麼成功的女性是否就能保證婚姻愛情的穩定呢？安琪的小說〈回家〉，秋萌的〈遲來的醒悟〉，沈可全的〈婚惑〉均描寫成功的女性與她們相對來說不那麼成功的丈夫之間的關係，在向「男主外，女主內」的傳統觀念挑戰的同時它們揭示出了女性在成功以後的兩難境地。面對著女人應該依傍著男人寬厚肩膀的習俗，女性似乎別無選擇，要麼重新依附男人，要麼失去自己的丈夫（〈婚惑〉）。然而，女性自己是否也拘束於男人必須比女人強的這一觀念呢？自己比丈夫更有成就應該為自己的價值得到承認而感到自豪還是煩惱？〈遲來的醒悟〉傳達的是女主角的未免有些晚到的懺悔，小說的反諷性在於女主角為了要求丈夫同樣功成名就，卻最終逼走了丈夫。小說〈回家〉為讀者提供了比較理想的結局，在家庭，感情與世俗觀念的天平上，女主角更珍惜的是相濡以沫的夫妻感情，它不應該成為傳統觀念、外界說三道四的犧牲品。既然女性能成為家裡的頂梁柱，男性又為何不能做家庭「煮夫」？〈回家〉的意義在於打破了以男性為中心的傳統文化秩序，女性真正的獨立不僅建立在失去所依附的丈夫後能找到自己的精神支柱，還在於能成為被依附的主體。黃綿的散文〈楓葉又紅了〉亦傳達了這一母題。而陳蘇雲的小說〈原色〉則塑造了一位在精神上讓男人「依附」的女性形象，她的超脫，她的獨立見解，使男士們不由自主地要找她來指點迷津，解脫煩惱。

張翎的〈母親〉和朱小燕的〈哭泣的小蜜麗〉在題材上擴展了這本集子的廣度。母親和祖母帶著濃厚的文化習俗來到加拿大與兒子的一家一起生活，文化衝突竟然也不可避免地發生在二，三代家庭成員之間。兩部作品以淡淡的傷感描繪了母親，祖母所具有的傳統女性的種種美德，充滿著愛，自我犧牲，任勞任怨，奉獻和寬容，以及她們在文化錯位中所感到的憂傷。

　　有著豐厚的中華文化背景的女作家們，浸淫在加拿大的多元文化中若干年後，除了女性意識的強化，還在異鄉的風情民俗中，培育起文化交叉的視野，選入在這本選集中有很多散文，是作者們在楓葉國與其他族裔之間的友情的生動記敘，和對加國人文景觀濃彩重墨的描繪。孫白梅的〈情同手足〉，張金川的〈裘娣〉的週末，趙廉的〈水土〉，鄭羽書的〈散播甜蜜的老人（外一篇）〉，陳華英的〈美好的故事〉，以女性的細膩和善解人意為讀者勾勒了多幅加拿大人的人物素描畫像；而西岸海豚的〈當溫州人遭遇猶太人〉則展示了在加拿大房地產商場上有「中國猶太人」之稱的溫州人跟猶太人之間錙銖必較的耐力和智力的格鬥；為力的〈北方──拜訪印第安居住地〉和劉蕊的〈悠悠白石鎮〉，牧歌似地悠揚著迤邐壯闊的北部自然景色裡的加拿大原住民習俗人情，和西海岸海天一色中的小鎮風光。王潔心的〈詩意〉在加拿大的自然景觀中，體驗到中國古代詩人所描繪的人與自然和諧、物我兩忘的幽遠意境。阿木的〈一個士兵之死〉通過敘述一位服役在阿富汗士兵的戀愛故事讚頌加拿大戰士為保護和平而作出的犧牲。故事雖無硝煙，卻感人至深地讓人感受到戰爭的殘酷和給人心靈帶來的永久的創傷。

　　作為漂泊者的女作家們，對於自身文化身分的認同並不是一蹴而就的。溫安娜的〈撒絲基亞，撒絲基亞〉，王平的〈閬苑祖屋〉，和申慧輝的〈風箏〉，從不同階段真實反映了加籍華裔在融入加拿大文化社會過程中的艱澀步驟，和她們在祖裔文化和居住國多元文化之間的徜徉，最終形成了自己的開放的、多向的、多元的文化身分觀。

　　收入在集子裡的還有若干篇遊記，記錄作家在各國旅遊采風的蹤跡，如海倫的〈神祕駭人的埃及之旅〉，諾拉的〈Aloha！夏威夷〉，劉慧心的〈駕車

自由行〉，曹小莉的〈義大利的吉普賽扒手〉，雪梨的〈牛舌鎮之秋〉等。這些作品以流暢的文筆，風趣的筆觸給讀者介紹著作者在異國他鄉的所見所聞和奇遇驚歷，為集子增添了異國情調和風韻。

　　散文篇章中結構上頗具特色的是江嵐〈味道的項鍊〉，林婷婷〈保姆〉，慶慶〈告別即是相會〉，和汪文勤〈會唱歌的土豆〉，它們均圍繞著各自的主題由點及面，層層深入，或者攫取最為動人的細節作多方面的鋪陳（〈味道的項鍊〉，〈會唱歌的土豆〉），或者歷數古典詩句以鑒別離情別意的不同境界（告別即使相會），或者遞進式地逐層闡發描寫主體的本義和延伸義，最後把主體內涵擴展提升到文化的最高層次（〈保姆〉），立意新穎別緻。

　　這本文集中最突出的是葉嘉瑩的〈說李清照詞二首〉，因為它是唯一的一篇學術文章，也因為它的鞭辟入裡和洞幽燭微。文章一再顯示了作者深厚的古典文學功力，深入淺出的文本分析讓讀者深切體會中國女詞傑李清照兩首詞〈南歌子〉和〈漁家傲〉抒情的含蓄精妙和意境的遼闊高遠。

　　法國著名女性主義理論家克利斯特娃認為女性語言是符示的（semiotic），非象徵性的（symbolic），有韻律的（rhythmic），它與所描繪的對象之間並沒有被限制的關係，相反，有著豐富的啟發讀者想像的互動關係[1]。縱覽全書，雖然作品的題材豐富多樣，但是女性話語的特徵非常鮮明，無論是小說，還是散文，抑或是詞論，作品的語言富於生動的意象，形象，和詩意，它們能綿延出許多遐想，不同的讀者能根據自己的生活經歷產生出相對應的審美感受和聯想。「漂鳥」的題目亦如此，它給予人的想像空間，海闊天高，任憑扶搖翱翔。飛出國門的女性作者，在不同文化的碰撞中，回顧審視，前瞻比較，經歷了與傳統習俗決斷的陣痛，獲得了對女性本身生命意義的感悟和對自身價值的認識，也許，李清照的詞句「九萬里風鵬正舉。風休住，蓬舟吹取三山去」恰可以用來表現她們的跨文化、跨國界追求生命終極意義的英姿。最後，我想借用葉嘉瑩教授對李清照〈漁家傲〉分析中的精闢論斷來結尾：她們「實已突破

---

[1] Julia Kristeva, *Revolution in Poetic Language* (New York: Columbia University Press, 1985).

了現實中一切性別文化的拘限」，她們對人生的思考和追求「是對普世文化的人生究詰的反思，做作出了一種飛揚的超越」。正如南來北往的鵬鳥，她們所擁有的是整個青天。

母親手中的生殺大權：
比較加拿大華裔女作家的三部小說

以母親為一門獨立的學科專門進行研究，在西方始於1970年代，美國詩人，散文家，艾德麗安‧里奇（Adrienne Rich）撰寫的著名的《女性與生俱來的》[1]一書開啟了西方的女性主義者對於母親和為母的研究，從此以母親的社會文化屬性為研究對象，成為西方女性主義的一個重要研究項目，以母親研究為名的文章、專著、學術期刊、社團、研究機構以及學術年會紛紛出現，並形成了一套頗具規模的理論體系。

她們認為母親的文化內涵是由社會建構起來的，母親的職責是由以男權為中心的文化所規定的，母親的行為以及如何教育子女的背後有著一整套社會的意識型態，所以母親一方面代表著男權中心的意識型態來教育子女，這時候母親往往使用權力和暴力，迫使子女行規蹈距；另一方面又體現著男權意識中對女人的要求，這時候母親像天使聖母，唯丈夫是從。從那時起，西方的女性主義者就開始解構這種對母親的傳統要求，而解構的攻擊目標直接對準著男權中心的文化，而不是母親自己。

本文將運用母親學的一些觀點來分析、比較三部加拿大華裔女作家的作品，它們分別是，伊迪思‧伊騰斯（Edith Maud Eaton, 1865-1914）寫於二十世紀初的短篇小說《新的智慧》，[2]李群英（SKY Lee）寫於1990年的《殘月

---

[1] Adrienne Rich, *Of Women Born: Motherhood as Experience and Institution* (London: VIRAGO Limited, 1977). 該書被認為是西方開始研究社會文化意義上的母性的奠基之作，作者認為母性一方面因為生育和撫育的天性而被賦有母親的權利；另一方面她們使用權利的行為和方式則被社會文化的意識型態和政治制度所規範和制約。

[2] Sui Sin Far, "New Wisdom," *Mrs. Spring Fragrance and Other Writings*, eds., Amy Ling & Annette White-Parks (Urbana and Chicago: University of Illinois Press, 1995), 42-61.

樓》，³和張翎寫於2007年的《餘震》。⁴這三部小說的寫作與出版前後相隔一個世紀，反映著加拿大華人所經歷的不同時代的文化體驗，但是它們都共享有一個母題，即母親對孩子的愛卻導致了孩子的死亡。在伊迪思・伊騰斯的小說中，母親毒死了她的兒子；李群英的小說中一個女兒被母親逼得自殺；張翎的小說中母親選擇犧牲女兒來拯救兒子的生命。

這三部寫於不同歷史時期和不同文化環境的小說從不同的角度描繪了中國母親為母的複雜性，以及傳統的文化價值觀對母親與孩子之間的關係的制約作用。因為作者是在加拿大創作的這些作品，所以地理環境的不同給母親和孩子的關係施加了文化衝撞的張力。由於中國文化的獨特性，母親的行為基本受於傳統的制約，她們恰如「文化的承擔者和傳統的保護者」，⁵在分享著其他國家為母共性的同時，中國母親因其強調對其祖國和文化傳統的忠誠而顯得特別突出，從而使母愛同時也轉化成非個體化的集體性的母愛。

半個多世紀以來，中國傳統文化一直是加拿大華人在異地離散生存中的主要指導。這是一種文化，它強調通過中國母親和母親的意識型態來教育兒童的全部過程，因為母親是「作為文化承擔者和傳統守護者」。⁶因為這三部小說創作於不同的歷史文化環境中，它們因此也從不同的角度表現了中國母親的複雜性和形成母子關係的文化價值。

母性是一種隨著時間和地點而變化的文化建構。沒有一個統一的或規範化的母親經驗。然而，在中國，女性的懷孕和生產，卻是由父權制的傳統壓倒性地統治著的。移民到他鄉異地的中國母親雖然自然而然地在其在地國分享其與母性有關的一些文化屬性，但因為她們已經融化在血液裡的中國家傳統文化的基因，使得她們的母愛往往轉變為非個人的但已集體化了的熱情。

3　SKY Lee, *Disappearing Moon Café* (Toronto: Douglas & McIntyre, 1990). 該小說獲加拿大總督文學獎和the Ethel Wilson Fiction Prize的提名，被列為加拿大華裔文學的經典作品之一。
4　張翎，〈餘震〉，《人民文學》，2007年1月號，第29-60頁。
5　Andrea O'Reilly, *Toni Morrison and Motherhood: A Politics of the Heart* (Albany: State University of New York Press, 2004), 11.
6　同上。

安德烈・奧雷利（Andrea O'Reilly）總結薩拉・魯迪克（Sara Ruddick）的母親習俗模式時指出：「魯迪克（Ruddick）認為，母親的實踐要滿足三個要求：它們就是保護『幼兒』，『幫助他們』成長和『最終使他們』被社會接受」。[7]前兩個要求體現了母親的自然屬性，而第三個要求則體現了母親的社會屬性。傳統的中國文化把第三個要求列為最重要的一項，即教育培養她的孩子最終會被社會接受。伊騰斯《新的智慧》中的寶琳，李群英《殘月樓》裡的鳳梅，以及張翎《餘震》中的李元妮，都是非常典型的充滿母愛、非常忠實地以社會對母親的期待和要求來撫育和保護自己的孩子的母親。當她們在把孩子撫養長大後，她們就如孩子的僕人，無怨無悔地伺候他們。然而，當孩子在社會上的地位遇到危機時，母親就被賦予了巨大的行使權利。寶琳會不擇手段地阻止她的兒子被西方文化「汙染」；鳳梅會盡一切努力來阻止她女兒會使全家蒙受恥辱的行為；李元妮會以犧牲女兒的代價來換取兒子的生命，因為兒子才能傳宗接代，繼承家族的香火。

　　從個人自然的母愛轉化到集體文化的母愛是一個痛苦的過程，有的時候甚至非常殘酷，因為在很多場合中，在社會必要的壓力下作出的選擇與母親的母性相違背，這是違反母親的自然屬性的。在個人的本性和被「社會接受」的衝突中，中國母親往往服從於後者，雖然不無痛苦的掙扎。寶琳在殺死兒子後精神上的崩潰正表明了母親在行使她的權力用以保持她兒子文化純潔所導致的令人不安的毀滅性的結果。

《新的智慧》：文化衝突中的暴力母親

　　伊迪思・伊騰斯1865年出生於英國，她的父親因為工作的關係經常去中國，愛上了一位上海姑娘，並在上海舉行了婚禮。7歲的伊迪思跟她父母移民到美國，70年代初又搬到加拿大蒙特利爾定居。18歲時伊迪思開始為蒙特利爾

---

[7] 同上，第27頁。

的《星報》工作，並以「水仙花」為筆名開始她的文學創作生涯。她的小說《新的智慧》描寫主人公吳三貴的妻子寶琳從中國帶著兒子到北美與丈夫團聚，卻不斷地遭遇到一個接著一個的文化的矛盾衝突，而他們的孩子恰恰夾在文化衝突與母親與此抵抗的中間。來到北美以後的寶琳發現她久別了的丈夫已經變成了另外一個人，講的話她一點兒也聽不懂；穿的衣服老家村子裡的人絕對想像不出來；告訴她的事情她全然不贊同。當白人女士來拜訪時，她看到丈夫變得活潑而風趣，一旦她們離開後，丈夫又回到之前的沉默寡言。最使她害怕的是他們的兒子正在經歷類似的變化，也開始說起英語，而且越來越被新奇的事情所吸引。憂心於兒子迅速著迷於美國的「新智慧」，寶琳決定行使她的母親的權力來終止兒子的西化。

寶琳對西方文化的抵抗受到了左右鄰居中的女同胞們的支持。這些鄰居形成了一個群體，共享著同一的傳統文化價值。她們所聚集的陽臺在某種意義上是一個文化守護的陣地，每天她們在那裡所交流的那些對西化了年輕人否定性的批評，強化著寶琳的信念，讓寶琳更加明確應該把兒子教育成什麼樣的人，所以就盡她所有的努力來防止兒子的西化。陽臺上傳播的關於錢平（Chee Ping）母親被殺的消息，更讓寶琳覺得別無選擇，因為錢平受了洗禮，成為基督徒，他善良的母親便被村子裡的人殺了。[8]小說情節發展到最後，因為害怕兒子像他父親那樣成為西化的陌生人，中華文化的背叛者，那將是不可饒恕的罪惡，於是在兒子正式上學的前一夜，寶琳把她那快樂、天真的兒子毒死了。

母親以孩子的最大利益為由而殺子在生活中確實發生，在文學中也可見。《新的智慧》讓我們想起諾貝爾獎得主托妮・莫里森（Toni Morrison）的小說《被深愛著的》，[9]小說中的女主角西瑟「出於絕望的愛」，和要保護女兒「免受奴役的恐懼」，[10]把自己心愛的女兒殺了。小說作者對「壓迫如何扭曲

---

[8] Sui Sin Far, "New Wisdom," 49.
[9] Toni Morrison, *Beloved* (New York: Plume, 1987). A Pulitzer Prize–winning novel.
[10] Emily Jeremiah, "Murderous Mothers: Adrienne Rich's *Of Woman Born* and Toni Morrison's *Beloved*," *From Motherhood to Mothering: The Legacy of Adrienne Rich's of Women Born*, ed., Andrea O'Reilly (Albany: State University of New York Press, 2004), 63.

母愛」，[11]表現了深切的關注，因為母愛不僅僅是慈愛的代名詞，而且還具有毀滅性，而母愛的毀滅性源自於母親對子女的愛和保護，也源自於對壓迫的反抗。小說中的謀殺「指代著崩潰，恐慌，但是西瑟的行為同時也是抵抗和母愛」。[12]寶琳和西瑟一樣，她們的謀殺行為代表了母親保護孩子的企圖，她們都認為只有這樣做才能讓孩子安全。不同的是，西瑟不要讓女兒受奴隸的苦，而寶琳則如一種文化意識型態的執行者來保護兒子以及家庭的文化的純潔性。如果家庭或者社區群體的榮譽受到了威脅，那麼這就是母親的職責來執行無形的「法制」的判決。[13]在孩子身上使用暴力，是她們唯一能完成，能行使的作為母親的權力，假如她們有更多的選擇，就不會採用極端的方法，但是社會沒有賦予她們於母親之外的更多的權利。

　　這兩部作品中的母親弒子的暴力形象令人不安，違背傳統理念中的理想化的母親形象。要瞭解母親為何殺死她的孩子，需要考察其文化背景下的衝動。在分析托妮・莫里森關於母親的理論時，安德烈・奧雷利指出莫里森的母親立場與傳統觀念的不同在於她揭示出為母實踐是一種「權力場所」，它「是一種深刻的政治行為，有著與其相關的結果，並與社會和公眾緊密聯繫……。莫里森在她的為母理論中把保護子女的重要性看作為權力的賦有」。[14]她的觀點其實也反映了中國傳統文化中的為母實踐，即為母的實踐深受一系列意識型態、政治、和文化價值觀的約束。

　　暴力的母親形象與主流的社會文化設計的理想化的母親形象恰成悖反。安德烈・奧雷利認為母親的這一行為是跟社會緊密聯繫著的政治行為，它表現的是母親權力理論中的保護職能，她的這一觀念跟中國為母的意識型態所容納的價值觀念非常相似。中國母親是世界上最充滿愛、最忠心但同時又很冷酷的母親之一。

---

[11] 同上，第64頁。

[12] 同上，第65頁。

[13] 根據《女性與生俱來的》作者艾德麗安・里奇，「作為一種法制，為母的實踐有著特殊的社會的、文化的、和政治的目的，它們都是服務於男權社會的永久性。」See *Encyclopaedia of Motherhood*, ed., Andrea O'Reilly, vol. 2 (Los Angeles: Sage Publications, Inc., 2010), 571.

[14] Andrea O'Reilly, *Toni Morrison and Motherhood*, 30.

無論她表現愛還是表現冷酷，都是為了造就孩子，為了孩子能被社會所接受。當孩子的行為偏離社會價值軌道時，這就需要她行使母親的職責來把孩子重新納入軌道。孟子的母親為了兒子不受鄰居孩子的影響，三次搬遷便是一例。[15]

《殘月樓》：男權家長制對母性的摧殘

將近一個世紀後，第二代中國移民加拿大女作家李群英（SKY Lee）在1990年出版了獲得加拿大總督獎提名的長篇小說《殘月樓》。這部小說在母親與子女的關係上作了更深入的挖掘，小說的敘述者是第四代華裔凱英‧伍（Kae Ying Woo），作者在對家族史祕密的逐層揭露中對傳統的男權家長制對母性的摧殘，壓迫，導致其變態進行了尖銳的批判。令人驚心動魄的是，這種摧殘，壓迫卻是由女人在為家族為族姓傳宗接代、以維護家庭和社區的榮譽的名義下來完成的。《殘月樓》用淒冷的筆觸抽絲剝繭般地描繪了以男權為中心的文化如何逐漸地摧毀母親的自然屬性的過程，以至母親鳳梅冷酷無情地把最心愛的女兒蘇珊娜逼上了死路。鳳梅是一個典型的從被虐轉化為施虐者的母親形象，轉化的過程也是她逐漸墮入男權中心文化的犧牲品的過程。長期被婆婆壓迫和歧視，鳳梅變成了跟婆婆一樣成為男權文化的忠心耿耿的捍衛者。蘇珊娜是她最疼愛的女兒，也是全家長得最美的女性，雖然她不是鳳梅親手所殺，但她的自殺卻是鳳梅的干涉、強壓、逼迫的結果，包括單獨禁閉，把蘇珊娜送到一個專門管理任性女孩的機構，奪走蘇珊娜剛生下的孩子，抽她耳光，揪她頭髮，鳳梅對她吼道，「你有沒有恥辱感──你根本就不懂差恥」，[16]「我會先看到你死了。你永遠也別想嫁給他」，[17]等等。這些話對蘇珊娜的傷害，遠遠超過了鳳梅對她的毆打。蘇珊娜最後自殺的悲劇承擔著這一家族三代女性所遭受的作為女性的所有苦難。鳳梅對她女兒實行致命性的懲罰，目的在於防止女兒的行

---

[15] 西漢‧劉向《烈女傳‧卷一‧母儀》：「孟子生有淑質，幼被慈母三遷之教。」
[16] SKY Lee, *Disappearing Moon Café*, 202.
[17] 同上，第203頁。

為不被社會所接受，在於按照社會對女性的設計來塑造女兒。因為社會對母親的要求中，只有第三個要求決定著母親的為母實踐是否滿足了社會對母親的要求。鳳梅只是代表著社會行使著她被無形的社會意識型態所授予的權力。

鳳梅的行為完全背反了莎拉・魯迪克（Sara Ruddick）所闡述的為母實踐的共同職責「保護孩子的生命」，莎拉認為「保護兒童的生命」是組成母體實踐的永不改變的目標」。[18]但是同時卻在強化她所提出的幫助「孩子成長為能被社會所接受」的目的。[19]正是這一對母親的社會文化的要求，母親被賦予了使用暴力的權力，來糾正其子女的行為。為防止他們越軌，母親的強制行為可以變成虐待性的甚至是毀滅性的力量。鳳梅所做的，歸根結底是遵循她所受的教育，已經在她心裡扎了根的，延續了幾千年的中國文化傳統。

一些批評家認為這部小說描繪了一種模式化了的東方母親形象，從而迎合西方讀者對東方母親的想像。然而，另外一位美國華裔作家的傳記，卻印證了李群英的描寫，美國著名的華裔女作家譚恩美自己的生活經歷中遭遇過類似的鳳梅對女兒的暴力行為。在她的自傳中，作者描寫她母親企圖阻止她跟男友的關係時吼叫的情景，「我寧願殺死你！我寧願看到你去死」。[20]這些話跟鳳梅對蘇珊娜的刺心的話如出一轍：「我要先看到你死。你永遠別想嫁給他。」[21]更使譚恩美傷心的是她母親把她推倒牆角，一把刀鋒發亮的切肉刀直逼她的喉嚨，眼睛像猛獸一樣殺氣騰騰地盯著她。原因跟鳳梅一模一樣：她認為女兒正在交往的男朋友會給她們家庭蒙受羞辱。

《餘震》：跨越男尊女卑的「牆」

本章最後要轉到加拿大女作家張翎發表在2007年的中篇小說《餘震》，該

---

[18] Sara Ruddick, *Maternal Thinking: Toward a Politics of Peace* (New York: Ballantine, 1989), 19.

[19] 同上，第21頁。

[20] Amy Tan, "Confession," *The Opposite of Fate: Memories of a Writing Life* (Penguin Group, 2003), 213.

[21] SKY Lee, *Disappearing Moon Café*, 203.

小說於2011年改變成電影《唐山大地震》，創下了中國電影票房記錄。小說描寫的是1976年唐山大地震以及地震對倖存下來的人的精神上的創傷和影響。

小說始於主人公王雪梨在加拿大的生活如何受慢性偏頭疼導致憂鬱症的痛苦折磨，以至家庭的正常生活受到影響，與丈夫和女兒的關係日趨緊張。小說的故事情節展開在逐漸披露雪犁偏頭疼症癥結的過程中，在逐漸追回喚醒一直被壓抑的記憶的同時也揭開了雪梨與她母親之間的愛恨糾集關係的祕密。雪梨是唐山地震的倖存者，地震發生時，她和雙胞胎弟弟一起被同一塊水泥板壓在下面，那時雪梨才7歲。救援人員面臨著拯救哪個孩子的問題，因為當時如果從左面撬開水泥板，右面下面的孩子就沒救了，反之亦然。大家都等著母親做決定，要救的是男孩還是女孩。在兩個孩子生命懸於一線之際，母親終於喃喃出了兒子的名字，雖然聲音輕微，但對雪梨來說好似腦殼上被凶猛地砸了一錘失去了知覺。

其實雪梨並沒有死，她奇跡般地在屍體堆中被雨水的澆淋而甦醒過來，爬出去以後獲救，之後被一對教師夫婦領養。雪梨後來逐漸地恢復了記憶，但是母親最終選擇兒子的決定在她心靈深處雋刻下不可磨滅的創傷。

雪莉的病症在於她一直將自己看作為性別歧視的受害者，而不是自然災害的倖存者。被救出以後，她從未回家去和她母親團聚，自然也不知母親是否也倖存。在多倫多大學攻讀博士學位時，潛意識中被母親遺棄的意念逐漸發展成為心理上的障礙，從慢性的頭痛和失眠症，逐漸發展成了抑鬱症和無法癒合的心理傷口，以至她對恐怖的地震的反覆、分裂的記憶只與母親吶吶言出孿生兄弟的名字聯繫在一起，導致了她對母親的完全拒絕。因被困在過去而不能自拔，雪莉試圖自殺了三次。小說是用母女之間的張力和對抗這樣一種形式來反映男權中心在中國文化中的主導地位。

雪莉的偏執型精神分裂症在某種程度上類似於瑪格麗特・阿特伍德（Margret Atwood）的小說《浮出水面》（1972）[22]中沒有姓名的女性敘事者所患的病症。雖然這兩部小說所敘述的是在不同的社會和歷史環境中的不同故事，但兩位女主

---

[22] Margret Atwood, *Surfacing* (New York: Popular Library, 1972).

角都患有沮喪，抑鬱，精神障礙和精神分裂症。她們都經歷了被父或母親的放棄，都將自己的感受內在化，並與相愛的人分離。阿特伍德的小說的敘述者拒絕了她戀人的求婚，而雪莉則與丈夫離婚。她們各用自己的方式試圖逃離社會，阿特伍德的敘述者躲進與社會隔絕的、野性、原始的大自然，雪莉則多次自殺。她們精神上的障礙昭示著她們與男權文化的絕望鬥爭，在鬥爭中她們常常感到無能為力而導致精神上的崩潰。這正是貶值女性的文化實踐的必然結果。

跟前面兩部加拿大華裔作家的作品不同，張翎的小說並沒有描寫母親以為了孩子的名義而最終導致孩子的死亡，她是把母親置放在一種罕見的極端的場景中來考察、檢驗她的性別價值觀念。在以男權文化為中心的傳統中國，兒子的福祉代表著家庭的軸心，妻子在家庭中的地位在很大程度上取決於她是否生下一個兒子。「生下一個兒子是一個女人可以在世界上離開她的標記的一種手段」，[23]雪莉母親李元妮曾對她弟弟自豪地說，她的公公和婆婆極其寵愛他們的孫子，彷彿他是一個小神。當代中國雖然在兩性平等上取得了重大進展，但重男輕女的文化遺產在許多地方依然頑固地存在。經過一番煎熬般的痛苦掙扎後，李元妮最後還是在女兒和兒子之間選擇了兒子，再一次印證了重男輕女的傳統觀念在人們思想意識中的根深蒂固。雖然這種狀況隨著時代的遞進已經有了很大的改變，但是在關鍵時刻，它卻不容置疑地占著主導地位。在《泰坦尼克號》（臺譯《鐵達尼號》）中發生的只有女性和老弱病殘才能上救生船的情景，在那時的中國還不可能發生。母親的選擇，對於已經具有了一定的女性意識的女兒是很難接受的，於是便有了怨恨母親、不讓其在心中占有一席地位的頑強努力。

母親形象的解構：從聖母到惡母

縱觀中國文學史，除了罕見的例外，直到二十年多前的母親在文學作品中

---

[23] Adrienne Rich, *Of Women Born*, 193.

基本上都是聖母性的形象，母親被描寫成女神般的、沒有個人感覺或需求的完美無瑕。尤其是母親的獻祭和自我犧牲被作者熱情頌揚。在這些作品中，母親遭受父權制壓迫的痛苦完全被對她的讚美所掩蓋。唯一的例外是張愛玲的中篇小說《金鎖記》（1943），小說中的女主角從一個天真無邪的女孩在以男權為中心的文化主導下，被「金錢」的陷阱所困而變成一個面目可怖的邪惡母親。

　　1980年代後期，中國女作家們在尋求女性獨立解放的思想文化思潮中邁出了重要的一步，她們在作品中塑造了不僅在心理上、更在精神上遠遠優越於男性的女性形象。這些女作家在男權文化為主的社會中，為爭取女性的獨立而在她們的作品中理想化被丈夫遺棄的母親。在讚美女性的獨立、不依賴丈夫的同時，作品中的女性被剝奪了正常生活，忍受著生活中的千辛萬苦，在沒有丈夫的支持下，獨自撫養子女，與此同時男性卻享受著生活，不必承擔任何撫養子女的責任。在這些作品中，孩子往往會因事故或疾病而死亡，以至於這些女性進一步喪失體驗幸福母親的經驗。這些作品高度強調母親的美德：耐心，容忍和寬恕，卻不是她們作為女性的權利。正如安德烈・奧雷利和瑪麗・波特（Marie Porter）所說的男權文化中女性的悖論：「要成為一個好女人，必須成為一個母親，而要成為一個好母親，卻不能成為一個真正的女人——即在母親角色之外擁有一個自我。」[24] 將母親理想化的藝術處理，不經意間仍然把母親限制於傳統的女性行為守則，服務於以男權文化為中心的意識型態的修辭，就像母親研究的開創者艾德麗安・里奇在她的《女性與生俱來的》一書中指出：「制度化了的母性要求女性作為母親的本能，無私奉獻，而不是自我實現；要求與他人的關係而不是創造自我。只要她的後代是『合法的』，母性就是『神聖的』。」[25]

　　耐人尋味的是文學作品自1990年以後就出現了強烈的反彈。多名著名的中國女作家不約而同地開始解構理想化的母親形象，刻意描寫惡母親的形象，她們要麼寵壞她們的兒子，要麼傷害她們的女兒。在這些作品中，對母親形象描

---

[24] Andrea O'Reilly, Marie Porter, and Patricia Short, eds. *Motherhood Power & Oppression* (Toronto: Women's Press, an imprint of Canadian Scholars' Press, 2005), 11.

[25] Adrienne Rich, *Of Women Born*, 42.

寫的重點不再是她們成為父權制文化的犧牲品，卻更多的是她們反過來把她們的子女培養成父權文化的犧牲品。在這些作品中，女兒無一例外地為自由和獨立而離開她們的母親，兒子卻讓家庭和社會失望。文學評論家盛英對這一突然的變化感到遺憾：「當我寫『母親神話的倒塌』時，我感到很痛苦。」[26]作家兼評論家徐坤甚至說，當代中國女作家共同行進在弒母的道路上。[27]林丹婭教授高度讚揚中國女作家從塑造聖母到惡母親形象的轉變。她認為這是對傳統的母親角色設計的斷裂，在她的《當代中國女性文學史》中，她提出一個二十世紀後期女性文學中的審母現象。與五四時期對把母親聖人化不同，她認為臺灣女作家廖輝英的《油麻菜籽》，方方的《風景》，池莉的《你是一條河》等（我還可以加上徐坤的《女媧》，陳染《無處告別》）作品在還原母親的本來真實的面目時，更進了一步，把母親形象從無私，奉獻，博愛，犧牲，忍辱負重，變成醜陋，冷酷的以男權為中心的文化的執行者，她們的一個共同的特徵就是從受虐者變成施虐者。丹婭認為，二十世紀女性作家對母親角色的反叛是對父權制歷史塑造女性的文化模式的解構和顛覆。[28]

然而，在描繪母親拒絕成為男權為中心的文化傳統犧牲品、反叛主流文化的母性修辭、尋找一種在「壓迫性的父權制之下的母親角色規範」[29]之外的女性時，女作家們似乎有著方向不明的困惑。具有諷刺意義的是她們塑造的母親形象卻是男權中心的文化的冷酷執行者，她們原本身是受虐者卻變成了施虐者。在顛覆理想化了的母親形象、抨擊母親自覺服膺於父權意識型態的同時，這些作家卻沒有創造出時代性的有著獨立意識的母親形象。她們所描述的母親形象反映出當今中國的文化仍然是以男權為主，也許是因為女權主義運動在中國從未實際發生過，女性主義普遍被視為一個貶義的術語，在這樣的文化範圍中，真正獨立、享受與男性平等權力的母親必然是罕見的。

---

[26] 盛英，〈漫議母親神話的倒塌〉，《中國女性文學新探》，北京：中國文聯，1999年，第102頁。
[27] 徐坤，〈現代性和女性審美意識轉變〉，《現代性與中國當代文學的轉型》，昆明：雲南人民出版社，2003年，第90頁。
[28] 林丹婭，《當代中國女性文學史》，廈門：廈門大學出版社，2002年，第322-327頁。
[29] Andrea O'Reilly, *Toni Morrison and Motherhood*, 160.

小結

　　縱觀三部加拿大華裔女作家的小說，從弒子，到逼女自殺，到擇男棄女，它們在不同時期，從不同角度展現了中國傳統文化對母親的製造，以及母親與子女之間關係的定位，她們對子女暴力性的行為，使她們跟凶手聯繫起來。在這一層面，這些作品跟中國90年代的審母作品的主題是一致的。但是，不同的是，這些作品並沒有停留在解構和顛覆的層面上，它們更進一步地提出了解構和顛覆者自己所處的位置，是在以男性為中心的社會層次上高高在上地審視母親，還是在男女平等的地基上探究母親「惡」的來龍去脈。在水仙花的《新的智慧》結尾，主人公決定帶自己精神已經錯亂的妻子回國治病，他認為妻子的行為是由疾病造成的，需要進行精神治療。而這個疾病的根源是傳統文化的意識型態。殺子並不是寶琳的自然母性，「母親暴力源於對孩子的愛被絕望所扭曲」，[30]為其文化背景所制約。她自己本身是文化意識型態的犧牲品，是無形的母親社會機構暴力的犧牲品。在三位母親中，她是最充滿愛、最富於獻身的一個。互相不能調和的母性和她思想模式上的文化烙印最終導致她精神崩潰。她守著兒子屍體時安寧的歌聲和微笑與她剛剛犯下的弒子暴力形成鮮明的對比。母愛的自然本性與她為母的文化印記之間的不可調和的衝突使她最後崩潰。寶琳的精神崩潰佐證了她的受害者的身分。

　　《殘月樓》中的敘述者凱，意識到她所批評的曾外祖母和外祖母，都是「與流離失所的華人生活在一起，不能掌控自己命運的女性，每個人都陷入各自的困境」。[31]在描繪蘇珊的母親從傳統的以男權為中心的文化的受害者轉變為自己的女兒的施虐者時，《殘月樓》同時也塑造了一個好母親，那就是小說

---

[30] Emily Jeremiah, "Murderous Mothers: Adrienne Rich's *Of Woman Born* and Toni Morrison's *Beloved*," *From Motherhood to Mothering: The Legacy of Adrienne Rich's Of Women Born*, ed., Andrea O'Reilly (Albany: State University of New York Press, 2004), 61.

[31] SKY Lee, *Disappearing Moon Café*, 145.

的敘述者凱的母親,自殺了的蘇珊娜的姐姐,碧翠絲。她也受到母親的強制性的管教,包括對她戀愛、婚姻的粗暴干涉,但是她在對抗母親、爭取自己權利的過程中逐漸變得堅強。雖然她不是理想化了的母親,但是一個充滿理解和包容,不守舊的母親,她能和女兒在經常發生的矛盾衝突中互相溝通,最後達到理解。50年代出生60年代成長的凱是新一代的女性,她不斷給家裡帶來新的想法,蔑視傳統規範。在探尋家族史祕密的過程中,凱逐漸發現了自己,找到了自我意識,確立了自己的文化身分。為了成為一個真正獨立的女性,她最後離開了自己的丈夫,投奔跟自己有著共同思想,興趣,愛好的女友,並跟她生活在一起,讓自己的孩子在一個沒有男權文化的環境裡長大。這一行為是她作為一個獨立個人的女性主義的宣言,她要成為的不是「一系列個人中的一個——有的人在她前面,有的人在她的後面」,而是要成為她自己。[32]

《餘震》集中在雪梨的母親擇男棄女決定對她精神上的困擾,和她做了母親以後逐漸的反思。雪莉的神祕頭痛是她心理上糾結於「被遺棄」後的精神狀態。當她自己成為母親後,尤其是在與自己女兒的緊張關係中,雪梨開始反省為母的實質,當女兒反叛她的清規戒令離家出走時,她慢慢地認識到她是在把對母親的怨恨轉化到女兒身上。雪梨為女兒制定的條條規規就像伊麗沙白・德布爾德(Elizabeth deBold)所形容的一堵牆,「這是一堵男尊女卑男權文化的牆。女性為了能夠越過這堵牆,就必須放棄她們自己的很多部分,以便被社會所接受」。[33]在《餘震》中,這堵牆以「窗」的形式反反覆覆象徵性地出現在雪梨的夢中,她無數次嘗試著推開這扇窗,卻始終打不開最後一扇窗扉。

雪梨的心理醫生建議她清除掉堵住窗口的鐵鏽,它們暗寓著雪梨心理上的障礙。窗口象徵著由無形的社會文化機構規定的母親行為規範,同時又被雪梨自己進一步加固強化。只要雪梨不能面對它,它就永遠不能被打開。經過四個月的心理治療,最後在心理醫生的啟發下,雪梨終於超越了傳統文化模式化了

---

[32] 同上,189。

[33] Elizabeth deBold, Marie Wilson, and Idelisse Malave, *Mother Daughter Revolution: From Good Girls to Great Women* (New York: Addison-Wesley, 1993), 12.

的為母觀念，意識到母親自己也是男權文化的犧牲品，她們的所作所為是由會文化意識所驅動的，她決定不再做緊閉著的「窗扉」的犧牲品，回國去看望自地震以後從未見過的母親。只有這樣，作為女兒她才能夠超越「制度化的、自我犧牲的『母愛』」，[34]才能與母親一起打破男尊女卑的「牆」，一起推開把她們母女倆分開了這麼多年的「窗扉」；作為母親，她才能幫助女兒成長為一個獨立的、自由的女性。雪莉回國後見到母親的剎那間，對母親的感情便洶湧上來，三十年來第一次流出了眼淚。同樣，在瑪格麗特・阿特伍德的《浮出水面》中，女主角為了「拒絕成為受害者」，[35]在小說的結尾部分，經過艱難險阻終於從野性的自然回到社會，在精神上「尋找父親的過程最終引向與母親的和解團聚」。[36]

在女兒與母親的衝突中，女兒是否也應反省自己有無權利來評價母親，是否也在使用男權中心的文化意識來審視母親？從審母轉換到女兒的自省，張翎的《餘震》提出了在爭取男女真正平等的鬥爭中，女兒跟母親應該站在同一個地平線上。

在描繪母親為母時的壓迫性時，上面討論的三部小說注重揭示以男權為中心的文化在這種壓迫中所起的作用，讀者應該如何評判母親。與單方面批判審視母親不同，作者重在表現為爭取男女的平等，女性的社會身分和女性的權利的鬥爭中女兒和母親應該肩並肩地共同努力。

【此文發表在《人文國際》2013年第6輯】

---

[34] Adrienne Rich, *Of Women Born*, 246.
[35] Margret Atwood, *Surfacing*, 222.
[36] Adrienne Rich, *Of Women Born*, 242.

貞節觀和性強暴：論《勞燕》

曾經在微信上看到有篇文章，題目是2017年不會忘記的兩部小說，其中之一是張翎的長篇小說《勞燕》。孤陋寡聞的我沒有讀過2018年出版的其他長篇小說，所以沒有資格來評判是否還有很多不會被忘記的優秀長篇小說，雖然我相信一定還有。但是，我非常同意這篇文章關於《勞燕》的評價，因為《勞燕》不僅再次顯示了作者精湛的藝術表現力，審視歷史的洞察力，富有文化神韻的語言風格，更以女主角阿燕（姚歸燕）的形象為女性／性別研究提出了一個至關重要的課題，即對被侮辱和被損害的女性的拒絕、對她們傷害和貶黜的文化現象。《勞燕》在驚心動魄地展示這個現象的同時，震撼性描述了女主角阿燕在這一沉重的文化傳統的束縛下從不自覺到自覺地為自己的尊嚴和人格與貶黜女性的文化傳統頑強抗爭的艱難過程。

自《勞燕》於2017年出版以來，好評如潮，許多鞭辟入裡的評論文章已經對其藝術上的獨特和創新作了具體的分析和研究，本章旨在對女主角阿燕的個體分析，集中探討小說對女性研究的深刻意義，以及小說在中國性別文化史上的重要地位。

阿燕是作者張翎精心刻畫的女主角，但是她卻在敘述者裡「缺席」，[1]對她的形象的描繪完成於三位男性的敘述和兩條狗的對話中。他們的敘述是在人物過世以後以亡靈的語氣和回憶的形式娓娓道來，這三位與阿燕的命運有著不可分割的關係的男性分別是阿燕青梅竹馬的未婚夫／丈夫、中美特種技術合作所訓練營的中國軍官劉兆虎，美國牧師比利，和訓練營裡的美方訓練官伊恩。三位男性敘述者分別從各自的視角來敘述所接觸、所觀察到的阿燕，這些具有不同文化、社會、宗教背景的多維人物視角視線，編織成一幅立體的阿燕人物形

---

[1] 花宏艷，〈張翎新作〈勞燕〉敘事學研究〉，《名作欣賞》，2018年第1期，第79頁。

象，縱橫貫穿著不同文化對阿燕這一人物的闡釋，使得她形象的內涵十分豐富和飽滿，正如謝有順所指出的，「《勞燕》最為人難忘的是阿燕這個人物」。[2]

阿燕原本可以是一個幸福的女子，與青梅竹馬的劉兆虎喜結伉儷，把茶園經營得有聲有色，美滿地與相愛的人度過快樂的一生。但是，戰爭把一切都改變了，戰爭把他們的人生道路改變成災難式的悲劇。日本侵華戰爭不僅給全中國帶來毀滅性的災難，更摧毀了阿燕的小康家庭，毀滅了她原先憧憬的與劉兆虎的幸福未來。因為，等待在阿燕面前的，除了民族的災難，更有性別歧視的災難。阿燕受到了日本侵略軍的強暴。

以男權為中心的性暴力征服的文化

自從有戰爭以來，女性歷來是戰爭的性別受害者，因為性強暴女性往往是男性廣泛使用的、以此來威儡對方的戰爭武器，[3]「強姦是征服者一種行為」，[4]當然，強暴女性並不是自有戰爭才開始，以性暴力來征服女性是以男權為中心的制度和文化建立的基礎。在分析性強暴的歷史起源時，蘇珊・布朗米勒（Susan Brownmiller）在她的《違反我們的意志：男人，女人和性強暴》這一研究性強暴的奠基之作中，這樣論述最初的性強暴對男權文化形成的意義：「（性強暴）這一成就使強姦不僅成為男性的特權，而且成為男性壓迫女性所使用的基本武器，成為他的強權意志和使她恐懼的主要力量。任憑她極力反抗和鬥爭，他的強行進入她身體的行為，成為他勝利地征服她的手段，他卓越實力的終極考驗，他的男子氣概的告捷。」[5]她認為之後的等級制度，奴隸制和私人財產的概念皆源於最初男性對女性性強暴的征服，[6]而被性強暴的女性往往就成為男性的私有財產被占有，性強暴是一個違反女性意願、物質化女性的男權文化的罪行。

[2] 謝有順，《向痛苦學習：〈勞燕〉中人性的受難和救贖》，微信公眾號：《謝有順說小說》。
[3] Margaret A. Schuler, "Preface," *Gender Violence: The Hidden War Crime* (Kumarian Press, 1998), vii.
[4] Susan Brownmiller, *Against Our Will: Men, Women and Rape* (New York: Bantan Books, Inc., 1975), 27.
[5] 同上，第5頁。
[6] 同上，第8頁。

為了維護男權至上的中心地位，男性為男權文化設計出了「貞潔／貞節」的性觀念用以強化對女性的控制和役使，他們從意識型態到政府機構，從社會的各個層面灌輸、滲透這一觀念，不僅通過文學作品，人物傳記的宣傳，還通過行政方面的實踐，比如旌表，樹立碑坊，製作匾額來表彰女性的「貞潔／貞節」，給予她們載入史冊的最高榮譽。最後這一觀念進入法律和制度，以法律的形式固定下來，使其制度化和合理化。從漢代劉向的《列女傳》，以及從漢代開始的旌表烈女貞婦，到明代龐大的讚頌貞節女性的文集和傳記，到清代朝廷的中央控制旌表、供奉「貞女／烈女」，[7]對於女性貞潔／貞節的推崇和重視成為壓迫、歧視、貶黜女性的桎梏，使女性在社會地位上徹底邊緣化。所謂「餓死事極小，失節事極大」[8]的理論更把沒有能力保護自己的弱勢女性置於歧視女性社會的最底層，而就受害者而言，性強暴在她們心靈上和心理上造成的創傷和負面影響是永久的，伴隨她們的一生。艾莎・吉爾（Aisha Gill）在分析男權文化為女性所製造出來的貞潔／貞節的「榮譽」時精闢地指出，「這種榮譽是以暴力為基礎的——裹滿著社會尊重的古銅色的暴力——它為其他形式的性別暴力鋪平了道路……，這種『榮譽』遠不是慶典女性的尊嚴和她們在社會上的重要性，事實上它導致了她們成為性強暴和性虐待的受害者」。[9]

　　《勞燕》中的阿燕的遭際，是這種歧視女性文化的生動圖解。被日寇凌辱後的阿燕，立即失去了在村子裡的社會地位，竟成為村子裡被同胞性強暴的對象，甚至連小男孩們都來侮辱她，欺凌她。而她法律名義上的丈夫劉兆虎也因此而拋棄了她。劉兆虎的母親雖然很同情阿燕的遭遇，但是她也鼓勵自己的兒子離開名義上的媳婦。因為他們都認為她已經不貞潔了，所以任何人都可以為所欲為地侮辱她，而她也就理所當然地被剝奪了作為女性的正常權利。

　　小說耐人尋味地描寫了劉兆虎複雜的矛盾心理，他對阿燕的態度正是傳統

---

[7] 見SiyenFei, "Writing for Justice: An Activist Beginning of the Cult of Female Chastity in Late Imperial China," *The Journal of Asian Studies*, vol. 71, no. 4, (2012): 991-1012.

[8] 見《二程遺書》卷二二下；方苞〈《巖鎮曹氏女婦貞烈傳》序〉。

[9] Miranda Horvath and Jennifer Brown, eds., *Rape: Challenging Contemporary Thinking* (Portland: Willan Publishing, 2009), 164.

文化中歧視女性的寫照。劉兆虎確實也意識到這不是阿燕的錯，阿燕只是戰爭的犧牲品，是無數被性強暴的女性中的一個。作為她的名義上的丈夫，作為一個中國人，作為一個男人，他義不容辭的責任是為阿燕、為被日寇凌辱的女性報仇。「我終將要用我的生命來洗滌她的恥辱。」[10]確實他這樣做了，也做到了，參加抗日軍隊，投入反抗日軍的戰爭，直到日本侵略軍投降。但是，他卻不會再接受阿燕為妻了，因為，這是一種「恥辱」，它有損於他的男性「尊嚴」，「貞操是一條邁不過去的萬丈壕溝」。[11]自然，這條壕溝是由傳統文化挖掘、建築了幾千年，異常的堅固和牢不可破，它讓本應保護、呵護女性的男人去歧視女性，任由她們去倍受汙名和恥辱。他唯獨沒有想到的是，既然這不是阿燕的錯，那錯的就是他自己。阿燕只是敵方為表示征服、向我方的男人、社區、國家挑釁的犧牲品，對阿燕的侮辱也是對劉兆虎、對整個民族的侮辱。在1995年向聯合國人權委員會提交的報告中，暴力侵害婦女問題的特別報告員指出，在武裝衝突的局勢中，「性強暴象徵著強暴當地的社區，是破壞社會和文化的基本要素──是對男性敵對方的最終屈辱」。[12]敵對方是通過對女性的殘害，從精神上摧殘、屈辱我方男性的，然而，劉兆虎和村民們並沒有把阿燕的屈辱等同起整個國家和民族的屈辱，卻以性別為界，讓女性單獨去承擔敵方強加的屈辱。更有甚者，他們對待阿燕的方式進一步讓阿燕淪為自己同胞文化觀念的犧牲品，讓她進一步受到自己同胞的侮辱。

從貞貞到阿燕：對傳統貞潔／貞節觀念的反叛

阿燕這一人物形象讓人想起丁玲在1940年代初所寫的小說《我在霞村的時候》[13]中的貞貞，這篇小說也是描寫女性如何承受民族戰爭、以及傳統文化中

---

[10] 張翎，《勞燕》，北京：人民文學出版社，2017年，第147頁。
[11] 同上，第290頁。
[12] Margaret A. Schuler, *Gender Violence: The Hidden War Crime*, v.
[13] 丁玲，〈我在霞村的時候〉，《中國現代中短篇小說選（1919-1949）》，第一卷，劉紹銘，王維樑編，香港：公開進修學院出版社，1994年，第377-393頁。

的性別歧視的雙重迫害。被日寇性強暴後的貞貞被帶到日本軍營，歷經艱險逃出後的貞貞，得到地下抗日組織的指派，為抵抗力量蒐集情報，讓地方抗日組織更有效地打擊侵略者，她接受了組織的派遣，回到日本軍營成為一位慰安婦。這樣一位為民族、為國家作出巨大個人犧牲的女英雄，回到自己村子裡後，卻發現自己被村民歧視，被汙名，被貶黜。「尤其是那一些婦女們，因為有了她才發生對自己的崇敬，才看出自己的聖潔來，因為自己沒有被人強姦而驕傲了。」[14]然而，作者卻給她的女主角起名為貞貞，其象徵意義不言而喻：因為在丁玲的心目中，貞貞是最貞潔、貞節的女性。她為了反擊、報復日寇對她自己、對中國人民犯下的罪行，無視封建禮教中的「貞節觀」，正如她在作品中對敘述者「我」所說：「我看見日本鬼子在我搗鬼以後，吃敗仗，游擊隊四處活動，人心一天天好起來，我想我吃點苦，也划得來。」[15]目睹了村民對貞貞的不幸遭遇毫無任何同情心，卻以男權文化製造出來的「貞潔／貞節」觀來否定貞貞作為女性在村子裡的社會地位，作者深深感受到性別歧視在傳統文化中的根深蒂固，它已經令人壓抑地滲透在社會結構的每個層面，而這一所謂的「道德」觀念的虛偽、性別歧視的本質與貞貞自我犧牲的高尚情懷相比，形成了強烈的反差。作者在這篇作品中以熱情讚頌貞貞來顛覆傳統文化中以男權為中心的貞潔／貞節觀，為被性強暴的女性正名。

如果貞貞是一位在艱難中反抗和挑戰傳統的「貞潔／貞節」觀的女戰士，那麼阿燕則是在挑戰和反抗中奮力地撕破這一傳統觀念的虛偽，懦弱，和性別歧視的遮羞布的勇士。與貞貞不同的是，阿燕是在中西文化的衝突、交流和互動中完成這一壯舉的。阿燕與西方文化的相遇是因為美國牧師比利，比利兩次相救阿燕，第一次在她被日寇性強暴後，第二次是在阿燕被村子裡的男孩們侮辱時。阿燕被比利帶到了教堂，此後便在那裡生活。阿燕在比利為她治療身體與心靈上的創傷的過程中，開始受到西方文化尤其是基督教文化的薰染。牧師比利的言傳身教向她開放了一個對她來說前所未有的知識領域和價值體系，這

---

[14] 丁玲，《我在霞村的時候》，第386-388頁。
[15] 同上，第386頁。

使她最終能夠站在一個新的制高點上來審視「貞潔／貞節」觀念對受到性強暴女性的壓抑和鉗制。

耶穌有句名言，當一群文人和法利賽人打斷他的講課，帶進來一位女性，指控她犯了姦淫罪，問耶穌是否應該按照法律處以石刑懲處她時，耶穌說：「在你們中間沒有罪的那個人，讓他先向她扔石頭吧。（He that is without sin among you, let him first cast a stone at her.）」[16]指控那位女性的那群人，聽了耶穌的這句話後，默默地一個接一個地離開了。顯然，在他們中間沒有一個人是無罪的。耶穌的寓意非常明顯：有罪的男人怎麼有權力來審判女性？阿燕住進教堂後，每天幫牧師比利抄寫《讚美詩》，週末聽牧師的布道，雖然她「當時沒有，後來也沒有，真正皈依基督」，但是牧師比利感覺阿燕對聖經的領悟比他還深，「她有一雙天眼，總能跳過一切文字和概念製造的阻隔，直接進入信仰的核心」。[17]這是因為阿燕親身經歷了非人道的待遇後，她對人世的看法有著慘烈的沉重，一旦與另外一種文化接觸，原來文化的疆域被打破後，新的觀念洶湧而入，阿燕就有了對比和參照，在經常向比利提問的過程中，逐漸建立起新的價值座標。這個新的座標讓她能夠從人性的角度對性別歧視進行反審，對男女之間不平等權力進行挑戰，對以男權為中心的文化進行鞭笞。

然而，阿燕的這一意識上的蛻變並不是一蹴而就的，它是在風暴和烈火中完成的。對此，作者張翎有著詳細的描述。中美特種技術合作所訓練營學習受訓的520學員、綽號鼻涕蟲在河邊遇見正在洗草藥的阿燕，控制不住自己的性慾企圖強暴她，此舉的最主要原因自然就是當地人的共識：既然阿燕已經被日寇性強暴過，那麼任何人也都可以強暴她，因為她已經不「貞潔」了。雖然他欲強暴阿燕的行為沒有得逞，因為遭到阿燕的強有力的反擊，但是他卻用語言在精神和人格上對阿燕進行侮辱，武器仍然是「貞潔」。

阿燕差一點被這一「武器」擊倒，她萬萬沒有想到離開了自己的村莊，並沒有逃脫「汙名」，它如鬼隨影，緊緊地纏住著她。但是此時的阿燕已經是斯

---

[16] 轉引自 Susan Brownmiller, *Against Our Will: Men, Women and Rape*, 10.

[17] 張翎，《勞燕》，第91頁。

塔拉（阿燕的第二個名字），不再是柔裊、纖巧，易被傷害的燕子了。她不願意再接受如此的侮辱、損害，她決定要反擊，要讓鬼影在陽光下敗走，要反擊社會上、文化中對被性強暴女性歧視的傳統。她把這一反擊視作為「去做一場猶豫了很久卻最終不得不做的手術，不是給別人，而是給自己」。[18]事實上，她是在給性別歧視的文化傳統做手術，她把它比喻為手上的「潰爛」，「膿血流得到處都是，流到哪裡就感染到哪裡」，只有把它剁了，她和所有被性強暴過的女性才能獲得重生。

於是斯塔拉來到中美特種技術合作所訓練營，面對一院子的學員，她大聲責問：「要是你們的家人你們的鄉親遭了日本人的禍害，你們怎麼辦？」[19]她最後用全力憤怒發出的、振聾發聵的「你們為什麼只知道欺負我，你們為什麼不找日本人算賬？」如石破天驚，把男人的尊嚴砸得粉碎，讓一院子的男性啞口無言，唯有「水缸和牆壁在嚶嚶嗡嗡地顫動」。[20]斯特拉的鋒芒直指性別歧視，直指男性的虛偽，更令人深思的是，經過一番內心掙扎，此時的她開始拒絕自我羞恥，不再像所有被性強暴後的女性自認為不潔，感到羞恥的應該是男人，男人應該去報仇，而不是趁機來進一步侮辱被損害的女性。一個嶄新的、完全解脫了男權文化對女性的束縛的斯塔拉涅槃再生。作者張翎對斯塔拉的這一壯舉的描繪非常精彩，細膩，生動，尤其是對她的舉止，神態以及內心情緒波瀾起伏中的每一個湧動的刻畫。

在小說中，鼻涕蟲因企圖侮辱斯特拉被長官以軍法嚴懲，但斯特拉卻提出讓他在與日本的戰鬥中為自己贖罪。鼻涕蟲果然為保護戰友安全撤離而壯烈犧牲。對比烈女為被性強暴而自盡，鼻涕蟲的犧牲有著雙重意義，一是顛覆「貞節」觀只對女性單方面的壓迫，即被侮辱的女性以死「洗辱」，相反，男性得為自己侮辱女性的行為付出代價；二是男性為被敵方侮辱的自己同胞復仇，體現男性保護女性、保家衛國的責任和擔當。鼻涕蟲捐軀後，斯特拉親手把他的

---

[18] 同上，第183頁。
[19] 同上，第187頁。
[20] 同上，第191頁。

頭顱和屍體縫合在一起，以表示對他的壯舉的敬重。斯塔拉挑戰的並非是企圖強暴她的鼻涕蟲個人，而是幾千年積累下來的文化觀念和傳統，它壓迫、摧殘著被性強暴過的女性已經有幾千年的歷史。一旦鼻涕蟲以壯舉表現與此觀念的決裂，斯塔拉便以慈悲胸懷寬恕了他，並幫助他實現了生前的遺願。

被性強暴的女性在張翎的小說中是經常出現的人物形象。比如《流年物語》中的全力，《陣痛》中的上官吟春，《雁過藻溪》中的袁氏等等，她們被性強暴後，或者被知書達理的教書先生的丈夫所嫌棄，或者把這當成恥辱的祕密而隱守終身，或者自殺以死表示抗拒，她們無一例外地都在性別歧視的傳統文化陰影的籠罩下生活，身體上的創傷可以治癒，但心靈上的創傷永遠在淌血。作者在傾注自己對她們深切同情的同時，憤懣於傳統文化的貞潔／貞節觀念對她們的不公，於是塑造了阿燕或者斯特拉或者溫德，讓她來轟擊這一代表男權控制女性的落後思想意識，讓她來呼喚一種維護女性權力，尤其是維護被性強暴後的女性的權利、尊嚴、和應有的社會地位的文化意識。

解構歧視女性的貞潔／貞節文化觀

無獨有偶，2017年還有一部母題相似的郭柯導演的電影紀錄片《二十二》問世。這部紀錄片以「白描」的方式記錄了在日本侵華戰爭中二十二位被日軍強迫作為性奴隸的倖存者的生活狀態，影片感人至深地表現了導演對弱勢群體的誠摯關懷。按照影片的介紹，在1931-1945日本侵華的十四年間，中國大約有二十萬以上的女性被強迫做日軍的性奴隸。無數女性被折磨死，少數倖存者的後半生卻在歧視和恥辱的陰影下度過餘生。而她們自己也因為文化的薰陶為此深感恥辱，進而自我貶低甚至自我否定。紀錄片中大部分被採訪者選擇沉默而意識不到這是她們申訴男權文化歧視女性的機會和權利。這部紀錄片讓觀眾感受到同樣的一個問題，即被強暴過的被侮辱與被損害的女性在傳統文化觀念中的位置，以及她們在當今社會的地位問題。對待受到性強暴的女性的態度，應該是一個社會文化文明程度的體現和標竿。對女性的貞潔／貞節的要求，是

男女不平等、男權至上的具體體現。而貞潔／貞節的觀念不應該應用在被性強暴的女性身上。為什麼女性被性強暴後得以死來洗清自己的「清白」，否則就失去了尊嚴和人格，但是男性卻可以有「三妻四妾」？正如李銀河所總結，「傳統觀念認為，如果一個男人與許多女人有性關係，那麼他只不過是一個花花公子；可如果一個女人同許多男人有關係，她便失去了身分和尊嚴」。[21]雙重道德倫理標準的不合理、不平等在歷史上造成了無數女性的悲劇，過去的社會歷史卻一直在為這種悲劇唱讚歌。

從這個角度上看，小說《勞燕》和紀錄片《二十二》在中國文化歷史範疇中的開拓性的意義不可低估，兩部作品所展現的亦是在第二次世界大戰期間被性強暴過的女性的坎坷命運。小說作者和紀錄片導演順應現代文明的潮流，從人性、人道的角度為被性強暴的女性正名，期待喚起觀眾和讀者對她們的同情，呼籲對她們的關注、尊重、愛護、保護、照顧，通過演繹自己作品中人物的命運，來營造符合女性根本利益的、男女性別平等的、尊重女性的、特別是被性強暴女性的文化觀念。因其傳播手段，紀錄片《二十二》的影響巨大，上座率出乎導演意料打破中國國內紀錄片的票房記錄，在潛移默化地影響和改變歧視女性的傳統觀念。小說《勞燕》則通過塑造阿燕的人物形象，來進行這一解構和改變。阿燕在動盪的年月裡，從被敵寇性強暴過的、之後人人所棄的被侮辱者成長為一個特立獨行的，為人所尊重的自立女性，她以師從牧師比利而習得的治療病痛，救死扶傷的醫學能力，以寬恕仁愛的慈悲胸懷，改變了人們心目中根深蒂固的「貞潔／貞節」的傳統觀念，尤其是「和天底下大多數男人一樣，心底裡總有一絲自尊在作祟」的劉兆虎。[22]

劉兆虎的觀念變化是一個極其痛苦的過程，其間有他自己生活經歷大起大落的跌宕波折，有外界的推動，有他自己的反省，幾乎是在他掉入命運最低谷的時候，他才終於消除了一直存有的對阿燕被性強暴一事的芥蒂。也許是因為社會地位的換位，才使劉兆虎能對自己以前固定的思維方式作換位思考，傳統觀念改變

---

[21] 李銀河，《女性主義》，濟南：山東人民出版社，2005年，第133頁。
[22] 張翎，《勞燕》，第290頁。

之艱難盡在不言之中。但是，畢竟他的觀念改變了，雖然這一改變是何其艱難。在小說敘述中缺席的阿燕，是用自己的行動敘述新的文化、道德觀念，它以人為本，從男人和女人的人的屬性出發，拒絕以性別為分的雙重標準。

　　對被性強暴後的女性的歧視，並非只存在傳統的中國文化，它是個普世的現象，存在於很多國家的文化中，也始終有對於這種現象的抵制和改變的努力。尤其是在第二次世界大戰以後，一個典型的事例能給我們很大的啟發：第二次世界大戰結束後，在立陶宛的一位拉比，即猶太教的教士／法學家，遇到不少被德國士兵性強暴過的倖存者，其中一位甚至被在手臂上紋了「希特勒軍隊的妓女」的字樣。解放後，她得以和丈夫團聚，可是看到她手臂上的紋字後，她的丈夫猶豫了，認為他們先得請教法學專家，必須得到允許後才能恢復夫妻關係，否則就不能。拉比的回答是：「這是我們的責任來宣告，因為她們受到的苦難，她們應該得到自己同胞的報償。我們必須避免給她們造成不必要的痛苦。自然地，因為這種情況而跟受害的妻子離婚的丈夫應該受到譴責。我認為，你們沒有任何必要去除掉妻子手臂上的詛咒。相反，要代表那些被屠殺的人把它保存下來並展示出來——不是作為羞辱和屈辱的標誌，而是作為榮譽和勇氣的象徵，讓它提醒我們和全世界，上帝已經採取並還會繼續向壓迫他的子民的人進行報復。」[23] 以「榮譽和勇氣」來取代「羞辱和屈辱」，這是對被性強暴過女性的道德上的維護和解鎖，是對傳統的貞潔觀的否定。雖然，這一解構歧視女性的貞潔／貞節觀念是由男人（拉比）來進行的，女性仍然只是被動地等待「審判」的結果。第二次世界大戰以後，女權主義運動興起，一波又一波地由女性自己奮起對傳統文化中歧視、壓迫女性的意識型態發起猛烈的衝擊，在打破舊的觀念基礎上，致力於新的文化觀念的樹立，其中一個重要方面就是改變社會對被性強暴的受害者的態度。女權主義的實踐者們認為，提高人們意識的活動能實現改變人們的觀念和態度，並能促進整個社會結構的變化，從制度上來保護性強暴的受害者。反過來，她們也認為，社會，政治和制度變

---

[23] Susan Brownmiller, 50.

革也會改善對性虐待受害者的態度和觀念意識，促進它們的改變。[24]然而，任重而道遠，男女不平等的現象、以男權為中心的歧視女性的文化仍然普遍存在，但是堅冰已經破開，以挑戰男權中心、倡導男女平等為目標的話語與文化觀念和意識正在形成並逐漸為社會所接受。

小結

張翎並不是女權主義者，但是她的作品洋溢著對女性命運的熱切關注，對女性堅韌、頑強性格的頌揚，和對女性文化的熱情扶持。她在《勞燕》中通過阿燕的形象塑造，表達了對歧視性強暴受害者的傳統文化現象的批判，對傳統的貞潔／貞節觀的解構和顛覆。她在小說中為阿燕所設計的三個名字，意味深長，象徵著人物的成長過程；在村裡的鄉親以及劉兆虎的心目中，阿燕原本是自由飛翔的輕盈、快樂的燕子，然而就如燕子本身非常柔裊、纖巧，易被傷害，阿燕因被日本侵略軍強暴而成為孤立無助、進而被村民侮辱的弱女子。牧師比利給阿燕起名為斯塔拉Stella，高遠天際俯瞰大地的星星，寓意只要有方向指路，就不會有恐懼。美方訓練官伊恩也給阿燕起了個名字，溫德，Wind，風可以溫煦吹拂，亦可勢如破竹、摧枯拉朽。從易受傷害的燕子到有了人生的方向、充滿力量、能自由咆哮的風，阿燕的名字和她本身在戰爭的環境中完成了蛻變，如鳳凰涅槃而再生。

【此文發表在《華文文學》第150卷，2019年第1期，61-66頁。】

---

[24] Colleen A. Ward, *Attitudes toward Rape: Feminist and Social Psychological Perspectives* (London: Sage Publications Ltd, 1995), 156.

曾曉文小說中的女性形象和女性表述

在世界華文文學文壇上頗為引人矚目的曾曉文，是加拿大華人作家。她的文學創作道路始於1991年，可以分為「中國時期」（1991-1994）、「美國時期」（1995-2003）、「加拿大時期」（2004年至今）[1]三個寫作時期。曾曉文跋涉於漫長的文化行旅，對移民生活有切身感受，對異國他鄉社會人生有深刻的思考和感悟，尤其是在加拿大時期，這些人生經歷使她的小說創作厚積薄發，扎實地形成了獨樹一幟的創作風格。

很多華文作家的作品不僅表現華人在異國他鄉的生活，還講述羈旅人文化尋根的故事，敘事常穿梭於他鄉與故鄉、歷史與現實之間。曾曉文與他們不同，主要關注中國移民在北美的漂泊生涯，重在描述華人移民跨越疆域、跨越文化的生活經歷。她所描寫的移民生活豐富多彩，涉及多個社會層面：從剛剛落地美洲的中國新移民，到蟄居在社會底層的非法偷渡漢；從肩負家族厚望的留學生，到歷盡艱辛才進入中產階層的白領；從跨族婚姻，到同性戀；等等。作者擅長在族裔間的互動、衝突、調和過程中來刻畫人物性格，筆觸深入文化衝突中人物複雜多變的心靈中。因為在北美，尤其是在加拿大多倫多的多元文化背景下，她的作品具有鮮明的文化對話、交流、矛盾和磨合的特徵；同時，這些北美的大都市如紐約和多倫多在作者筆下，也展現出多元文化的色彩斑斕特徵。這些特徵使作家的文學作品成為典型的移民文學。

曾曉文特別關注女性在多元文化社會環境中的性格發展，她的作品多探討女性的身分定位、女性與男權文化的關係、女性的價值觀念和生命智慧。她通過對女性移民生活的描寫來展示加拿大社會面相，通過描摹各個族裔的眾生相

---

[1] 王思碩等，〈從飄泊流浪的愁緒到落地生根的境界——加拿大華裔作家曾曉文訪談錄〉，《紅楓林》，2013年4月19-20日，http://blog.sina.com.cn/s/blog_49ead5370101n88p.html，最後訪問日期：2020年9月24日。

來塑造獨立的、在挫折中成長起來的華人女性形象。而對女性在移民生涯中如何把握自己命運的思考，以及對女性價值體系的探索，則是曾曉文文學作品中的精彩部分，本文將從下面幾個方面分析她的作品中所表現出來的這一思考和探索：一是女性在移民生涯中的雙重困境；二是女性身分危機；三是女性意識的覺醒，走向自立和獨立。

女性在移民生涯中的雙重困境

　　移民到一個新的國家，首先會遇到語言的障礙、種族歧視、文化休克，加之人生地不熟、白手起家，一切就得從頭開始，這是幾乎是所有新移民都會遇到的困境。然而，女性則在此之外還常常會遇到第二重困境，即性別困境，這是在精神層面上的困境。在作家筆下，這一困境表現為女性角色於愛情或婚姻破裂後所處於的焦慮、憂鬱、恐懼、煩躁等難以超越的精神狀態，這種精神狀態往往使她們幾近崩潰，從而陷入人生旅程的逆境中。曾曉文的小說中，大部分的主角是女性，雖然她們的家庭背景、人生道路各不相同，但是都經歷過第二重困境的困擾。

　　女性的性別困境是由男女兩性之間不平等的關係所造成的，是由以男權文化為中心的傳統觀念和根深蒂固的社會文化習俗所造成的。在曾曉文的作品中，女主角們在遭遇這一困境的時期，也往往正是她們開始在他鄉異國艱苦創業的最困難時期，就業的艱難、經濟上的局促等，讓這些勇敢踏上人生新途的女性舉步維艱，在她們最需要支持的時候，她們的另一半卻為了錢、色、名而無情地背叛了她們，讓她們毫無思想和物質準備地掉入人生和社會的最底層，獨自品嘗、咀嚼內心的傷痛。比如，長篇小說《夜還年輕》中的海倫娜，孑然一身到多倫多闖天下，孤獨無援之時，卻收到尚在美國的未婚夫的分手「判決」，他輕而易舉地用一個電話終結了「一個相濡以沫的童話」。[2]中篇小說

---

[2] 曾曉文，《夜還年輕》，法律出版社，2010年，第5頁。

《重瓣女人花》中的晨槿，因婚後多年未孕，被婆婆歧視、虐待，甚至被冤鋃鐺入獄，她不僅得不到丈夫的理解和支持，而且還收到丈夫的一紙離婚判決書，以至於片刻之間變得無所依靠；《遣送》中，同樣被作為生育工具對待的夏菡，懷孕後卻被前夫要求做親子關係的鑒定。短篇小說《氣味》中，曾經是成功男人背後的珉珉，因其丈夫喜新厭舊，不僅終斷了十二年的婚姻，還被「趕出」了兩人一起買下的房子；《無人傾聽》中，雁然的未婚夫在他們結婚前找了一個更年輕的女士，使雁然踽踽獨行，在求職的路上難越坎坷；《卡薩布蘭卡百合》中，被前夫性虐待的儷儷，不得不淪落為按摩女；《原本無意》中，索菲亞在美國艱苦創業幾年後，其丈夫不僅愛上了一位同事，而且還要她為他辦好綠卡才離婚。原本可以在新的家園一展宏圖的女性們，卻因她們的另一半的自私和冷酷，被無情地推入弱勢群體中。

　　女性在他鄉異國所遭遇的雙重困境，使她們的移民創業較男性更為艱難。作家筆下的女性角色，均受過高等教育，在職場上具有與男性角色相等的競爭能力，甚至具有超越男性的才華，但是她們往往自覺或不自覺地用以男性為中心的文化規範來制約自己的行為舉動，以男尊女卑的觀念來使自己服從丈夫或未婚夫，使自己在兩性關係中處於被動的地位。正如被公認為最早的性別平等的男性支持者之一的穆勒在他的經典之作《女性的屈從地位》一書中所指出的：「男人對女性的統治與其他形式統治的區別在於，它不是強制性的統治，而是被自願地接受的，女性不抱怨並且同意參與其中。」[3]在內心世界與感情生活上，女性的感覺細膩、豐富、敏感，富有與生俱來的奉獻精神，卻更容易被傷害，男性的自私和冷酷無情的功利主義，不僅使她們的優勢一時無法發揮，而且還使她們的優勢變成了劣勢，從而不可避免地陷入由性別造成的困境中。

---

[3] John Stuart Mill, *The Subjection of Women* (New York: D. Appleton and Co., 1869), 24.

女性身分危機

　　曾曉文筆下在異國他鄉艱難開拓事業之路的女性，在遭遇了另一半的背叛和拋棄後，往往陷入文化身分和個人身分的危機中。作家細膩地描寫了這些女性因為生活上的挫折、感情上的逆反所引起的困惑、迷茫、憂鬱和孤獨的精神症狀，以及她們對人生、對信念、對自己的懷疑。作家是從人物處在人生低谷的狀態中來表現她們的應對的，進而展現女主角性格的多種面相。

　　曾曉文筆下的奮鬥女性，大多受過高等教育，如海倫娜（《夜還年輕》）、晨槿（《重瓣女人花》）、夏菡（《遣送》）、雁然（《無人傾聽》）、索菲亞（《原本無意》），以及有相夫教子的家庭主婦珉珉（《氣味》）、按摩女儷儷（《卡薩布蘭卡百合》）等普通女性。作家在描述這些女性在身分危機中的掙扎時，很注重每一位女性的性格、內心世界和情懷的不同，塑造出了一群個性不同、經歷多樣的女性形象。最令讀者動容的，是晨槿和夏菡兩位女性。

　　中篇小說《重瓣女人花》中的晨槿，是在傳統的「不孝有三，無後為大」觀念逼迫下陷入困境的。「為人父母，長期以來，一直是已婚夫婦社會和文化中的角色」，[4]這一社會文化的角色規定，尤其是針對女性的，它使沒有生育能力的女性因此而在社會上感覺低人一等。「對不孕婦女的訪談表明，她們認為沒有生育能力會使她們產生一種社會的恥辱感，尤其是較為年輕的女性，她們感覺對父母和／或丈夫負有傳宗接代的責任感，如果沒有生育能力，就會感到愧疚和羞愧」。[5]晨槿是一位富有傳統美德的知識女性，依靠她的實力，她和丈夫在多倫多過起了舒適的中產階級的生活，並把婆婆接來探親。但是，婆婆與丈夫濃重的傳宗接代觀念，使未能生育的晨槿承受著極大的精神壓力，她也為

---

[4] Andrea O'Reilly ed., "Infertility," *Encyclopedia of Motherhood*, vol. 2 (Los Angeles, London, Washington DC: SAGE Publications, 2010), 568.

[5] 同上。

自己沒有生育能力而自卑自責。她四處求醫，用盡各種科學的、傳說的方法，甚至誤用藥物導致藥物中毒，幾乎喪命。移民加拿大是晨槿逃離套在她身上不孕的精神枷鎖的方式，然而隨著婆婆加入她在多倫多的小家庭，她安靜的無憂無慮的生活又逐漸被擾亂。多年來她一直承受著婆婆的精神虐待，卻從未得到過丈夫的支持或理解。婆婆對晨槿的不滿終於升級到了對晨槿的暴力。被婆婆卡住脖子透不過氣來的晨槿，為了自衛而砍傷了婆婆的手臂，卻被婆婆打911叫來的警察逮捕入獄，被判有罪，判處一年徒刑、兩年社區服務。

　　生活中突如其來的變故，使晨槿一時喪失了生活的目標和動力，她整日昏昏沉沉，連起床、洗澡、吃飯的力氣都沒有，也失去了她自己，被判有罪後，她一直寫信給婆婆和丈夫，祈求他們的寬恕，希冀重新被他們接受，收到丈夫的律師轉遞的一紙離婚書後，她還把房產等自己用血汗掙來的財產拱手相讓，徹底迷失了生活的方向。

　　導致晨槿喪失自我的主要原因，是世代相襲的將女性的社會價值等同於生物繁殖能力的意識型態，它使女性在婚姻家庭中處於劣勢地位，能否生育決定了其所能獲得的地位。這一無視女性尊嚴的意識型態，雖然無形卻無處不在，且歷史悠久、社會基礎深厚，始終籠罩在女性的頭上，這也是女性主義一直反對的傳統觀念。晨槿的迷失是因為她認同了這一視女性為生兒育女工具的傳統觀念，在婆婆和丈夫貶低自己的同時也主動自我貶低，從而否定了自己。

　　同樣是結婚後多年不育，中篇小說《遣送》中的女主角夏菡的遭遇，比晨槿更加悲劇。雖無婆婆相逼，但因未孕，夫妻之間就有了間隙，以至於以離婚告終。因為夏菡是由其丈夫擔保來申請綠卡的，離婚後，前夫不僅立即撤銷為夏菡所做的移民擔保，使她突然成為非法滯留人，而且還向移民局舉報，導致她鋃鐺入獄。在拘禁中，夏菡的前夫得知她懷孕了，立即聘用律師前來做親子鑑定。夏菡在遣送過程中，因精神壓力太大，以致流產，在這種情形下，她前夫仍然堅持要做親子鑑定，一旦得知他不是父親時，前夫便撒手離去。這一系列的事件，離婚、被告發、被捕、被遣送、流產等，使夏菡跌入人生的最低谷，雖然最後遣送令撤銷了，但她已經心灰意冷，之前完全獨立、自立的夏菡對在美國繼續生活下

去失去了信心，痛定思痛後自動離境，放棄了在美國的生活。

與晨槿不同，夏菡並未因為不孕而自我貶低，相反，她因此而走出婚姻，獨自創業去擁抱新生活。前夫視她為生育工具，並借助於美國的移民法律，讓她差一點就被遣送出境，這徹底改變了她對自己人生軌跡的設計，放棄了在美國奮鬥的生活目標。

而《無人傾聽》裡的雁然，被趕出情場後，又被趕出職場，她在人生的枯井裡面只能以淚洗面，把「自己的眼淚當作滋潤生命的唯一甘泉」。[6]

曾曉文在描寫這些處於由男女關係不對等而造成的人生危機的女性時，尤其注重每個人的性格特徵、心理反應和精神狀態的不同，雖然她們均遭遇身分危機的困惑，但是每位女主角展現的卻是富有個性的人物形象。

女性意識的覺醒，走向獨立和自立

曾曉文筆下的陷入身分危機中的女性，並沒有因此永遠地沉淪下去；相反，經過了一段迷茫、困惑時期後，她們很快在生活中重新找回了自己，重新尋找到生活的價值和意義。這一過程帶有典型的移民生活特徵，即具有跨越文化和多元文化特性，它使女性在生活中獲得了多元文化的參照系，即女性借助多元文化多種角度來觀照和反思造成自己身陷困境的文化原因，從而能勇敢地面對，很快跳出了束縛自己的傳統文化桎梏，把握自己的命運。作者則從多方面描述女主角們走向獨立的過程，雖然各自的道路不同，但殊途同歸地完成了女性對男權體系的顛覆。

再以《重瓣女人花》中的晨槿為例，從監獄被假釋後，她在律師凱琳的鼓勵下，參加了由凱琳舉辦的「重瓣花俱樂部」。「重瓣花」可以視為不孕女子的別名，這種花因雄蕊數少而難以繁殖，需要借助人工受精或無性繁殖，玫瑰、康乃馨花等便屬於此一類花。以此種花來命名便是表明這是一所專為不孕

---

[6] 曾曉文，《重瓣女人花》，太白文藝出版社，2017年，第134頁。

不育女性爭取社會尊重的俱樂部，會員們文化背景各自不同，生活經歷各異，年齡差距也很大，但有一個共同之處，即從未生兒育女。在這一俱樂部裡，晨槿通過俱樂部的各項活動，與會員們的互動交流，耳聞目染各族裔的會員在處理家庭問題時維護女權的行為和觀念，女性的獨立意識逐漸滋生，她不再自卑自責，不再用傳統觀念來要求、規範自己，她積極擁抱並投入新的人生，活出一個獨立的自己。「重瓣花與單瓣花一樣，享受陽光和雨水。重瓣花擁有別樣的美麗，展現的是另一種綻放」。[7]

女性俱樂部自二十世紀中葉在西方興起並迅速發展起來，它們均為自發式的、人數可多可少的以女性為主的俱樂部，平均每週舉辦一次聚會活動，聚會時的談話內容基本為分享個人經驗和情感，進而「用女性主義思想分析這些經驗和情感」，使女性認識到她們在兩性關係中、在婚姻的日常生活中所受到的壓抑感、壓迫感和憂鬱感，並不是她們自己個人的原因造成的，它們根源於以男性為中心的傳統文化的社會結構和社會基礎。[8]「重瓣花俱樂部」就是這種類型的女性俱樂部，晨槿很快成了俱樂部的骨幹，她從保釋期間開始，從做義工、打工到全職工作，為自己的事業確立方向和目標，這一切均在俱樂部的幫助下完成。雖然該俱樂部因各種因素而結束，但晨槿卻借助此俱樂部成長為一位具有獨立意識的女性。

晨槿的變化和成長的另一個重要原因，是她在精神上與加拿大的壯美、遼闊的大自然融合。作為一位業餘的攝影師，晨槿很快為加拿大的大自然所吸引，她的攝影主題，從人物轉向了自然景色，如從水波漣漪的湖面，到巨浪滔天的大海，從野花爛漫的田野，到巍峨陡峭的懸崖，等等，晨槿在自然界的千變萬化和多姿多態的風景中，找到了自己人生的氣質，大自然的渾然一體的靈魂「難道不是她所追求的嗎？不染塵埃，沉靜清雅，特立獨行」。[9]大自然是加拿大文化特性的一個決定性的因素，加拿大的文學藝術鐫刻著大自然的風

---

[7] 曾曉文，《重瓣女人花》，第61頁。
[8] 李銀河，《女性主義》，山東人民出版社，2005年，第33頁。
[9] 曾曉文，《重瓣女人花》，第81頁。

骨，與此同時，文學藝術又是以大自然為形式來表現作家和藝術家認識與體驗外在世界的內心活動，正如埃裡希・弗洛姆（Erich Fromm）所指出的，文學中所描寫的自然「風景……通常是內心世界的風景；它們是心理和精神狀態的地圖」，[10]只有融入大自然的千變萬化的風景中，才能獲得其美的真蘊，進而征服人內心深處的迷茫、恐懼和孤獨。大自然在文學作品中往往被隱喻為女性，徜徉於大自然中的晨槿，在與大自然的神往心慕過程中獲得了其靈氣，領悟了其本性，從而完成了從依附於男性到獨立於自我的蛻變，最終找到了真正的愛情。

同樣，《無人傾聽》裡的雁然，在「人生的一口枯井」裡並未滯留多久，她用「滴血的心弦」「點燃生命的燈火」來「抵禦黑暗」，兩年之後，她成為蜚聲華人文壇的作家。[11]

短篇小說《卡薩布蘭卡百合》在題材上非常獨特，忍受不了丈夫性虐待的儷儷逃離家庭後，為了生存不得不去做無照按摩女，結果被捕入獄。在監獄裡，儷儷和莫妮卡相憐相惜，她不僅欣賞對方的勇氣，也為對方女性的魅力所吸引。儷儷無罪釋放後奮發創業，自己作了老闆，有了足夠的資本後，請了律師為莫妮卡爭取到了減刑，兩人也最終走到了一起，共同度過依靠自己、不必依賴男性的人生。

短篇小說《氣味》裡的女主角珉珉，是曾曉文諸多作品中頗具個性的智慧女性形象，她曾經是成功男人背後的女人，但是男人成功後就喜新厭舊，另娶嬌妻。小說的開篇敘述珉珉在自己樓房裡準備最後一頓告別晚餐，剛與她離婚的丈夫第二天將攜嬌妻搬入這棟她曾經為此傾盡全力、費勁心血的樓房。珉珉在婚姻破裂之後，沒有像很多女性那樣，在忍辱負重的同時將前夫從心裡徹底鏟除，她要讓忘恩負義之人得到教訓，付出代價。在她準備最後一頓晚餐時，巧妙的計謀也由此而生。之後，珉珉獨自一人照顧智障女兒，為了女兒，她幾經周折在一家專門救助殘疾兒童的機構找到了工作。與此同時，前夫和其新嬌

---

[10] Erich Fromm, *The Sane Society* (New York: Fawcett Publications, 1996), 112.

[11] 曾曉文，〈無人傾聽〉，《重瓣女人花》，第134頁。

妻因為樓房裡的腥臭氣味百除不去,開始了無休止的爭吵,因為這氣味無時無刻不折磨著這對夫婦的嗅覺神經。也因為氣味,他們一而再再而三地折價出售房子,卻無人購買,最後以正常房價的15%賣給了珉珉。經濟上已經獨立了的珉珉搬回原屬於自己的樓房後,手到病除般立刻消除了氣味。

長篇小說《夜還年輕》可以說是作者女性意識的充分表達,作者通過對女主角海倫娜的形象塑造,展現了女性如何衝破男權文化的樊籬走向自立的過程。海倫娜經歷過男友離棄的情感劫難後,逐漸走出了孤寂、淒冷的「一個人的城堡」。受過電腦專業訓練,有著電腦專業學位的海倫娜,很快利用電腦這一能給個人帶來巨大發展空間的便利工具,重新找回精神支柱,在網路上與人交往的過程中,她體驗著人與人之間的真實感情。尤其是在與從歐洲移民加拿大的格蘭特相識、相愛的過程中,兩位擁有不同文化背景的移民在文化的交流中,以開放式的心態去理解和接受對方,他們驚訝地發現,其實不同文化中也存在你中有我、我中有你的和諧,這使他們更加理解不同文化在社會各種情形下的表現。

作為職業女性的海倫娜,雖然在國內所受的教育與其職業風馬牛不相及,但是她能及時調整自己的職業方向,使自己在職場上獲得與男性競爭的能力。電腦專業不僅能適合市場發展趨向,還能為社區、群體以及個人提供自由發展的空間,尤其是在精神層面上,電腦專業能使女性的空間得以無限擴大、豐富和充實,無須依靠或附屬於男性。海倫娜從自己的人生經驗中悟出「獨立,是女人留給自己的退路」,[12]女性只有在社會中與男性平等時,才能確立自己的身分地位。如果說「男人擁有事業、尊嚴、權力的歡樂是天經地義」,那麼女人「追求精神、經濟獨立」應該是女性的金科玉律。[13]海倫娜獨立的個性贏得了格蘭特的尊重,也贏得了他真摯的愛情。

---

[12] 曾曉文,《夜還年輕》,第233頁。
[13] 同上。

小結

　　曾曉文的小說充滿著作者對華人移民女性命運的深切關注和道德關懷，它們是女性心理的演繹，女性生活體驗的再現，更是女性直接和真實的自我表述，既顯示出華人移民女性的獨特性，也反映出女性的共性。她所塑造的女性形象，往往在困境中衝破性別歧視的傳統文化價值觀來開拓自己的自由發展的空間，確立積極、獨立的女性身分，從而實現自我目標。正如切莉・雷吉斯特（Cheri Register）所指出的：「展示女性體驗，有助於使歷史上主要為男性利益服務的文化價值系統人性化和平衡化；也就是說，它有助於人們賦予文化男女雙性。」[14]曾曉文的文學作品中，女性的表述是一種忠誠於女性經驗的藝術，它打破了男性的視域和標準，為豐富女性文化內涵作可貴、可讚的努力。

　　　　　　　　　　　【此文發表在《中國女性文化》第23期，2021】

---

[14] Cheri Register, "American Feminist Literary Criticism: A Bibliographical Introduction," *Feminist Literary Theory: A Reader,* Second Edition, ed., Mary Eagleton (Oxford: Blackwell Publisher, 1999), 237.

艾莉絲‧孟若

生平與創作

　　享有加拿大契珂夫之譽的艾莉絲‧孟若（Alice Munro, 1931-2024）是當今世界最優秀的短篇小說作家之一。權威的蓋爾文學批評系列當代文學批評卷（Gale Contemporary Literary Criticism Series）對她文學創作的評價是：「孟若在她過去的創作生涯中表現出來的對短篇小說形式的稔熟的精湛的運用，已經贏得了敬重，並激勵著很多人尊崇她為當代正在寫作的最重要的作家之一。」[1] 因其所取得的短篇小說成就，孟若於2009年榮獲年度曼‧布克國際圖書獎，從而更加穩固了她在這一領域中的領先地位。2013年作為當代短篇小說大師，她被授予諾貝爾文學大獎，[2] 成為加拿大第一位榮獲諾貝爾文學獎的作家。

　　以描寫區域文化、鄉村民風習俗為特色，探索具有普世價值的人性為長的艾莉絲‧孟若於1931年7月10日出生在加拿大安大略省西部的一個飼養狐狸和火雞的小康之家，少年時代經歷了戰後經濟大蕭條，家境變得非常拮据。小鎮上的居民大多是傳統的愛爾蘭和蘇格蘭移民後裔，各自經營著以家庭為單位的農場。在這一與外界有著相當距離、但與自然融為一體、看似平靜安謐，波紋不起的村野裡，艾莉絲從小就用她的慧眼和心靈去感受和觀察微波之下的生活激流，15歲起她就開始創造性地描寫觸動她心弦的人物和事件。1950年，還是西安大略大學英國文學專業二年級學生的艾莉絲發表了她處女作短篇小說〈影子的幅度〉。在學期間艾莉絲遇見了詹姆斯‧孟若，還未畢業倆人便結成伉儷，並移居到大不列顛哥倫比亞省的溫哥華市。

　　50年代的加拿大，仍然殘存著殖民地文化的心理狀態，文學創作被認為是

---

[1] *Contemporary Literary Criticism*, vol. 22 (Farmington Hills, MI: Thompson/Gale, 2006), 129.

[2] *The Nobel Prize in Literature 2013 – Press Release*, 10 October, 2013.

歐洲的傳統，並不被看重。加拿大著名結構主義理論家和批評家佛萊對此有著精闢論斷，他把這種心態形容為「想像力根部上的凍傷」，[3]它嚴重阻礙了加拿大文學的發展。孟若很有感觸地說，在她開始創作生涯的時候，無論是男性還是女性，只要她／他意欲寫作，就會引來疑問和困惑的眼光。[4]這種情況直到60年代才得到根本改變。

1963年孟若夫婦倆搬到維多利亞市，在那裡開設了孟若書店。出版於1968年的孟若首部短篇小說集《快樂的蔭影之舞》（*Dance of the Happy Shades*），一舉奪得年度加拿大文學最高獎：總督文學獎，顯示了孟若起點很高、出手不凡的文學素質。書名小說的敘述者是一個少女，她的眼中折射出成年人世界中的小鎮上的生活，以及敘述者在青春期所遭遇或目擊的以男性文化為中心的傳統習俗對女性的歧視和壓抑，由此展開對一個個人物的性格和內心世界的研究。

三年後，孟若出版了她唯一的長篇小說《姑娘們和婦女們》（*Lives of Girls and Women,* 1971），它由一系列關聯著的短篇小說組成，每一個故事單獨成章，放在一起亦是一個整體，頗似中國的章回小說。小說以黛爾的視角觀察她上一輩的族人為始，之後戴爾從目擊者逐漸進入舞臺，連接起所有人物和事件，最後成為中心人物，戴爾也由此從一個女孩子成長為一個成熟的女性。該作品獲加拿大書店協會獎。

孟若的第一個婚姻生活包括生育四個女兒和為數不多的高質量小說。雖然常為家務事所累，她並不後悔那一段作為家庭主婦的生活經歷，感覺在那一階段她擁有很多時間來思考，寫作，與鄰居的家庭主婦飲茶，喝咖啡，聊天，交流讀書體會和家庭經驗。她發現在廚房或者咖啡館裡的聊天，是她源源不斷的創作源頭；而家庭主婦們對生活細節的生動描述，給她提供了很多活生生的寫作材料。更重要的是，她是在那一階段完成了面對自己的過程。

當二十年之久的婚姻結束後，孟若在1972年搬回安大略省，在西安大略大

---

[3] Rosemary Sullivan, "Introduction," *The Oxford Book of Stories by Canadian Women in English*, ed., Rosemary Sullivan (Oxford University Press, 1999), XIII.

[4] 同上。

學任駐校作家。在那裡她與大學同學，政府部門的地理學家，《國家地圖》的編輯傑拉德・佛雷林（Gerald Fremlin）重遇並相愛。

孟若的第三部短篇小說集《我一直想要告訴你的事》（*Something I've Been Meaning to Tell You*）於1974年面世，這部體現孟若在藝術上重大突破的集子反映了孟若在短篇和長篇小說之間的跳躍徘徊，她那藝術地再現和表現力而不僅僅是講故事的能力，她那嫻熟地平衡人物內心的掙扎和外部衝突的技巧，使其中的四部短篇被譽為「傑作」（masterpieces）。[5]

1976年孟若與佛雷林結成連理，倆人搬到佛雷林的老家安省克林頓鎮外的農場，後來定居在克林頓鎮，從此成為一個鄉村主婦。克林頓是一個只有三萬五千人口的小鎮，在多倫多的西邊。從多倫多到克林頓的三個小時的路途中，只有吃草的牛和馬在幾百公裡長的田野上點綴著標點符號。這一帶鄉村，已經是讀者很熟悉的孟若的鄉村。她的大多數作品都以克林頓鎮為背景。之後，孟若經常在世界各地旅遊並作短期逗留。

孟若在生活中的角色似乎很符合社會傳統觀念對女性的規定，她從未放棄作為女兒，妻子，母親的責任。然而她的生活經歷了很多角色變化的挑戰，她的小說始終屬於開放的女性主義，她自己則是充滿著女性主義信仰的女性作家。[6]

1978年，孟若的互相聯繫著的短篇小說集《你以為你是誰》（*Who Do You Think You Are?*）與讀者見面，次年以《乞丐女傭》（*The Beggar Maid*）為題在美國出版。該集子使孟若第二次榮獲加拿大總督小說獎。在1979年和1982年之間，孟若在澳大利亞，中國，和斯堪地那維亞旅遊，同時任加拿大不列顛哥倫比亞大學和澳大利亞昆士蘭大學駐校作家。在中國時她跟丁玲會面並做演講。

同時出版於加拿大和美國的《朱庇特的月亮》（*The Moons of Jupiter*, 1982）是作家的敘述控制，人物塑造，環境渲染的技巧的展覽，敘述者多是在孟若作

---

[5] Brad Hooper, *The Fiction of Alice Munro: An Appreciation* (Westport, Connecticut, London: Praeger Publishers, 2008), 33.

[6] Beverly J. Rasporich, *Dance of the Sexes: Art and Gender in the Fiction of Alice Munro* (Edmonton: The University of Alberta Press), 12.

品中反覆出現的青春期的女孩以及成長起來的女性,一個孟若經常涉及的母題在這裡得到了進一步的開掘:婚姻對女人來說意味著麻煩,丈夫常常是壓制性的;沒有男人女人能以她們獨特的姿態使生命閃光,使生活更加精彩斑斕。

在上個世紀末的最後二十年內,孟若基本上每四年出版一部短篇小說集,作品經常出現在《紐約客》(The New Yorker),《阿特蘭月刊》(The Atlantic Monthly),《大道》(Grand Street),《巴黎評論》(The Paris Review)等等。1986年的短篇小說集《愛的進展》(The Progress of Love)使她第三次獲得加拿大總督文學獎。首篇書名小說是孟若最優秀作品中的一部,它展示了作家精湛的處理時間、穿越時間的藝術,它讓過去占有了現在,相比之下,現在卻顯得微不足道。[7]作品結構是敘述者的回憶雜糅著多年前母親和妹妹的來訪,家庭成員在追憶過去時對同一事件的不同的描繪和表述由此而映照出完全不同的觀點是這篇小說的精髓。

1990年出版於美國的《我的青春時代的朋友》(Friend of My Youth)標誌著孟若創作生涯的新的制高點,書名小說被評論家認為「不僅是這部書的最高點,而且是『她』事業的高峰」[8]作品最能激起讀者想像的部分在於它的雙重框架,敘述者回憶她母親的關於一位青年時代的朋友的回憶。最後作家以第三重框架結尾:敘述者自己對她母親回憶和對她記憶中被告知的往事的反思,這一反思使過去發生的事情有了新的解釋,全然不同於敘述者母親和敘述者自己的觀點,小說的立體感就在這向不同方向開放的層次上。小說集獲得當年延齡草圖書獎(The Trillium Book Award)。

孟若的第八本書《公開的祕密》(Open Secrets, 1994)中的「至為感動」是該集子中的傑作,作品由四個部分組成,分別從不同的時間跨度揭開女主角露易莎的過去,上個世紀初到今天在不同的時間段她與幾個男人的關係為讀者呈現了一段加拿大的歷史,這部被稱為「歷史小說」的作品是孟若在題材和藝術表現手法上的又一個突破。本書獲得英國的1995年年度WH斯密斯文學獎。

---

[7] E. D. Blodgett, *Alice Munro* (Farmington Hills, MI: Twayne, 1988), 131.
[8] Brad Hooper, *The Fiction of Alice Munro*, 87.

1997年孟若獲PEN/Malamud Award。次年與讀者見面的《一個好女人的愛》（*The Love of a Good Woman*, 1998）榮獲兩項大獎：加拿大的「格勒小說獎」和美國的「國家圖書批評界獎」，從此孟若與瑪格麗特·阿特伍德齊名，在北美最優秀的小說家中占據了一個矚目的席位。書名小說是孟若最複雜同時又是非常優美的心理小說之一。作品把一件異乎尋常的事件置放在極其平常的環境，反覆考驗常人對此事件的反應。小說以護理一位垂危女病人的女主角護士艾尼德為中心展開敘事。病人去世前，告訴了令艾尼德震驚的祕密：是她丈夫汝伯特在驗光醫師強姦她時殺死了驗光醫師。從此艾尼德內心開始了劇烈的思想鬥爭：要不要報警，把殺人兇手捉拿歸案？作家對女主角艾尼德複雜的心理梳理解剖非常細膩，人物心理的每一個變化，既出乎人意料之外，又合乎情理。強烈的道德觀念在小說裡似乎以宗教的贖罪理念出現，它決定著人物行為的方向。當艾尼德深為汝伯特強烈的男子氣所吸引時，「道德」和感情之間的衝突就成了不可解決的矛盾。

《憎恨，友誼，求愛，愛情，婚姻》（*Hateship, Friendship, Courtship, Loveship, Marriage*, 2001）使作家與世界最優秀小說作家平起平坐，被「認為絕對是世界上最佳小說作家之一」。[9]「其中的一篇可以說是所有創作出來的最沒有缺點的英語短篇小說」，[10]即〈所被記住的〉（*What is Remembered*），小說對人物心理的探索深刻而充滿張力，追述的是女主角瑪麗爾曾經為一位不是她丈夫的男人（醫生）所吸引：初次見面便在雙目對視中激出電花，嘗試了並不似想像中浪漫動人、頗令人失望的一夜情後，女主角在回家路上把發生過的一切在她心裡再經歷一遍，此時卻只有美好留存，從此她把它永遠塵封。小說結尾時瑪麗爾看到報紙上關於醫生的訃告，她思索著究竟是短暫地出現在她生活中的他還是她關於他的記憶影響著她的生活？小說所傳達的是在孟若作品中已經烙上她的印記的主題，即過去和現在和將來的關係，這裡表達的母題即為現在是過去所發生的結果，它同時又為未來鋪設了發展的軌道。

---

[9] Brad Hooper, 128.
[10] 同上。

2004年出版的《逃跑》（*Runaway*）使孟若第二次榮獲加拿大的「格勒小說獎」，並獲英聯邦作家獎（Commonwealth Writers Prize），儘管評論家認為它不能代表孟若的最高成就，[11]不過書名小說仍然不失為傑作：卡拉坐上多倫多的長途車逃離她粗暴的丈夫，他們的寵物一頭小山羊已先於她出逃。這不是卡拉第一次逃跑，數年前她坐在克拉克的車裡從父母那裡逃走，那時就連克拉克對她孩子氣的舉動的訓斥她都感到十分的浪漫動情，他在她的眼裡就是她生活的建築師。車上的卡拉開始意識到其實她並不能掌握自己的生活命運，離開了克拉克當然沒有人會對她怒目而視，沒有人會敗壞她的情緒，但是「那又怎麼呢？」[12]這一轉折使卡拉馬上給丈夫打了電話，讓他去多倫多接她回家。

　　小說的結尾又折回到原來的母題：克拉克在確保卡拉不會再離他而去後故態復萌，作品以卡拉想像著小山羊正在享受卡拉本來可以享受卻已放棄了的自由結束。2005年孟若獲得美國國家藝術俱樂部的文學榮譽獎。

　　經過十幾年的家族尋根孟若於2006年出版了毀譽不一的《石城遠望》（*The View from Castle Rock*）。盛讚者稱其為短篇小說形式的創新變革，認為她創造了一種融歷史，小說和回憶錄為一體的新型短篇小說。[13]批評者認為作家本身不停地介入小說干預情節，是對小說藝術形式的破壞。作家旨在這部集子裡創新一種跟以往不同的小說，類似於歷史小說但是在一個較小的框架內。孟若對她父親蘇格蘭祖籍的歷史發生濃厚興趣已有十多年，她多次踏上蘇格蘭探訪家族故地，收集積累了大量的材料，這本集子是以小說的形式對她的祖先幾代從蘇格蘭移民到北美這段歷史的生動描述。

　　最近剛出版的《幸福太多》（*Too Much Happiness*, 2009）被譽為是「難以比擬的」的「不尋常的選集」，[14]裡面的故事比以前更蒼涼和痛切。《兒童的遊戲》（*Child's Play*）的故事由女主角瑪琳的回憶展開，時光轉回到少年時她

---

[11] Michiko Kakutani, "Realizing That Certainty Is Inevitable Uncertain," *The New York Times* (7 Dec. 2004): 1.

[12] Alice Munro, *Runaway*, 34.

[13] Deborah Eisenberg, "New Fiction," *The Atlantic Monthly* (Dec. 2006): 128.

[14] David Staines, "My Book of the Decade," *The Globe and Mail*, Saturday, 26 Dec. 2009, F10.

跟好友袷琳一起在夏令營度過某一個夏天，倆人無意中捲入一個事件。當時光返回到現時，瑪琳決定鼓足勇氣去面對已經年老病危的袷琳，面對多年來自己始終不敢正視的已被遺忘的當年事件。加拿大著名的英語文學專家戴維·斯丹思高度評價這本選集，認為「它提供了全備的證據證明孟若是最卓越的英語寫作的短篇小說作家」。[15]

孟若的很多作品被改編為廣播劇和電影。根據她小說改編的電影《男孩和女孩們》（Boys and Girls）贏得1986年最佳短片獎；短篇小說〈從山裡來的黑熊〉（The Bear Came Over the Mountain）被改編為電影《離她很遠》（Away from Her），在2007年的奧斯卡金像獎評選中被提名為最佳劇本改編獎，但敗給《老無所依》。

孟若小說的最大的特點是其文化傳統的區域性，很多文學批評家把孟若與美國的威廉姆·福克納（William Faulkner），弗蘭訥蕾·奧康訥（Flannery O'Connor）等南部鄉村作家相比較，指出他們在描寫鄉村生活時的相似之處。孟若的作品典型地代表著加拿大的文學流派「南安大略省的哥特」文學，它們的魅力在於它能在讀者心中引起深沉的共鳴，作家所創造的人物都是非常獨特的地區性的個人，暈染著鮮明的文化色彩，但是作家同時把她們／他們跟人的普遍的屬性聯繫起來，正因為此，讀者能夠跟她們／他們在精神和心靈上溝通。

《你以為你是誰》（Who Do You Think You Are?）

孟若的小說屬於伊蘭·西沃爾特（Elaine Shwalter）所界定的女性文學，它的特徵就是要顛覆傳統的對女性價值標準的定位，追求「自我的發現，自我身分的尋找」。[16]「尋找自我的社會身分，探求自我的定義和屬於我的地方是

---

[15] 同上。

[16] Elaine Showalter, *A Literature of Their Own: British Women Novelists from Bronte to Lessing* (Princeton: Princeton University Press, 1977), 13.

孟若小說中始終進行著的中心母題」。[17]對於孟若自己來說，女性主義的探求包括著利用小說藝術來追求想像和表達的自由，她作為女性主義作家的實力則表現在女性的敘述者和她所塑造的多種多樣不同年齡段的女性人物，從少女到中年婦女到老嫗。反覆出現的題材是女兒和母親之間的關係。

《你以為你是誰》是孟若獲總督文學獎三部中的一部。寫作所編入的故事時，孟若已是三個孩子的母親，正經歷著婚變。這期間她不僅體驗了婚變對女兒的影響，體驗了母親與青春期女兒之間的複雜關係，也體驗了女性與男人，與社會意識型態之間的關係。這些人生體驗以及由此而帶來的思考不可避免地在小說中的人物身上折射出來。

這部由十篇短篇小說組成的集子在結構上與孟若的長篇小說〈姑娘們和婦女們〉相仿，但是在主題上則更深入：女主角柔思和她的繼母芙露輪流出現在各自單獨立篇的小說，連貫起全書的主線是柔思性格的發展過程：從一個處於青春期的固執，任性的女孩如何在反叛的過程中努力尋找自己，尤其是在有限的小鎮環境中擴大充實她那早熟的精神世界，到上大學，戀愛結婚、成為母親到婚外戀和離婚，在處理與男人的關係中最終成長為完全獨立的女性。

集子的首篇〈揍得你聽話〉（Loyal Beatings）開場白就揭示了小柔思和她繼母之間緊張關係。柔思還是娃娃時，母親就病故了，為了照顧柔思，芙露嫁給了柔思的父親，同時按照她的觀念來塑造柔思，卻總是受到柔思的對抗，芙露就常把「揍得你聽話」放在嘴裡威脅柔思。隨著情節的發展，芙露終於忍受不了柔思的頂嘴和反駁，惱羞成怒，把柔思父親叫來把她揍了一頓。與此同時，芙露又於心不忍，企圖阻止丈夫的揍打，之後又悉心安撫照顧柔思。

柔思是很典型的反抗期的少女，她不願意對芙露言聽計從，更不願意按照芙露的概念來設計自己的人生，她在摸索自己的人生道路時常常與芙露發生衝突，以至芙露總要發問：「你以為你是誰？」

母女之間關係的表現是孟若小說中最深刻的部分，最能體現出孟若對女性

---

[17] Beverly J. Rasporich, *Dance of the Sexes*, xv.

自身的思考。孟若小說中的自傳因素是非常明顯的，反覆出現的母親的形象有很多孟若自己母親的影子。安・克拉克・裕麼妮（Anne Clark Chamney）是一個意志堅強很有魅力的事業性女性，年輕時就職於一所公立學校任教，嫁給孟若父親汝伯特・雷德勞（Rubert Laidlaw）後不久，就遭遇到戰後的經濟大蕭條，她以非凡的能力幫助丈夫挽救日益衰退的生意，同時操持著所有的家務。不幸的是她患上帕金森氏病症，經過漫長的與疾病的抗爭後不治而逝。孟若從小就承擔起家務，與病中的母親之間關係比較緊張。在她的很多小說中，母女之間的緊張狀態很多來自於孟若自己的經驗。在柔思以及其她女孩或青春期少女的敘述者眼中反映出來的母親，往往是社會對女性角色的期待和規定的執行者，雖然她們自己是以男性為中心的傳統習俗的犧牲品，因此，新一代的女孩首先反抗的對象往往是自己的母親。

然而，孟若並沒有把母親塑造成一個惡母形象，即使是繼母芙露，孟若同時還展現她善良，樸實的另一面，還原她作為人的多面性。當敘述者已是成年女性時，回憶中的母親往往是女兒夢懷縈繞的對象，由於時間的過濾，依稀能辨別的卻是健康的理想中的形象。隨著敘述者自己的成長，對母親的理解也逐漸深入，母親身上多方面的素質包括母愛，無私等也分別在小說中呈現出來。小說最後以早已離家已是成年的柔思對芙露的惦記結束：柔思偶然地聽到關於她老家的一個鄰居的電臺採訪，她馬上想到應該告訴住在醫院已幾乎是植物人的芙露，她會是最願意聽到這一消息的人。在敘述者的富有詩意的追懷中，女兒和母親達到了溝通。這一在作家多部小說集中不斷在發展的回溯母題：──從時間的河流上溯到孩提時的故鄉，回到在母親身邊的女兒時代，重新回味咀嚼與母親的關係，彷彿是神話原型的旅途──實際上是作家對於女性身分特徵的尋找和確認。

〈乞丐女傭〉是本集中的精品，柔思這時已經成年，正在大學裡擴展她人生地平線，小說描繪的是她與男人之間的關係，以及柔思怎樣在這關係中尋找和發現自己作為女性的價值和獨立性。作品以「帕特里克愛上了柔思」開始，這位比柔思大好幾歲的研究生是富家子弟，可是柔思對他的富有沒有絲毫概

念。當柔思終於被帕特里克的摯愛所感動接受了他的愛後，才意識到倆人的社會和經濟地位的懸殊，從此柔思重復了無數次的分手與和好的經歷。帕特里克家庭的地位和對很多問題貴族式的態度讓柔思感到壓抑，也對比出自己家庭的卑微，從而使她一貫的人格獨立產生危機，她不得不考慮帕特里克去她家後「會怎麼說她的家庭」。[18]更使她困窘的是帕特里克和他父母居高臨下、權威性的傳統保守觀念，似乎要把柔思規範成社會對女性所要求的角色。

帕特里克並不是高傲的有等級觀念的男性，他愛上柔思特立獨行的個性全然不顧家庭的反對，但是從小到大的家庭教育培養起來的思想方法根植在他的內心深處，很自然地會形之於表。比如當他談到一幅畫柔思並不知道時，會表示驚訝，似乎柔思的無知讓他不能相信。這種態度讓柔思感到倆人關係中的不平等。當他訪問了柔思父母的家後，誠實地同意柔思自己對他們的批評時，柔思卻感到是冒犯，辯護自己家庭的衝動油然而起。

文化和經濟背景不同引起的衝突實際上是社會對女性角色規定和女性要擺脫「第二性別」的等級、要爭取平等獨立的社會地位之間的衝突。柔思的拒絕成為男性的附庸，拒絕成為「他者」，決定了她和帕特里克婚姻的必然破裂，儘管分手不是那麼容易，分手以後更是舉步維艱。在集子中的另一篇小說裡，柔思跟女兒安娜在山裡小鎮上一起生活得非常窘迫，[19]最後不得不把女兒送到女兒父親帕特里克那裡，柔思不能讓女兒跟她一起面對品嘗獨立生活經驗所帶來的不穩定的苦果。這些細節突顯了柔思追求獨立尋找自己在社會中位置的倔強和固執。財富和利益跟平等和女性個體的完整比較，柔思毫不猶豫地選擇後者，哪怕是前程曲折坎坷。

〈乞丐女傭〉的結尾的場景是在柔思離婚九年以後，已是一位頗為知名人士的柔思在多倫多機場上看到了帕特里克的背影，正當她心裡柔情漫湧欲上前拍他肩膀時，帕特里克轉過身來看到了她，讓她震驚的是他給了她一個憎恨的臉色，這個臉色使她立即轉身匆匆離開。此時的帕特里克已經再婚，而柔思仍

---

[18] Alice Munro, *The Beggar Maid* (New York: St.Martin's Press, 1988), 71.

[19] Alice Munro, "Providence," *Who Do You Think You Are* (Toronto: Macmillan of Canad), 133-51.

然在尋找，雖然她交過多次男朋友。假如帕特里克的形象象徵著財富，地位，權威，男權文化，那麼柔思尋找的道路還會很漫長。

這部小說集凸現了孟若創作的一個重要特色：對人物性格追根究底的徹底性。小說經典地體現了孟若對人物心理精神洞察捕捉的透徹性和準確性，以及在展現它們時洞幽燭微，一波三折的技藝。

和其他集子一樣，孟若所描寫的是「生活和發生在小鄉鎮裡平凡的人物和事件」。[20]在她的小說中，每一件事物都是既「能觸摸到，又很神祕」，那是一個深深地植根於小鎮的歷史、由可觸摸的很濃的環境和人物組成的世界，是孟若的祖先自1800年起開始居住的、她已深刻領悟了的地方。[21]因此在表現這一鄉鎮生活時，孟若不關注於逸事奇聞，不獵奇，而是直接面對每天的日常生活和普遍人生，在表現人物與根深蒂固的傳統和習俗，性別與階級的歧視，宗教與政治的矛盾衝突中，孟若一層一層地揭開這一地區的文化歷史的層次，凱瑟琳‧謝爾德裡克‧羅斯形象地指出：「當孟若觀察休倫鎮時，她看到的是整個地質學和考古學的意義……。她對人類歷史有著考古學的層次感。」[22]

就是在那些貌似很不起眼的小人物柔思，芙露和家庭瑣事中，孟若以她對這一地區文化和傳統的深刻理解，逐層挖掘至具有普世意義的人性的深度。羅伯特‧薩克把這一特性總結為「孟若成功地把『她家鄉』那頑梗地鄉村的，不緊不慢的，誠樸的區域牢牢地繪摹在文學的地圖上，演繹它的人性的騷動——它的荒蠻的激情，埋葬起來的憂傷，和孤寂的神祕——那些令人炫目的真率的故事直接地連接著她的讀者的內心敘述和心靈的軌跡」。[23]

孟若不是社會批評者，也從來沒有在她的作品裡明確地抨擊或提倡主張什麼，但她具有銳利的社會嗅覺，她是通過對周圍環境的觀察，感覺和想像以及自己的生活經驗來過濾和折射鄉鎮生活以及社會的不同層面，以其對人性多層

---

[20] Daphne Merkin, "Northern Exposure," *The New York Times Magazine*, (24 Oct. 2004): 60.

[21] Robert Thacker, "Introduction: Alice Munro, Writing 'Home': 'Seeing This Trickle in Time'," *Critical Essays on Alice Munro*, ed., Robert Thacker (ECW Press, 1999), 3.

[22] Catherine Sheldrick Ross, *Alice Munro: A Double Life* (Toronto: ECW, 1992), 26.

[23] Daphne Merkin, "Northern Exposure," 60.

次的開發，對人類心理和精神多方面的探索，達到作品的深度。儘管在一次採訪中，孟若強調她「不做綜合概括，也看不到超越平常的東西」。[24]但她的超越在小說中到處可見。那是因為她對歷史和人物心理有著常人所未有的細膩的體驗性和敏感性，這一獨特素質使她能連接起記憶和現實，過去和現在，在用現實視眼重新審視過去的人物事件時，她能精細微妙地揭示出人物性格中的精髓部分，人性深層的部分，從而使她的小說既深植於地區的根子裡，又超越了地方界定。使她能夠脫穎而出而與世界最優秀的作家齊名的一個根本原因，是她善於運用濃厚的特色化的區域性和地方性來溝通並共享人類經驗。

【此文為《外國女性文學教程》第7章加拿大女性文學第3節，上海：復旦大學出版社，2011年】

---

[24] Beverly J. Rasporich, *Dance of the Sexes*, xii.

創傷記憶和戰爭的孩子：論《歸海》

張翎小說創作在2023年的一大豐實碩果就是她的英語原創長篇小說 Where Waters Meet（Amazon Crossing）和它的中文版《歸海》的相繼出版。雖然張翎創作的很多部小說被翻譯成英語以及多種其他語言，Where Waters Meet 卻是她自己用英語創作的第一部文學作品。而《歸海》是張翎基於 Where Waters Meet 再創的中文小說。

由北京文學（2023年第8期）和作家出版社（2023）同時出版的《歸海》是張翎的《戰爭的孩子三部曲》中的第二部，它跟三部曲中的第一部《勞燕》同樣令人震撼，發人深思。顧名思義，這三部曲自然與戰爭有關，已出版的三部曲中的前兩部，都是對戰爭的譴責，對戰爭對人性的摧殘、給人類帶來的災難、創傷的描述，但是，作家並沒有直面戰爭，而是重點刻畫戰爭給人類所造成的創傷以及它的後續作用。儘管《歸海》並沒有直接、具體描寫戰場的慘烈情節，然而，戰爭對人類精神和肉體上造成的的永久性的創傷卻脈動在小說的字裡行間中，讓讀者真切地感受到戰爭的殘酷和傷痛，因為它悲劇性地改變了人們正常的生活軌跡，不僅是直接被捲入戰爭災難的那一代人，而且還有他們的下一代。由於創傷帶來的苦痛難以治癒，雖然在軀體上可以痊癒，但在心理和精神層面上，這種苦痛與歷史，社會，政治和文化的因素交集，它會反覆發作，不斷地延續。

人類的歷史經歷了無數次的災難和劇變，從而導致了創傷概念的出現和廣泛應用。對創傷的人文研究是一種在現代性背景下出現的現象，之前人們注重於從單純的醫學角度對身體創傷進行檢查和治療，十九世紀以後人們把創傷納入精神和心理的研究範圍，之後擴展到文化範疇的探究。而文學對創傷的表述和描繪，則是創傷的文化研究具體化的一種表現，它為創傷研究提供了個性化的案例，作家們對人類心理創傷的描述和闡釋，生動地展現創傷在人類精神和

心理層次上所產生的破壞性的作用和影響，使讀者在對歷史回顧中感受到受創者所承受的精神上的折磨和傷害。

跟張翎的其他多部小說相似，長篇小說《歸海》在對歷史，災難和記憶的糾纏中揭櫫女性所承受的難以言說的身體和心靈的創痛。與張翎其他作品不同的是，這部小說是通過女兒袁鳳的視角，來探尋她母親春雨生前不為人知的隱祕，再現她與母親相濡以沫的艱難人生，以及她的姨媽春梅創傷記憶對她的傳遞。在總體六個章節的小說中，作家用了四個章節來追述過去的生活經歷，從第二章到第五章的回溯組成了小說的敘述主體，它是袁鳳的一趟重返歷史的旅程，這段旅程是在袁鳳與她的加拿大丈夫喬治的書信往來中完成的。它的起因是母親春雨從國內隨身攜帶、無論如何都不願捨棄的一隻古董箱子，裡面隱匿著袁鳳所不知的母親的創傷印記。

移民所攜帶的箱子在移民文學和離散研究中有著重要的意義，因為移民與行李箱是密不可分的，它從滿載著從故鄉帶來的衣物的具象逐漸被引申到承載著過去、記憶和傳統的意象，因此在移民文學中，它不僅在物質上，更在精神上、文化上、語言上具有著象徵意義。加拿大印裔作家M.G. Vassanji的小說《麻袋》（*The Gunny Sack*）[1]中的麻袋，是小說男主角從他姑婆那裡所繼承的簡陋的隨身行李袋，裡面裝滿了家族史的見證物，這是物質性的具象的行李。布克獎獲得者薩爾曼・拉什迪的著名小說《羞恥》（*Shame*）中對移民的箱子則有這樣的描述：「我現在說的是隱形的行李箱，而不是實體的，也許是硬紙板製成的，裡面裝著一些失去了意義的紀念品；我們已經脫離了不僅僅是陸地。我們已經從歷史、記憶和時間中漂浮而上。」[2]他所指的行李箱是「清空了的箱子」，[3]這是從抽象層面上闡釋行李箱的意義，它所代表的歷史，記憶和時間已經屬於過去，已經被現今的內容所取代，移民已經開始了新的生活旅途。

---

[1] M.G. Vassanji, *The Gunny Sack* (Anchor Canada, 2005).
[2] Salman Rushdie, *Shame* (New York: Random House, 1984), 91.
[3] 同上。

張翎在《歸海》裡描寫的春雨的古董箱子有著它獨特的含義。它的具象和抽象的指向與前面兩位作家所述不全相同。春雨的箱子裡面藏著她一段不可言說的歷史，這段發生在袁鳳出生前的、抗戰時期的生活片段，[4]就是春雨在抗戰時期蒙受創傷的歷史，它被春雨封閉在一個神祕的瓶子裡，深深地埋在了箱底，也埋在了她的心底。她決然不會讓任何人，包括女兒知曉分毫，卻也沒有銷毀這一歷史的見證物。所以這個古董箱子既不是袁鳳從母親那裡繼承的代表家族史的遺產，也不是一個已經清空了的箱子。箱子裡母親所藏的遺物，於袁鳳來說完全陌生，因為母親把這一段往事的記憶化作了徹底的沉默，但是它們在袁鳳面前卻掀開了母親人生中某個神祕階段的一角，從而激發了她強烈的欲求瞭解母親「史前」祕密的衝動，也開啟了袁鳳撬開母親「蚌殼」的旅程。[5]這一旅程是袁鳳和她的姨媽春梅記憶的重組整合，以及姨媽向袁鳳作後記憶跨代傳遞的過程。

　　「後記憶」（Postmemory）這一概念是由哥倫比亞大學英語文學和比較文學教授Marianne Hirsch於1992年提出來的，最初這一概念應用於在第二次世界大戰中被納粹大屠殺後的猶太倖存者的記憶以及倖存者與他們子女之間的關係。後來這一概念被廣泛應用，擴展到所有的創傷後記憶，以及受創的父母輩與他們的後代的關係，Hirsch對此有具體的闡述：

> 「後記憶」描述了「之後一代」與前輩個人、集體和文化創傷之間的關係，即他們只能通過自己成長過程中的故事、圖像和行為來「記住」的經歷。但這些經歷深深地、情感地傳遞給了他們，以至於似乎構成了他們自己的記憶。後記憶與過去的聯繫實際上不是通過回憶來調節的，而是通過想像力的投入、投射和創造來介入的。[6]

---

[4]　張翎，《歸海》，作家出版社，2023年，第41頁。

[5]　同上，第39頁。

[6]　Marianne Hirsch, *The Generation of Postmemory: Writing and Visual Culture after the Holocaust* (NewYork: Columbia University Press, 2012), 5.

可以說，《歸海》的主體部分所描寫的就是Hirsch所論述的有關創傷的後記憶，記憶中造成創傷的事件發生在上一輩身上，即春梅和春雨身上。「後」指的是令人無法忘卻的創傷經歷的延遲作用，它在不同程度上影響著創傷經歷者與他們後代的關係。袁鳳在她母親生前，總有一些說不明道不清的疏離和隔閡，那是母親創傷記憶所產生的消極作用所致。後代在獲悉上輩的這些記憶時，便有一個理解上輩的創傷，明瞭創傷在他們精神上的負面作用，以及試圖與上輩的創傷心理溝通的過程。在袁鳳得知母親有背著她的隱祕後，她停職留薪六個月，飛到上海去見她的姨媽，「擠牙膏」似地逼迫姨媽，使姨媽一步一步地把對過去發生的事件的記憶轉述給袁鳳，而袁鳳則在自己個人的記憶中補充、增添、填補春梅所不知，或留下的空白部分。雖然袁鳳不可能見過「史前」的母親，但是她確定她「知道」她，「這樣的認知來自我一生和她一起度過的時光」。[7]更重要的是，在這一過程中，袁鳳投入了自己全部的身心以及自己的想像力來進行重新塑造記憶的敘事，追尋母親創傷的緣由，以期建構與母親溝通的橋梁。

在向喬治陳述已經經過她重新組合的後記憶的過程中，袁鳳「不知不覺地混淆了時間線，夾雜進了自己凌亂的童年記憶——那是發生在其後的事情」。[8]時間脈絡的打亂，放慢了歷史創傷的敘事節奏，也推遲了創傷記憶對後輩的震撼性的作用。創傷記憶的本身，並不是反敘事的，但是創傷經歷的慘痛和創傷在患者精神上產生的殺傷力，會使記憶支離破碎，扭曲分裂，難以言說，因為受創患者常常會因為恐懼和傷痛而拒絕記憶，或抹除記憶，以期杜絕噩夢似的慘痛經歷再次出現在腦海裡。而時間順序的打亂，恰是創傷記憶的一種表現。袁鳳正是在敘述時間順序的倒置中，來試圖表現和展示創傷記憶的意義。所以我們看到，春梅記憶中她和春雨姐妹倆所蒙受的身體上和心理上的創傷的歷史，是在小說倒數第二章才出現，袁鳳終於把梅姨的最後一部分也是最關鍵的「牙膏」擠了出來。

---

[7] 《歸海》，第232頁。

[8] 《歸海》，第41頁。

延遲到幾乎是小說的最後部分才披露出來的春梅的創傷記憶，是對基於性別的暴力而構成的戰爭罪的揭露和抨擊。正處於青春少年期的春梅和春雨不幸被日本侵略者強暴，並被強迫成為慰安婦，姐妹倆成為無數的蒙受戰爭創傷的受害者之一。加州醫學會的《涉嫌強姦受害者的面談和檢查指南》指出，強姦是「一個人可能經歷的最具心理破壞性的遭遇之一」。[9]性侵犯給女性造成的創傷在精神上比在身體上的傷害更劇烈，因為身體上造成的傷害是外在的有時間性的，但是對女性心理上的傷害卻是內在的長久的。

　　在傳統的觀念中，人們往往把性強暴定位於對受害者在社會的，經濟意義上的傷害，用傳統的，特別是用為女性所規定的倫理道德觀念來判定受害者「失貞」和「不潔」，受害者由此而失去她應有的社會地位，從而成為社會上的弱勢群體中的一員。傳統文化習俗對被性強暴的女性的鄙夷和汙名化，使受害者在社會上長期受到歧視，這種歧視在她們的精神和心理上產生了永久的傷害，留下了難以控制的心理後遺症。這也就是為何春梅和春雨把她們被強暴的事件牢牢地塵封在心底，甚至要把它從記憶中驅逐出去，作選擇性的遺忘。因為恐懼，痛苦和創傷的無法表達，沉默便成為她們表達的一種方式。「沉默也是一種態度：母親對這個世界完全無話可說」。[10]而袁鳳對母親這一態度的解密是在她走完了跨代後記憶傳遞的這段旅途後才完成的。

　　即便如此，春雨在晚年時，仍然會對任何能觸發深藏在歲月深處的創傷記憶的細節，比如在電視上看到抗戰連續劇，聽到從日本來的女婿的親戚們說日語，做出激烈的、怪異的、情緒失控的反應。而她最終的離世，也是與創傷記憶的激活密不可分。潛意識在長時期的壓抑中，並沒有完全消失在記憶中，只是暫時的蟄伏。晚年的母親在袁鳳的眼裡，似乎返老還童，「母親現在就是一個孩子」。[11]只有在未被塵世覆蓋住的童心中歷史的真相和創傷的陰影才會浮

---

[9] "Guidelines for the Interview and Examination of Alleged Rape Victims," *The Western Journal of Medicine*, vol. 123, no. 5 (1975): 420-22.

[10] 《歸海》，第34-35頁。

[11] 同上，第30頁。

現。袁鳳在把春梅和她自己關於母親的創傷後記憶用文學的形式記錄下來、在銜接起自己作為下一代與上一代過去的聯繫同時，融入了自己對母親創傷史的思考，領悟了母親一生行為的邏輯。這時，她才意識到，「母親心中的恐懼其實一直都在的，只是年輕的時候，在動蕩不安的年代裡撫養一個孩子、操持一個家庭，那些瑣碎的艱難日常占據了母親的心，暫時淹沒了她的恐懼」。[12] 在她晚年無需為生計、為家人嘔心瀝血時，無需全力壓制某一段記憶時，創傷記憶突然沒有了捆縛，遽然重現在腦海裡，以至「恐懼全力追上，收復失地」。[13]

袁鳳此時與母親在心靈上已完全溝通，這時的母親在袁鳳的心目中，是「母親蚌殼裡的那枚珍珠，不是戰爭中的那場恥辱，不是瓶子裡的那些粉末」。[14]這裡所謂的「恥辱」，是男權文化用來掌控女性的代名詞，它是用來摧折被性強暴過的女性的自我，是性別歧視的一種文化觀念。袁鳳否定了這種歧視和觀念，她把母親比喻為彌足可貴的「珍珠」，充分肯定了母親作為個人，作為女性的意義和價值。把性強暴對女性的傷害從定位為社會屬性和經濟利益的傷害分離出來，從女性性別身體的角度，即從女性個體化的性主體性而不是被性強暴過的女性的社會身分來審查性強暴對女性的傷害，是二十世紀西方社會科學對性強暴研究的新的視角，從這一視角出發，性強暴就是對女性性別認同的攻擊，它造成女性的精神創傷，是對女性的「自我」的侵犯。這種對性別主體性作為身分標誌和真實性的強烈關注，是一種深刻的現代觀念。[15]

《歸海》與張翎的其他小說相似，體現出作家對女性的生存和命運的特別關注。雖然，小說中袁鳳的父親王二娃同樣是受過創傷的人物角色，而且是在多次的戰爭中受傷，在政治運動中成為了「活死人」，[16]春雨因為他而從死裡

---

[12] 同上，第323頁。

[13] 同上。

[14] 同上，第332頁。

[15] Joanna Bourke, "Sexual Violence, Bodily Pain, and Trauma: A History," *Theory, Culture & Society*, vol. 29, no. 3 (2012): 25-51.

[16] 張翎，《歸海》，第91頁。

逃生，在他生命的最後時刻，他又保護了春雨。他的可悲可泣的生活經歷，同樣可以寫成一部書，但是作家把他的創傷歷史作為輔線處理，他在小說中的形象，更多地是為了襯托女主角春雨的性格和命運。對女性在災難中所蒙受的創傷的描摹，是作家女性書寫的一個重要特徵。張翎擅長於描寫坎坷多蹇的人生道路中女性所遭受到的身體和心靈的創傷。這些創傷或是由自然災害，亦或是由戰爭，或是政治運動所造成，恰恰是在描寫女性如何面對這些創傷，如何在挑戰這些創傷給她們帶來的挫折和逆境，如何在艱難困苦的環境中堅韌地獨自舔舐傷口，自我刮骨療傷中作家塑造出了一個個令人印象深刻的女性形象，比如《餘震》中的王小燈，《陣痛》中的母親們，《流年物語》中的全力，《勞燕》中的阿燕，以及《歸海》中的春雨。其中，張翎在《餘震》和《歸海》中對母女關係的不同處理最令人回味。

《餘震》中的王小燈對母親在地震災難中選擇犧牲自己，來挽救弟弟生命的行為一直耿耿於懷，難以釋然，唐山大地震留給她的創傷更是精神上的，對恐怖的地震的反覆記憶與母親吶吶言出孿生弟弟的名字始終連在一起，潛意識中被母親遺棄的意念逐漸發展成為心理上的應激障礙，從慢性的頭痛和失眠症，逐漸變成了抑鬱症和無法癒合的心理傷口，它導致了小燈對母愛觀念的崩潰，母女關係的解體，和對親情的不信任。《歸海》中的母女關係從某種意義上說，恰好是《餘震》的對立面，因為在《歸海》中，母女關係角色對換，母親是蒙受創傷的那一位。而且，無論母親再有多少次的選擇，「她選擇的永遠是女兒」。[17]女兒則在相依為命的母親去世後，努力要建構起與母親以及母親的過去的感情聯繫，尋找一個包括「史前」的完整的母親。袁鳳從梅姨那裡獲取了她的有關她和春雨的創傷後記憶後，對母親的認知有了深化，不僅消弭了與母親之間因母親阿爾茨海默症（阿茲海默症）所引起的疏離感，在情感上更與母親相依無間，在理智上更認同於母親在逆境中為生存而表現出來的堅韌和頑強。

---

[17] 同上，第332頁。

雪梨，即成年後的王小燈，在加拿大定居後，一直在進行憂鬱症的精神治療，在心理醫生的啟發下，終於意識到母親自己也是以男權為中心的文化的犧牲品，她的所作所為是由社會文化意識所規範的，只有與母親一起解開她的心結，共同推開她在夢中永遠打不開的最後一扇窗，她心靈上的創傷才能治癒。袁鳳則在自己與逃離戰爭的難民接觸中、以及在逃避美國徵兵令的加拿大丈夫的影響下，對戰爭的「溢出物」[18]以及他們所承受的戰爭的創傷有著較為具體的、感性的認識，並參與幫助他們「清洗創傷」。[19]因此，她能理解戰爭創傷對母親精神上的折磨，感悟和欽佩母親頑強的生命力。如果說，《餘震》的結尾預示著女兒對母親的寬恕和母女關係之間的最終和解，那麼《歸海》的結尾展示的是女兒對母親的愛和母女之間精神上的契合。

挪威劇作家約翰・福瑟（Jon Fosse）獲得2023年諾貝爾文學獎的主要原因，在於他的戲劇和散文皆為難以言喻之事發聲。張翎的小說則皆為女性無法言說之經歷發聲，尤其是《歸海》中的春雨，她代表著無數的有著一段難以言喻經歷的受害者，她們各自都承載著一段無法訴說但又不能遺忘的歷史，但是，她們都「用沉默熬穿命運，成為歷史的倖存者」。張翎小說畫廊中的女性形象各具特色，但都堅韌不屈，具有著頑強生存的意志和在逆境中與命運抗爭的勇氣，作家自己也坦言，「女性如水的堅韌一直是我想表現的」。[20]小說中對於水的富有哲理的思考，對水的自然屬性的匠心獨運、精妙絕倫的理解，和對水的詩意盎然的描摹，是袁鳳經過這一段沉重的「後記憶」旅程後，從發生在母親一代身上的歷史事件上得到啟迪，是對背負著歷史創傷的母親那一代的理解和省思，也是作家通過女主角之夢表達的她對女性的讚頌。對女性的讚美是張翎在她的小說作品中反覆吟詠的鮮明母題。張翎筆下的女性並不盡善盡

---

[18] 同上，第16頁。

[19] 同上。

[20] Yan Liang，【專訪】〈加拿大華裔作家張翎：女性如水的堅韌是我一直想表現的〉，2023年9月26日，https://ici.radio-canada.ca/rci/zh-hans/%E6%96%B0%E9%97%BB/2013259/%E5%8A%A0%E6%8B%BF%E5%A4%A7-%E4%BD%9C%E5%AE%B6%E5%BC%A0%E7%BF%8E-%E5%A5%B3%E6%80%A7。

美，她們都不掩飾自己的弱處，但她們都具有著強有力的女性的聲音，這是因為水的韌性賦予了她們內在的力量，雖然柔弱，但能無堅不摧。

《歸海》是張翎自己動手把英語版本 Where the Waters Meet 轉化成中文的。翻譯是一門藝術，也是一門學問。英語文學專業出身的張翎，講著一口流利的英語，帶著一點多倫多的口音，自從踏上從小就嚮往的文學道路後，一直得心應手、駕輕就熟地用中文從事著文學創作，並斬獲多種文學大獎，她所面向的讀者群也因此大多是國內以及遍布在世界各地的華人。當她的文學作品以其跨文化、跨疆域的豐富內涵，深邃的意蘊越來越引起文學界和評論界的矚目後，也吸引了其他語種的出版社的關注，他們紛紛參與翻譯出版她的作品。張翎的中文作品被翻譯成英語和其他語種後便面向了世界，讀者群自然也逐漸擴大到英語和其他語種的讀者。然而，張翎卻在這個時候選擇了用英語寫作，挑戰自己駕輕就熟的中文寫作才能。在英語原創小說被出版社接受後，張翎應邀親自上陣，把這部英語版的小說轉化到中文版《歸海》，成為了這部小說名副其實的雙語作家。

根據張翎自己在一次訪談中的介紹，用英語寫作的起因是疫情期間與國內聯繫的困難。其實，張翎早已具備了英語創作文學作品的實力，只是她沒有意識到而已。當她初試牛刀，便游刃有餘，出手不凡，迅速得到評論者們的熱烈反響。「評論家稱張翎的第一部英語小說『非凡』、『精湛』、『發人深省』、『生動感人』」，它所敘述的故事非常「引人入勝」。[21]作家、藝術家Kate Padilla認為 Where Waters Meet「是一部構思精妙的小說，它讓你在閱讀過程中自始至終屏氣斂息。」[22]作家Susan Blumberg-Kason則讚嘆 Where Waters Meet 的語言「就像標題中的水一樣流暢」。[23]對首部英語的新書的高度評價，

---

[21] Women Writers, Women('s) Books, 1 May, 2023. https://booksbywomen.org/on-writing-by-zhang-ling-author-of-where-waters-meet/.

[22] Kate Padilla, "Book Review: Where Waters Meet by Zhang Ling," *Authorlink*, 11 April, 2023.

[23] Susan Blumberg-Kason, 25 April, 2023. https://asianreviewofbooks.com/content/where-waters-meet-by-zhang-ling/.

使張翎深感自己的付出非常值得，它已轉化為令人鼓舞的收穫，「我很感激這些挑戰，這些挑戰最終都變成了回報」。[24]張翎首部的英語力作，向讀者顯示了她不僅能傳神地使用用母語，也能出神入化地用英語抒情狀物。毫無疑問，作家將不斷地給讀者更多的驚喜。

然而，張翎用英語創作小說，並不僅僅是挑戰自己的英語能力，更重要的是作家試圖在跨語言和跨文化的實踐中，使自己的視野、境界、見識有新的開拓和深化。同時使用兩種語言進行寫作，游走在加拿大的多種文化之中，作家自然而然地在用兩種思維方式進行思考。因為有了對照物和參照體系，所以便能在調解和斡旋兩種文化之中尋找和體會它們的相同與不同或對抗處。

作家雙語創作的語言以及文化跨越和交流也體現在小說結構的整體框架上，即通過袁鳳和她加拿大丈夫的通信往來，來框架小說的情節結構。丈夫喬治的人物形象具有著象徵意義，他本身的反戰生活經歷，他為袁鳳提供閱讀她手稿後的反饋，他進入袁鳳的夢境和她一起思考，他為她的小說設計書名，這一切，顯示著他在小說中袁鳳探尋母親「史前」隱祕過程中所起的文化參照物的作用，輔助著她建立對戰爭創傷後續性的歷史意識。

米哈伊爾‧巴赫金（Mikhail Bakhtin）在討論文化之間相互作用時指出：「同時，它也是雙語的；因為在其中不僅有兩個個體的意識、兩種聲音、兩種口音（而且不僅僅是這樣），還有社會語言意識的複製，兩種時期……。在話語的領域上匯聚並有意識地較量。這是嵌入在這些形式中的不同世界觀之間的碰撞。」[25]張翎在寫作這部英語小說的過程中，深切體會到這一雙重語言和多重文化的實踐給她帶來的觀察世界的新視角和創作靈感。在她的英語小說創作談中，作家寫道，「用兩種語言寫作讓我們有更多的眼睛來感知自己以及周圍的世界。第三隻眼睛不僅幫助我們發現兩種語言之間的差異，還幫助我們發現

---

[24] 張翎, "On Writing by Zhang Ling, Author of *Where the Waters Meet*," *Women Writers, Women('s) Books*, 1 May, 2023. https://booksbywomen.org/on-writing-by-zhang-ling-author-of-where-waters-meet/.

[25] Mikhail Bakhtin, "Discourse in the Novel," *The Dialogic Imagination*, ed., Michael Holquist, and tr. Caryl Emerson and Michael Holquist (Austin: University of Texas Press, 1981), 360.

重疊區域。當我們開始探索這些領域時，我們經常會發現通往人類思想深處的意想不到的途徑」。[26]正是在這兩種或多種文化的碰撞中，作家感受到了人類在對創傷和人性的認識上能夠共享的基本價值觀，這些價值觀展現在她對戰爭給人類創下的傷痛以及戰爭殘酷的本質的形象而深刻的揭示。

【此文發表在《世界華文文學論壇》2024年第2期，總127期】

---

[26] 張翎,"On Writing by Zhang Ling".

第五輯

華文文學與理論探討

多元文化語境中的華文文學的雜糅
——與陳思和商榷

　　我非常認同陳思和教授關於「『世界華文文學』作為一個學科概念相當混亂」的看法,[1]與此相似並比較流行的還有世界華語語系文學、華人文學、新移民文學等的概念,皆試圖以此來整合華人第一代移民所創作的文學。學術界試圖闡釋,界定,重新界定的努力自上世紀下半葉就開始,二十一世紀以來海內外學者對此傾注了很大關注,有針對這一課題的研討會,專文、和論文集,但是直至今日仍然未能形成統一的看法。也許,這一不能形成共識的文學概念,正體現了世界華文文學這一豐富多彩、眾聲喧嘩的文學現象多雜的本質。

　　本章在此與陳思和教授商榷關於他的北美、歐洲來自中國大陸或臺港地區的第一代華語移民作家的創作「應屬於中國當代文學一部分」的論點(陳A22),旨在拋磚引玉,引起爭論,以一家之言換得百家爭鳴,期待有助於對華文文學概念的深入探討。陳教授的這一觀點陳述在他〈旅外華語文學之我見〉一文中,發表在去年年底《世界日報》的文藝副刊《華章》「名家談——華人文學之我見」專欄裡(陳A22)。我認為這些作家的文學創作不應該屬於中國當代文學,並將從下面幾個方面來論述以上觀點:世界華文文學和中國文學;一元、三元和多元的關係;落葉歸根、落地生根及靈根自植。論述中將重點以加拿大華人文學中具有代表性的作家作品和創作談為例。

世界華文文學和中國文學

　　世界華文文學從字面上看,它理應涵蓋一切用華語書寫、創作的文學,包

---

[1] 陳思和,〈旅外華語文學之我見〉,《世界日報》,2014年12月26日,A22。

括中國文學。正如英語中的World Literature in English一詞，它囊括了所有用英語創作的文學，無論是英聯邦還是非英聯邦國家的文學。劉登翰教授的見解在國內學者中頗具代表性，「作為世界性語種的華文文學，毫無疑問應當包括使用華語人口最多、作家隊伍最為龐大、讀者市場最為廣闊、歷史也最為悠久的中國內地地區文學」。[2]這是一種對世界華文文學廣義的理解。但是在具體實踐運用中，世界華文文學涉指的是居住在中國以外的移民或外籍作家用華語創作出來的文學，它的前身是海外華文文學或華僑文學，這一理解似乎是約定俗成的共識，也是對世界華文文學的狹義理解。然而在對狹義意義上的世界華文學作出定位時，它又往往被認為是中國文學的一個部分，是中國文學向外的輻射延伸。王德威教授在分析這一現象時指出，「以往的海外文學、華僑文學往往被視為祖國文學的延伸或附庸。時至今日，有心人代之以世界華文文學的名稱，已示尊重個別地區的創作自主性。但在羅列各地樣板人物作品之際，收編的意圖似乎大於其他」。[3]而胡德才教授則認為中國文學和世界華文文學有本源上的根本聯繫，中國文學是世界華語文學的發源地和大本營。[4]

對於狹義意義上的世界華文文學的歸屬問題，海內外的學者顯然有著不同的觀點和認知。這就涉及到文學的歸類和劃分是視語言為唯一標準，還是以語言與文學產生的其他因素諸如題材、地／區域、時／空間、作者各自居住國的文化、歷史、政治的特殊性等等作綜合考量。華語語系文學研究的開拓者之一史書美教授認為，「華語語系文化是因地制宜（place-based）的文化，它屬於產生它的所在地的文化。美國華語文化中的鄉愁／思鄉情產生於在美國的生活經驗，所以它是美國鄉愁／思鄉情的一種表現形式」。[5]顯然，史書美教授更關

---

[2] 劉登翰，〈華文文學的大同世界〉，《世界華文文學研究：理論與實踐——國際學術研討會論文集》，香港：中國文化出版社，2007年，第18頁。

[3] 王德威，〈文學行旅與世界想像：華文作家在哈佛大學〉，《聯合報・聯合副刊》，2006年7月8-9日，E7。

[4] 胡德才，〈『華語語系文學』理論建構的意義和問題〉，《生命行旅與歷史敘述》，廣州：暨南大學出版社，2014年，第23-31頁。

[5] Shu-mei Shih, "Introduction: What Is Sinophone Studies?" *Sinophone Studies: A Critical Reader*, eds., Shu-mei Shih, Chien-hsin Tsai, and Brian Bernards (New York: Columbia University Press, c2013), 7. 我的翻譯。

注的是「境外多元的環境與作品之間的相互界定」,[6]雖然她把思鄉情裡想像中的原鄉文化「包括在外」,[7]但是她強調原鄉文化和異鄉文化碰撞中產生的特殊經驗,這種經驗只能在特殊的環境中產生,可以是在美國,也可以是在加拿大,也可以是在澳大利亞,這也就形成了國內文學難以取代海外華文文學的特殊性。

海外華文文學是否因其特殊而具備獨特性以至獨立性,並以此與中國文學相對話和互動,是探究世界華文文學屬性的重要課題。關注並研究海外華人文學「地區的創作自主性」是著名詩人、編輯家瘂弦先生引領下《世界日報》的《華章》「名家談——華人文學之我見」專欄的主要宗旨之一。《華章》副刊由瘂弦先生主編,加拿大華人文學學會具體操作,自創刊以來,已經發表十餘篇名家談華人文學的文章,為世界華文文學的討論提供了一個開放的、各抒己見的、建樹性的平臺。

瘂弦先生對華文文學的真知灼見早在1990年代中期就體現在他的編輯實踐中。其時為《聯合報》副刊總編的瘂弦先生鼓勵已經是著名美籍華人英語作家的黎錦揚用中文創作,熱情邀請他為《聯合報》撰寫中文小說,這些小說最後結集為《旗袍姑娘》。黎錦揚在1940年代中期在美國就學戲劇和文學創作,後以其英語創作飲譽於美國。瘂弦先生建議黎錦揚用中文寫作之初衷,便是希望作家的作品能進入中文讀者的視眼,因為它題材和內容的獨特性和區域性。在為黎錦揚小說集所寫的序言裡,瘂弦指出小說集裡的一個共同主題是美國華人在各種社會情形下如何逐漸融入在地國的主流社會,並強調作家的靈感及其源泉來自於對唐人街華人生活的觀察和體驗。[8]那麼,我們是否可以把黎錦揚用英語

---

[6] 蔡建鑫,高家謙,〈多元面向的華語語系文學觀察——關於『華語語系文學與文化』專輯〉,《中國現代文學》,第22期,2012年,第5頁。

[7] 這裡是借用王德威的著名引句,從張愛玲的「把我包括在外」引發到將中國「包括在外」。見王德威,《文學行旅與世界想像》,第7頁。

[8] 見單德興文 "Redefining Chinese American Literature from a LOWINUS Perspective – Two Recent Examples," *Transnationalism, Ethnicity, and the Languages of American Literature*, ed., Werner Sollors (New York: New York University Press. 1998), 115. 文中具體介紹了瘂弦先生邀請黎錦揚用中文為《聯合報》副刊寫小說的經過。

創作的文學作品歸類於美國華裔文學，而用中文創作的作品歸屬於中國文學？

當中國學者根據華文文學的語言和文化同根性把世界華文文學納入中國文學範疇之時，美國學者卻在多元文化和多種語言的大旗下囊括在美作家的文學作品，無論是用何種語言寫成。早在1990年代哈佛大學的朗費羅學院（The Longfellow Institute）就開展了一個簡稱為LOWINUS的研究項目（Languages of What Is Now in the United States），旨在挑戰白人盎格魯－撒克遜以及歐洲白人經典著作一統天下的文學語言霸權，在權力不平等的話語關係中鼓勵少數民族文學在多元文化（multilingualism）和多種語言的社會環境中爭得自己的一席地位，並研究多種語言共存中的相互影響及其對跨文化、跨社會身分所起的作用。加拿大華人作家的華文小說也已經作為加拿大華裔文學的一部分而登堂入室於加拿大多所大學。那麼，這樣的文學究竟屬於其作者所居住國還是屬於其語言的發源地的中國文學？還是同時屬於這兩個地區而具有雙重屬性進而具有跨文化和跨地域的世界性？抑或兩者都不屬於、只屬於它們自己？黃萬華教授發表在瘂弦主編的《華章》上〈百年海外文學經典化之我見〉一文，有益於對這些問題的深入思考。

一元、三元和多元的關係

黃教授在《華章》的「華人文學論壇」上提出「第三元」的觀念，他認為「『第三元』是百年海外文學經典性所在」。[9]從旅法學者、作家程抱一對道家傳統的「三元論」的分析、闡述得到啟發，黃萬華把此觀念引用到對華人文學研究中。「三元論」從《道德經》中的「道生一，一生二，二生三，三生萬物」的思想提煉出「第三元」，「從一元跳到三元」，[10]既是對一成不變的顛覆，也是對文化原鄉／異鄉二元對立的解構。「第三元」論強調華人作家的文化根源和在地國文化現狀之間的既對立又互相調和的關係，它是「二元」之間

---

[9] 黃萬華，〈百年海外文學經典化之我見〉，《世界日報》，2013年11月22日，A22。
[10] 同上。

的衝突、對話、互動以後的嬗變物或者是「超出物」,[11]因其是二元結合的衍生物,它便不再是二元的各自再現,而是超越於二元之外的有其獨特禀性的第三元。而不同地理區域的華文文學,因其在地國政治、文學、歷史的特殊性和離散移居者在當地社會的個體經驗,都是個性化的第三元,從而形成「三生萬物」的眾聲喧嘩、多元多姿的世界華文文學的景觀。「第三元」的論點與王靈智教授的「雙重統合結構」(the structure of dual domination)論不謀而合,王教授「一方面關注離散景況裡華人應該保有中國性,一方面又強烈地意識華人必須融入新環境,並由此建立其(少數族裔)代表性。」[12]

　　本文在前面述及瘂弦先生對黎錦揚作品的關注,他關注的是黎錦揚的作品與中國文學不同的特殊性,該特殊性表現在作者以特殊的角度、在特殊的地點、特殊的時間描寫特殊的人物的特殊人生經歷。這種「特殊」性就源於體驗疆域跨越、文化交叉和政治碰撞時所激發出來的創作靈感。這種靈感的發生條件和場景決定了作者所描寫的角度、知覺、闡釋的個體性。海外華人作家在這一點上有著共同性,他們共享有離散、客居、移民的經歷,經驗著在多種文化衝突的夾縫裡的徬徨和徘徊,從邊緣向中心轉移的努力,在性別、種族、和階級關係之間的抗爭和斡旋,以及在抵制和被同化之間的掙扎。這種移民的心態和創作來源,國內作家是不具有的,差異是很明顯的。加之,這樣的生活經歷必然給作家帶來方法論和認識論上的變化,和從單一到多向的視角的變位。

　　這種變化的軌跡也反映在作家自己的表述中以及創作實踐中。加拿大華人作家張翎對自己創作的定位頗令人深思,「我從異國所書寫的故土,似乎更像是兩個國度中間的第三個國度,這個國度是我的想像世界,是真實的記憶在時空的間隔過程中所發酵衍生出來的東西。它是我個人版本的故土,雖出於無奈,我卻希望我的視角由此而不同」。[13]而加拿大著名華裔詩人洛夫在談到自己「二度流放」的心境時,發現自己雖然有著強烈的「自我存在」的意識,卻

---

[11] 同上。
[12] 見王德威文,《文學地理與國族想像:臺灣的魯迅,南洋的張愛玲》,第19頁。
[13] 陳泳蓓,〈張翎:疼痛,是生命和寫作的起源〉,《中山日報》,2014年11月12日,T2。

也感覺自己的「定位是如此的曖昧而虛浮」,「生命中認同的對象,起焦點已日漸模糊不清了」。[14]他的經典長篇詩作《漂木》表現出來的對生命哲學的探究,對文化的反思,對精神家園的追尋,無不反映出詩人在域外漂泊生涯中產生的對自己定位的焦慮,以至於「在路上踽踽獨行的是我對詩藝的追求」,[15]這種靈魂深處的感悟與張翎「個人版土」故土的想像有著異曲同工之韻:「尋找一種只有自己聽懂的語言／埋在心的最深處的／原鄉／」,[16]即是對第三國度的文學想像。

從故土家園到居住國,進而到文學想像中的第三國,在邏輯上和黃萬華的「第三元」理論相符,也是「第三元」論在書寫實踐上得到的呼應。以加拿大華人作家陳河的小說《西尼羅河症》和其續作《猹》為例,這兩部作品從不同的角度描寫了作品主人公們在逐漸融入加拿大的社會、人文環境過程中的日常生活體驗,都涉及到人與鳥、動物之間的關係。國內的讀者、評論家感到非常新穎,獨特,高度讚揚,《猹》由此而獲得2013年度人民文學優秀中篇小說獎,當然作品獲獎與作者的黑色幽默和反諷技巧的精湛運用不無關係。然而,作者陳河發現國內讀者的閱讀欣賞角度和他美學創作心態並不符合。他注意到讀者認為他「把人和動物的關係拉平了看是一種難得的高度」,然而,他在寫作時,「倒是一點沒有覺察到這是個問題」,因為「在加拿大,人和自然的關係比較融洽,人和小動物們似乎有一種相互尊重的默契」,[17]這是一種生活的常態。小說的要旨在於具有象徵意義的二十世紀初的「閏土」與同樣具有象徵意義的二十一世紀的「猹／浣熊」持久戰似的博弈,表面上是人獸之戰,其實是文化之相互消長。小說最亮的看點其實是在結尾處主人公驚訝地發現報警電話號碼中的其中一個居然是他自己家的這一細節上。這一意味深長的細節暗示著主人公家庭內部成員在加拿大人文環境中正在完成文化觀念、意識從二元到三元的遞進,主人公意識中根深蒂固

---

[14] 洛夫,〈在北美的天空下丟了魂〉,《世界日報》,2013年1月25日,A22。
[15] 同上。
[16] 洛夫,《漂木》,北京:國際文化出版公司,2006年,第40頁。
[17] 陳河,〈『猹』創作談〉,《中篇小說選刊》,第5期,2013年,第15頁。

的閏土形象受到法制觀念的解構，主人公自己的閏土行為也被家人以加拿大人的行為所銷蝕。作者主觀創作意圖和國內讀者解讀的分歧，恰恰表明作品本身對二元對立的超越，成為多元中的一個成員。

海外華文文學／華語語系文學在世界性的文化地理位置上，各自呈現出文化原鄉／異鄉的雜糅，由豐富的第三元組成萬物眾生象，正如張錯教授所指出，「在同一語言底下，它們個別衍生，而成一樹多枝的多元體系，互相平衡發展，互相交錯指涉，互相影響或拒絕對方。」[18]

落葉歸根、落地生根及靈根自植

世界／海外華文文學的創作者都經歷著背井離鄉、花果飄零的離散生活，從文化原鄉拔根而起，在異國他鄉落葉歸根抑或落地生根似乎是移民文學的詠嘆調之一。黃萬華在他的《百年海外文學經典化之我見》一文中所述可以說是對很多華文作家移民心態的經典描述：「海外華人對文化多元的深切認同萌生於其自身的移民生涯中，密切聯繫著華人從『落葉歸根』的僑民心態到『落地生根』的人生選擇的轉變。」[19]這一轉變有跡可尋地體現在加拿大知名華文作家的創作題材和作品的人物形象上。除了前面提到的張翎、陳河的經典作品，還有劉慧琴的《被遺忘的角落》，曾曉文的《蘇格蘭短裙和三葉草》和《遣返》，余曦的《多倫多市長》，笑言的《香火》，原志的《生個加拿大》，等等。這些作品無不顯示出其題材和人物的在地性和與在地政治、文化的密切聯繫，以及人物的不僅與主流社會的白人而且與其他有色少數民族之間的互動關係。即使他們的作品同時深及中國文化和當代歷史，他們卻已不可避免地獲取了多種參照系統，能夠從多向審視角度來作反觀和比較，由此而使他們從中國當代文學中脫離出來，形成加拿大華文文學個性化的特色。

---

[18] 張錯，〈文學獎的爭議與執行：世界華文文學領域探討與展望〉，《文訊》，第222期，2004年，第7頁。

[19] 黃萬華，〈百年海外文學經典化之我見〉，A22。

在信息、資本、經濟全球化的時代，多元文化國家中的少數民族文學和文化是在跨越和超越種族、宗教、國家界限的基礎上產生的文學和文化的雜糅，在其發展過程中，它不斷地在在地國和祖籍國的政治文化傳統中調停、周旋。作為加拿大少數民族文學中一員的華文文學，它的最基本的特色便是表現華人逐漸融入加拿大社會的歷史過程以及和其他族裔共同生活的體驗。這一表現同時也常常夾雜著作者對原鄉文化在不同政治環境、文化地理中衍變的思考，和對故鄉歷史遠距離的觀照。當第一代移民在濃重的鄉情中剪不斷、理還亂時，他們的下一代卻在文化地理的跨越／穿越中靈根自植，落地開花。然而，當移民的下一、二代用在地國的語言作為文學創作的文化資本時，華語於他們已不再是深厚的文化載體，而是溝通的工具。因此，華文文學鮮明的在地性和強烈的時間性決定了它的不可取代的個性，使它成為中國文學的大敘事之外的華語文學。

參考書目

蔡建鑫，高家謙，〈多元面向的華語語系文學觀察——關於「華語語系文學與文化」專輯〉，《中國現代文學》，第22期，2012年，第1-10頁。
陳河，〈「猹」創作談〉，《中篇小說選刊》，第5期，2013年，第15頁。
陳思和，〈旅外華語文學之我見〉，《世界日報》，2014年12月26日，A22。
陳泳蓓，〈張翎：疼痛，是生命和寫作的起源〉，《中山日報》，2014年11月12日，T2。
胡德才，〈「華語語系文學」理論建構的意義和問題〉，《生命行旅與歷史敘述》，廣州：暨南大學出版社，2014年，第23-31頁。
黃萬華，〈百年海外文學經典化之我見〉，《世界日報》，2013年11月22日，A22。
劉登翰，〈華文文學的大同世界〉，《世界華文文學研究：理論與實踐——國際學術研討會論文集》，香港：中國文化出版社，2007年。
劉慧琴，〈被遺忘的角落〉，《西方的月亮》，吳華等編，臺北：水牛圖書出版事業有限公司，2004年，第73-88頁。
洛夫，《漂木》，北京：國際文化出版公司，2006年。
——，〈在北美的天空下丟了魂〉，《世界日報》，2013年1月25日，A22。
Shan, Dexing. "Redefining Chinese American Literature from a LOWINUS Perspective – Two Recent Examples." Multilingual America: Transnationalism, Ethnicity, and the Languages of American Literature. Ed. Werner Sollors. New York: New York University Press, 1998: 115-116.
Shih, Shu-mei. "Introduction: What Is Sinophone Studies?" Sinophone Studies: A Critical Reader. Eds. Shu-mei Shih，Chien-hsin Tsai，and Brian Bernards. New York: Columbia University Press，c2013: 1-16.

王德威，〈文學行旅與世界想像：華文作家在哈佛大學〉，《聯合報·聯合副刊》，2006年7月8-9日，E7。

——，〈文學地理與國族想像：臺灣的魯迅，南洋的張愛玲〉，《中國現代文學》，第22期，2012年，第11-38頁。

笑言，《香火》，渥太華：北方出版社，2008年。

余曦，〈多倫多市長〉，《僑報》副刊，2010年5月11日–6月12日。

原志，〈生個加拿大〉，《旋轉的硬幣》，孫博編，成都：成都時代出版社，2007年，第19-26頁。

曾曉文，〈蘇格蘭短裙和三葉草〉，《文學界》，第6期，2009年，第27-36頁。

——，〈遣送〉，《百花洲》，第1期，2010年，第55-73頁。

張錯，〈文學獎的爭議與執行：世界華文文學領域探討與展望〉，《文訊》，第222期，2004年，第4-7頁。

【此文發表在《中國比較文學》2016年第3期，總104期】

附録

旅外華語文學之我見
——兼答徐學清的商榷

陳思和

　　本文由兩個部分組成。第一部分是我應徐學清教授之約，為加拿大《世界日報》的文藝副刊《華章》（瘂弦主編）「名家談——華人文學之我見」專欄所寫的短文，[1]主要談了我對於「世界華文文學」概念的一個看法。我認為，來自中國大陸或者臺港地區的第一代海外移民作家，他們的寫作還沒有被融入在地國的文學體系，他們用華語寫作，創作內涵是從母國帶來的生活經驗，發表作品的媒介基本上是在海峽兩岸的範圍，主要的讀者群也來自兩岸。這一類旅外作家的創作，應該屬於中國當代文學的一部分。徐學清接受了我的文章，同時也表示她對我的觀點有所保留。聽到有不同意見我當然很高興，有感於發表在報刊專欄的文章篇幅有限，不能暢所欲言，由此可能對自己觀點闡述不夠清晰。所以我請徐學清把她的商榷意見寫出來，我可以配合她的批評思路給以回應。當時我正準備為《中國比較文學》雜誌主持欄目，於是就與學清商量，把我們雙方的文章都發表在同期專欄，希望引起更多的學者來關注這一問題。學清很快就寫了商榷文章，而我卻因為手邊工作雜碎，回應意見拖到現在才勉強寫出來。這就是本文的第二部分。這樣把所有的意見都放在一起發表，也許能夠更加完整地表達我和徐學清教授對這一問題的不同看法。特此說明。

---

[1]　〈旅外華語文學之我見〉，《世界日報》《華章》，第25期，2014年12月26日，A22。

〈旅外華語文學之我見〉

　　學清教授約我談談對世界華文文學的看法，我覺得有點為難。因為「世界華文文學」作為一個學科概念相當混亂。在我看來，它至少包含了兩類互不相干、甚至自相矛盾的文學：一類是從中國大陸和臺灣、香港去外國（主要是北美、歐洲）發展的作家的華語創作；另一類是東南亞國家華僑作家在自己國家裡用華語的寫作。後者有點像王德威教授提出的「華語語際」的概念，即在非中國的國家或者地區的華語寫作，尤其是在地國第二代以降的華語作家的創作，其特徵在於顯現出在地國的語言、社會歷史、文化風俗等因素。這類華語寫作與中國文學構成了不同國家文化背景下使用同一語言的創作關係，研究這一類世界華文文學，在中國的學科體制內應該是屬於比較文學的範疇。而前一類作家的創作情況有點複雜。主要是活躍在北美、歐洲的華語作家，大多數是來自中國大陸或者臺港地區的第一代移民作家，他們的寫作還沒有被融入在地國的文學體系，他們用華語寫作，創作的內涵是從母國帶來的生活經驗，發表的刊物和出版社基本上是在海峽兩岸的範圍，主要的讀者群也是來自兩岸。這一類旅外作家的創作，在我看來，應該屬於中國當代文學的一部分，只是他們的活動場所轉移到了海外。

　　但是，由於這一類作家的國籍所限制，他們在中國的身分頗為尷尬。中國的學術界似乎很難把他們看作是中國作家，如嚴歌苓、虹影和張翎等作家的作品，他們的作品在中國發表並產生影響，但是很難參與中國官方的文學評獎，茅盾獎、魯迅獎與他們無緣，中國當代文學史著作裡，他們的地位也頗為曖昧。事實上，他們被冠之「海外華文作家」的稱謂時，已經有了「內外之別」的含義，似乎他們與中國的文學之間的關係不再是渾然一體了。我們討論白先勇、聶華苓的創作時似乎並沒有把他們的創作與臺灣文學截然區分，但是，一旦涉及來自中國的旅美作家與中國文學的關係時，國籍就變得如此敏感。

　　高行健的身分就是一個典型例子。高行健是中國當代作家，1980年代為中

國戲劇以及現代小說理論作過重要貢獻。可是當高行健在2000年獲得諾貝爾文學獎時，他的名字竟因為身分加入了法國國籍而變得曖昧起來，中國方面聲稱高行健是一個「法國作家」，而寧可對他為中國文學爭得的崇高榮譽保持緘默。但事實上，一個中國作家不管流亡到世界的哪個角落，只要他用華語寫作，他的作品只能是屬於中國的一部分；當蒲寧獲得諾貝爾文學獎，有人會不承認他是一個優秀的俄羅斯流亡作家嗎？辛格終生用意第緒語寫作，他獲獎了難道不是猶太人的榮譽嗎？我以為對於這類作家，與其依據他們的國籍而把他們視為某國作家，不如視為旅外作家，因為「旅」是一個動詞，它的含義是從某地到某地，不管走多遠，定居在哪裡，根子仍然在母國。

　　旅外華語文學還有一個鮮明特點，就是作家隊伍基本是由第一代旅居作家所構成，第二代華裔作家往往使用在地國的語言寫作，不再是華語作家。而這一類旅居華語文學的再生性與延續性，並沒有血緣的傳承關係，而是靠一代一代從中國或者臺灣香港等地出發的新移民構成的文學的特殊傳承，──這種傳承，不是老一代旅居作家與新一代旅居作家之間的關係，而是每一代旅居作家與他的母國文化所構成的繼承關係。從本質上說，旅居作家構成的華語文學只是在世界交流頻繁過程中的中國當代文學的一脈支流，它是當代文學的有機構成。

　　文學的本質是由語言構成的美學文本，其實與作家的國籍有何干系？隨著中國在國際上的地位不斷增強，人才流通必然會越來越頻繁，人定居於哪個國家越來越普遍，而中國文學的邊界也會越來越模糊，更何況，強調「中國文學」的國籍概念的文學史寫作和文學活動（包括文學評獎），也從來沒有真正落實過「中國」的概念，用少數民族語言文字寫作的文學，卻又偏偏歸類為少數民族文學的學科概念。──與其無法落實真正意義上的中國文學，還不如淡化國籍而強化語言，形成一個豐富而多元的「中國當代文學」。

我對於徐學清教授商榷的回應

　　徐學清教授的文章與其說是與我商榷，還不如說是她藉著我提出的看法而發表她自己的見解，正面闡述了世界華文文學與中國文學的關係。這樣說起來還是有點籠統，因為世界華文文學的概念是一個充滿混亂和矛盾的概念，在這個概念下，至少包含了四種不同性質的文學：1，中國文學（但許多學者從狹義的角度不承認中國文學屬於世界華文文學，但說不出具體的理由，似乎是因為中國文學的容量和體積在世界華文文學概念裡占的比重太大，使其他區域的華文文學難以呈現其獨立的價值，只有搬掉這座「山」，才能使周邊的丘陵的面貌逐漸清晰）；2，臺灣、香港澳門地區由於歷史原因形成的不同於中國社會主義體制的文學；3，東南亞各國華僑文學（以馬來西亞、新加坡為最盛行）；4，二十世紀以來各個歷史時期從中國大陸或港澳臺地區移民海外的用華語寫作的文學。關於「世界華文文學」概念的解說和清理，國內很多知名學者如劉登翰、劉俊等都做過認真地梳理，並且有專著來闡釋他們自己的見解，[2]本文為節省篇幅，不作詳細的討論和具體的引用。海外則有史書美、王德威用「華語語系文學」的概念來消解世界華文文學概念，[3]他們引援了作為世界性因素的「英語語系文學」、「法語語系文學」、「西班牙語系文學」等概念來定義「華語語系文學」，順理成章地排除了中國文學（但保留了臺灣香港澳門）在其範圍內的合法性。但是這個概念仍然有可以被質疑之處，因為其所引援的「英語語系文學」、「法語語系文學」、「西班牙語系文學」等概念都是基於前殖民歷史的產物，英聯邦國家、前法屬非洲國家和前西班牙殖民地的南美洲

---

[2] 請參考劉登翰，《華文文學的大同世界》，臺灣：人間出版社，2012年；劉俊，《越界與交融：跨區域跨文化的世界華文文學》，北京：人民文學出版社，2013年。

[3] 請參考史書美，《視覺與認同：跨太平洋華語語系表述‧呈現》，臺灣：聯經出版事業股份有限公司，2013年。史書美、蔡建鑫、貝納德合編的《華語語系研究：批評讀本》*Sinophone Studies: A Critical Reader*, eds., Shu-mei Shih, Chien-hsin Tsai and Brian Bernards (Columbia University Press, 2013).

各國都經歷了長期被殖民的野蠻統治,他們自身的文化傳統被中斷,尤其是在民族語言文字被摧殘的情況下,才不得不使用了宗主國的語言文字。經過長期的發展以後,宗主國家的語言文字裡也參雜了本民族的語言和感情因素,形成了一種不標準,但更加含混和豐富的宗主國語,這種所謂的「語系」正是在與宗主國的殖民語言長期緊張對抗以後的文化結晶,因此考量「語系」國家的語言和宗主國語言的關係是研究殖民文化的重要組成部分。那麼,對照中國與周邊國家、或者被移民的國家之間,在語言上有沒有構成殖民與被殖民的關係?文學表達上是否存在一種緊張關係?華語語系國家的文學與中國的語言文學之間的關係必須重新做界定,否則,不過是一種技巧性的移植外來概念,還是不能真正地解決問題和定義概念。

接下來我們討論徐學清教授的觀點。作為一位在加拿大高校裡開設加拿大華裔文學研究課程的學者,徐學清努力推動移民作家的華語文學在地化,努力將華語文學融入其所住國的文化主流,促使其在加拿大多元文化格局下獲得確定性的位置,我認為這項工作對於世界華文文學在世界各國傳播和發展是極為重要的環節,也是學清所說的「加拿大華人作家的華文小說也已經作為加拿大華裔文學的一部分而登堂入室於加拿大多所大學」[4]的重要意義。但我認為,學術研究的目的之正當性與研究對象的事實狀況並不是一回事,能夠在西方高校裡開設一門華裔文學的課程,確實來自不易,而且對所在地國家的文化多元化格局的促進也是很重要的舉措。但是,這並不能說明這些文學創作在事實上已經屬於所在國的文學的一部分。更何況,加拿大華人作家的華文小說能否「作為加拿大華裔文學的一部分」還是需要去證明的,第一代移民與「族裔」的概念不一樣,華裔文學在所在國的創作是否是用「華文」呢?在美國華裔文學的代表作家湯婷婷、譚恩美都是美國主流社會熟知的英語作家,他們的作品廣為美國讀者所瞭解,這與第一代移民美國的作家還在用華文寫作,主要的媒介、讀者也來自華語地區(中國大陸、臺灣香港等地)的狀況,是不是一樣呢?學

---

[4] 本文中所有引用的徐學清的觀點,都是引自徐學清〈多元文化語境中的華文文學的雜糅——與陳思和商榷〉疑問,特此說明。

清在文章裡引證的1990年代哈佛大學朗費羅學院（The Longfellow Institute）進行的一個簡稱為LOWINUS的研究項目（Languages of What Is Now the United States），「旨在挑戰白人盎格魯－撒克遜以及歐洲白人經典著作一統天下的文學語言霸權，在權利不平等的話語關係中鼓勵少數民族文學在多元文化和多種語言（multilingualism）的社會環境中爭得自己的一席地位，並研究多種語言共存中的相互影響及其對跨文化、跨社會身分所起的作用。」這是後現代環境下出現的向西方主流社會的「歐洲中心」、「白人中心」傳統觀念的挑戰，但這個例子不是反過來證明了直到1990年代（即二十年前）在美國文化中還存在著「白人盎格魯－撒克遜以及歐洲白人經典著作一統天下」的「權利不平等的話語關係」嗎？現在自然美國加拿大的多元文化格局被得到了承認，非裔、華裔、猶太裔以及南美各民族後裔作家們在美國進行創作，被認同為美國作家而得到尊重，這個自然不錯，但是否他們的創作的語言，都堅持用自己原來母國的語言呢？這好像有點不可思議吧？如果少數民族族裔作家用在地國的語言進行創作、出版和與讀者交流，不管其影響大小如何，理當是屬於在地國的文學的一部分，這一點我與學清的觀點完全一致，我也尊重學清在加拿大高校裡從事的這一項有意義的工作。

　　但是我的觀點仍然是：活躍在北美、歐洲的華語作家，大多數是來自中國大陸或者臺港地區的第一代移民作家，他們的寫作還沒有被融入在地國的文學體系，他們用華語寫作，創作內涵是從母國帶來的生活經驗，發表作品的刊物和出版社基本上是在海峽兩岸的範圍，主要的讀者群也是來自兩岸。這一類旅外作家的創作，在我看來，應該屬於中國當代文學的一部分，只是他們的活動場所轉移到了海外。在這個意義上，我認為中國當代文學研究者不應該忽略這樣一個創作群落，應該把他們的創作視為中國文學在世界交流頻繁過程中的一脈支流，即我稱之為旅外文學，是當代文學創作格局中的有機構成。在我的表述裡，我有意排除了能夠用英語創作，並且已經獲得了一定市場效應的旅外作家，如哈金。文學創作使用什麼語言，可能在其他國家不成問題，從歐洲、非洲、拉美國家到美國的第一代移民作家也可能用英語創作而獲得成功，在中國

二十世紀旅外作家中，如程抱一、盛澄、黎錦揚等都是在國外用外文發表文學創作，沒有人認為他們的外語創作是屬於中國文學的部分；然而另外一種情況是：像來自臺灣的白先勇、杜國清、聶華苓、於梨華、張系國等，他們都是用中文創作，發表在臺灣或者中國的刊物上，主要的讀者群也是來自華語地區，那麼，雖然從國家倫理上說，他們的創作算作「美國人」的文學，但是無論臺灣學界還是中國學界，都不會那麼看重他們國籍，而更加看重事實上這些創作屬於中國（臺灣）的一部分，就如林風眠的畫，我們能夠認為這是屬於法國藝術的一部分嗎？文學藝術是一種更為抽象的文化因素，它與物質財產不一樣，不是被帶到了某個國家或者主人的身分改變了，物質財產的屬性也隨之改變。文化藝術的意義遠大於物質屬性，能夠超越人的國籍、民族和身分，成為一種跨越國界的人類財富。我這裡所指的是這些文學創作的文化感情構成以及實際產生影響，應該是屬於中國（包括臺灣香港）的文學的一部分。應該強調的是，我所指的「中國文學的一部分」之「中國」，不是具體的國家政權的意義，它更是象徵了一種悠久的文化傳統的傳播與延續，國籍只是一種人為的標籤，在文化解讀上並不重要，對於文化傳統還是要有更大的包容性和模糊性的理解。

　　學清舉例我所尊敬的前輩瘂弦先生在其編輯生涯中對世界華文文學建設的貢獻，我非常贊同。但是瘂弦先生莊嚴的工作是站在中國文學的立場（不是中國立場）還是站在加拿大文學的立場來推動世華文學，是應該有充分的理解。可能瘂弦先生早有論述，我孤陋寡聞無從知道，我也沒有讀過《世界日報》副刊《華章》上的專欄文章。先說瘂弦先生在臺灣主編《聯合報》副刊的輝煌歲月，他力推海外作家黎錦揚先生的小說集《旗袍姑娘》。黎錦揚先生最初的英文小說《守舊之人》（《花鼓歌》的一部分）刊發於《紐約客》，以此引起普遍的關注。後來瘂弦先生約他用中文寫小說在《聯合報》副刊上刊發，結集為《旗袍姑娘》，這難道是瘂弦先生為了向臺灣讀者介紹一個美國文學新秀嗎？當然不是，我覺得瘂弦先生用他的敏銳的眼光從美國刊物上發現了一個優秀的中國小說家，鼓勵他用中文寫小說，為中國文學增添新的因素。瘂弦先生指出

黎錦揚小說裡的一個共同主題是「美國華人在各種社會情形下如何逐漸融入在地國的主流社會」,[5]這樣的主題在原來中國小說裡很少得到表現,現在有了黎錦揚的《旗袍姑娘》小說集,就填補了這個空白。就像中國新文學有了郁達夫的小說,就有了留學生的題材;有了巴金的域外小說,就有了域外革命鬥爭的題材;有了老舍的《小坡的生日》,就有了世界各族人種的大同理想;有了許地山的小說,就有了描寫南亞和東南亞的異域故事一樣,這些作家同樣是開拓了中國新文學的創作空間,大量中國留學生的出國和國外生活,決定了他們的創作裡含有新的視野和新的題材,並不是只有外國文學創作裡才能表達外國的故事。瘂弦先生是一位視野廣闊的資深編輯,他這種有鳳來儀的編輯風格。這讓我想起了另一位老編輯,香港的劉以鬯先生,他老人家當時主編《香港文學》刊物時,很早就有意識地在刊物上開設加拿大、菲律賓等國的華文文學專輯,形成了一個以《香港文學》為中心的世界華文文學的展示平臺。這應該說是最早的世界華文文學學科的雛形。我想,瘂弦先生和劉以鬯先生,都不會把介紹海外華文作家的創作看作是介紹外國文學的新品種,而一定是從豐富中國文學(其表現特徵就是世界性的華文文學)的立場出發來看待這些香港、臺灣甚至中國移民出去的作家的創作。

對於中國大陸旅外作家也是如此。這些作家的創作生涯是在中國大陸開始的,當他們移民外國時候,他們的寫作只是一種生活空間轉移,他們的創作的資源和對象基本上是延續了在國內已經獲得的文學成果,就像北島、楊煉、嚴歌苓、劉再復、高行健、虹影等等,還有一批有了外國國籍後又經常回到中國繼續寫作的,像嚴力、盧新華、薛海翔等,或者是到了國外以後創作上有了更大發展的,如張翎、陳河等,各種形態不一樣,但是有一點,我說的是他們用中文寫作的作品,這些作品有部分是涉及到他們在地國的生活場景,但更多的

---

[5] 見單德興文 "Redefining Chinese American Literature from a LOWINUS Perspective – Two Recent Examples," *Transnationalism, Ethnicity, And the Languages of American Literature*, ed. Werner Sollors (New York: New York University Press, 1998), 115-116. 單德興在文章中具體介紹了瘂弦先生邀請黎錦揚用中文為《聯合報》副刊寫小說的經過。

可能還是取材於中國國內，真正產生的影響也是在中國。像嚴歌苓，在早些年她寫了《扶桑》、《少女小漁》等還涉及到美國移民的生活，越到後來就越是返回到她原先最熟悉的國內題材。新世紀以來，嚴歌苓的《第九個寡婦》、《小姨多鶴》、《陸犯焉識》、《護士萬紅》等等，越來越貼近中國社會生活，在中國文學領域發揮的影響也越來越大，已經成為中國當代文學無法忽視的一個重要組成部分。所以我覺得旅外作家是中國當代文學的重要組成部分，他們的身分國籍可能不同，但是他們所創作的精神財富，仍然是屬於中國的。

在對海外華文文學是否屬於「中國文學」的理解中，我設定有三條內在標準，首先就是語言（中文），其次是審美情感（民族性），最後是所表述的內涵。這最後一條標準其實是並不重要的，因為外國作家也完全可以描寫異國材料。同時還有三條外在標準，即這些創作是在什麼地方發表；哪些人群閱讀；以及影響所及的主要地區。從這樣綜合的因素來判斷，我認為第一代移民作家（即旅外作家）的文學創作，應該屬於中國當代文學的一部分。當然，文學是屬於精神財產而不是物質財產，無所謂國界的分別，學清從加拿大的華裔文學系統來研究，自然也可以把第一代移民文學歸之於加華文學或者華裔文學的新生力量。我認為這兩種歸屬沒有什麼根本的衝突，完全可以在不同研究領域同時存在。我站在中國當代文學研究者的立場上，之所以強調旅外作家的創作屬於中國當代文學一部分，只是為了更加有利於旅外作家在中國的發展。

最後我想討論徐學清所說的：「海外華文文學是否因其特殊而具備獨特性以至獨立性，並以此與中國文學相對話和互動，是探究世界華文文學屬性的重要課題。」我以為旅外文學的創作是中國當代文學研究的重要課題，現在研究的非常不夠，而且只有把他們的創作放在當代中國文學的格局下加以比照研究，才能獲得整體的印象。如果把他們與中國當下文學的境遇割裂開裂，當作是一種「外國文學」去研究，他們的意義就無法完整展現出來。但是我與學清的意見相反的是，旅外作家的文學創作環境主要是在國外，作家的身分也已經變換成在地國的公民，所以他們實際上面對的緊張感應該是他們自己身處的海外環境，不管他們用在地國的語言還是用母語創作，也不管是華裔文學還是移

民文學，他們的獨立性首先不應該是對母國而言，而是應該針對在地國的環境以及主流文化，在批判與抗爭中與在地國的主流文化進行平等對話和互動。這在美國，就應該「挑戰白人盎格魯–撒克遜以及歐洲白人經典著作一統天下的文學語言霸權，在權利不平等的話語關係中鼓勵少數民族文學在多元文化和多種語言的社會環境中爭得自己的一席地位」；如果是馬來西亞等國家的華族文學，那就應該是參與到當地的主流社會的文化建設中，與馬來文學、泰米爾文學等一起平等的對話與互動，在抗議和批判在地主流社會的寫作中獲得生存和發展。旅外文學在世界各個國家裡形成自己的特立獨行的聲音和風貌，並且在這種寫作實踐中反省、檢驗甚至批判原來的母國經驗，以求進一步達到更高層面的超越和融合。這才是中國當代文學延伸到世界平臺上的努力方向，也是新的經驗空間的開拓。

關於這一特點，用世界性因素的觀點來解讀，如果「華語語際文學」這個概念能夠成立的話，這就是它與傳統殖民前史下演繹出來的其他語種的語際文學最不一樣的地方，也是華語語際文學的獨特之處。華語語系文學與母國的主流文學之間由於抽離了殖民與被殖民的關係，所以他們之間是不存在潛在對立的緊張關係。他們是從母國文學語言主流中派生出來的一個分支，外延於在地國的文化環境中進行新的對抗和融合，產生出新的文學因素。它們的特徵是在與在地國文化主流（異者）的緊張關係中進行獨立對話與互動，這個過程中，他們需要不斷從母國文化傳統中吸取資源和動力，不斷豐富自己和發展自己，（旅外作家需要不斷回到中國〔或者臺灣〕，從母國的生活中尋找激發他們創作熱情的因素）；同時，他們也會用異者的眼光來審視母國文化的得失，從世界性的高度來反省中國經驗，對於中國經驗的批判也會因為他們的特殊身分而獲得更加深刻。

其他語種的語際文學都來自擁有自身獨立的民族國家，他們與原來的殖民宗主國之間構成的緊張對立是必然的。而在華語語系的地區中，除了臺灣地區以外，華語創作在其生存發展的國家裡都屬於少數民族或者移民群落，他們在在地國環境裡所處的生存的緊張關係，遠遠超過與母國之間的緊張關係，所

以，旅外作家在與在地國的緊張關係中尋找平等對話和互動的可能性，不能不依靠了母國為背景的文化資源和文化力量。在這個意義上，我們回到世界華文文學與中國文學的關係上來看問題，中國文學屬於世界華文文學的一部分或者主體的思路也並非完全不可取，雖然從中國文學為主體的格局看其他地區的華文文學都成了邊陲文學，但是從動態的向世界開放的中國文學地圖而言，華語語際文學則成為進駐世界各地的前沿和先鋒，他們在於世界各地文化的衝撞與交融中最擅長變化，最可能吸取新的文學因素來拓展華語文學世界，應該成為世界華文文學範疇裡最活躍最有生氣的部分。這一點，是需要我們研究者必須重視的。

【此文發表在《中國比較文學》2016年第3期，總104期】

文學創作中的抄襲與互文性

文學創作中什麼是抄襲？什麼是互文性？什麼是作家作品的互相借鑒、影響和承襲？抄襲和互文性等文學現象之間的界限是什麼？它們之間的關係又是如何？對於句子和句子、段落和段落的一致或者非常相似，沒有人會對此被指責為抄襲而提出疑問。但是，兩部小說以同齡少女為主角，或兩部小說都涉及到「妾」，能以此稱之為「抄襲」嗎？任何有基本文學常識的讀者恐怕都會認為此問題荒唐可笑，可是類似這樣的荒誕指控近年來不斷地在某些媒體和互聯網上出現，被用來對某些作家攻擊的武器。[1]

抄襲是一種竊取他人的精神勞動果實包括把他人的思想文字等據為己有的不忠實的行為，嚴重者則侵犯他人的知識產權，這種行為必須給予揭露，必須杜絕。但是，如果偷換抄襲的概念，混淆其與互文性之間的區別，把指控「抄襲」變為個人攻擊的手段，那就更應該杜絕。這種行為的惡劣性質比抄襲更嚴重，因為單純的抄襲涉及的是抄襲者和被抄襲者兩個個人，而毫無根據地、尤其是惡意指控他人抄襲往往衍化為公眾行為，混亂抄襲概念，混亂人們思想，傷及的絕非只是被無辜指控的個人。

本文旨在通過介紹當今世界文學中幾次對「抄襲」指控的論爭，梳理、辨別「抄襲」和互文性的區別和界定，以期澄清被混淆了的概念，為抄襲作出界定，還互文性以承襲互有，推陳出新的文學的基本屬性，使抄襲沒有市場，更使利用指控「抄襲」來達到陷害無辜作家的陰謀沒有市場。

在過去的十幾年中，世界文學舞臺上文學作品被指控抄襲或涉嫌抄襲而

---

[1] 本文因作者有感於近半年來有人以匿名、化名的形式指控加拿大華裔作家張翎「抄襲」一些英語小說而寫。指控者無視文學的基本常識，混淆文學概念，歪曲英語小說原文，編造細節，把不相干的文學作品硬生造成「抄襲」，並在一些媒體，互聯網上炒作，影響極壞，性質惡劣。本文目的在於正本清源，幫助讀者辯清何為抄襲，何為利用指控「抄襲」來整人的惡行。加拿大休倫大學學院吳華教授給本文作者提供了寶貴的建設性的修改意見，特此鳴謝！

引起轟動的大案例有幾部，一是英國當代著名小說家格雷厄姆・斯威夫特（Graham Swift）的長篇小說Last Orders（《遺言》，該小說榮獲當代英語小說界最重要的獎項1996年度布克獎）；一是1998年布克小說獎得主伊恩・麥克伊文（Ian McEwan）的長篇小說Atonement（《贖罪》，獲2001年布克小說獎提名），另一是出版於2003年的丹・布朗（Dan Brown）經典暢銷小說The Da Vinci Code（《達芬奇密碼》）。三部小說因其成功而享有巨大榮譽，都被改編成電影，但是也都因其出名引起廣泛注意而遭到一些人的非議。

斯威夫特慶祝他的榮譽獎項之後沒多久，一位澳大利亞的學者約翰・伏粖（John Frow）發表署名文章，指出斯威夫特的《遺言》在結構，情節，母題方面跟威廉姆・福克納（William Faulkner）的小說As I Lay Dying（《我彌留之際》）很相似，認為斯威夫特抄襲了後者。這兩部小說的承襲關係是非常明顯的：基本情節框架一樣，都是活著的朋友／親人按照已故者的遺言把骨灰／遺體運送到指定的地方，整部小說的故事情節是在運送過程中通過朋友／親人的回顧逐漸展開；兩部小說都用名字（人物或地方）作為章節題目，其中都有一章的敘述者為已故者，還都有一章只有一個句子；它們的敘述角度都隨人物的變化而不斷變化，也都涉及生者和死者之間的關係，等等。

2001年出版的獲布克小說獎提名的《贖罪》也被認為涉嫌抄襲，作者伊恩・麥克伊文是世界文壇公認的當代最優秀小說家之一。《贖罪》於2007年改變為電影，該影片於2008年獲奧斯卡最佳影片獎提名。小說敘述一個懷有文學夢的女孩布里奧妮・泰麗思（Briony Tallis）因為偏見和嫉妒做出的事情使周圍親人的命運遭受致命性的改變。長大成熟後的布里奧妮為自己的過錯痛悔不已，為自己對最親的人所犯的罪過做自我良心的鞭笞而寫了《贖罪》一書。然而，麥克伊文被指責抄襲了英國知名小說家露茜勒・安德魯斯（Lucilla Andrews）的自傳No Time for Romance（《沒有時間去浪漫》），因為他借用了安德魯斯自傳裡描述的治療傷口的方法，也借用了護士們用三個跟人一樣大的布偶做護理練習的細節，以及護士們在傷病員運到醫院時的感覺等等。甚至兩部作品的女主人公的經歷也被認為相似，都是從小就有文學夢，二戰期間做

護士，後來都如願以償成為作家。

丹·布朗的案子更複雜，《達芬奇密碼》出版後成為二十一世紀以來全球最暢銷的英語小說，但是作家兩次受到指控，指控者共有三位作家，都宣稱布朗抄襲了他們的作品，侵犯了他們的版權。小說家劉威斯（Lewis Perdue）於2005年4月上訴布朗及其出版社Random House，指控布朗抄襲了他的兩部長篇小說 The Da Vinci Legacy（《達芬奇遺產》，1983）和 Daughter of God（《上帝的女兒》，2000），認為它們之間的相似處之多超出了人們所能接受的「意外的相似」。同年8月，地方法官判決指控不能成立，因為「觀點和普遍的文學主題本身不受版權法的保護」。[2]可是一波剛平，另一波又起，沒過半年，The Holy Blood and the Holy Grail（《聖血和聖杯》，1982）的作者邁克爾·貝金特（Michael Baigent）和理查德·黎（Richard Leigh）在2006年2月起訴布朗，同年6月指控被高級法院法官駁回，法官的理由是兩部小說的主題非常不同，假如它們相似，也因為「它們『兩部小說的主題』太普遍或者抽象以後所處的層次太低因而不能受出版法的保護」。[3]因為敗訴，貝金特和黎必須支付出版社百分之八十五的訴訟費用，將近一百三十萬英鎊，和他們自己的費用八十萬英鎊，兩項費用的總和遠遠超出因為訴訟而使他們的小說銷售量劇增的獲益。[4]

本文所舉的第一和第二個例子沒有在法庭解決，因為威廉姆·福克納早已過世，而露茜勒·安德魯斯還未考慮是否上法庭控告就不幸病逝。那麼在沒有司法介入的情形下，西方文學界對這些指控是如何反應的，又是如何對待的呢？我們先來看斯威夫特的案例。

澳大利亞學者約翰·伏糅寫給一家報紙的指控文章發表後，一開始並沒有

---

[2] 見Jonathan Bailey, "'Da Vinci Code' Author Wins Plagiarism Case," *Plagiarism Today*, 6 August 2005. http://www.plagiarismtoday.com/2005/08/06/da-vinci-codeauthor-wins-plagiarism-case/.

[3] 見Philippe Naughton, "Da Vinci Code author wins battle against plagiarism claim," *The Times*, 7 April 2006. https://www.thetimes.com/article/da-vinci-code-author-wins-battle-against-plagiarism-claim-2v32dk7fhts

[4] 同上。

人去理會，後來英國的一家快要倒閉的小報發現了這一材料，覺得可以利用它來使報紙死灰復燃，就用整版的篇幅轉載伏糅的文章。很多著名的文學大家和批評家立即撰文為斯威夫特辯護，反駁指控的荒謬不經。這一論爭在英國的報紙上持續了幾個星期，雙方都是實名實姓，署有所供職的大學或機構的名字，現在在網上都有籍可查。絕大部分知名作家和學者都站在斯威夫特一邊，認為指控不能成立。於是指控的聲音很快銷聲匿跡。很多年後，仍然有學者以駁斥對斯威夫特的抄襲指控作為國際學術研討會議的論文主題，從理論上對與「抄襲」有關的論題進行深入的探討和梳理，還有英語系的博士論文系統地從結構，主題，語言，宗教，心態等全方位地比較福克納和斯威夫特小說的承襲關係，互應關係，來論證兩者之間的相似之處不能稱為抄襲。[5]

論述中，文學批評家們指出福克納自己本身也向前輩的文學大師借鑒了很多文學技巧，從他們的作品中他不僅得到啟發，還直接汲取養料。朵蓮‧梵‧高珀（Dorien Van Gorp）對福克納和斯威夫特的小說做了詳盡的比較分析後指出，福克納小說的題名就是從荷馬史詩《奧德賽》裡直接拿來的。[6]而小說中敘述者的多重敘述角度則是從弗吉尼婭‧沃爾芙的小說 The Waves（《海浪》）發展而來。[7]文章還從語言角度指出福克納對莎士比亞戲劇 Hamlet（《哈姆雷特》）中名言的借鑒：「我不知道我是什麼，我不知道我活著還是死亡。」哈姆雷特的原文是「『選擇』活著還是死亡是個問題」。[8]如果福克納可以借鑒前輩大師的作品，斯威夫特為何不能借鑒福克納的小說呢？

---

[5] 比如Dorien Van Gorp的論文 A Comparative Study of William Faulkner's As I Lay Dying and Graham Swift's Last Orders, Diss. Ghent University, May 2007. 和Anastasia Logotheti的學術會議論文 "Last or Latest? The Plagiarism Controversy Regarding Graham Swift's Last Orders," Media in Transition International Conference, MIT, 27-29 May 2007.

[6] 見Dorien Van Gorp的論文 A Comparative Study of William Faulkner's As I Lay Dying and Graham Swift's Last Orders: "To begin with, the title As I Lay Dying comes from Homer's Odyssey, and more particularly from the Hades chapter, when Agamemnon is speaking to. Odysseus: 'As I lay dying the women with the dog's eyes would not close my eyes as I descended into Hades' (qtd. in Tanaka)." 107.

[7] 同上。

[8] 同上。英文原文是"A more obvious parallel can be drawn between Hamlet's famous soliloquy 'To Be or Not To Be' and Darl's monologue 'I don't know what I am, I don't know if I am or not'(72)." 10.

在文學史上，對於古代文學經典作品的承襲和借用比比皆是。世界戲劇大師莎士比亞戲劇的故事情節基本從以往的史料和民間傳說中直接汲取素材，他的 *Antony and Cleopatra*（《安東尼與克奧佩特拉》），*Julius Caesar*（《凱撒大帝》）等名劇就是從古希臘羅馬傳記作家、哲學家普盧塔克（Plutarch）的二十三對《希臘羅馬名人傳》的對比傳記中發展而來。如果莎士比亞可以從古代傳記作品中汲取原料從而創作出偉大的傳世作品，斯威夫特為何不能借鑒福克納的小說呢？

　　阿納斯塔霞·羅高特替（Anastasia Logotheti）在反駁對斯威夫特的指控時，闡述了她對文學繼承和發展的看法，指出「『模仿』的概念和實踐在西方的文學傳統有著悠久的歷史。文學作品的發展是通過呼應，重寫翻新，戲擬，解構等方式來轉化以前作品的。文學的、文化的生命活力依靠著創造性地運用其他作品的自由」。[9]斯威夫特在他所有的作品裡，對某些文學傳統都作出呼應，他在「承傳基礎上所作的發展檢驗著現代的獨創觀念」。[10]

　　馬爾科姆·布萊德勃瑞（Malcolm Bradbury）是現代英國和美國小說研究中的權威學者，他在為斯威夫特辯護時對兩部小說中的相似現象作了這樣的論述，文學中存在著一種「故事的親緣關係，但是它們是由完全不同的方式方法來講述的。『文學中』有一種很有意思的並行關係，但是離抄襲十萬八千里」。[11]

　　西方英語文學界對於斯威夫特抄襲的指控基本持否定態度，一些大師級的作家的反應還很激烈，著名作家薩爾曼·拉什迪（Salman Rushdie）甚至指責媒體「揮舞著一個幾乎沒有事實依據的故事使一個讓人尊敬的人像生活在地獄似的」。他用尖銳刻薄的語言對媒體的炒作進行抨擊：「首先，一家正在沒落的報紙尋找醜聞用以推動銷路，碰巧看到一封幾個星期前由一位澳大利亞不為

---

[9] Logotheti, Anastasia 阿納斯塔霞·羅高特, "Last or Latest? The Plagiarism Controversy Regarding Graham Swift's *Last Orders*," 5.

[10] 同上，第11頁。

[11] Stephen Moss's "Literati Back 'Borrower' Swift" 一文中引用馬爾科姆·布萊德勃瑞(Malcolm Bradbury)的這段話，見 *The Guardian*, 10 Mar. (1997): 3.

人知的學者酸溜溜的信，指控知名的布克小說獎得主格雷厄姆·斯威夫特什麼的接近於抄襲：他的小說『實實在在地借用』威廉姆·福克納《我彌留之際》的結構。這家《獨立週六報》（Independent on Saturday）惡毒地用該文作為首版首條，……眾所皆知文學作品歷來是互相影響的。就其語言，人物性格，人性的目的和情緒來說，斯威夫特的《遺言》非常成功地站在它自己藝術的基地上。」拉什迪還進一步對媒體的寡廉鮮恥的、純粹的商業操作行為進行批判，對斯威夫特表示了巨大的同情：「媒體能只在作家被攻擊的時候才對他們感興趣嗎？如果是的話，那麼斯威夫特正巧邁進了這樣的時代。」[12]拉什迪很清楚以抄襲為名對某一無辜作家進行不負責任的攻擊，會給該作家帶來多少精神上名譽上的傷害，因此他對媒體只顧商業炒作、不負責任的煽情非常憤怒。

伊恩·麥克伊文被認為涉嫌抄襲後，很多著名作家立即紛紛寫文章支持他。據英國《電訊報》（The Telegraph）報導，「一些在文學世界最廣為人知的名作家承認他們經常『借用』其他作家的書。他們對《電訊報》的這番坦承是對英國小說家麥克伊文非同尋常的支持運動的一部分，反駁對他抄襲一部戰爭回憶錄中的細節的指控，作家為創作他2002年獲布克獎提名的小說《贖罪》做大量研究時，閱讀了那部回憶錄」。[13]

支持麥克伊文的世界級文學大師包括美國的托馬斯·品欽（Thomas Pynchon），約翰·厄普代克（John Updike），英國的馬丁·艾米斯（Martin Amis），扎迪·史密斯（Zadie Smith），澳大利亞的托馬斯·肯尼利（Thomas Keneally），和加拿大的瑪格麗特·阿特伍德（Margaret Atwood）。他們都表示「寫歷史題材的小說，要想避免從經歷過的一代人的自傳或日記中拿取或者借用一些細節、色彩和回憶是不可能的」。[14]

英國《衛報》（The Guardian）對此還專門報導平時沉默寡語的品欽的支

---

[12] Rushdie, Salmen 薩爾曼·拉什迪, "The Last Word on Last Orders.," *The Guardian*, 17 Mar. (1997): 17.
[13] 見英國《電訊報》，Nigel Reynolds, "The Borrowers: 'Why McEwan Is No Plagiarist'," *The Telegraph*, 7 December 2006.
[14] 同上。

持,品欽是麥克阿瑟獎和布克獎獲得者,多次獲諾貝爾文學獎提名。報導稱他打破一貫的沉默習慣,寫信給《電訊報》表示他對麥克伊文的強烈支持:「在做材料收集研究的過程中發現可以採用的能提高所要創作的故事的質量有關細節,不能歸類為違法的行為。簡而言之,我們就是這樣做的。」[15]

布朗一案的法官判詞是對上述論述的補充和深入,它們所涉及的是關於觀念、主題和母題相似的問題。兩位法官的判決給人的啟示是,在文學創作中如何以及怎樣表達某種觀念或母題、或主題的具體寫法受出版法的保護,而觀念、母題和主題本身卻不一定。觀念、母題和主題可以被公眾共享,借用,借鑒,補充,充實,發展,擴大,完善,但是每個人的具體表達方式卻是獨特的,個性的,受出版法保護的。布瓴·寒門德(Brean S. Hammond)的觀點也跟兩位法官不謀而合:「如何表達一個觀念應該受到出版法的保護而不是觀念本身。」[16]

從上述著名作家和文學評論者的辯護和法官的判決中,我們可以至少梳理清小說創作中什麼樣的相似不能被指控為抄襲:

1. 情節、結構框架相似,但是敘述的故事不同,人物不同,細節不同不能被稱為抄襲。比如斯威夫特的《遺言》跟福克納的《我彌留之際》;
2. 人物相似,但是性格,脾性,性情,為人處事的方式方法不同不能稱為抄襲。比如麥克伊文的《贖罪》跟安德魯斯的《沒有時間去浪漫》,——裡面的女主人公都是懷有文學夢的少女,都經歷過「二戰」,當過護士最終成為小說家;
3. 主題相似,但是表達主題的方法,手法,技巧不同不能稱為抄襲;比如布朗的《達芬奇密碼》和劉威斯的《達芬奇遺產》、邁克爾·貝金特和理查德·黎的《聖血和聖杯》;

---

[15] 見英國《衛報》Dan Bell, "Pynchon Backs McEwan in 'Copying' Row," *The Guardian*, 6 December 2006.

[16] Brean S Hammond, 布瓴·寒門德 "Plagiarism: Hammond versus Ricks," *Plagiarism in Early Modern England*, ed., Paulina Kewes (Basingstoke: Palgrave MacMillan, 2003), 44.

4. 語言相似、相同，但用在不同的情景、場景、語境從而使語意有新的內容不能稱為抄襲，比如福克納的《我彌留之際》借用荷馬史詩《奧德賽》中的詩句；

5. 敘述方法、技巧相似，但是用於不同的主題、不同的故事、不同的人物不能稱為抄襲，比如斯威夫特的《遺言》跟福克納的《我彌留之際》同用敘述角度多變這一敘述方法。

後現代主義文藝理論將文學作品中出現的你中有我、我中有你的互聯關係現象解釋為「互文性」，即Intertextuality。[17]互文性是後現代主義理論的一個重要的觀念，它所闡述的就是文本之間的關係，後被廣泛用於語言學，符號學，精神分析，文學，結構主義、解構主義、西方馬克思主義、後殖民主義、女性主義，社會學等理論。這一觀念的始創者是1960年代法國著名的後現代主義理論家，思想家，哲學家，文學批評家茱莉亞・克里斯蒂瓦（Julia Kristeva），她從巴赫金（Bahktin）的理論中發展出這一觀念，最著名的是她在〈字詞、對話、小說〉（*Word, dialogue, novel*）[18]一文中提出的「任何文本都是對其他文本的吸收和轉化」[19]的論斷。從這個意義上說，「互文性」是文本的基本屬性，用在文學創作上，假如沒有文學作品的互相影響，滲透，轉化，也就沒有文學的發展。後來羅蘭・巴特（Roland Barthes）在1973年為大百科全書撰寫這一名詞的定義。巴特認為：「每一篇文本都是一篇互文本，在它裡面，其他的文本在不同程度上以或多或少的可辨認的形式呈現著。……每一篇文本都是循環回復的引用中的新的肌體。片斷的規則，公式，典範的韻律，些許社會性的話語，都轉化進文本，並在裡面重新組合。……文本間的互文關係是這樣一個領域，其初始幾乎無跡可求，也無從查找，其形成是由於無意識的或自然而然

---

[17] 關於「互文性」理論的起源，創立，運用，發展及其對後現代主義、女性主義、後殖民主義等的影響，請見Mary Orr, *Intertextuality: Debates and Contexts*（互文性：論證及始末）(Oxford: Blackwell Publishing Ltd., 2003).

[18] Julia Kristeva的 "Word, dialogue, novel" 是她出版於1969年的*Semeiotiké*一書中的第四章，該文於1980年譯成英語。

[19] Julia Kristeva, 茱莉亞・克里斯蒂瓦 *Semeiotiké: recherches pour une sémanalyse* (Paris: Seuil, 1969), 85.

——即不加引號的——的『對前人或他人文字』引用。」[20]兩位理論大師對互文性的經典論述，深刻地揭示了各種文本、人類的思想，社會的觀念，精神財富都不可能孤立地封閉地存在，文學作品必然地和它之前以及同時代的作品有著千絲萬縷的聯繫。

互文性在中國古典文學中表現得非常典型，很多作品之間的互相指涉，影響，回應，轉化，重新組合正是對克裡斯蒂瓦和巴特互文性理論的映證。比如唐代傳奇小說中沈既濟的《枕中記》，李公佐的《南柯太守傳》和明代戲曲家湯顯祖的《南柯記》；唐傳奇中元稹的《會真記》和元雜劇王實甫的《西廂記》；受白居易長詩《長恨歌》的影響，陳鴻寫了傳奇《長恨歌傳》，元代劇作家白樸寫了劇作《梧桐雨》，清初劇作家洪昇創作了《長生殿》，所有這些作品之間的互文性不僅表現在主題上，還表現在結構，情節和細節上。古典「四大奇書」之一的《金瓶梅》則從另一「奇書」《水滸傳》中直接拿來武松殺嫂的故事作為小說的開篇。互文性的特質，並沒有使它們受到「抄襲」的指責，相反它們各自對同一／相似體裁或主題的不同形式，手法，方法的運用，受到讀者和觀眾的喜愛，受到研究者的極大的關注，因為它們從不同的角度和形式豐富、發展了同一／相似的主題。

朱蒂思·斯迪爾和麥克·沃騰（Judith Still & Michael Worton）在他們主編的《互文性：理論和實踐》（Intertextuality: Theories and Practices）一書的導言中論述道，「（廣義地說，）在她／他創作自己作品之前作家是其他作品的讀者，因此文學藝術作品不可避免地滲透著各種各樣參考性資料，引語以及所受的『其他作品的』影響」。[21]可見，文學作品和作家之間的互相影響和啟發至關重要，文學作品的高下，作家成就的大小，往往取決於作家是否善於在閱讀的過程中受到啟發，汲取養料，豐富自己的想像力，從而創造出新的作品。用

---

[20] 見Roland Barthes羅蘭·巴特, "Texte（théorie du）," *Encyclopédie universalis*, vol. XV, (1973): 1013-1017.

[21] Judith Still & Michael Worton朱蒂思·斯迪爾和麥克·沃騰, "Introduction," *Intertextuality: Theories and Practices*, eds., Judith Still and Michael Worton (Manchester: Manchester University Press, 1990), 1.

美國批評家哈羅德・布魯姆（Harold Bloom）教授的定義來說，文學藝術家的原創力就表現在文學藝術家能「從創造的深潭裡吸取養料然後再以自己的創作成果來豐富這一深潭。相反，抄襲則會乾枯這一深潭」。[22]

整部世界文學史有力地展示出，文學的不斷發展和它的豐富多彩，正是源於每個作家獨特的藝術個性所提供的不同的創作手法和不同的處理方式，以及作家們的互相借鑒。從古到今文學家們從未停止過從不同方面，不同角度，不同層次對人類帶有普遍性的生活經驗和遭遇，比如愛情，友情，歷險，生離死別，自然災難，戰爭，歷史人物、事件和時代等等作精彩的描繪。由無數文學前輩創立的文學財富和傳統對後來者既是創作的範本也是補充養料的源泉，更是激發靈感的磁場。

最後，我想回到本文註1提到的寫作初衷。既然世界級的文學大師都認為斯威夫特借用福克納的結構，敘述角度，語言從而創作出自己的作品不能稱為抄襲，麥克伊文借用安德魯斯女士傳記中二戰期間醫院的一些史料不能稱為抄襲，那麼對張翎的指控就是極其荒謬，可笑了。跟上述兩位英國作家的案例相比，張翎作品的結構，人物，語言完全是獨創的。當然，根據「互文性」的理論，任何一部文本都不是封閉的，孤立的，張翎自然而然地受到文學前輩和同輩作品的影響，啟發，但是她能把它們轉化為完全屬於她自己的原創作品，從而對創作的深潭作出嶄新的引人矚目的貢獻。

參考書目

Andrews, Lucilla. *No Time for Romance*. Chambers Harrap Publishers, 1977.
Bailey, Jonathan. "Da Vinci Code Author Wins Plagiarism Case." *Plagiarism Today* 6 August 2005. http://www.plagiarismtoday.com/2005/08/06/da-vinci-codeauthor-wins-plagiarism-case/
Brown, Dan. *The Da Vinci Code*. Doubleday, 2003.
Barthes, Roland. "Texte (théorie du)." *Encyclopédie universalis*, vol. XV, 1973: 1013-1017.
Faulkner, William. *As I Lay Dying*. New York: Jonathan Cape and Harrison Smith, 1930.
Gorp, Dorien Van. *A Comparative Study of William Faulkner's As I Lay Dying and Graham Swift's Last

---

[22] 轉引自 Anastasia Logotheti, "Last or Latest? The Plagiarism Controversy Regarding Graham Swift's *Last Orders*," 5.

Orders. Diss. Ghent University, 2007.

Hammond, Brean S. "Plagiarism: Hammond versus Ricks." *Plagiarism in Early Modern England*. Ed. Paulina Kewes. Basingstoke: Palgrave MacMillan, 2003.

Kristeva, Julia. *Semeiotiké: recherches pour une sémanalyse*. Paris: Seuil, 1969.

Logotheti, Anastasia, "Last or Latest? The Plagiarism Controversy Regarding Graham Swift's *Last Orders*." *Media in Transition International Conference*. MIT, 27-29 May 2007.

McEwan, Ian. *Atonement*. Jonathan Cape, 2001.

Naughton, Philippe. "Da Vinci Code author wins battle against plagiarism claim." *The Times* 7 Apr. 2006. https://www.thetimes.com/article/da-vinci-code-author-wins-battle-against-plagiarism-claim-2v32dk7fhts

Rushdie, Salmen. "The Last Word on Last Orders." *The Guardian* 17 Mar. 1997: 17.

Still, Judith and Michael Worton. "Introduction." *Intertextuality: Theories and Practices*. Eds. Judith Still and Michael Worton. Manchester: Manchester University Press, 1990.

【此文發表在《中國比較文學》2011年第4期，總第85期】

語言文學類　PG3090　文學視界150

歷史想像和離散經驗：
百年加拿大華裔文學

作　　者 / 徐學清
責任編輯 / 邱意珺
圖文排版 / 陳彥妏
封面設計 / 嚴若綾

發 行 人 / 宋政坤
法律顧問 / 毛國樑　律師
出版發行 / 秀威資訊科技股份有限公司
　　　　　114台北市內湖區瑞光路76巷65號1樓
　　　　　電話：+886-2-2796-3638　傳真：+886-2-2796-1377
　　　　　http://www.showwe.com.tw
劃撥帳號 / 19563868　戶名：秀威資訊科技股份有限公司
　　　　　讀者服務信箱：service@showwe.com.tw
展售門市 / 國家書店（松江門市）
　　　　　104台北市中山區松江路209號1樓
　　　　　電話：+886-2-2518-0207　傳真：+886-2-2518-0778
網路訂購 / 秀威網路書店：https://store.showwe.tw
　　　　　國家網路書店：https://www.govbooks.com.tw

2024年12月　BOD一版
定價：500元
版權所有　翻印必究
本書如有缺頁、破損或裝訂錯誤，請寄回更換

Copyright©2024 by Showwe Information Co., Ltd.
Printed in Taiwan
All Rights Reserved

讀者回函卡

國家圖書館出版品預行編目

歷史想像和離散經驗：百年加拿大華裔文學 = Historical imagination and diaspora experience : a century of Chinese-Canadian literature/徐學清著. -- 一版. -- 臺北市：秀威資訊科技股份有限公司, 2024.12
　　面；　公分. -- (語言文學類；PG3090)(文學視界；150)
BOD版
ISBN 978-626-7511-34-3(平裝)

1.CST: 海外華文文學 2.CST: 文學史 3.CST: 加拿大

850.99　　　　　　　　　　　　　113016762